Claus C. Fischer

Claus Cornelius Fischer wurde in Berlin geboren und lebt heute als freier Schriftsteller in München. Er schrieb für verschiedene große Zeitungen und arbeitete als Übersetzer und Drehbuchautor für Kino und Fernsehen. Sein Roman GOYAS HAND wurde für den aspekte-Literaturpreis nominiert. UND VERFÜHRE UNS NICHT ZUM BÖSEN ist der zweite Roman aus der erfolgreichen Reihe um Commissaris Bruno van Leeuwen.

Weitere Titel des Autors:

Und vergib uns unsere Schuld
TotenEngel

Der vorliegende Titel ist auch als Hörbuch
bei Lübbe Audio lieferbar

Claus Cornelius Fischer

Und verführe uns nicht zum Bösen

Roman

BASTEI LÜBBE TASCHENBUCH

BASTEI LÜBBE TASCHENBUCH
Band 16396

1. Auflage: März 2010

Vollständige Taschenbuchausgabe
der in Ehrenwirth erschienenen Hardcoverausgabe

Bastei Lübbe Taschenbuch und Ehrenwirth
in der Bastei Lübbe GmbH & Co. KG

Lektorat: Karin Schmidt
Titelillustration: © Simona Dumitru
Umschlaggestaltung: Rolf Hörner
Autorenfoto: Horst A. Friedrichs, London
Satz: Druck & Grafik Siebel, Lindlar
Gesetzt aus der Adobe Garamond Pro
Druck und Verarbeitung: GGP Media, Pößneck
Printed in Germany
ISBN 978-3-404-16396-0

1

Die junge Frau in dem gelben Sommerkleid betrat die Fähre als Letzte. Sie ging jetzt immer als Letzte an Bord, kurz bevor die Fähre ablegte, und vorher wartete sie, bis alle anderen Passagiere ihre Fahrräder und Motorroller auf das Deck geschoben hatten. Sie hielt sich abseits und sah in die Gesichter der Männer, und wenn sie sich überzeugt hatte, dass er nicht darunter war, lief sie rasch über den Steg und schaffte es jedes Mal, die Letzte zu sein.

Es war eine frische Nacht. Der Wind wehte stetig vom Ijsselmeer landeinwärts, und der Himmel über dem Hafen war klar und dunkelblau. Die Frau blieb mit ihrem Fahrrad ganz hinten an der Landeklappe stehen. Sie stand mit dem Rücken zum Wasser, und ihre Blicke flogen unablässig von der Backbordreling zu den Bänken unter der Kommandobrücke und von dort zur Steuerbordreling und wieder zurück, denn vielleicht hatte sie ihn übersehen, und er war doch irgendwie an Bord gelangt.

Die Lampen an Deck spendeten kaum Helligkeit, sodass alles fremd wirkte, silbrig und grobkörnig und unscharf. Die anderen Passagiere sahen nach vorn; einige redeten miteinander, aber die meisten lasen Zeitung oder telefonierten oder warteten schweigend auf das Ende der Überfahrt. Es waren genau vierundzwanzig Männer: Geschäftsleute, Arbeiter, Kellner, die letzten Berufstätigen. Die Frau achtete nur auf die Männer, auf die Farbe ihrer Haut. Sie versuchte, ihn an den Händen zu erkennen oder am Hals, aber in dem schwachen Licht fiel die Unterscheidung schwer.

Am Bug lehnte ein junges Pärchen, das sich küsste; daneben kauerte eine Gruppe von fünf Halbwüchsigen in Kapuzenshirts und Baggy Pants um einen Gettoblaster. Fetzen arabischer Musik irrlichterten über das Deck, Trommeln, immer wieder übertönt vom Klatschen der Wellen gegen die Bordwand. Es klang wie die Lieder auf den Videos, die Amir für ihren Laden angeschafft hatte, die Bollywood-Filme und Live-Konzerte von afrikanischen Bands im letzten Regal vor der Kammer mit den Pornos.

Das bin ich ohne Amir, dachte die junge Frau: *jemand, der misstrauisch geworden ist; jemand, der sich an der Lenkstange seines Rads festhält, weil ihm schon übel wird, wenn er nur einen einzigen Schritt unter Menschen gehen muss.*

Früher war sie gern mit der Fähre gefahren. Sie hatte immer an der Reling gestanden, während die wuchtige Silhouette der Centraal Station zurückgeblieben war und rechts und links davon die Lichter der Stadt und manchmal ein hell erleuchteter Schnellzug auf dem Bahndamm. Sie hatte zugesehen, wie der Mondschein im Kielwasser von Welle zu Welle sprang, und sie hatte sich über den Wind auf ihrem Gesicht gefreut und über den Salzgeruch der See, und manchmal war Amir bei ihr gewesen, den Arm voller Rosen.

Sie durfte nicht an ihn denken, das sagte sie sich die ganze Zeit: *Ich darf nicht an ihn denken, nicht an seine Augen, nicht an seinen Mund oder seine Haare, auch nicht an sein Lachen oder seine Zärtlichkeit, an seine Hände oder seinen Geruch, an nichts, sonst verliere ich den Verstand, einfach so.* Aber sie brauchte auch nicht an ihn zu denken, er war ja in ihr. Amir war alles, woraus sie bestand.

Zwischen den Fahrgästen vorne am Bug konnte man schon das andere Ufer sehen, die Straßenlaternen am Kai, den matten Glanz des feuchten Pflasters. Es war kurz nach eins, und niemand wartete mehr an der Anlegestelle. Die junge Frau in dem gelben Sommerkleid packte die Lenkergriffe fester und klappte den Fahrradständer hoch, um das Rad zum Bug zu schieben. Sie ließ die Augen nicht von den anderen Passagieren vor ihr, von den Rücken, den Hälsen.

Sie hatte nicht gewusst, dass sie so viel Angst haben konnte; dass überhaupt ein einziger Mensch so viel Angst haben konnte.

Als sie nah genug an der Landeklappe war, bemerkte sie die Sehnen am Nacken des Mannes ganz links, *wie angespannt sie waren*, und plötzlich wusste sie, dass sie einen Fehler gemacht hatte.

Er war da. Sie hatte ihn nicht an Bord gehen sehen, aber er war da. Wie in einem Traum hatte sie das Gefühl, als gerinne die Zeit um sie. Die Minuten dehnten und verlangsamten sich. Ihr Mund wurde trocken. Sie blieb stehen und musste sich auf das Fahrrad stützen, weil sie ihre Füße nicht mehr spürte.

Es war ein Fehler gewesen, die Fähre zu nehmen. Auf der Fähre war sie ihm ausgeliefert. Sie merkte es immer zu spät, wenn sie wieder einmal etwas falsch gemacht hatte. Es gab Fehler, die nicht so schlimm waren: wenn man ein Kleid kaufte, das man nirgendwo tragen konnte, oder Schuhe, die sich bequem anfühlten, solange man sie im Laden ausprobierte, und man kaufte sie, obwohl man schon ahnte, dass man auf der Straße damit verloren war. Sogar eine Nacht mit dem falschen Mann – zu schnell geschenktes Vertrauen – konnte man überleben. Aber in jedem Fall merkte sie es zu spät, erst, wenn sich nichts mehr daran ändern ließ.

Vielleicht hätte ich den Bus nehmen und durch den Tunnel fahren sollen, dachte sie, *oder ein Taxi, warum habe ich kein Taxi genommen?* Aber dann dachte sie: *Es macht keinen Unterschied, er hätte dich so oder so gefunden. Irgendwann hätte er dich gefunden, im Videoshop oder im Bus, sonstwo. Du bist einfach irgendwie in den falschen Film geraten, Amir hat dich da mit hineingezogen, obwohl er es bestimmt nicht wollte.*

Und jetzt musst auch du sterben.

Der Motor der Fähre brummte gleichmäßig. Das Wasser teilte sich mit einem seidigen Rauschen. Ein Nebelhorn ertönte, wieder die abgerissenen Musikfetzen vom Bug, und irgendwo in der Ferne ein kurzer Schrei, kürzer, als man brauchte, um ein Messer in einer Wunde umzudrehen. Vielleicht hatte Amir so geschrien, vor einigen Nächten. *Vielleicht ist es sein Todesschrei, den ich erst jetzt höre. Er kommt zu mir wie das Licht von einem dieser Sterne, das man angeblich noch sehen kann, obwohl sie längst erloschen sind.*

Sie dachte an seinen schlanken dunklen Körper im Leichenschauhaus, übersät mit Stichen, kleinen blutverkrusteten Wunden, als hätte ihn ein winziges jähzorniges Tier angefallen. Erloschen, obwohl seine sanfte, stolze Seele weiter in ihr leuchtete. Sie merkte, dass sie zu weinen anfing, nicht richtig, nur das erste Brennen in den Augen, bei dem man sich noch zusammenreißen konnte.

Sie sah zu dem Mann mit dem angespannten Nacken hinüber. Die Stelle, wo er gestanden hatte, war leer. Ihre Blicke flogen hin und her, um ihn zu suchen; es geschah ganz von selbst, sie konnte nichts dagegen tun. Und wenn sie sich getäuscht hatte? War doch möglich, bei dem Licht, und was sollte er überhaupt noch hier, jetzt wo Amir nicht mehr lebte?

Du hast ja nicht mal sein Gesicht gesehen, dachte sie. *Er ist es nicht, und gleich legen wir an; niemand verfolgt dich, niemand lauert dir auf, niemand will dich umbringen.*

Wenn sie das andere Ufer erreichte, war alles gut. Wenn sie den Anlegesteg erreichte, ohne dass es passierte, würde sie die Fähre nie wieder betreten. Auf der Fähre war es am leichtesten für ihn. Wenn sie lebend auf der anderen Seite ankam, würde sie überhaupt nie mehr aus dem Haus gehen. Sie würde den Videoshop absperren und die Wohnung verriegeln, und das Essen würde sie sich an die Tür liefern lassen.

Das Nebelhorn tutete erneut, irgendwo hinten bei den Westerdoks. Es klang nach einem großen Schiff, einem Öltanker vielleicht, der sich vom Nordzee Kanaal her näherte und Kurs auf das Ijsselmeer hielt. Wenn man genau hinschaute, konnte man ihn linkerhand schon in der Dunkelheit erkennen, schwach beleuchtet, ein Schatten, der allmählich größer wurde. Es schob viel Wasser vor sich her, das schwarz und hart gegen die Fähre schlug.

Auf so einem Schiff war Amir um die halbe Welt gereist, bis es in Rotterdam angelegt hatte. Die Frau dachte an den letzten Anruf, den sie von ihm bekommen hatte, an seine Stimme, leise und so atemlos, *ich muss abtauchen, nur für ein paar Tage, sie dürfen nicht wissen, dass es dich gibt, niemand darf das wissen, aber bald sind wir aus allem raus, bald sind wir reich,* und in ihrem anderen Film, dem richtigen Film, war sie plötzlich reich gewesen. Sie hatte sich neue Schuhe gekauft und teure Kleider. Sie hatte es sich ganz klar und bunt vorgestellt, um die Angst zu ersticken, die ihr das Herz abschnürte.

Deswegen war er nach Amsterdam gekommen, *um aus allem raus zu sein*, den ganzen Weg von Indien. Und dann war er da gewesen, und Amsterdam hatte nicht auf ihn gewartet, mit seinem Stolz, seiner zarten Seele. Die Stadt konnte ihn einfach nicht gebrauchen. Statt ihn aufzunehmen, ließ sie ihn nur durch ihre Straßen laufen und halb verblühte Rosen verkaufen.

Das war Amir, bevor ich ihm begegnet bin, und deswegen habe ich mich in ihn verliebt, und deswegen habe ich ihn auch geheiratet. Weil ich wusste, dass er es sonst nicht schaffen würde, ohne meine Hilfe. Und er hätte es geschafft, wir hätten es beide geschafft, wenn der harte Mann nicht aufgetaucht wäre, eines Tages, in der Videothek.

Er hatte ihr Amir genommen, den Amir, den sie anfassen konnte, dessen Geruch sie so sehr mochte. Amir, mit dem sie hier an der Reling gestanden und gedacht hatte: wie im Film, wie in einer schönen, zuckerbunten Bollywood-Liebesschnulze – Amsterdam im Abendrot, und da, die Lichter von Java Eiland, und weiter rechts ein kühnes Gebäude, das den Hafen mit seinem riesigen Bug aus grünem Stein durchpflügte, ja, genau so, und noch weiter hinten vor Anker die *Amsterdam,* das allererste Segelschiff der Ostindien-Kompanie, *und das alles mit Amir, dem allerersten Mann, den ich je geliebt habe.*

Ein Frösteln zog die Haut auf ihrem Rücken zusammen. Sie blinzelte die Tränen weg, und plötzlich stand der Mann hinter ihr. Er stand so nah, dass sie seine Körperwärme spürte, als wollte er sie umarmen. Er war da, und plötzlich dachte sie, *deswegen hast du dir das gelbe Sommerkleid gekauft – damit du fröhlich aussiehst, wenn du tot bist. Man sollte immer etwas Gelbes anhaben, wenn man stirbt.*

2

Der Commissaris folgte dem Blut. Das Blut schien über den Asphalt zu kriechen, ein Tropfen und noch ein Tropfen und noch einer, und dann kroch es auf den Bootssteg und weiter über die Decksplanken eines am Ufer vertäuten Hausboots.

Das Hausboot lag ein Stück weit von der Mündung des Kanals entfernt, am Ende einer mit Schlaglöchern übersäten Straße, die von Lagerhallen gesäumt war. An den Fassaden der Gebäude prangten exotische Firmennamen in verblichenen Schriftzügen. Auf den Höfen zwischen den Hallen standen Lastwagenhänger ohne Zugmaschinen, und die Eisentore der Höfe waren mit schweren Ketten gesichert. Am Fuß der Laderampen wuchs Huflattich in dürren Büscheln aus den Ritzen im Beton. Rostige Maschendrahtzäune trennten französische Autoersatzteillager von türkischen Import-Export-Geschäften und billige Fitnessclubs von schäbigen Sexcabarets. Auch die winzigen Fenster der Frachthallen waren mit Stahlgittern und Eisenjalousien gesichert.

In warmen Nächten bewahrte ein Viertel wie dieses seine Gerüche bis in den frühen Morgen: das Blut, das von schlachtfrischem Fleisch getropft war, die Ausdünstung faulender Fischköpfe, den Gestank von Schmieröl und warmen Gummireifen. Abwasser bildete kleine schillernde Pfützen in den Schlaglöchern. Die Pfützen spiegelten den Himmel, das letzte Dunkelblau der Nacht und das erste Morgenrot.

Der Commissaris folgte dem Blut über das Deck des Boots zu der Luke im Heck. Er dachte, dass es sehr viel Blut war, hier und draußen vor dem Liegeplatz. Er fragte sich, warum jemand, der so viel Blut verlor, sich nicht einfach irgendwo hinsetzte, um sich auszuruhen, um die Blutung zu stillen. *Vielleicht hat der Mörder ihm keine Zeit gelassen,* dachte er. *Vielleicht hat er ihn vor sich her getrieben, ihn erbarmungslos hin und her gejagt bis zu dieser Luke und in den dunklen, feuchten Ort dort unten.*

Geduckt stieg der Commissaris die schmale Holztreppe in den Bauch des Hausboots hinunter, den kleinen roten Flecken nach, die vor dem Licht seiner Taschenlampe über die Stufen in die Finsternis zu seinen Füßen flohen. Die Luft im Kielraum war stickig und feucht. Der Commissaris richtete den Strahl der Taschenlampe auf die unterste Stufe, dann auf den Boden darunter, auf eine Holzkiste, eine Taurolle, einen Generator, einen Haufen Werg.

Die Leiche lag auf der Seite, im hintersten Winkel, neben einem

Eimer mit Pech zum Abdichten durchgerosteter Stellen im Bootsrumpf.

Das Licht erfasste zuerst die Füße in den blutigen Turnschuhen und wanderte dann über die angezogenen Beine hoch zum Gesicht, das von Schnittwunden übersät war und auf dem das entweichende Leben einen Ausdruck von Enttäuschung zurückgelassen hatte. Die Augen waren geschlossen, aber die Lippen standen offen, und in der Kehle klaffte ein tiefer Schnitt wie ein zweiter Mund an der falschen Stelle. Getrocknetes Blut verkrustete die Wunde, den Hals und das weiße Hemd.

Die Hände, zu Fäusten geballt, pressten sich gegen die Brust. Auch die Handrücken waren mit tiefen Schnitten bedeckt. An einem Arm schimmerte matt ein Metallreif. Die gekrümmte Haltung des Opfers verriet nacktes Entsetzen, so eindringlich, als hätte es sich in seinem Körper festgesetzt und sogar seinen Tod überdauert.

Die Blutspur führte geradewegs zu der Leiche. Das Blut war nicht mehr frisch, aber man konnte es noch erkennen, eine ganze Armee von Tropfen, Spritzern und Flecken rings um den Toten. Der Commissaris schaltete die Lampe aus. In der jähen Dunkelheit glaubte er für einen Moment, der tote Mann hätte sich bewegt, hätte die Lider geöffnet, um ihn anzusehen: ein verlangendes Gesicht mit einem hellen, verstörten Blick.

Das Wasser strich gluckernd an der Bordwand entlang, und irgendwo nahebei bellte ein Hund, am Ufer oder auf einem der anderen Boote. Der Commissaris steckte die Taschenlampe in die Tasche seines Trenchcoats und kletterte die Stufen wieder hinauf. Als er die frische Seeluft, die vom IJ landeinwärts wehte, scharf in seiner Lunge spürte, atmete er tief durch. Er brauchte kein Taschentuch, und ihm wurde auch nicht schlecht in Gegenwart von Toten; er atmete einfach flacher.

Die Leute von der Spurensicherung hatten Scheinwerfer aufgestellt, die das Deck mit gleißendem Licht übergossen. In ihren weißen Overalls bewegten sie sich über die Planken, vermaßen die Entfernung zwischen den Blutflecken, nummerierten sie und stellten kleine Metallschilder mit Zahlen daneben auf. Sie gingen Deck und Gangway ab und beleuchteten die Planken mit Halogenlampen. Mit Pinseln und Magnetstäben überzogen sie Geländer und Türgriffe mit Grafitpulver. Sie fotografierten, sammelten, tüteten ein, protokollierten. Jeden Nagelsplitter, jedes Haar, jede Hautschuppe. Zwei Männer mit Plastikhauben, Mundschutz und weißen Taschen stiegen in den Kielraum hinunter, und etwas später flammte der Widerschein der Blitzlichter durch das Viereck der Luke.

Ein Streifen Rot breitete sich im Osten über den Himmel aus. Auch ohne die Scheinwerfer war es inzwischen so hell, dass der Commissaris unter den blau uniformierten Polizeibeamten an Deck und an Land nach vertrauten Gesichtern suchen konnte, aber er kannte niemanden. »Wer hat die Leiche gefunden?«, fragte er den Hoofdagent der Wache Klimopweg aus Amsterdam Noord, der als Erster am Tatort gewesen war.

»Der Besitzer des Hausbootes. Sein Name ist …«, der Hoofdagent holte einen Notizblock aus der Tasche seiner Uniformjacke, »… Geert van der Burg. Er war ein paar Tage verreist, und als er gestern Abend zurückkam, hat er festgestellt, dass während seiner Abwesenheit hier alles durchwühlt worden war. Weil nichts fehlte, hat er darauf verzichtet, die Polizei zu rufen. Das Blut hat er gar nicht bemerkt. Erst kurz nach Mitternacht, er war schon zu Bett gegangen, ist ihm der Geruch aufgefallen. Er hat dann das ganze Boot auf den Kopf gestellt und die Leiche entdeckt.«

»Und er kannte den Toten nicht?«

»Nein. Er sagt, er hätte ihn noch nie gesehen.«

»Wo ist er jetzt?«

Der Hoofdagent blickte zu den Büschen am Kanalweg hinüber, wo ein bärtiger Mann mittleren Alters auf einer Holzkiste saß. Er trug eine ausgefranste Jeans und ein fadenscheiniges Unterhemd, und in der Hand hielt er einen Pappbecher, ohne daraus zu trinken. Selbst auf die Entfernung konnte man sehen, wie seine Hand zitterte.

Auf der anderen Seite des asphaltierten Kanalwegs bildeten die Bäume des Vliegenbos eine schwarze Wand, und davor zeichnete sich zwischen Büschen und Mülltonnen eine ländliche Idylle ab: ein Drahtkäfig mit ein paar Hühnern darin, ein improvisierter Kinderspielplatz – drei schmutzige Plastikstühle, eine Wippe und eine Schaukel – und ein niedriger Verschlag, in dem ein kleines, grauborstiges Schwein im Dreck stand.

»Irgendeine Spur von der Tatwaffe?«, fragte der Commissaris.

»Nein«, antwortete der Hoofdagent. »Wir haben alles so gelassen, wie es war, niemand hat das Opfer angerührt. Vielleicht liegt sie irgendwo unter ihm.«

Hinter der Mündung des Zijkanaals verschwand das letzte Nachtblau über den Silhouetten der Schornsteine und Kessel der Ölraffinerie am IJ-Ufer. Aus Richtung des kleinen Yachthafens bog eine Ambulanz auf den Nieuwendammerdijk und gleich danach der dunkelrote Skoda des Gerichtsmediziners. Der Pathologe parkte hinter der Ambulanz und den Polizeiwagen. Er stieg aus und zog ebenfalls einen weißen Overall an, bevor er mit seiner kantigen schwarzen Ledertasche in der Hand auf den Bootssteg zustapfte. Als er die Blutflecken auf dem Asphalt bemerkte, blieb er kurz stehen, dann ging er ihnen nach.

Es ist besser so, dachte der Commissaris: Am besten stellte man sich vor, die Spritzer wollten einen zu der Leiche führen, damit sie gefunden, untersucht und identifiziert wurde. Es änderte nichts, aber es war besser; das Blut war nicht nur sinnlos herausgeströmt, während das Opfer in panischer Angst über das Deck kroch. Nein, es diente einem Zweck.

Der Gerichtsmediziner war schlank, aber nur mittelgroß, und sein Gesicht verriet, dass er weder dem hellen Morgenlicht noch der frühen Stunde besonders viel abgewinnen konnte. Er schüttelte dem Commissaris die Hand und fragte: »Wie schaffen Sie es bloß, immer vor mir am Tatort zu sein, Mijnheer van Leeuwen?«

»Ich habe einen leichten Schlaf«, sagte Van Leeuwen. Das war nur die halbe Wahrheit; manchmal schlief er gar nicht, sondern fuhr die ganze Nacht in der Stadt herum. Er fuhr herum und hörte den Polizeifunk, und wenn jemand tot aufgefunden worden war, wusste er, wo er hinmusste.

»Das fällt doch gar nicht in Ihre Zuständigkeit hier«, sagte der Pathologe.

Der Commissaris schob die Hände in die Taschen seines Trenchcoats. »Ich bin überall zuständig, wo ein Mord begangen worden ist.«

Der Pathologe blickte zu der Luke hinüber, zu der die Blutspuren führten. Dann seufzte er und wirkte einen Moment lang traurig und verwundbar. Er stellte seine Tasche neben der Luke ab, zwängte sich durch die Öffnung und kletterte bis zur Hüfte hinunter, ehe er wieder nach der Tasche griff und sie sich auf die Schulter hob, um anschließend ganz zu verschwinden.

»Wie heißen Sie?«, fragte der Commissaris den Hoofdagent vom Wijkteam Klimopweg.

»Pieter Jansen, Mijnheer.«

»Gut, Hoofdagent Jansen, wenn Sie mit diesem Boot und seinem Besitzer fertig sind, befragen Sie die Leute auf den anderen Booten und auch alle, die in den Firmen hier in der Nähe arbeiten. Ich will wissen, ob jemand das Opfer kennt oder hier schon einmal gesehen hat. Der Hautfarbe nach handelt es sich um einen Inder oder Pakistani, und er trägt einen Armreif aus Stahl am rechten Handgelenk. Einen *Kara*, er ist das Zeichen der Sikhs. Alle Sikhs heißen mit Nachnamen Singh. Er war jung, vermutlich noch keine dreißig. Irgendjemandem muss er aufgefallen sein. Erkundigen Sie sich, mit wem er zusammengekommen ist, und falls er mit jemandem gesehen worden ist, lassen Sie sich eine genaue Beschreibung geben. Sobald wir den exakten Zeitpunkt des Todes kennen, kreisen wir die Tatzeit genauer ein, und dann fragen Sie die Leute danach, was sie zu dieser bestimmten Zeit gesehen oder gehört haben.«

Der Einsatzleiter der Spurensicherung trat auf den Commissaris zu. »Wir haben die Tatwaffe nicht gefunden«, sagte er, »jedenfalls nicht hier an Bord. Wollen Sie, dass wir den Sicherungsradius ausweiten?«

»Ja. Fordern Sie noch ein paar Leute an. Das Opfer hat ungewöhnlich viele Wunden, und soweit ich sehen konnte, sind die Schnitte klein und nicht sehr tief, fast wie von einer Rasierklinge oder einem Obstmesser. Wenn das stimmt und es sich nicht um eine klassische Mordwaffe handelt, hat der Täter sie wahrscheinlich weggeworfen, vielleicht sogar hier in der Nähe. Es könnte sein, dass er gar nicht die Absicht hatte, das Opfer zu töten, sondern spontan handelte. Dass er dazu getrieben wurde und deshalb den erstbesten Gegenstand benutzte, der in seiner Reichweite war oder den er zufällig bei sich trug. Wann kommt in dieser Gegend die Müllabfuhr, Hoofdagent Jansen?«

»Morgen.«

Van Leeuwen sagte: »Die Mülltonnen dürften demnach überquellen, aber das lässt sich nicht ändern. Kippen Sie den Inhalt aus, und suchen Sie nach Gegenständen, die Wunden verursachen können, die nicht allzu tief gehen, egal, ob es wie eine Waffe aussieht. Außerdem brauche ich eine genaue Untersuchung von allem, woran Blut klebt, auch wenn es nur ein Papiertaschentuch ist. Danach suchen Sie den ganzen Weg ab – nach beiden Seiten – und, wenn die Besitzer es erlauben, auch die anderen Boote längs des Kanals und das Gelände der Raffinerie davor. Fragen Sie den Sicherheitsdienst der Raffinerie, ob deren Überwachungskameras etwas aufgezeichnet haben. Auf dem Weg hierher bin ich an einem Schrebergartenareal vorbeigekommen, das könnte eine Goldgrube sein.«

»Vielleicht ist er durch den Vliegenbos geflohen«, warf Jansen ein. »Der Wald ist –«

Van Leeuwen nickte. »Der Wald, genau, vergessen wir diesen herrlichen Wald nicht. Außerdem will ich Taucher, die sich auf dem Grund des Kanals umsehen, und vor allem brauche ich die Fingerabdrücke des Toten so schnell wie möglich.«

Der Himmel war jetzt schon sehr hoch und von strahlendem Juliblau. Elegant stiegen Möwen mit weißem Flügelschlag aus dem Dunst über dem Wasser. Die Bäume des Vliegenbos leuchteten in flirrendem Grün.

Hinter dem Commissaris kletterte der Gerichtsmediziner aus der Luke. Einen Moment lang blieb er reglos stehen, dann schob er den Mundschutz unters Kinn, zog die Plastikkapuze vom Kopf und atmete mehrmals tief ein und aus. Er bückte sich, um seine Tasche entgegenzunehmen, die ihm von unten heraufgereicht wurde, und es dauerte einen weiteren Moment, bis er wieder hochkam. »Ich hätte Kinderarzt werden können«, sagte er zu Van Leeuwen. »Warum bin ich nicht Kinderarzt geworden?«

»Weil Sie Kinder nicht aufschneiden können«, sagte der Commissaris.

»Was für ein schöner Tag«, fuhr der Arzt unbeirrt fort. »Ich könnte die Kinder in meiner Praxis empfangen, und sie könnten mir sagen, wo es ihnen wehtut, und ich würde ihnen etwas Leichtes verschreiben, das ihnen hilft, gesund zu werden. Sie würden vielleicht ein bisschen herumstottern oder lispeln, und der eine oder andere könnte etwas Wasser und Seife vertragen, aber gegen das da unten …«

Er unterbrach sich und schüttelte den Kopf. »Wissen Sie, Mijnheer, die Toten stottern nicht und lispeln nicht. Sie drücken sich ganz klar und eindeutig aus, und ich verstehe alles, was sie mir sagen wollen. Ich will es bloß nicht mehr hören. An manchen Tagen will ich es einfach nicht mehr hören.«

»*Ich* will es hören«, sagte Van Leeuwen.

Der Pathologe nickte. Der Mundschutz unter seinem Kinn flatterte im Wind, und die kleinen Fältchen um seine Augen schienen mehr geworden zu sein in der kurzen Zeit, die er unter Deck verbracht hatte. »Womit soll ich anfangen?«

»Die Tatwaffe.«

»Ein dünner, scharfer Gegenstand. Wahrscheinlich ein Messer mit einer kurzen Klinge.«

»Ein Teppichmesser?«

»Oder ein Instrument zum Häuten von Tieren. Ich liefere Ihnen eine genaue Beschreibung der Wunden; den Kopf müssen Sie sich dann zerbrechen.«

»Die ganzen Wunden stammen von einem einzigen Messer?«

»Allem Anschein nach.«

»Und wann wurde die Tat begangen? Wie lange ist das Opfer schon tot?«

»Zwei Tage vermutlich, plus minus ein paar Stunden. Nach einer ausführlicheren Untersuchung kann ich den Zeitpunkt präziser bestimmen. Es ist nur etwas an den Wunden, an der Art, wie sie zugefügt wurden … Ich hätte doch Kinderarzt werden sollen.«

»Was ist mit den Wunden?«, fragte Van Leeuwen geduldig.

Der Pathologe sagte: »Es ist der Abstand, der dazwischenliegt – der zeitliche Abstand … Ich muss mir das einfach genauer anschauen.« Er schwenkte seine Tasche zu einem müden Gruß und wandte sich dem Bootssteg zu. »Auf Wiedersehen, Commissaris. Ist das nicht ein schöner Tag?«

Es gibt keine schönen Tage mehr, dachte der Commissaris. Er sah dem Doktor nach, wie er über den Bootssteg ging und dabei vorsichtig einen Fuß vor den anderen setzte. Dann rief er: »Was ist mit den Wunden, Doktor?«

Der Doktor drehte sich um. »Es sieht aus, als wäre er zweimal ermordet worden. Mit demselben Messer, aber nicht zur selben Zeit.«

3

Es gab keine schönen Tage mehr, aber dieser Julimorgen konnte nicht schöner sein. *Simonewetter*, dachte Van Leeuwen und stellte sich vor, wie seine Frau gerade aufwachte und durch das große Fenster in ihrem Zimmer den strahlenden Himmel und die Sonne sah und wie sie spürte, dass es ein schöner Tag war.

Der Commissaris fuhr durch den Tunnel zurück in die Stadt. Es war noch wenig Verkehr, aber ein paar Lastwagen lieferten sich ein Rennen mit den städtischen Bussen, und ihre Abgaswolken verdunkelten die Tunnelbeleuchtung, bis nur noch ein trüber Schein von vorbeifliegendem Weiß übrig blieb. Auf der anderen Seite des alten Hafens schwang sich die Straße aus der Röhre unter dem kühnen Schiffsbug des NEMO hervor, dessen schilffarbene Wände sich in mattem Glanz aus dem Wasser erhoben. Der Commissaris fuhr in seinem leise schnurrenden Alfa durch die erwachende Stadt und dachte an den toten Mann im Kielraum des Hausboots, der heute nicht mehr erwacht war und auch nie wieder erwachen würde. Es gab jetzt ein Band zwischen ihnen. Das Band war da, und es blieb da, bis der Commissaris den Mörder gefunden hatte.

Jenseits der Brücke über die Singelgracht steuerte Van Leeuwen den Alfa in das *Europarking* gegenüber vom Präsidium und stellte ihn an seinen Platz auf dem obersten Deck, das für die Polizei reserviert war. Er legte die Taschenlampe ins Handschuhfach und den Trenchcoat auf den Beifahrersitz. Er fuhr mit dem Fahrstuhl nach unten und ging über das Gelände der Tankstelle zum Eingang des Hoofdbureaus van Politie auf der anderen Seite der Elandsgracht.

Das Wasser in der Lijnbaansgracht stand tief, und das Gras am Ufer hatte eine gelbliche Farbe angenommen. Neben der Brücke lagen ein paar mit Segeltuch abgedeckte Kähne, deren Bemalung in der Hitze rissig wurde und abplatzte.

Die Sonnenblenden an den Fenstern des Präsidiums waren fast alle heruntergelassen. Die blaue Fahne der Polizei von Amsterdam-Amstelland wehte matt im warmen Wind. Die ziegelbraunen Backsteinmauern hatten sich auch in der Nacht nicht richtig abgekühlt. Der geschnitzte Fischreiher im Innenhof schien sich durstig dem Wasser der Singel entgegenzurecken, das träge an der Elandsgracht 117 vorbeifloss.

Die Empfangshalle des Präsidiums sah aus wie das Foyer eines kleinen, aber gut geführten Unternehmens, inklusive der Gemälde an den Wänden: eine Familienfirma, in die man morgens gern zur Arbeit ging. Der Commissaris stieg die breite, geschwungene Treppe in den ersten Stock hinauf. Sein Büro befand sich am Ende eines langen Gangs aus verglasten Wänden und holzgetäfelten Türen. Um diese Zeit waren die meisten Büros noch leer, und überall roch es nach den Scheuermitteln, mit denen die Putzkolonne sie in der Nacht gesäubert hatte.

Das Büro war schlicht: der Schreibtisch, zwei Stühle mit grauen Plastiksitzen, ein Aktenschrank, ein Garderobenständer und ein halb abgestorbener Farn in einer ausgetrockneten Hydrokultur. An der Wand neben der Tür hing ein verblichenes Poster, früher bunt, inzwischen fast monochrom: die Elf von Ajax Amsterdam in ihren

Trikots, aufgenommen zu der Zeit, als Van Leeuwen ein junger Streifenpolizist gewesen war und sich noch für Fußball interessiert hatte. *Die beste Mannschaft, die Ajax je hatte,* dachte er, *wirklich eine verdammt gute Mannschaft. Damals waren schöne Tage auch noch wirklich schön, voller Versprechen und Hoffnung, gesättigt mit Zukunft; heute sind wir alle monochrom.*

Die Jalousie ließ nur Streifen des hellen Vormittagslichts in den Raum, und so sah es aus, als beträte er einen Käfig, durch dessen Schattenstäbe er kommen und gehen konnte wie ein Geist. Er zog sein Leinensakko aus und hängte es an den Garderobenständer. Er holte einen Schlüssel aus der Hosentasche, sperrte die oberste Schreibtischschublade auf und sah nach seiner Dienstwaffe. Die Luger lag unberührt neben dem zusammengerollten Schulterhalfter, gesichert und nicht geladen. Er schob die Schublade zu und verschloss sie wieder.

Dann schaltete er den Computer ein und sah nach, ob der Technische Dienst ihm die Fotos schon geschickt hatte. Er fand eine Mail mit Anhang aus der Sarphatistraat vor und öffnete sie. Das Gesicht des toten Inders setzte sich auf dem Bildschirm zusammen, jetzt ganz klar und scharf und in Farbe, die geschlossenen Augen, die blutigen Schnitte, der enttäuscht verzogene Mund, das schwarze Haar und das getrocknete Blut unter dem Kinn, wo die Wunde klaffte, die ihn getötet hatte.

Es sieht aus, als wäre es von seinem Kopf abgezogen worden, dachte Van Leeuwen. Nichts verriet, dass dieses Gesicht einmal mit einem Menschen gewachsen war; es gab keinen Hinweis auf das Leben davor, nur auf den Tod, der es beendet hatte.

Ein zweiter Geist – Hoofdinspecteur Ton Gallo – betrat den Raum. Der zweite Geist trug eine Pilotenjacke aus abgewetztem Leder, darunter das Schulterhalfter mit der Sig Sauer P 229, ein sandfarbenes T-Shirt, ausgewaschene Jeans und dunkelbraune Nikes. Er hielt einen Becher Kaffee in der einen Hand und in der anderen die Papiertüte einer Bäckerei, die er auf Van Leeuwens Schreibtisch legte. »Kaffee«, sagte er, »und Croissants. Du musst dir wieder angewöhnen, zu frühstücken.«

Der Commissaris nahm den Kaffeebecher und trank einen Schluck. »Wie viele Inder gibt es in Amsterdam?«, fragte er.

»Nicht so viele wie Chinesen«, sagte der Hoofdinspecteur, »und wahrscheinlich auch nicht so viele wie Surinamer, Antillianer oder Marokkaner, von den Türken ganz zu schweigen.« Er fasste Van Leeuwen genauer ins Auge. »Du bist wieder die ganze Nacht in der Stadt herumgefahren, oder?«

»Die halbe«, sagte Van Leeuwen. »Die Kollegen in Noord haben auf einem Hausboot eine Leiche gefunden. Ich war zufällig in der Nähe. Wir bearbeiten den Fall.«

»Was sagen denn die Kollegen vom zuständigen Revier dazu?«

Der Commissaris zuckte mit den Schultern. »Wo sind eigentlich Remko und Julika?«, fragte er.

»Remko ist auf einer Schulung –«

»Was für eine Schulung?«

»Interpol, Brüssel: Terrorismusbekämpfung, Strukturen und Tarnung von Al-Kaida-Zellen der dritten und vierten Generation, Satellitenüberwachung von Telekommunikationsnetzen, Sprengstoffidentifizierung und so weiter; den Antrag hast du doch selbst abgezeichnet. Und Brigadier Tambur kommt heute später, weil sie die Nacht bei ihrem Vater verbringen musste. Er hat wieder zur Flasche gegriffen.«

Van Leeuwen ging zum Laserdrucker, schaltete ihn ein und gab den Printbefehl, der das digitale Abbild des toten Inders auf Papier brannte. Danach gab er Gallo das noch warme Blatt. Der Hoofdinspecteur betrachtete das Foto. »Mein Gott«, murmelte er. »So was habe ich seit Srebrenica nicht gesehen. Manchmal möchte man kein Mensch mehr sein. Wissen wir schon, wer er ist?«

»Nein«, antwortete Van Leeuwen. »Er trägt, glaube ich, den Armreif der Sikhs, also vermute ich, dass er Inder ist und Singh heißt. Frag doch mal beim Einwohnermeldeamt und bei den Einreisebehörden nach, wie viele Inder es so über den Daumen gepeilt in Amsterdam gibt –«

»Legal oder illegal?«

»– und wo die arbeiten, falls sie eine Arbeit haben: Computergeschäfte, Feinkostläden, Restaurants, Import-Export, Müllabfuhr oder als Gespenster aus den Tagen der Ostindien-Kompanie, alles! Ach, und erkundige dich, ob es bei der Registrierung inzwischen Vermerke über die Religionszugehörigkeit gibt.«

Gallo hob den Kopf und sah zum Fenster hinüber, durch die Jalousien, vor denen der heiße Julitag schimmerte. Dann kehrte sein Blick zu dem Foto in seiner Hand zurück. »Denkst du, es könnte eine religiös motivierte Tat sein? Woran glauben Sikhs eigentlich? Ist das irgendwas Fundamentalistisches?«

»Nur wenn es Fundamentalisten in die Hände fällt«, sagte Van Leeuwen. »In jedem Fall handelt es sich um eine religiöse Minderheit, die dafür aber zusammenhält wie Pech und Schwefel. Vielleicht können wir da ansetzen, bei den anderen Sikhs in Amsterdam.«

Das Telefon klingelte. Der Commissaris ging an den Apparat und schaltete den Lautsprecher ein. Der Anrufer war Doktor Holthuysen von der Gerichtsmedizin, inzwischen offenbar wieder eins mit sich, seiner Berufswahl und dem Universum, das schöne Tage Kinderärzten und Pathologen gleichermaßen bescherte.

»Hallo, Mijnheer van Leeuwen«, sagte er. »Ich weiß, dass Sie Puzzles lieben, deswegen will ich Sie schon mal vorab mit den Teilchen versorgen, auf die mich meine bisherigen Untersuchungen gebracht haben, wenn ich mir dafür mit dem schriftlichen Bericht etwas mehr Zeit lassen kann.«

»Ich verstehe Dinge besser, wenn ich sie nachlesen kann«, sagte der Commissaris und dachte, *außer wenn es sich um Briefe handelt, vor allem auf Italienisch abgefasste Briefe, in denen es um Liebe und Ehebruch geht.*

»Sagten Sie nicht, der Tote wäre ein Sikh?«, fragte der Doktor.

»Ich habe es angenommen, wegen des Armreifs«, sagte Van Leeuwen, »und wegen seiner Hautfarbe.«

Holthuysen seufzte. »Meines Wissens«, begann er, *das, wie Ihnen bekannt sein dürfte, enzyklopädisch ist, wahrscheinlich sogar unermesslich*, ergänzte der Commissaris in Gedanken, »meines Wissens leben Sikhs nach äußerst strengen moralischen Grundsätzen. Sie rauchen nicht und trinken weder Alkohol, noch nehmen sie andere Drogen;

der Einfluss des Islam ist da wohl unübersehbar. Sie sind in Indien politisch und gesellschaftlich einflussreicher als die meisten Moslems oder Hindus. Natürlich glauben auch sie an Karma und Wiedergeburt –«

»Wenn er sich mit der Wiedergeburt etwas beeilt, kann er uns ja selbst sagen, wer ihn getötet hat«, warf Gallo ein.

»Die Frage lautet daher«, redete Holthuysen weiter, als hätte er den Einwurf gar nicht gehört, »wenn er ein Sikh war, der aufgrund seines Glaubens nicht raucht, nicht trinkt und auch sonst nach strengen moralischen Grundsätzen lebt, wieso hatte er dann – unter anderem – Einstichnarben in den Armbeugen, den Achselhöhlen, den Kniekehlen und zwischen den Zehen? Einige dieser Narben waren schon mehrere Jahre alt, aber die zwischen den Zehen sind neu. Und warum habe ich in seinem Magen Alkohol gefunden und in seinem Blut Spuren von Diacetylmorphin, uns allen besser bekannt als Heroin?«

»Vielleicht ist er vom Glauben abgefallen«, sagte der Commissaris.

»Oder er war kein Sikh«, gab der Pathologe zu bedenken. »Den Armreif könnte er gestohlen haben, vielleicht dachte er, er wäre aus Silber. Na, wie auch immer, das ist reine Spekulation, dafür sind Sie zuständig, wenn Sie Ihr Puzzle zusammensetzen. Was er mir dagegen an Fakten erzählt hat, lautet, wie folgt: Zum Zeitpunkt der forensischen Untersuchung war der Mann, den Sie Mijnheer Singh nennen, bereits sechsundfünfzig Stunden tot, das heißt, der Tod trat in den frühen Morgenstunden des 24. Juli ein, genauer, zwischen ein und drei Uhr morgens. Also in der Nacht von Freitag auf Samstag. Als unmittelbare Todesursache steht die Durchtrennung der Halsschlagader und der Kehle zwischen den Trachealringen knapp unterhalb des Adamsapfels fest. Dieser Schnitt wurde mit großer Kraft von rechts nach links durchgeführt, und zwar mit derselben Waffe, die auch die restlichen Wunden am Körper des Toten verursacht hat.«

»Was für eine Waffe war das?«

Der Pathologe sagte: »Ein Messer mit einer kurzen, scharfen und kräftigen Klinge, die nicht tief genug dringt, um lebenswichtige Organe verletzen zu können, dafür aber großen Blutverlust zur Folge hat.«

»Nichts, was man sich aussuchen würde, wenn man sein Opfer vorsätzlich umbringen will«, sagte der Commissaris.

»Nein«, bestätigte Holthuysen. »Ich würde sogar meinen, dass sich in den meisten Haushalten ein solches Messer gar nicht findet. Jedenfalls wurden dem Toten mit diesem Gegenstand zu einem früheren Zeitpunkt insgesamt dreiundzwanzig Wunden an den Händen, an den Armen, am Thorax, im Nackenbereich und im Gesicht zugefügt –«

»Was heißt das: zu einem früheren Zeitpunkt?«

Holthuysen sagte: »Wenn man sich den unterschiedlichen Verkrustungsgrad der Stiche anschaut – ungefähr eine viertel bis eine halbe Stunde früher.«

»Also hat der Täter irgendwann zwischen kurz nach Mitternacht und drei Uhr morgens blindwütig auf ihn eingestochen und ist später noch einmal zurückgekehrt, um ihm die Kehle durchzuschneiden?«, fragte der Commissaris.

»In diesem Punkt muss ich mich korrigieren«, sagte Doktor Holthuysen. »Wenn ich mir die Stichführung anschaue und den Kraftaufwand errechne, komme ich zu dem Schluss, dass es sich zwar um dieselbe Waffe handelt, aber nicht um denselben Täter.«

Auf dem Gang vor der Tür erschien eine uniformierte Polizistin, sie warf einen Blick in den Raum und winkte mit einem gelben Umschlag. »Für den Commissaris«, sagte sie, »vom Technischen Dienst.«

Gallo nahm ihr das Kuvert ab und öffnete den Verschluss. Das Kuvert enthielt Vergrößerungen der Fingerabdrücke des Toten, mehrere Abzüge des Fotos aus Van Leeuwens Computer und einen computergeschriebenen Bericht, außerdem eine Platindisc mit denselben Informationen.

Gallo schob die Disc in den Computer. Der Bildschirm füllte sich mit kreisförmigen Linien in Schwarz und Grau, die an die seismischen Ringe um das Epizentrum eines Erdbebens erinnerten. Mit einem Tastendruck startete der Hoofdinspecteur das Programm zur Abgleichung des Fingerabdrucks mit sämtlichen anderen Abdrücken im Computersystem der niederländischen Polizeibehörden. Während das Programm lief, überflog Gallo die schriftliche Analyse der Spuren.

»Die dreiundzwanzig Stiche und Schnitte wurden schnell, ich würde fast sagen: in panischer Hast, zugefügt«, fuhr der Pathologe fort. »Diese Wunden hatten, wie bereits erwähnt, einen großen Blutverlust zur Folge, waren aber nicht tödlich. Vermutlich wurde das unbewaffnete Opfer von seinem Angreifer überrascht, hat sich mit bloßen Händen zu wehren versucht und ist schließlich vor ihm davongelaufen, was die Wunden im Nacken erklärt. Irgendwann hat der Täter von ihm abgelassen, weil er das Opfer für tot hielt. Tatsächlich war es aber noch am Leben und hatte nur das Bewusstsein verloren oder sich tot gestellt. All diese Stöße und Schnitte wurden mehr oder weniger heftig, aber nicht mit allzu großer Kraft ausgeführt, und die Eintrittskanäle lassen auf einen Täter schließen, der Linkshänder ist. Der letzte, tödliche Schnitt – etwa eine viertel, maximal eine halbe Stunde später – wurde dagegen mit großer Entschlossenheit und Kraft zugefügt, und zwar ganz eindeutig von rechts nach links.«

Van Leeuwen schwieg. Er versuchte sich vorzustellen, was auf dem Hausboot passiert war, zwischen ein und drei Uhr in der Nacht, aber es gelang ihm nicht; er wusste noch zu wenig.

»Abgesehen von den Stichwunden gibt es keine Spuren eines Kampfes«, erklärte Doktor Holthuysen. »Keine Hautpartikel des Angreifers unter den Fingernägeln, keine ausgerissenen Haare und kein Blut außer dem des Opfers an Körper und Kleidung, übrigens Blut der Gruppe AB positiv. Es sieht aus, als hätte der Tote sich nicht gewehrt. Warum, das herauszufinden bleibt Ihnen überlassen, Mijnheer van Leeuwen.«

»Danke, Doktor«, sagte der Commissaris. »Schicken Sie mir den schriftlichen Bericht trotzdem so schnell wie möglich zu.«

»Gespickt mit Fachausdrücken im schönsten Medizinerlatein, wie Sie es mögen«, sagte der Pathologe, aber dann veränderte seine

Stimme sich plötzlich und nahm einen reuigen Ton an. »Entschuldigen Sie, Mijnheer, das war eine dumme Bemerkung, ich habe nicht nachgedacht.« Er räusperte sich verlegen. »Wie geht es … Geht es Ihrer Frau einigermaßen?«

»Danke, dass Sie nicht gefragt haben, ob es ihr *gut* geht«, sagte Van Leeuwen.

»Also, ich mach mich dann mal wieder an die Arbeit«, sagte Holthuysen. »Hier unten kriegt man ja gottlob nicht mit, was draußen für ein Tag ist. Übrigens, falls ich mal wieder das Bedürfnis verspüren sollte, Sie mitten in der Nacht anzurufen: Schlafen Sie inzwischen besser?«

»Ich schlafe ruhiger«, sagte der Commissaris, »nicht besser.«

Er legte auf und betrachtete das Foto des toten Inders. *Warum hast du dich nicht gewehrt?*, dachte er. *Was hast du auf dem Hausboot gemacht? Vor wem hast du dich da versteckt? Es war kein sehr gutes Versteck, oder?*

»Ungefähr zwanzigtausend«, sagte Gallo. »Inder in Holland. Ich habe gerade mit dem Meldeamt gesprochen – zwanzigtausend, die einen indischen oder einen niederländischen Pass haben. Außerdem gibt es noch rund hundertachtzigtausend Surinamer, die in Indien geboren sind.« Er legte einen Computerausdruck auf Van Leeuwens Schreibtisch. »Der Bericht der Spurensicherung. Wie immer ein Dokument sprachlicher Gewandtheit. Irgendwann werden die alten Burschen in Stockholm nicht mehr darum herumkommen, den gesamten Technischen Dienst mit dem Literaturnobelpreis auszuzeichnen.«

Während der Computer weiter nach passenden Fingerabdrücken suchte, vertiefte der Commissaris sich in die vorläufige Analyse der Tatortuntersuchung. Die Techniker hatten Blut, Fingerabdrücke und Fußspuren registriert. Die Fingerabdrücke gehörten dem Opfer und dem Besitzer des Boots. Es gab noch mehrere ältere Abdrücke, aber keine, die sich dem Zeitraum der Mordnacht zuordnen ließen. Schmierspuren auf dem Gangwaygeländer deuteten darauf hin, dass der oder die Täter ihre eigenen Fingerabdrücke abgewischt hatten.

Das Blut der Gruppe AB positiv fand sich in kleinen Mengen

an Land und in größeren an Bord des Hausboots, vor allem unter Deck, wo das Opfer gestorben war. Es war in die Kleidung des Toten gesickert und klebte an seinen Turnschuhen der Größe 40. Die Turnschuhe hatten Abdrücke auf den Decksplanken, dem Bootssteg und dem Uferweg hinterlassen. Natürlich hatten die Techniker auch Abdrücke von anderen Schuhen gefunden – die des Besitzers, ferner die der Polizeibeamten und schließlich die von mindestens zwei unidentifizierten Personen, Turnschuhe, Größe 42 und 38. Aber nur an denen des Opfers hatte sich Blut der Gruppe AB positiv befunden. Blut einer zweiten Gruppe hatten die Techniker nicht entdeckt.

Die Blutspritzer und die Abdrücke der Turnschuhe führten vom Boot herunter, beschrieben auf dem Asphalt des Uferwegs einen Halbkreis und kehrten dann wieder auf den Bootssteg zurück.

Zwei Täter, dachte der Commissaris, *die nacheinander zugestochen haben, einer auf dem Boot und dann einer an Land.* Er las weiter, und während er las, sah er zwischen den Zeilen das Boot und den toten Inder; er sah die Nacht, aber die beiden Mörder sah er nicht. Stattdessen sah er den Besitzer und sagte zu Gallo: »Ich will wissen, wo der Besitzer des Hausboots, dieser – wie hieß der noch? – Geert van der Burg, in der Nacht von Freitag auf Samstag war. Erkundige dich bei den Kollegen in Noord, ob er ein Alibi hat.«

Was die Techniker der Spurensicherung noch gefunden hatten: mikroskopisch kleine Mengen verschiedener unbekannter Substanzen an den Händen und an der Kleidung des Toten, die aber erst nach einer sorgfältigeren Laboranalyse genau bestimmt werden konnten. Zu guter Letzt fanden sich noch ein Hinweis auf abgeschabte Lackpartikel an einem Maschendrahtzaun gegenüber der Liegestelle des Hausboots und weitere Plättchen desselben Lacks auf dem Asphalt neben dem Zaun. *Farbe: magentarot. Die Lacksplitter könnten von einer Autokarosserie stammen,* las Van Leeuwen, *vielleicht von einem Wagen, der zu schnell gestartet, gefahren oder zum Stillstand gebracht worden ist, sodass er ins Schleudern kam und den Zaun streifte. Allerdings lässt sich nicht feststellen, ob dies in der Tatnacht geschehen ist.*

Gallo telefonierte, und als der Commissaris den Bericht zuklappte, legte der Hoofdinspecteur auf und sagte: »Hoofdagent Jansen schickt noch mal jemanden zu Mijnheer van der Burg, aber seiner Meinung nach kommt der Besitzer als Täter nicht in Frage –«

Van Leeuwen fragte: »Gibt es schon Zeugen, irgendjemanden, der in der Nacht von Freitag auf Samstag etwas Auffälliges vor oder auf dem Hausboot gesehen hat?«

Gallo schüttelte den Kopf. »Keine Zeugen, jedenfalls bis jetzt nicht –«

Der Computer gab ein überraschendes *Ping* von sich, und auf dem Bildschirm teilten sich zwei identisch aussehende Fingerabdrücke das Fenster. »Amir Singh, siebenundzwanzig«, las Gallo vor, »geboren in Bombay – heute Mumbai –, legal eingewandert vor vier Jahren, vor zwei Jahren vom Zoll aufgegriffen wegen Verstoß gegen das Betäubungsmittelgesetz und Diebstahl in einem minder schweren Fall. Verurteilt zu neun Monaten Haft im Gefängnis von Scheveningen, entlassen am 15. Januar, also vor einem guten halben Jahr. Singh, wie du gesagt hast, Bruno. Was will man mehr?«

»Die Adresse«, sagte Van Leeuwen.

»Letzte bekannte Adresse: De Grootweg 83, geht vom Waddenweg ab, in Noord. Gar nicht so weit weg von der Stelle, wo die Kollegen vom Klimopweg ihn gefunden haben.«

»Lebte er da allein?«

Hinter ihnen erklang ein Klopfen, und als sie sich umdrehten, stand Brigadier Julika Tambur in der Tür. Sie sah verwirrt und zornig aus. Die Sicherheitsnadeln, Ketten und Reißverschlüsse an ihrer Lederjacke blitzten, und die rot gefärbten Spitzen ihrer streichholzkurzen Haare wirkten, als hätte sie die Strähnen in Blut getaucht. Ihr Gesicht war blass, fast weiß, aber selbst die violette und schwarze Schminke konnte seine verletzliche Schönheit nicht verbergen. Alles andere war nur Panzer: die Nieten und Noppen und eisenbeschlagenen Stiefeletten unter durchlöcherten Jeans.

»Ist schon wieder Halloween?«, fragte Hoofdinspecteur Gallo.

Julika ignorierte die Bemerkung, trat in den Raum und schlüpfte aus ihrer Lederjacke, unter der sie ihre Dienstwaffe in einem

Lederholster trug. »Entschuldigen Sie, Commissaris, ich dachte, ich schaffe es früher, aber mein Vater hat sich die ganze Nacht erbrochen –«

»Erzählen Sie mir nicht, wie Sie Ihre Nacht verbracht haben«, sagte Van Leeuwen. Er deutete auf das Bild von Amir Singh auf seinem Schreibtisch. »Sehen Sie sich das Foto an.«

Julika warf ihre Jacke über eine Stuhllehne, dann nahm sie das Foto und betrachtete es. Sie sagte nichts. Sie betrachtete das Bild, und allmählich wurde sie ruhig, und sie sah auch nicht mehr verwirrt und zornig aus. »Ich weiß, wer das getan hat«, sagte sie.

»Ach ja, wer?«, fragte Gallo.

»Edward mit den Scherenhänden.«

»Ziehen Sie Ihre Jacke wieder an, Brigadier Tambur«, sagte Van Leeuwen und griff nach der Papiertüte mit den Hörnchen. »Sie begleiten mich. Vielleicht hat der Tote jemanden hinterlassen, der sich freut, dass Sie den Mord so schnell aufgeklärt haben.«

4

Sie verließen den IJ-Tunnel und fuhren ein Stück weit auf dem mehrspurigen Nieuwe Leeuwarderweg am Noord Hollandsch Kanaal entlang, bis sie hinter der Ausfahrt Noord an einen Schrottplatz kamen. Der Schrottplatz war einmal eine Straßenbaustelle gewesen, aber außer einer einsamen Planierraupe erinnerte nichts mehr an diese wahrscheinlich erst kurz zurückliegende Zeit. Alteisen, Betonröhren und Stahlrohre türmten sich zu rostbefallenen Halden. Hier und da blitzte ein Stück Chrom oder die weiße Verkleidung eines Kühlschranks hinter dem Maschendrahtzaun, der den Platz umgab. Die Rostflecken wirkten in der Sonne wie verschorfte Wunden. Über dem Zaun und über den Eisenhalden segelten Möwen auf unsichtbaren Luftströmen vor dem tiefblauen Nachmittagshimmel. Ihre Schreie klangen metallisch und zornig, als hätten sie jeden einzelnen mit dem Schnabel aus dem Schrott kratzen müssen.

Der De Grootweg war eine schmale Gasse, in der das unvermeidliche Import-Export-Geschäft neben dem ebenso unvermeidlichen Internetcafé lag, gefolgt vom obligaten Stehimbiss, dem Coffeeshop, dem kleinen Gemischtwarenladen und dem Fitnessclub. Die schlierigen Fenster der Läden waren mit Gittern und Metallrollläden gesichert, obwohl das Warenangebot dahinter kaum zum Diebstahl reizte. In den Auslagen wechselten sich schwärzliche Messingteller mit verstaubten Elektrogeräten und billigen Ledertaschen ab. Es gab Comics, Plastiksandalen, bemalte Keramikvasen, Buddhastatuen, Autozubehör und den Koran in Grün mit goldfarbenen Schnörkeln auf dem Einband.

Brigadier Tambur steuerte den zivilen Dienstwagen langsam bis zur Hausnummer 83. Zwischen den eng stehenden Häusern staute sich die Hitze. In der Mitte der Gasse plätscherte Wasser über den Asphalt. Im Schatten einer ausgebleichten Markise saßen drei schlanke Afrikaner in schwarzen Hosen und weißen Hemden auf Apfelsinenkisten vor einem Stehausschank und tranken Pfefferminztee.

Die Tür des zweistöckigen Hauses Nummer 83 war mit Metall verstärkt und durch drei Schlösser gesichert. In einem Schaukasten lagen Stapel von Videokassetten und DVDs vor dem halb zusammengerollten Plakat eines japanischen Horrorfilms. Über dem Eingang ergaben verstaubte Neonröhren aus rotem Milchglas das unwiderstehlich lockende Wort *Videoparadise.*

Brigadier Tambur steuerte den Wagen an den Rand der gepflasterten Straße und hielt hinter einem staubverkrusteten Peugeot. »Warum wollten Sie, dass ich mitkomme?«, fragte sie. »Sonst machen Sie so was immer mit Ton.«

»Ton brauche ich im Präsidium, damit er die Ermittlungen koordiniert und die Berichte der Kollegen vom Klimopweg auswertet«, sagte Van Leeuwen.

»Das ist nicht der einzige Grund.« Julika hielt den Blick auf die Straße und den Rückspiegel gerichtet. »Sie wollten mir etwas zu tun geben. Mich von meinem Vater ablenken.«

Van Leeuwen stieg aus. »Ich will bloß, dass Sie fahren und hier auf mich warten.«

Vom Schrottplatz am Anfang der Straße drang das ferne Bellen eines Hundes herüber. Zwei weitere Männer gesellten sich zu den drei Teetrinkern vor dem Stehausschank. Hinter offenen Fenstern lärmten Radios, Fernsehapparate, Stereoanlagen, Staubsauger, Haartrockner, Waschmaschinen. Kinder schrien, Männer brüllten Frauen an, Frauen keiften zurück. Das Bellen des Hundes ging in ein Jaulen über.

Der Commissaris drückte die Tür der Videothek auf und betrat einen kleinen Raum, der in kühles Halbdunkel getaucht war. Rote, blaue und gelbe Neonröhren beleuchteten die grellen Hüllen der Videokassetten und DVDs in den weiß gestrichenen Metallregalen an den Wänden. Im hinteren Teil des Raums gab es eine Tür, die mit einem Vorhang aus Holzperlenschnüren verhängt war. Aus dem Büro hinter der Kassentheke drangen leise Sitarklänge.

Van Leeuwen war allein in der Videothek. Er musterte die Filme in den Regalen und hatte das Gefühl, einen Blick in eine bunte Welt schreienden Irrsinns zu werfen. Die Cover der Kassetten zeigten bluttriefende Kettensägen in den Händen maskierter Ledermänner. Sie zeigten abgetrennte Körperteile kaum bekleideter Frauen, die selbst als verstümmelte Leichen noch zum Lustobjekt stilisiert waren. Sie zeigten verführerisch glänzende Pistolen in den Händen schwarz gekleideter Männer mit asiatischen Gesichtszügen, die Augen verborgen hinter verspiegelten Sonnenbrillen. Bandagierte Zombiefäuste rissen grünes Gedärm aus aufgeschlitzten Bäuchen. Muskulöse Männer mit tätowiertem Oberkörper sprangen sich gegenseitig mit den nackten Füßen ins Gesicht.

Im nächsten Regal wimmelte es von Bollywood-Filmen: Bärtige Männer mit Turban wurden vor gischtspritzenden Wasserfällen von verschleierten Frauen in durchnässten Kleidern angehimmelt oder sanken, von Leidenschaft überwältigt, mit anderen Frauen auf diwangroße Kissen. Die Frauen auf den Hüllen sahen alle gleich aus, auch die Männer sahen gleich aus, und sie taten alle das Gleiche: Sie tanzten oder sangen oder wateten durch Gischtfälle, und manchmal kämpften sie auch, aber selbst das sah aus, als würden sie lieber tanzen.

In einem weiteren Regal gab es Videos und DVDs von Musikstars aus Amerika und England, aber vor allem aus Indien, Afrika und der Türkei. Die Rocker und Rapper auf den Hüllen umklammerten ihre Mikrofone wie die maskierten Ledermänner im ersten Regal die Kettensägen und Pistolen. Sie hatten tätowierte Oberkörper und sahen aus, als wollten sie den Zuschauern im nächsten Moment mit den nackten Füßen ins Gesicht springen.

Es gab noch ein Regal in dem kleinen Raum hinter dem Holzperlenvorhang. Van Leeuwen brauchte nicht näher zu treten, um trotz der schlechten Beleuchtung die gespreizten Schenkel, aufgerissenen Münder oder vaselineglänzenden Geschlechtsteile erkennen zu können, bei deren Anblick er sich selbst eine Kettensäge wünschte.

»Trauen Sie sich ruhig, Mijnheer«, sagte eine Frauenstimme hinter ihm. »Gehen Sie ruhig rein, und riskieren Sie einen Blick.«

Van Leeuwen drehte sich um. Die Frau stand hinter der Kasse und warf ihm einen aufmunternden Blick zu. Sie trug eine schwarze Lederjacke, ein schwarzes T-Shirt und helle Jeans, *stonewashed*. Die Kleidung sah aus, als sollte sie sagen: Ich bin zierlich, aber ich habe einen robusten Kern. Ihr Blick war offen, fast schalkhaft, und als der Commissaris die Frau da stehen sah, mit ihrem vollen, lang und blond auf die Schultern fallenden Haar, wusste er, dass sie von Amir Singhs Tod noch nicht das Geringste ahnte.

»Wie heißen Sie, Mevrouw?«, fragte Van Leeuwen.

»Carien«, sagte die junge Frau. »Und Sie?«

»Van Leeuwen.«

Carien lächelte. Es war ein schönes Lächeln, etwas schief, fast nur ein Zucken. Sie hatte braune Augen mit gelben Sprenkeln und einem goldenen Fleck, der etwas größer war als die anderen. Die Augen fielen auf, sogar bei der schlechten Beleuchtung in der Videothek und aus der Entfernung. Die Nase war gerade, die Stirn hoch, das Kinn fest. Zusammen mit den ausgeprägten Wangenknochen und den verschwenderisch geformten Lippen ergab die Summe all dessen ein schönes Gesicht, zwar nicht im landläufigen Sinn, aber trotzdem anziehend und fesselnd.

Es war eine Schönheit, die nicht mehr lange halten würde. Hinter der burschikosen Fassade lag etwas Ungefestigtes, zu schwach Entwickeltes, das bald nachgeben konnte. Van Leeuwen kannte den Typ: Frauen, die anderen halfen, weil sie selbst gefährdet waren und ihresgleichen erkannten – zu kurz nur Mädchen gewesen, dem Jagdinstinkt der falschen Männer ausgesetzt, zu einem Leben als liebende Trophäen verurteilt.

»Suchen Sie was für sich oder für Ihre Familie?«, fragte sie.

»Ich bin nicht hier, um mir Filme auszuleihen«, sagte Van Leeuwen.

Schlagartig war sie auf der Hut. Ihr zierlicher Körper spannte sich, und sie dachte schnell, ging durch all ihre Erfahrungen, die es ihr ein Leben lang ermöglicht hatten, davonzukommen. Eine Frau, die einmal weich gewesen war, ein Mal zu oft nachgegeben hatte. Ein Mann zu viel, der ihr die Scherben seines Lebens in den Schoß gelegt hatte.

»Wir verkaufen auch DVDs und Videos«, sagte sie hastig, »gebraucht und neuwertig, zu einem Bruchteil von dem, was Sie woanders dafür bezahlen würden.«

Sie griff in die Innentasche ihrer Lederjacke, holte ein Päckchen Lucky Strike heraus und zündete sich eine Zigarette an. Sie rauchte hastig, in kurzen Zügen, und Van Leeuwen spürte, dass sie Angst hatte.

»Ich bin nicht wegen der Filme hier«, sagte er noch einmal und holte seinen Ausweis heraus. »Ich bin hier, weil unter dieser Adresse ein gewisser Amir Singh gemeldet war. Kennen Sie ihn?«

»Nein«, antwortete sie zu schnell.

»Ein Inder, sechsundzwanzig Jahre alt, vor einigen Jahren aus Bombay eingewandert«, sagte Van Leeuwen.

»So jemanden kenne ich nicht«, sagte Carien, aber ihre Hände zitterten jetzt, und sie schüttelte schnell den Kopf – mit geschlossenen Augen und so heftig, dass es aussah, als spritze der Lichtschein der blauen, roten und gelben Lampen wahllos auf dem langen blonden Haar hin und her.

»Er war im Gefängnis«, sagte der Commissaris. »Deswegen ist er bei uns aktenkundig, und das hier war seine letzte Adresse.«

Jetzt müsste sie fragen, warum seine letzte *Adresse*, dachte er, *seine letzte Adresse* wovor?, aber sie stellte diese Frage nicht, denn plötzlich schien sie zu wissen, wie die Antwort lautete.

»Wie lange leben Sie schon hier, Mevrouw?«

»Drei Jahre. Ich weiß nicht genau. Ja, drei Jahre vielleicht. Drei Jahre.«

»Amir Singh ist tot«, sagte der Commissaris. Er wusste nicht, wie er es ihr anders beibringen sollte, es gab keine bessere Art. Und weil er es früher oder später doch tun musste, holte er das Foto heraus, das die Spurensicherung von der Leiche gemacht hatte, und zeigte es ihr. »Das ist er doch, oder?«

Sie betrachtete das Foto ohne eine erkennbare Regung. Sie betrachtete es, aber sie sah es nicht. Dann wandte sie sich ab und ging in das Büro hinter der Kasse, wo sie die Sitarmusik abstellte. Sie kehrte zurück und sagte: »Das ist er nicht.«

»Das ist nicht Amir Singh?«, fragte Van Leeuwen.

»Nein.«

»Sehen Sie sich das Bild noch einmal an.«

»Nein«, sagte Carien und sah sich das Bild an, und was immer noch an Robustheit in ihr übrig geblieben war, schmolz ganz hinten in ihren Augen, während die Glut der heruntergebrannten Zigarette ihre Finger verbrannte.

Es war jetzt so still in dem kleinen Raum, dass der Commissaris das Summen der Leuchtröhren hören konnte und sogar das leise Zischen des verbrennenden Tabaks. Durch die geschlossene Tür drang das Bellen des Hundes vom Schrottplatz am Ende der Straße.

Van Leeuwen ergriff ihre Hand, bog ihr sacht die Finger auseinander, damit sie den angekohlten Filter fallen ließ, und wischte ihn von der Kassentheke auf den Boden, wo er die Glut austrat. Sie zuckte zusammen und sah ihn an, und dann alterte ihr Gesicht von einer Sekunde auf die andere. Die Schönheit war noch immer da, aber jetzt hatte sie Falten und kleine Risse wie ein Foto, das man zusammengeknüllt und wieder glatt gestrichen hatte. »Wer war das?«, fragte sie. »Wer hat das getan?

»Deswegen bin ich hier«, sagte der Commissaris, »um das herauszufinden.«

»Er hat nicht angerufen«, sagte sie, »seit drei Tagen nicht.«

»Er konnte nicht anrufen. Er ist seit drei Tagen tot.«

»Seit drei Tagen …«, wiederholte Carien.

»Ist er vorher schon mal für längere Zeit verschwunden?«, fragte Van Leeuwen.

»Nein, nie!«

»Warum haben Sie ihn nicht als vermisst gemeldet?«

»Hier, in Amsterdam?« Sie schluckte mehrmals hintereinander, als stiege ihr etwas die Kehle herauf, das sie unbedingt unten halten wollte.

»Mevrouw«, Van Leeuwen trat um die Theke herum, »Carien –«

»Lassen Sie mich.« Carien wich zurück. »Kommen Sie nicht näher, bitte …« Sie schüttelte wieder den Kopf. »Das dürfen Sie nicht.«

Van Leeuwen blieb stehen. »Ich habe eine Kollegin draußen«, sagte er. »Eine junge Frau. Möchten Sie, dass ich sie hereinrufe? Möchten Sie lieber mit ihr reden?«

»Nein.« Carien holte eine weitere Zigarette aus der Packung, und es gelang ihr, sie zwischen den Lippen zu behalten, aber um sie anzuzünden, zitterte sie zu sehr, bis sie das Feuerzeug mit beiden Händen hielt. Die ganze untere Hälfte ihres Gesicht schien sich um den Filter zusammenzuziehen. »Nein. Ich will nicht mit ihr reden. Mit Ihnen will ich auch nicht reden. Ich will mit niemandem reden, mit niemandem.«

»Ich muss Ihnen trotzdem ein paar Fragen stellen«, sagte der Commissaris. »Und danach muss ich Sie bitten, uns zu begleiten, für die Identifizierung. Als Erstes brauche ich Ihren vollen Namen.«

»Wozu? Wozu brauchen Sie meinen Namen?«

Statt zu antworten, holte Van Leeuwen sein Notizbuch aus der Jackentasche und klappte es auf.

»Carien Dijkstra«, sagte die junge Frau.

»Sie sind Niederländerin«, stellte der Commissaris fest. »Stammen Sie aus Amsterdam?«

»Haarlem.«

»War Amir Singh –«

»Wir haben uns geliebt«, sagte Carien. Ihre Stimme hatte einen staunenden Unterton, als wäre der Umstand, dass ein Mann und eine Frau sich liebten, ganz und gar ungewöhnlich. Das Bellen des Hundes auf dem Schrottplatz ging in ein helles Winseln über.

»Wie lange kennen Sie ihn schon?«

»Ich dachte, ich kenne ihn. Ich dachte, wir sagen uns alles ... die Wahrheit. Am Anfang ... Wir haben uns nicht sofort geliebt, am Anfang war es nur Mitleid –«

»Wann war das?«, fragte Van Leeuwen. »Wo haben Sie ihn kennengelernt?«

»Wo? Auf der Fähre zum Hauptbahnhof.«

»Welche Linie?«

»Auf der, die Tag und Nacht fährt. Die Buiksloterwegveer. Vor drei Jahren.«

Van Leeuwen sah sie prüfend an, ob sie noch die Kraft für die nötigen Fragen hatte. »Was für ein Mensch war er? Mit was für Leuten hatte er Umgang, wenn er nicht mit Ihnen zusammen war?«

»Er war ein guter Mensch«, sagte Carien.

Van Leeuwen sagte: »Er ist nicht getötet worden, weil er ein guter Mensch war.«

Diesmal schüttelte Carien den Kopf so heftig, dass etwas in ihrem Hals knackte, aber sie sagte nichts.

»Er war ein Sikh, nicht wahr?«, hakte Van Leeuwen nach. »Sikhs rauchen nicht, sie trinken keinen Alkohol, und sie nehmen auch keine Drogen. Ihre Religion verbietet es ihnen. Aber Amir hatte überall am Körper Einstichnarben von Injektionsnadeln, alte und frische. Und in seinem Magen haben wir Alkohol gefunden –«

»Das glaube ich nicht«, sagte Carien. Sie drückte ihre Zigarette in einem kleinen Aschenbecher neben der Kasse aus. Sie schwankte leicht und griff nach der Thekenkante, um sich festzuhalten. »Er war clean. Das hat er mir versprochen, immer wieder. Seit er aus dem Gefängnis kam, hatte er ein neues Leben angefangen.«

»Ja«, sagte Van Leeuwen. »Ein Doppelleben.«

»Was haben Sie mit ihm gemacht?«, fragte Carien. »Woher wissen Sie das alles? Woher wissen Sie, was in seinem Magen war?« Sie sah zu den Regalen mit den Horrorvideos hinüber, als wäre ihr plötzlich klar geworden, dass ihr Leben nicht mehr in der Realität stattfand, sondern in ihrem eigenen Kettensägenstreifen. »Und ein Sikh war er auch nicht.«

»Er trug aber den *Kara*, den Armreif der Sikhs.«

»Trug er nicht«, widersprach Carien heftig. »Er hat nie einen Armreif getragen. Er war nicht religiös. Ich muss es doch wissen.«

Warum trägt jemand den Armreif der Sikhs, wenn er kein Sikh ist?, überlegte Van Leeuwen. »Haben Sie eine Vorstellung, warum jemand Amir Singh ermordet haben könnte? Oder wer als Täter in Frage kommt?«

Diesmal nickte Carien, wieder mit geschlossenen Augen. »Es war der Mann«, sagte sie leise, »bestimmt war es der Mann.«

»Welcher Mann?«

»Er tauchte eines Tages hier auf, im Laden. Ich kannte ihn nicht. Er fragte nach Amir, und als Amir ihn sah, war er … Er war nicht mehr wiederzuerkennen. Ich hatte ihn noch nie so gesehen, so voller Angst. Der Mann drängte ihn in die Kabine dahinten, die mit den Pornos, und zu mir hat er gesagt, ich soll rausgehen, auf die Straße, er hätte mit Amir zu reden.« Sie öffnete die Augen und sah zum Eingang hinüber, als könnte die Tür jeden Moment aufgehen und dem Mann Einlass gewähren, der sie aus ihrem eigenen Laden auf die Straße geschickt hatte. »Und danach, als er endlich weg war, brauchte ich Amir bloß anzusehen, und ich wusste, dass es wieder so war wie früher, als er nichts hatte außer den Spritzen. Er hat sich verkrochen, ganz tief in sich selbst verkrochen, wo ihn niemand mehr erreichen konnte.«

»Hat er Ihnen gesagt, wer der Mann war?«

»Nein. Ich hab ihn gefragt, aber er hat es mir nicht gesagt. Er hat mir überhaupt nichts mehr gesagt. Trotzdem – ich wusste, es war jemand aus seiner Vergangenheit, aus der Zeit, als es ihm schlecht ging. Als er im Gefängnis war, oder noch davor. Ich konnte sehen, dass sie Streit gehabt hatten, weil der Mann wollte, dass Amir etwas für ihn tut, etwas erledigt oder so, und Amir hat sich erst geweigert, aber der Mann muss ihm mit irgendwas gedroht haben, und schließlich hat er Ja gesagt.«

»Aber was er für den Mann tun sollte, wissen Sie nicht?«

»Nein, nur dass es etwas mit anderen Indern hier in der Gegend zu tun hatte, eine Arbeit, ein Job, etwas, das gefährlich war, sonst hätte Amir es mir erzählt, und sonst hätte er auch keine Angst gehabt.« Sie zog die Nase hoch; unmerklich hatte sie zu weinen begonnen. »Ich glaube, er hat es getan, weil er sich Sorgen gemacht hat um mich. Der Laden hier läuft nicht besonders gut, und ich ... Ich ... Wir bekommen ... Ich bin ... Er war so stolz. Amir war so ein stolzer Mann.«

Van Leeuwen holte ein Taschentuch hervor, faltete es auseinander und gab es ihr. »Sollen wir nicht in Ihr Büro gehen? Vielleicht möchten Sie sich hinsetzen.«

»Er ist tot, ja? Amir ist tot, das haben Sie doch gesagt. Warum soll ich mich hinsetzen, wenn er tot ist?! Er hat sich nie hingesetzt, als er noch mit seinen Rosen durch die Straßen gegangen ist. Er ging von Kneipe zu Kneipe und verkaufte Rosen an die Betrunkenen. Da habe ich ihn zum ersten Mal gesehen, in einer Kneipe, und auf der Fähre habe ich ihn dann wiedergetroffen. Er hatte noch immer seinen ganzen Korb voll, und er tat mir leid. Er war müde und erschöpft, aber wie er da auf der Fähre an der Reling lehnte – ich dachte, ich hätte noch nie so einen schönen Mann gesehen, so schlank und zart, mit seinen schwarzen Haaren und den dunklen Augen und der Haut wie Zimt ...

Es war sehr spät nachts, kurz nach eins, und plötzlich nahm er seinen Korb und kippte die verblühten Blumen ins Wasser. Sie trieben noch einen Moment im Kreis, wie in einem Strudel, bevor sie weggespült wurden, ich sah ihnen zu, wie sie in der Dunkelheit verschwanden, und als ich aufblickte, konnte ich sehen, dass er weinte.

Als wir anlegten, ging er als Erster an Land, und ich bin ihm nachgegangen, weil er mir leidtat. Aber als ich ihn ansprach, wollte er nichts mit mir zu tun haben. Er war so stolz, und ich hatte ihn weinen sehen. Ich wusste, dass er sich gedemütigt fühlte und bestimmt schreckliches Heimweh hatte, und so war es auch, er wünschte sich, zu Hause zu sein in Bombay. Eins müssen Sie wissen über Amir: Er hatte einen Traum, deswegen war er hergekommen, und wenn dieser Traum – wenn der in Erfüllung gegangen wäre …

Er wollte nämlich ein Restaurant aufmachen, damit kannte er sich aus. Da ist noch was: Er hat schnell gelernt. Er kam hierher und sprach nichts als Hindi und ein paar Brocken Englisch, aber wie schnell er unsere Sprache konnte, und wie schnell er begriff, worauf es hier ankommt! Er hat beides schnell gelernt, das Gute und das Schlechte, nur seinen Stolz im Zaum zu halten, das gelang ihm irgendwie nicht. Auf der Überfahrt von Indien nach Rotterdam hat ihm jemand sein Geld geklaut – er hatte es bei sich, stellen Sie sich das mal vor, wie in einem schlechten Film. Deswegen musste er arbeiten gehen, sobald er hier war, weil jemand ihm alles geklaut hatte. Zuerst fand er einen Job als Kellner, aber er war eben so stolz, und wenn ein Gast ihm komisch kam … oder der Chef … Er flog bei ein paar Wirten raus, danach musste er Gelegenheitsjobs annehmen, Lastwagen beladen, Regale einräumen und schließlich Rosen verkaufen. Sein Traum wurde immer unerreichbarer, und bald hatte er gar nichts mehr. Er hatte nichts, und er hat auch an nichts mehr geglaubt, und da hat er angefangen mit den Drogen, weil es sehr schwer ist, so was zu ertragen, wenn man nichts mehr hat, nicht mal mehr Hoffnung, aber das versteht jemand wie Sie wahrscheinlich nicht.«

Doch, dachte Van Leeuwen, *das verstehe ich.* »Hatten Sie damals schon diese Videothek hier?«

»Nein … nein … Ich hab vorher was anderes gemacht, aber das wollte ich nicht mehr. Eine Freundin kam zu mir mit der Idee von einem Verleih für Videos und DVDs für Leute, die nicht von hier sind. Die ganzen Einwanderer, die Afrikaner, Chinesen und Indonesier, die wollen doch auch Filme sehen. Ich hatte etwas Geld gespart, aber als es so weit war, hat meine Freundin plötzlich geheiratet, und ihr Mann wollte nicht, dass seine Frau mit solchen Leuten zu tun hatte. *Solche Leute.* Ich habe dann Amir davon erzählt, und er hat gesagt, er macht mit, aber er hatte kein Geld. Er hat gedacht, er hilft mir, das war wichtig für seinen Stolz.«

»Hat er noch Drogen genommen zu der Zeit?«

»Nein, damit hatte er im Gefängnis aufgehört. Andere fangen im Knast damit an, aber er hat dort aufgehört. So war er.«

»Aber vor Kurzem hat er wieder angefangen«, sagte der Commissaris. »Als dieser Mann hier im Laden aufgetaucht ist, wann war das?«

»Vor ein paar Wochen, zwei Monaten, ich weiß nicht mehr genau …«

»Hat er sich mit diesem Mann später noch mal getroffen, hier oder woanders?«

»Wahrscheinlich.« Carien schrie plötzlich. »Wahrscheinlich hat er das, aber ich weiß nicht, wo oder wann oder ob überhaupt! Er hat ja nicht mehr mit mir geredet, und wenn er was gesagt hat, war es eine Lüge! Wir waren vorher immer ehrlich zueinander gewesen, kapieren Sie?! Das mussten wir sein, weil wir uns bis dahin belogen hatten, unser halbes Leben lang, er sich und ich mich. Aber dann haben wir aus unseren beiden alten Lügen etwas Neues gemacht, etwas Wahres, auf das wir stolz sein konnten – bis dieser Mann kam!« Atemlos hielt sie inne und rang würgend um Luft, als müsste sie sich jeden Moment übergeben. Dann berührte sie ihren Bauch, als hätte sie etwas gespürt darin, und der Commissaris wusste jetzt, was das Neue und Wahre in ihrem Leben war.

»Mevrouw –«

»Dieser Mann hat alles kaputt gemacht, weil er nur aus Lügen bestand.«

Van Leeuwen fragte: »Können Sie ihn beschreiben? Wie sah er aus? War es ein Inder, ein Afrikaner, ein Indonesier, ein Niederländer?«

»Er war Niederländer«, antwortete Carien. »Groß und dünn. Er trug Jeans und Lederjacke. Er hatte eine Baseballkappe auf. Er hatte, glaube ich, ein Bärtchen, und er trug eine Sonnenbrille, die er auch in der Videothek aufbehielt.«

Carien griff in die Seitentasche ihrer schwarzen Lederjacke und holte ein Handy heraus. Stirnrunzelnd betrachtete sie das Display. Van Leeuwen konnte erkennen, dass sie eine SMS bekommen hatte, und noch während sie sie las, wurde sie so blass, dass die kleinen Fältchen rings um ihre Augen wie Tuschestriche wirkten. »Können wir gehen?«, fragte sie. »Können wir bitte gehen? Sie haben doch gesagt, ich muss ihn identifizieren.« Sie drehte einen kleinen Schlüssel an der Seite der Kasse um, zog ihn ab und schaltete die Leuchtröhren aus. Ihre Bewegungen wurden immer schneller und abgehackter, so als wäre sie aus dem Horrorvideo in einen Zeichentrickfilm geraten. »Ich will, dass Sie mich zu ihm bringen, jetzt sofort.«

Van Leeuwen fragte sich, was das für eine SMS sein mochte, die ihr offenbar noch mehr zusetzte als die Nachricht von Amir Singhs Tod. Draußen vor der Videothek fiel das Licht der sinkenden Sonne schräg in die Straße, und Carien setzte eine Sonnenbrille auf. Bevor sie die Tür absperrte, warf sie schnelle Blicke das Trottoir hinauf und hinunter.

Der Golf parkte am Ende der Straße, genau dort, wo der Schrottplatz begann. Julika stand neben der offenen Fahrertür des Wagens, und als sie Van Leeuwen und Carien kommen sah, rutschte sie hinter das Steuer. Van Leeuwen ging voraus zur Beifahrertür, öffnete sie und klappte die Rückenlehne nach vorn, damit Carien sich auf die Rückbank setzen konnte. »Das ist Brigadier Tambur«, sagte er. »Sie gehört zu meinen Leuten.« Zu Julika sagte er: »Carien Dijkstra. Sie begleitet uns zur Gerichtsmedizin.«

»Hallo«, sagte Julika.

Carien schien Julika gar nicht wahrzunehmen. Sie blieb neben dem Wagen stehen; ihre Lippen zitterten. »Er hatte manchmal ganz blutige Füße«, sagte sie leise. »Wenn er frühmorgens zurückkam, nach seiner Rosentour, waren seine Füße wund und voller Blasen, und manchmal haben sie geblutet.« Dann sagte sie: »Sein Blut soll über diese Scheißstadt kommen!«

Nicht über meine Stadt, dachte der Commissaris.

5

Jedes Mal, wenn der Commissaris die Wohnungstür öffnete, spürte er den Verlust. Es war noch nicht so schlimm, wenn er über die Brücke ging oder der Gracht folgte bis zum Haus, und es war auch noch nicht zu schlimm, wenn er die enge Treppe zur obersten Etage hinaufstieg. Aber sobald er den Schlüssel ins Schloss schob und die Tür öffnete, traf ihn die Leere mit aller Wucht. Die Leere war schlimmer als die Angst, die er früher oft auf dem Heimweg verspürt hatte. Es brauchte immer noch Mut, abends nach Hause zu kommen, aber es war ein anderer Mut, der nicht mehr belohnt wurde.

Die Wohnung lag im dritten Stock eines gepflegten Gebäudes an der Egelantiersgracht, unweit der Prinsengracht, und an jedem Abend schaute Van Leeuwen als Erstes zu den Fenstern unter dem Dachgiebel hinauf. Er ging über die Brücke, und auf der anderen Seite konnte er über den schmiedeeisernen Gaslaternen und den grünen Kronen der Ulmen die Fenster sehen, und manchmal glaubte er sogar, dahinter Simone zu erkennen, wie sie bei ihren Blumen stand und wartete, ohne zu wissen, worauf.

Es war erst kurz nach zehn, als er an diesem Abend die Brücke überquerte. Die Fassaden der Häuser wurden allmählich dunkel, und der Himmel verfärbte sich zu einem violetten Blau. Auf den Straßen sprang blasses Licht von Laterne zu Laterne. In den Cafés, Geschäften und kleinen Werkstätten längs der Gracht erklangen noch all die Geräusche, die im Sommer bis in die Nacht hinein das Leben wachhielten. Im Süden reflektierte ein halber Mond das Licht der längst untergegangenen Sonne. Durch das Laub der Bäume strich ein schwacher Wind, und um die Glasstürze der Laternen tanzten Mücken in unruhigen Schwärmen.

Die Fenster waren erleuchtet.

Der Commissaris blieb stehen, und sein Herz geriet aus dem Takt. *Sie ist wieder da,* dachte er unwillkürlich. *Sie hat es nicht mehr ausgehalten und ist weggelaufen, und irgendwie hat sie es bis nach Amsterdam und in unsere Wohnung geschafft.* Er empfand eine jähe, unwiderstehliche Freude, bis ihm klar wurde, dass er nur vergessen hatte, das Licht auszuschalten, bevor er zu seinen nächtlichen Runden aufgebrochen war.

Er tippte die Zahlenkombination für das Türschloss ein, drückte auf den Öffner und tastete nach dem Schalter für die Treppenhausbeleuchtung. Auf einmal war er so müde, dass ihm die enge Treppe unbezwingbar erschien. Langsam stieg er die knarrenden Holzstufen hinauf, vorbei an der Wohnung der Hausbesitzerin im ersten Stock und der Tür des Konzertpianisten und dessen Tochter im zweiten. Das Etagenlicht erlosch. Im Dunkeln erklomm Van Leeuwen den letzten Treppenabsatz. Er lauschte einen Moment, aber hinter der Tür zu seiner Wohnung blieb alles still, und das änderte sich auch nicht, als er sie geöffnet hatte und eingetreten war.

Früher hatte Simone ihn vom Fenster aus kommen sehen und ihn an der Tür erwartet, auch wenn sie keine Erinnerung daran hatte, wer er war. *Warum ist es so schwer, mit einem Verlust zu leben?,* dachte er. Inzwischen war sie ein halbes Jahr weg, sieben Monate genau, aber was waren schon ein halbes Jahr oder sieben Monate?

Er schaltete das Licht aus und öffnete die Fenster im Wohnzimmer, die auf die Gracht und die Bäume und die Boote an den Ufermauern gingen. Der Himmel war noch immer nicht ganz dunkel, aber der Wind wurde stärker. Van Leeuwen dachte, dass es heute Nacht wahrscheinlich ein Gewitter geben würde. Er hörte eine Frau lachen, und irgendwo erklang Musik. Vor dem Café an der Ecke saßen die Gäste auf einer Holzterrasse über dem sacht gekräuselten Wasser; kleine Windlichter flackerten rot auf den Tischen.

Die dicht belaubte Krone der Ulme vor den drei schmalen Fenstern schützte das Zimmer in den Sommernächten vor neugierigen Blicken aus den Häusern auf der anderen Seite der Gracht. Nicht, dass es viel zu sehen gegeben hätte: ein dunkelroter Orientteppich auf den Bodendielen, eine beige Polstergarnitur um einen Couchtisch mit einer Platte aus winzigen Keramikkacheln und ein wuchtiges Ebenholzregal voller Bücher mit abplatzenden Rücken waren die Hauptattraktionen. An den einstmals dottergelb gestrichenen, inzwischen ausgebleichten Wänden hingen zwei Gemälde, die nach dem Tod von Simones Onkel in ihren Besitz übergegangen waren –

keine Kunst, nur handwerklich solide gefertigte Landschaften, eine Friedhofsinsel vor bewegter See, Venedig im Hintergrund, und eingeäscherte Häuserruinen unter einem erloschenen Vulkan, den Van Leeuwen abwechselnd für den Ätna oder den Vesuv hielt.

In der Mitte des Zimmers hing eine Lampe aus durchsichtig geschliffenen Muschelschalen, eingefasst von einem korbförmigen Zinngeflecht, das ein Schattennetz an die Decke warf. In den Maschen zappelten die Lichtreflexe des Wassers unter dem Fenster wie kleine, nervöse Fische.

Alles war immer noch so wie an dem Tag von Simones Abreise einen Tag nach Weihnachten. Die meisten ihrer Kleider hingen noch im Schrank, und es gab einen kleinen Stapel mit der Post, die weiter für sie kam: eine Bücherzeitschrift, Modekataloge, Werbeschreiben, Briefe entfernter Freunde. Das Einzige, was er abgenommen hatte, waren die Zettel überall: den Zettel mit der roten Beschriftung *Achtung, heiß!* am Herd, den mit der blauen Aufschrift *Bitte spülen!* an der Toilette, die Zettel, die den Dingen ihren Namen gaben: *Fernseher, Telefon, Kühlschrank*. Und die kleinen Zettelchen mit den Telefonnummern – sein Anschluss im Präsidium, seine Mobilnummer, die Nummer der Tagespflegerin.

Die Zettel waren fort, aber die Erinnerung an Simone lebte weiter in jedem Raum. Das Schlafzimmer roch nach ihr, und er sah sie im Bett liegen oder im Wohnzimmer auf der Couch sitzen oder in der Küche am Esstisch. Er sah sie, wie sie gewesen war, bevor die Krankheit sie für immer verändert hatte. Aber er schloss seine Augen auch nicht vor dem Bild der in sich gekehrten, verwirrten Frau, die er an- und ausziehen musste; der er die Windeln gewechselt hatte. Er hatte beide geliebt, jede anders. Er redete immer noch mit ihr.

»Du kannst dir nicht vorstellen, wie es da draußen zugeht«, sagte er manchmal leise, wie er es früher immer getan hatte, nur dass er dann vergeblich auf ihr schlichtes »Nein, erzähl!« als Antwort wartete. Er hatte ihr oft von seiner Arbeit erzählt, auch als längst klar gewesen war, dass sie ihn nicht mehr verstehen konnte. Doch sie hatte gelächelt, hatte leise vor sich hin gemurmelt, *nicht so schlimm*, hatte besänftigende oder beunruhigte Laute von sich gegeben.

Irgendwann in den vergangenen Monaten seit ihrer Abreise – so hatte er beschlossen, es zu nennen: ihre Abreise – war er in der Schublade der Anrichte im Wohnzimmer auf ein halbes Dutzend dicker Umschläge mit Fotos gestoßen. Schnappschüsse aus den ersten Jahren ihrer Ehe. Er hatte sie auf dem Küchentisch ausgebreitet; auf dem Schlafzimmerboden, auf dem Fensterbrett im Wohnzimmer. Einige waren in der Sonne verblichen, andere gezeichnet von getrockneten Rotweinringen und Kaffeespritzern, ein paar in Schwarz-Weiß, aber die meisten in Farbe.

Wenn Van Leeuwen sie anschaute, stieg er in eine Zeitmaschine, fuhr zurück in ein anderes Amsterdam, das neu und aufregend für sie beide war. Damals waren Simone und er fast ununterbrochen zusammen gewesen, jede dienstfreie Minute hatten sie miteinander verbracht, in Cafés, im Kino, beim Picknick im Vondelpark, im Rijksmuseum, auf Radtouren rund um die Stadt. Er betrachtete die Fotos, und es kam ihm vor, als würde ihr gemeinsames Leben erst jetzt sichtbar, wo es ein für alle Mal vorbei war, sichtbar im Licht des Verlusts.

Es gab Aufnahmen von ihnen zusammen, von ihm allein, von Simone ohne ihn. Ihr Mienenspiel: immer etwas überrascht, manchmal ein wenig abweisend, meistens aber fröhlich und nur selten der Hauch einer Pose. Die Wärme ihres Lächelns, die unwiderstehliche Tiefe ihres Blicks. Ihre auf den frühesten Bildern noch verborgene, fast kindliche Kraft trat von Jahr zu Jahr stärker in den Vordergrund, als aus dem Mädchen eine Frau geworden war, die Frau eines Polizisten.

Er brauchte sich ein Bild bloß anzuschauen, und schon stand wieder der ganze Tag vor ihm, was sie gemacht hatten und wie das Wetter gewesen war: Simone und er an der Amstel, sie saßen am Ufer auf einer Decke, tranken Weißwein und aßen frittierte Muscheln. Es war ein Tag mit einem scharfen, kräftigen Licht, das über den ruhig strömenden Fluss flirrte. Die Luft roch nach Jod und Teer, und die Möwen zerrissen den Dunst mit schmerzend weißem Flügelschlag. Ihre Schreie klangen blau und traurig. Ein Frachter zog vorbei. Wellen brachen sich an den Kaimauern und bespritzten sie mit Schaum, *Sommerschnee*, hatte Simone gesagt. Aber wer hatte das Foto aufgenommen?

Andere Bilder zeigten Simone in einer arabischen Couscous-Kneipe, beim Billard oder im Regen unter einer Platane; die hatte er gemacht. Es gab Fotos von ihm bei einem Glas Rotwein auf dem Leidseplein, mit dem Fahrrad am Strand von Zandvoort, auf einem Kutter im Hafen; die hatte sie aufgenommen. Sie hatten immer zwei Bilder geknipst, eins von ihm und eins von ihr, nur ab und zu hatten sie jemanden gebeten, ein Foto von ihnen beiden zu machen.

Wir waren glücklich, ohne es zu merken, dachte Van Leeuwen beim Anblick der Fotos. *Wir hatten mehr glückliche Jahre als die meisten, aber wir haben nie so getan, als hätten wir einen Anspruch darauf. Es war einfach ein anderes Leben von zwei anderen Menschen, an das von ihnen beiden nur einer sich noch erinnern konnte.*

Dennoch tat es weh. Ihm fehlte ihr Gesicht, für das es einfach keine andere Bezeichnung als *lieblich* gab. Ihm fehlten die großen, bernsteinbraunen Augen, in die er sich vor fast vierzig Jahren als Erstes verliebt hatte. Ihm fehlte die kleine, zarte Nase. Ihm fehlten der vollkommene Schwung ihres Mundes und der schlanke, lange Hals. Ihm fehlten die Berührungen, ihre Hand zu halten oder ihr über das igelkurz geschnittene Haar zu streichen.

So ist es nun mal, dachte er. *Wir sind nicht auf der Welt, um glücklich zu sein.* Und außerdem, es gab inzwischen auch Zeiten, in denen er es genoss, seine Wohnung am Abend leer vorzufinden, so wie er sie verlassen hatte. Zeiten, in denen er die Ruhe als Geschenk empfand. In denen niemand ihn anrief und ihm sagte, dass seine Frau einfach weggelaufen war; dass man sie in den Straßen herumirrend aufgegriffen hatte.

Er begann, die Fotos zusammenzuräumen und wieder in die Kuverts zu stecken. In seinem jetzigen Leben war er allein, ein Offizier in der Kriminalpolizei der Königin, der einen neuen Mord aufzuklären hatte. Ohne die Patina aus alten Fotos sah er die Wohnung zum ersten Mal seit Langem wieder so, wie sie die ganze Zeit unter der Schicht der Erinnerung dagelegen hatte. Er stellte fest, dass es mit dem Wegräumen der Vergangenheit nicht getan war.

Er holte Besen, Eimer, Wischlappen und Scheuerbürste aus einem Schrank in der Küche. Er klopfte Staub und Flusen von den Polstern der Couch im Wohnzimmer und wischte die Armstützen mit einem feuchten Lappen ab. Er wischte auch die Ledersessel ab, den Couchtisch, die Bücherregale, den Fernseher. Danach sprühte er das übrige Mobiliar mit Glanzspray ein, polierte sämtliche Oberflächen und wischte den Staub von den Rahmen der Gemälde an den Wänden. Er stieg auf einen Stuhl und säuberte den Schirm der Deckenlampe. Er saugte die Teppiche und Brücken ab. Auf Händen und Knien bohnerte er die Dielenbretter. Er ließ aber die Fenstersimse aus, auf denen noch immer die Schalen mit Simones Schätzen standen – Kastanien, Münzen, Knöpfe, Gummibänder, der ganze Krimskrams, den sie gesammelt und gehortet hatte, als sie nicht mehr begriff, was sie tat. Dafür wischte er die Böden der Schränke aus und putzte Herd, Kühlschrank und Küchentisch. Zuletzt schrubbte er die rechteckigen weißen und schwarzen Bodenkacheln mit Seifenlauge.

Als er mit dem Putzen fertig war, duschte er und zog eine bequeme Hose, ein frisches Hemd und Mokassins an. Für einen Mann von dreiundfünfzig Jahren hatte er seinen Körper ziemlich ordentlich in Schuss gehalten, und wenn er das Handtuch nach dem Duschen eng genug knüpfte, wirkte sogar der Bauch noch flach. Er konnte sich nicht erinnern, je untrainiert ausgesehen zu haben, aber erst die drei verschieden großen Narben, die seit gut siebzehn Jahren Brust und Rücken zierten, ließen erkennen, dass die Muskeln nicht nur sportlichen Leistungen gedient hatten.

Er ging in die Küche, entkorkte eine Flasche Montepulciano, suchte ein sauberes Glas und nahm beides mit in sein Arbeitszimmer. Der Arbeitsraum enthielt nicht mehr als einen Schreibtisch aus Teakholz mit Rüsselbeinen, zwei deckenhohe Bücherregale und einen Sessel, bezogen mit rissigem ingwerfarbenen Leder. Einige der Polsternägel waren im Lauf der Jahre spurlos verschwunden, aber der verbliebene Rest hielt Polster und Holz zusammen, und das reichte Van Leeuwen, bis er vielleicht eines fernen Tages die Zeit fand, ihn zur Reparatur in die Polsterei zwei Hausnummern weiter zu schaffen.

Auf dem Schreibtisch gab es ein Notebook auf einer grünen Filzunterlage und ein Holzschälchen mit einem Federhalter, mehreren Bleistiften, Filzschreibern und Textmarkern. Neben der Tischlampe stand ein weiteres Foto von Simone und ihm in einem schmucklosen Metallrahmen. Sie waren nicht mehr ganz so jung gewesen damals, aber er, so schien es, hatte selbst auf den früheren Bildern wenig Jugendliches an sich gehabt: Immer war die Stirn in grüblerische Falten gelegt, immer blickten die Augen ernst, fast schwermütig. Wenn er lachte, wirkte es ungeübt, selbst auf Fotos.

Sein Haar war noch nicht so grau, seine Statur war weniger stämmig. Aber das kämpferische Kinn mit dem kleinen Grübchen, der schmale Mund und die kräftige Nase, die schon gebrochen ausgesehen hatte, bevor sie tatsächlich gebrochen worden war, machten sein Gesicht zu einem, das Frauen seit jeher gern *interessant* genannt hatten.

Simone dagegen lag fröhlich lachend mit einem Picknickkorb im Schatten einer Pinie, dahinter im Sommerglast die Stadtmauern von Siena. Auf dem Feldweg neben der Pinie stand ein dunkelroter Saab, das Fahrzeug ihrer mittleren Ehejahre. Den mokkabraunen Alfa, den er immer noch fuhr, hatte Simone erst später von einer ihrer Reisen ohne ihn mitgebracht.

Unsere letzte gemeinsame Reise, dachte der Commissaris, *vor achtzehn Jahren, damals, als Simone noch gesund war. Wir hätten öfter Urlaub machen sollen, vielleicht wäre dann alles anders gekommen; vielleicht wäre sie dann nicht allein nach Italien gefahren.*

Er wartete, bis der frisch entkorkte Wein ausreichend geatmet hatte, dann schenkte er sich ein. Den ersten Schluck ließ er kurz auf der Zunge liegen, ehe er ihn trank. Es war ein Gefühl, als ginge eine rote Blume in seinem Mund auf. Nach dem zweiten Schluck trat er an eins der Bücherregale und hockte sich davor auf die Fersen.

In dem Regal, das von Wand zu Wand und fast bis unter die Decke reichte, gab es eine ganze Reihe medizinischer Fachbücher, die meisten über Alzheimer, Parkinson, Multiple Sklerose und verwandte Krankheiten von Gehirn und Nervensystem. Als Simone krank geworden war, hatte der Commissaris angefangen, sie zu lesen, und als die Ärzte ihr nicht helfen konnten, hatte er damit wieder aufgehört.

In der zweiten Reihe standen Biografien von berühmten Verbrechern, von Raub- und Lustmördern, von Einzeltätern, Serienkillern und Massenschlächtern, von Generälen und Politikern, angefangen mit Alexander dem Großen über Julius Cäsar, Napoleon, Adolf Hitler und Stalin bis zu Milosevic, Saddam Hussein und George W. Bush; es gab Bücher über Charles Manson, Gilles de Rais, Monsieur Verdoux, Jack the Ripper, den Würger von Boston, Fritz Haarmann und viele andere.

In der dritten und vierten Reihe standen Lexika, Kochbücher, Atlanten und Reiseführer, aber vor allem Kunstbücher: Bildbände, Monografien, Romane über Caravaggio, Giotto, Michelangelo, Rembrandt, Van Gogh, Velazquez und Francisco Goya. Sie hatten nur eine Aufgabe: Trost zu spenden.

Die Erde hatte Krankheiten hervorgebracht, denen die Ärzte hilflos gegenüberstanden. Sie hatte Verbrecher geboren und hatte zugelassen, dass sie das Gesicht der Welt, sogar das der ganzen Menschheit, für immer veränderten. Aber sie hatte auch Malern, Komponisten und Schriftstellern den Stoff geliefert, um sie mit Kunst zu prägen, mit Gemälden, Sinfonien und Theaterstücken, die am Ende alle Verbrecher und sogar die Krankheiten überdauern würden.

Auf der anderen Seite des Zimmers, sodass Van Leeuwen es von seinem Schreibtisch aus sehen konnte, hing ein Poster von einem Goya-Capriccio. Es zeigte den Künstler, schlafend zusammengesunken an seinem Arbeitstisch, während aus den düsteren Schatten seines Zimmers – oder seiner Seele – Fledermäuse aufstiegen und flatternd seine Albträume bevölkerten. Darunter stand: *Der Schlaf der Vernunft gebiert Ungeheuer.*

Goya bedeutete Van Leeuwen am meisten, von ihm konnte er etwas lernen. Der spanische Maler besaß das Auge eines Polizisten. Er hatte einen Blick für die Opfer, und er schaute hinter die Masken der Täter. Er wusste, wozu Menschen fähig waren, was sie anderen Menschen antaten; er sah in ihre Herzen. Er kannte die Waffen, die sie benutzten, und wusste, welche Wunden sie schlugen. Mit seinem Pinsel malte er Röntgenbilder, Skizzen von Tatorten. Er malte Krieg, Mord und Wahnsinn: die irdische Hölle. Er malte die Verlorenen im Gefängnis leerer Seelen. Er war mit Schuld und Unschuld vertraut und überließ das Urteil dem Betrachter.

»Francisco de Goya y Lucientes – *Pintor del Rey*«, murmelte Van Leeuwen, »Maler des Königs – es gibt nichts Neues mehr, wenn man deine Gemälde, deine Skizzen gesehen hat. Nichts, was einen noch überrascht, weder Auschwitz noch Srebrenica oder Guantánamo Bay, nichts.«

Der tote Amir Singh im Kielraum des Hausbootes hatte ausgesehen wie von Goya gezeichnet, eine scharf konturierte Kohleskizze dessen, was Menschen anderen Menschen antun konnten. Van Leeuwen nahm einen Reiseführer mit dem schlichten Titel *Indien* aus dem Regal und suchte im Register nach dem Stichwort *Sikh*.

Der Gründer der Sikh-Religion hieß Nanak und lebte von 1469 bis 1539, las er. *Nanak stammte aus dem Punjab, wo sich Muslime und Hindus nähergekommen waren als irgendwo sonst in Indien. Schon als Kind fühlte er sich ebenso von den islamischen wie von den hinduistischen Dichtern und Heiligen angezogen. Er pilgerte nach Mekka und zu den heiligen Stätten des Hinduismus. Sein Weggefährte war ein islamischer Musiker. Beflügelt von der Erkenntnis, dass das Wesen beider Religionen gleich ist, verkündete er seine Botschaft der Einheit.*

Anders allerdings als die Hindus mit ihrer Vielzahl von Göttern glauben die Sikhs nur an einen Gott und verehren auch keine Götterbilder. Zwar lehnen sie das Kastensystem ab, erkennen aber die Lehre von Karma und Wiedergeburt an. Alle Sikhs tragen den Nachnamen Singh, nach ihrem zehnten Guru, Govind Singh. Die Männer haben Bärte und wickeln ihr Haar, das sie niemals schneiden lassen, in einen Turban. Jeder Sikh schmückt sein rechtes Handgelenk mit einem stählernen Armreif.

Der Armreif war da, dachte der Commissaris, aber der Tote hatte weder Bart noch Turban, und sein Haar war kurz geschnitten und so gepflegt, wie es drei Tage nach dem Tod noch sein konnte. Lag es daran, dass er sich zu schnell in einen Sikh verwandeln musste, sodass keine Zeit mehr blieb, Haare und Bart wachsen zu lassen? Aber falls das zutraf, welchem Zweck diente es?

Sikhs rauchen nicht, trinken keinen Alkohol und haben sehr strenge religiöse und moralische Grundsätze. Obwohl nur zwei Prozent der indischen Bevölkerung dieser Religionsgemeinschaft angehören, ist sie doch eine überaus selbstbewusste und einflussreiche Minderheit.

Andererseits, dachte der Commissaris, gab es Muslime, die Schweinefleisch aßen, Alkohol tranken und keineswegs fünfmal am Tag mit dem Kopf in Richtung Mekka niederknieten, um zu beten. Es gab Christen, die gegen jedes einzelne der zehn Gebote verstießen und sich sämtlicher Todsünden ihrer Religion schuldig gemacht hatten. Was sprach dagegen, dass Amir Singh ein schlechter Sikh gewesen war, aber dennoch ein Sikh? War er deswegen ermordet worden?

Die Ausbreitung der Sikh-Religion, las Van Leeuwen weiter, *beunruhigte die orthodoxen Muslime, und so begann die Verfolgung der Sikhs. Wegen angeblicher Aufwiegelei wurde 1606 ihr damaliges Oberhaupt, Guru Arjung, zum Tode verurteilt. Sein Märtyrertum veranlasste seine Nachfolger, über die Notwendigkeit der Selbstverteidigung nachzudenken. Unter ihrem zehnten Guru, Govind Singh, verwandelte sich die friedliche Glaubensgemeinschaft in eine Organisation mit durchaus kriegerischem Charakter. Es entstand eine schlagkräftige Sikh-Armee, die unter dem Namen Khalsa bekannt wurde.*

Van Leeuwen schloss das Buch. Er trank das Glas aus und dachte nach, aber seine Gedanken drehten sich im Kreis. Immer wieder schweiften sie ab zu Simone und wie er sie vorgefunden hatte, als er das letzte Mal bei ihr gewesen war, nur dass er es nicht ändern konnte und dass es deswegen auch keinen Sinn hatte, sich den Kopf darüber zu zerbrechen.

Er schenkte sich noch einen Schluck ein und versuchte sich auf den Toten zu konzentrieren, auf Amir Singh und seine Freundin Carien Dijkstra. Auf der Fahrt zur Gerichtsmedizin hatte sie kein Wort mehr gesagt, und als sie dort eingetroffen waren, hatte er sie in die klimatisierte Leichenkammer gebracht. Er hatte sie zu dem

Tisch aus rostfreiem Edelstahl geführt, auf dem Amir lag, und es war leichter gewesen als sonst, weil sie nicht zu den Menschen gehörte, die auf einen Irrtum hofften.

Oft begleitete man den nächsten Angehörigen des Opfers in die Leichenkammer, man führte ihn zu dem Tisch aus rostfreiem Edelstahl, auf dem die tote Frau oder der tote Mann oder das tote Kind lagen, und weil der Körper zugedeckt war, konnte der Angehörige oder Freund oder Bekannte bis zuletzt denken, es handele sich vielleicht doch um einen Irrtum, aber dann wurde das Tuch zurückgeschlagen, und es gab keinen Zweifel mehr, keine Hoffnung, denn um einen Irrtum handelte es sich fast nie.

Carien hatte nichts gesagt. Van Leeuwen hatte das weiße Tuch angehoben, und sie hatte auf den nackten Körper darunter hinuntergeschaut, auf das zerschnittene Gesicht und die Brust, die schon wieder zugenäht worden war. Bei dem Anblick war ihr ein Laut entfahren, ein winziger hoher Laut, der oben in der Brust entstanden und in der Kehle stecken geblieben war.

»Ist das Amir Singh?«, hatte er gefragt.

Ihre Antwort war so leise gewesen, dass er sie kaum verstanden hatte. »Das wissen Sie doch.« Er musste noch einmal nachfragen, denn für die Akten musste sie die Frage beantworten, und diesmal sagte sie: »Ja, das ist Amir.«

Er hatte gesagt, das sei alles gewesen, sie könne nun nach Hause gehen, aber sie war stehen geblieben. Ohne ihn anzuschauen, hatte sie gefragt: »Darf ich nicht noch etwas bei ihm bleiben? Ich möchte mich gern von ihm verabschieden. Ich störe hier doch niemanden.«

Und deswegen saß er jetzt in seinem Arbeitszimmer und trank, weil er sie noch vor sich sah neben dem Tisch aus rostfreiem Edelstahl. Blass und gefasst und allein, aber bereit, Abschied zu nehmen. *Simone hätte es genauso gemacht,* dachte er. Er trank das zweite Glas aus und nahm Flasche und Glas mit ins Wohnzimmer, wo er den Fernseher einschaltete.

Auf dem Bildschirm bewarfen junge Palästinenser israelische Soldaten mit Steinen. Israelische Soldaten erschossen dafür mehrere palästinensische Kinder. Junge Palästinenser weinten und schrien und schwenkten Kalaschnikows. Eine junge Palästinenserin sprengte sich in einem voll besetzten Bus in die Luft. Junge Israelis weinten und schrien und schwenkten Uzis.

In Bagdad schossen amerikanische Soldaten auf Iraker, und Iraker schrien und schossen auf amerikanische Soldaten. In Teheran schossen Polizisten auf Studenten, und Studenten warfen Molotowcocktails auf Polizisten. In Grosny nahmen tschetschenische Rebellen Kinder als Geiseln, und als die russischen Sturmtruppen kamen, sprengten die Rebellen sich und die Kinder in die Luft, und die jungen russischen Soldaten erschossen alle Überlebenden, und überall wurden im Schein flackernder blauer und roter Lichter blutüberströmte Körper auf Tragbahren gelegt. Arme und Beine lagen in roten Pfützen, und immer weinte und schrie jemand im Hintergrund.

Van Leeuwen leerte das Glas und schaltete weiter. Er wollte wissen, ob die Medien sich schon mit dem Toten auf dem Hausboot beschäftigten. Im nächsten Kanal sah er eine Talkshow, in der ein strenger Moderator mit Doktortitel eine junge Frau fragte, warum sie ihr Neugeborenes nicht zur Adoption freigegeben habe, statt es in eine Mülltonne zu werfen, aber bevor die Frau antworten konnte, schaltete Van Leeuwen weiter und landete bei einer weiteren Nachrichtensendung, und als er zu der Talkshow zurückschaltete, fragte der strenge Moderator gerade einen Kindermörder, wie er seine Opfer angelockt und umgebracht habe, aber bevor der Kindermörder antworten konnte, kam ein Werbespot für Kinderschokolade und ein anderer für Videospiele, und Van Leeuwen schaltete um, und auf dem nächsten Kanal gab es ein Medium, das sich mit einem Toten unterhielt, und der Tote sandte eine Botschaft aus dem Jenseits und sagte, dass er allen verzieh, die ihm im Leben Unrecht getan hatten, auch seinem Mörder, und auf dem nächsten Kanal sah Van Leeuwen einen freundlichen Imam, der in einer Utrechter Moschee zum heiligen Krieg gegen die Ungläubigen aufrief, und Van Leeuwen zappte weiter und stieß auf eine Gruppe freundlich wirkender Jungen und Mädchen, die einen Mitschüler gefoltert und die Bilder davon ins Internet gestellt hatten, und sie waren nicht betrunken oder bekifft gewesen, und Van Leeuwen schaltete weiter zu einem freundlichen Banker im Nadelstreifenanzug, der gerade den größten Firmengewinn seit Jahren verkünden konnte und deswegen dreitausend Mitarbeiter entlassen musste, und schließlich landete Van Leeuwen bei einem Zeichentrickfilm für Kinder, in dem ein freundliches japanisches Mädchen tief fliegende Angreifer aus dem Weltall einäscherte, und zu guter Letzt gab es wieder Nachrichtenbilder von israelischen Kampfjets, die Raketen auf ein Auto inmitten einer dicht gedrängten Menge wütender junger Palästinenser abfeuerten, weil kurz vorher eine wütende junge Frau in einer Burka sich selbst und ein Dutzend andere Frauen, Männer und Kinder in die Luft gesprengt hatte, und irgendwann dachte Van Leeuwen, es könnte nicht schaden, das Glas samt Inhalt auf den Fernsehapparat zu werfen, aber dann schaltete er den Apparat lieber aus und trank den Wein.

Die Flasche war fast leer. Van Leeuwen stand auf, schaltete das Licht aus und ging im Dunkeln in die Küche. Er stellte die Flasche auf den Tisch. Im Stehen leerte er das letzte Glas. Das Fenster zum Hof stand einen Spaltbreit offen, und er lauschte den ersten Windstößen, die sich zwischen den Mauern fingen. Er hörte, wie ein Stockwerk tiefer ein Fenster zuknallte, dann noch eins im Haus auf der anderen Seite des Hofs. *Es wird Zeit für ein Gewitter,* dachte er. Aber was war ein Gewitter ohne Simone, die sich mit ihm daran freute?

Der Commissaris schaute auf die Uhr. Es war kurz nach eins, die Zeit, in der Amir vor drei Tagen den Tod gefunden hatte. Van Leeuwen versuchte, sich vorzustellen, was in jener Nacht vor drei Tagen in Noord passiert war.

Er sah das Hausboot vor sich und das Blut auf den Decksplanken und im Kielraum. Er sah auch das Blut auf dem Asphalt vor dem Boot und die Spritzer, die in einem Halbkreis hinunter- und wieder hinaufführten. Es war eine heiße Nacht, heiß für Amsterdam. Auf dem Boot brannte kein Licht, und auch die Luken der anderen Boote waren dunkel. Der Weg längs des Kanals lag ausgestorben im schwachen Schein der wenigen Laternen. Das schwarze Laub der

Bäume hinter dem Maschendrahtzaun auf der gegenüberliegenden Seite der Straße rauschte im Wind. Das Schwein in seinem Verschlag war nur ein schwarzer Hügel auf dem schmutzigen Boden, und auch die Hühner schliefen längst.

Wo war das Opfer, wo war Amir Singh? Versteckte er sich auf dem Hausboot, im Dunkeln, damit niemand wusste, dass er da war? Aber jemand musste wissen, wo er sich versteckte. Jemand musste gesehen haben, wie er an Bord gegangen war. Van Leeuwen stellte sich vor, wie der junge Inder hinter einem der Fenster kauerte und den von Büschen verdeckten Weg im Auge behielt, mit wild rasendem Herzen, weil er jeden Moment damit rechnete, dass seine Mörder auftauchten.

Oder hatte Amir gar nicht damit gerechnet, in dieser Nacht entdeckt zu werden? War er hier nur untergekrochen, um Zeit zu gewinnen, Zeit für sich und Carien, die er nicht in Gefahr bringen wollte? Hatte er sich schon schlafen gelegt, und wurde er im Schlaf vom Täter überrascht? Dem ersten Täter, der mit einem Messer mit einer ungewöhnlich kurzen Klinge wie wahnsinnig auf ihn eingestochen hatte und dann weggegangen war, als sein Opfer sich nicht mehr rührte?

Das ganze Blut: Der Täter hatte das Blut gesehen und gedacht, sein Opfer sei tot, natürlich hatte er das gedacht. Er musste selbst voll Blut gewesen sein, aber er hatte keine Fingerabdrücke hinterlassen, nur die Fußspuren von Turnschuhen der Größe 42 oder 38. Und offenbar hatte er das Messer auch nicht weggeworfen, sonst hätte nicht eine Viertelstunde später der zweite Täter mit derselben Waffe das Werk vollenden können.

Oder hatte er das Messer doch fallen lassen, irgendwo am Ufer, wo der zweite Täter es finden konnte? War er ruhig gegangen oder gerannt? In welche Richtung, den schmalen Weg hinauf oder hinunter, mit dem Blut auf seiner Kleidung? Warum hatte ihn niemand gesehen?

Noch immer war kein Blut auf dem Asphalt und dem Bootssteg, und als Van Leeuwen sich den Maschendrahtzaun noch einmal vorstellte, entdeckte er auch keine roten Lacksplitter, weder am Zaun noch auf der Erde davor. Nirgendwo lag ein Messer mit schmutziger Klinge. Vielleicht hatte der erste Täter es nicht an Land weggeworfen, sondern schon an Bord, neben der Leiche, und der zweite Täter hatte es dort gefunden.

Hatte der zweite Täter den ersten gesehen? Welcher von beiden hatte einen roten Wagen gefahren und den Drahtzaun gestreift? Oder, dachte Van Leeuwen, *waren die Lacksplitter schon vorher dort gewesen, versteckt im Gras der Böschung, und hatten mit dem Mord gar nichts zu tun?*

Vielleicht sollte ich mit dem roten Wagen beginnen, überlegte er. Er stellte sich vor, wie der Wagen sich langsam auf dem Nieuwendammerdijk näherte: magentarot im Licht der schwankenden Bogenlampen. Der Fahrer schien etwas zu suchen. Als er das Boot entdeckte, steuerte er den Wagen an den Zaun und parkte im Schatten eines hohen Gestrüpps, dicht hinter einem unbeleuchteten Wohnmobil. Er blieb am Steuer sitzen und beobachtete das Boot, wartete.

Plötzlich tauchte ein Mann auf dem Deck auf. Er taumelte auf den Bootssteg zu, blieb schwankend stehen und tastete sich dann am Geländer entlang über den Steg an Land. Als er in den Lichtkreis einer Bogenlampe geriet, konnte man sehen, dass er voller Blut war. Blut auf seinem Gesicht, auf dem Hals, der Brust, den Händen. Und mit jedem Schritt, jeder Berührung der Hände ließ er etwas von dem Blut zurück, auf dem Geländer und dem Steg und dem Asphalt.

Der Fahrer des roten Wagens am Zaun öffnete die Tür und stieg aus. Erst langsam, dann immer schneller lief er das kurze Stück über den Weg auf den blutenden Mann zu. Der Mann – Amir – blieb stehen und starrte dem Fahrer wie gelähmt entgegen, bis er ihn erkennen konnte. Als er sah, um wen es sich handelte, drehte er um und lief zurück auf das Boot, ließ einen Halbkreis roter Spritzer und blutiger Turnschuhabdrücke hinter sich auf dem Asphalt zurück. Aber der Fahrer des Wagens folgte ihm, rannte ihm nach über den Steg und auf das Boot, und da verschwanden sie für einen Moment aus Van Leeuwens Sicht, bis er sie im Inneren wiederfand, auf der Treppe zum Kielraum, die Amir fast hinunterstürzte, während der Fahrer ihm dicht auf den Fersen war.

Plötzlich blieb der Fahrer zurück, denn er hatte im Dunkeln etwas glitzern sehen, ein Messer mit einer kurzen Klinge, gleich bei der obersten Treppenstufe. Er bückte sich, hob es auf, und darauf verlor Van Leeuwen ihn erneut aus dem Blickfeld, denn stattdessen sah er Amir, der sich in die dunkelste Ecke des Kielraums geflüchtet hatte. Doch der Mörder fand ihn auch dort und ging geradewegs auf ihn zu, und als er bei ihm war, packte er mit der linken Hand sein Kinn und drückte es nach oben, und mit dem Messer in der rechten schnitt er ihm die Kehle durch, ein einziger schneller, heftiger Schnitt von rechts nach links, genau wie der Pathologe gesagt hatte.

Das führt zu nichts, dachte der Commissaris, *es kann so oder anders gewesen sein, es gibt noch zu viele Möglichkeiten.* Er musste warten, bis er mehr wusste.

Ein Blitz erhellte die Nacht. Krachend brach sich Donner über den Dächern, und gleich danach schlug Regen gegen das Fenster. Ein kühler Luftzug wehte durch den offenen Spalt. Der Commissaris trat näher ans Fenster, um den Geruch des Regens einzuatmen. Eine Zeit lang stand er nur so da in der dunklen Küche und sah den Blitzen und dem Regen zu. Er schlief im Stehen. Als er einige Sekunden später erwachte, ging er ins Bett, denn er wusste, dass er jetzt endlich schlafen konnte.

6

Hoofdcommissaris Jaap Joodenbreest stand mit dem Rücken zur Tür am Fenster von Bruno van Leeuwens Büro und spähte durch die Ritzen in der Jalousie auf die Straße vor dem Präsidium. Trotz der Hitze hatte er seine marineblaue Uniform bis zum Hals zugeknöpft. Das Gold der Rangabzeichen auf den Schulterstücken der Uniformjacke schimmerte matt.

»Hast du dich schon mal gefragt, warum alle diese Menschen hier sind?«, fragte er, ohne den Blick von seinem kleinen Ausschnitt Amsterdams vor dem Fenster zu lösen. »Wieso kommen sie von überallher in unsere Stadt?«

Van Leeuwen wusste, dass der Hoofdcommissaris sich in diesem philosophisch gestimmten Moment wahrscheinlich wünschte, von einem höheren Stockwerk aus auf die Dächer der Stadt hinuntersehen zu können. *Sieh her, für das alles trage ich die Verantwortung, für all diese Menschen in den Straßen dort unten.* Aber sein Büro lag nur im ersten Stock, genauso wie das von Van Leeuwen.

»Aus Afrika, aus China, Indonesien, Surinam, Sri Lanka, Thailand und jetzt auch noch Indien«, fuhr der Hoofdcommissaris fort. »Sie kommen hierher, auf der Suche nach ein bisschen Glück, einem besseren Leben, und dann werden sie ermordet.«

»Nicht alle«, sagte Van Leeuwen.

Es war noch früh, aber das Gewitter der vergangenen Nacht hatte nur vorübergehende Abkühlung gebracht. Obwohl die Sonne auf der anderen Seite des Gebäudes stand, lag ihr Licht blendend hell auf den Fassaden der gegenüberliegenden Häuser.

»Sechsundzwanzig Morde hatten wir im letzten Jahr«, sagte der Hoofdcommissaris, »neunzehn im Jahr davor und *davor* einunddreißig. Dieses Jahr sind es schon achtzehn – mit diesem Inder in Noord, wie war noch sein Name? – Amir Singh. Bis vor Kurzem waren es nur Einwanderer, die von anderen Einwanderern getötet wurden, die meisten waren Opfer von Verteilungskämpfen auf dem Drogenmarkt, von Bandenkriegen. Aber neuerdings sterben auch Amsterdamer auf offener Straße … Du meine Güte, inzwischen ist jeder dritte Einwohner Amsterdams zugewandert, und es gibt Viertel, in denen mehr Ausländer als Niederländer leben.«

Van Leeuwen schwieg und betrachtete den Rücken seines Vorgesetzten, der so dünn war, dass ein Reiherbein einen breiteren Schatten geworfen hätte. Der marineblaue Stoff der Uniform schien die Hitze förmlich aufzusaugen. Das Gold auf Ärmeln und Schulterstücken ließ die schräg einfallenden Sonnenstreifen noch greller wirken, als sie waren.

»Achtzehn Morde in diesem Jahr«, fuhr Joodenbreest fort, »davon erst vier aufgeklärt. Warum hast du dich in die Ermittlungen der Kollegen in Noord eingemischt? Ist dieser Tote etwas Besonderes?«

»Jeder Tote ist etwas Besonderes«, sagte der Commissaris. »Ich habe es nicht als Einmischung betrachtet. Ich war in der Stadt unterwegs, und als ich die Meldung im Polizeifunk gehört habe, bin ich einfach hingefahren –«

»In der Stadt unterwegs, um zwei Uhr morgens«, sagte der Hoofdcommissaris seufzend. Endlich drehte er sich um. »Wie lange ist es jetzt her, dass du Simone in das Heim gebracht hast?«

»Sieben Monate«, antwortete Van Leeuwen. Plötzlich schob sich etwas zwischen ihn und Joodenbreest wie eine getönte Scheibe; er mochte es nicht, wenn der Hoofdcommissaris über seine Frau sprach. Joodenbreest sah ihn durch die getönte Scheibe an und sagte: »Du bist nicht der Einzige, der leidet.«

Van Leeuwen schwieg.

»Ich leide auch«, fuhr Joodenbreest unbeirrt fort. »Du denkst wahrscheinlich, dein Leid sei einzigartig, unvergleichlich, aber ich sage dir, auf meine Weise leide ich genauso wie du oder wie einer dieser Hungernden in Äthiopien, falls das gerade das Katastrophengebiet *du jour* sein sollte. Weil daraus nämlich das ganze Leben besteht, Bruno, dass jeder Mensch die Leidensebene findet, die seinen persönlichen Bedingungen entspricht, und auf der quält er sich herum, ohne dass irgendjemand ihm helfen kann.«

»Gibt es davon auch Diagramme?«, fragte Van Leeuwen.

Joodenbreests porzellanglatte Miene bekam einen kaum sichtbaren Sprung. »Ach übrigens, warum hast du meine E-Mail nicht beantwortet?«, fragte er mit einer Stimme, die trotz der Hitze plötzlich frostig klang.

»Ich lese lieber Briefe«, sagte Van Leeuwen.

»Ich will dir überhaupt nicht schreiben müssen, aber deine dienstliche Bewertung deiner Mitarbeiter ist überfällig«, sagte der Hoofdcommissaris mit schmalen Lippen. »Ich habe das Punktesystem nicht eingeführt, um es von dir torpedieren zu lassen. Vor allem will ich wissen, wie sich Brigadier Tambur macht, seit sie mit dir arbeitet.«

»Sie hat ihre persönliche Leidensebene gefunden«, sagte Van Leeuwen.

»In den Berichten der anderen Dienststellen war jedenfalls nicht viel Gutes über sie zu lesen.«

»Ich bin den Berichten auf den Grund gegangen«, sagte Van Leeuwen. »Sie ist im Grunde eine gute Polizistin – oder könnte eine werden, wenn sie ihre Stimmungen in den Griff bekommt. Auf den anderen Dienststellen wurde sie gemobbt, weil sie ein paar Spielchen nicht mitmachen wollte, die ihre Kollegen sich für sie ausgedacht hatten. Ihr Vater ist Alkoholiker. Sie lebt in einer ziemlich miesen Gegend, in Bijlmermeer, um in seiner Nähe sein zu können. Er hat ihre Mutter und ihre Schwester bei einem Autounfall getötet, und manchmal wird er rückfällig und ruft sie an, und dann braucht sie jemanden, der ein Auge auf sie hat, aber sie fügt sich gut ein. Ton mag sie, und Inspecteur Vreeling hat inzwischen auch gelernt, sie in Ruhe zu lassen.«

»Ich will, dass sie hin und wieder ihre Uniform anzieht«, sagte Joodenbreest. »Ich will, dass ihr alle euch daran erinnert, was Yeats geschrieben hat: *Hätte ich die reich gestickten Himmelstücher, gewirkt aus goldenem und silbernem Licht, die blauen und die matten und die dunklen Tücher von Nacht und Licht und halbem Licht, ich breitete die Tücher dir zu Füßen …* Ihr habt das dunkelblaue Tuch, zu dem er aufschaute, es ist eure Uniform, und die habt ihr nicht nur, damit sie im Schrank hängt und allmählich von den Motten gefressen wird.«

»Wir haben sie auch, um bei offiziellen Anlässen passend gekleidet zu sein«, bestätigte Van Leeuwen, »als da wären: der Neujahrsempfang des Bürgermeisters, Fernsehauftritte, öffentliche Belobigungen und Begräbnisse im Dienst getöteter Polizeibeamter –«

»Wo du schon davon anfängst«, unterbrach der Hoofdcommissaris ihn, »ich halte heute Mittag eine Pressekonferenz ab.« Sein Blick wanderte zu dem Foto von Amir Singhs zerschnittenem Gesicht an der Pinnwand neben der Tür. »Was wissen wir bis jetzt über den Fall?«

Van Leeuwen sagte: »Wir wissen, wer der Tote war, wo er herkam, wo er wohnte und mit wem. Wir wissen, dass er von zwei verschiedenen Tätern im Abstand von etwa einer Viertelstunde angegriffen und getötet wurde. Und dass er vorher von jemandem bedroht oder unter Druck gesetzt worden ist, vorausgesetzt, die Angaben seiner

Lebensgefährtin entsprechen der Wahrheit. Der Tote hatte die Blutgruppe AB positiv, und das ist auch das einzige Blut, das am Tatort gefunden wurde. Die Spurensicherung hat keine anderen Fingerabdrücke als die des Toten und des Besitzers des Hausboots entdeckt, dafür aber mehrere Turnschuhabdrücke, unter anderem der Größe 42 und der Größe 38. Was wir nicht wissen: mit welcher Waffe Amir Singh ermordet wurde oder –«

»Für die Pressekonferenz reicht mir das, was wir wissen«, sagte der Hoofdcommissaris.

Das Telefon klingelte. Joodenbreest betrachtete es interessiert, als hätte er nicht gedacht, dass so ein Apparat in Van Leeuwens Büro tatsächlich funktionieren würde. Der Commissaris meldete sich. »Ja?« Der Hoofdcommissaris nickte ihm zu, griff nach seiner Uniformmütze und klemmte sie sich unter den Arm. »Die Beurteilungen«, erinnerte er Van Leeuwen, bevor er das Büro verließ.

»Wir wissen jetzt mehr über die Tatwaffe«, sagte Doktor Holthuysen, der in der Gerichtsmedizin ebenfalls über ein funktionierendes Telefon verfügte. »Es handelt sich um ein Schälmesser mit einer blaugepließteten Klinge aus Kohlenstoffstahl, etwas mehr als fünf Zentimeter lang, die an der Spitze wie ein Vogelschnabel geformt ist. Der Griff dürfte aus Kirschbaumholz bestehen, aber das ist nur eine Vermutung. Wahrscheinlich wurde es in Solingen in Deutschland hergestellt –«

»Das heißt, der oder die Täter könnten aus Deutschland sein?«, erkundigte sich der Commissaris.

Der Pathologe schmunzelte. Er war der einzige Mensch, der hörbar schmunzeln konnte. Er war auch der einzige, dem es gelang, mit Semikolon zu sprechen. »Stahlmesser aus den Werkstätten von Robert Herder oder Güde in Solingen werden in der ganzen Welt benutzt«, sagte er. »Ihre Qualität ist unübertroffen, vergleichbar nur mit den Messerschmieden von Sabatier in Frankreich und der Yoshisada-Schmiede in Japan.«

»Ist das von irgendeiner Bedeutung, dass die Klinge aus Kohlenstoffstahl ist?«, wollte Van Leeuwen wissen.

»Für den Fachmann bestimmt«, führte Holthuysen aus. »Eisen

ist ja von seiner Natur her eher weich und wird erst durch die Bearbeitung in der Schmiede hart, also durch hüttentechnische Verfahren wie Schmelzen, Frischen und Puddeln. Ein gutes Messer muss aber nicht nur hart, sondern gleichzeitig auch elastisch und bruchfest sein. Deswegen werden hochwertige Messer geschmiedet, das heißt, so lange mit dem Hammer gestaucht, gestreckt und verdichtet –«

»Es handelt sich demnach um ein hochwertiges Messer?«, unterbrach der Commissaris.

»Unlegierter Kohlenstoffstahl«, fuhr der Pathologe unbeirrt fort, indem er Van Leeuwens vorangegangene Frage aufgriff, »lässt sich besonders hoch härten und äußerst scharf zurichten. Je höher der Kohlenstoffanteil im Stahl, desto härter kann ein Messer geschmiedet werden. Ein Messer wie unsere Mordwaffe verdankt seine besondere Schnittstärke daher dem Material, das sich aufgrund seiner Beschaffenheit immer wieder selbst schärft. Im ständigen Gebrauch – in einer Restaurantküche beispielsweise – nutzt die Klinge sich gleichmäßig ab, und der spitze Schneidewinkel bleibt so immer erhalten.«

»Wie haben Sie diese Klinge bezeichnet?«

»Blaugepließtet«, erklärte der enzyklopädisch gebildete Pathologe glücklich. »So wird in Solingen der Feinschliff der Klinge genannt. Die aufwendigste Stufe der Pließttechnik ist das Blaupließten. Dabei wird der Stahl in mehreren Durchgängen Stufe und Stufe mit Schmirgelleder immer feiner geschliffen. Eine blaugepließtete Klinge erkennen Sie daran, dass sie schrammenrein glänzt und im Licht leicht bläulich spiegelt.«

»Fünf Zentimeter, das ist nicht sehr lang«, sagte Van Leeuwen. »Was schält man denn mit so einem Messer?«

»Obst, Gemüse, Gewürze –«

»Was für Gewürze?«

»Zimt, zum Beispiel.«

»Wieso gerade Zimt?«

»Weil wir in einigen der Wunden des Toten mikroskopisch kleine Spuren von Zimt gefunden haben«, beendete Holthuysen seinen frühmorgendlichen Vortrag mit einer Information, die den vorangegangenen Erkenntnissen erst die richtige Würze verlieh.

»Es handelt sich also um ein Schälmesser mit Kirschbaumgriff und einer etwa fünf Zentimeter langen Stahlklinge, die an der Spitze wie ein Vogelschnabel gebogen ist. Das Messer unter anderem zum Zimtschälen benutzt wird«, erklärte der Commissaris eine Viertelstunde später, als Hoofdinspecteur Gallo und Brigadier Tambur eingetroffen waren und sie ihre erste Lagebesprechung abhielten.

»Wo benutzt man denn solche Schälmesser?«, fragte Julika.

»Auf Sri Lanka bei der Zimternte wahrscheinlich«, sagte Gallo.

»Und in Restaurantküchen«, sagte Van Leeuwen. »Carien Dijkstra hat mir erzählt, dass Amir nach seiner Ankunft als Kellner gearbeitet hat.«

»Dann nehmen wir uns jetzt also alle Restaurants vor, in denen mit Zimt gewürzt wird? Hat diese Carien nicht zufällig erwähnt, um welche Lokale es sich handelt? Vielleicht war er da später mal mit ihr essen, um ihr zu zeigen, wo er sich in der Küche geschunden hat …«

Van Leeuwen sagte: »Sie hat zwei erwähnt, das *Shere Punjab* in der Nähe vom Leidseplein und das *Taj Mahal* an der Herengracht.«

»Hat die Spurensicherung noch was gefunden?«, erkundigte sich Gallo. Er deutete auf den abschließenden Bericht des Technischen Dienstes auf Van Leeuwens Schreibtisch.

»An Amir oder am Tatort?«, fragte Van Leeuwen.

»An beidem.«

»Spuren von Gewürzen«, sagte der Commissaris, während er den Bericht überflog. »Exotischen Gewürzen, um genau zu sein.«

»Am Tatort?«

»An ihm.«

»Was für Gewürze?«

»Zimt in einigen Wunden, außerdem Curryblatt und Koriander in der Kleidung.«

»Zimt in den Wunden?«, wiederholte Julika.

»So ist es«, verkündete Van Leeuwen. »Des Weiteren hat die Spurensicherung bei dem Drahtzaun außer den abgesprungenen magentaroten Lackplättchen noch einen Splitter gefunden, der offenbar zu einer Blinkerverglasung gehörte. Typ und Fabrikat der Verglasung ermöglichten es ihnen, den Splitter einer Automarke zuzuordnen. Falls der Mörder in dem Wagen gesessen haben sollte, von dem die Lackspuren stammen, suchen wir einen magentaroten Mercedes Baujahr 2000.«

»Weiß der Ayatollah was von dem Messer, dem Mercedes oder den Gewürzen?«, fragte Hoofdinspecteur Gallo. »Müssen wir damit rechnen, dass er bei seinem nächsten Fernsehauftritt die ganzen Niederlande an unseren Ermittlungsinterna teilhaben lässt?«

»Er weiß weder etwas von den Gewürzen noch von dem Mercedes oder dem Messer«, antwortete der Commissaris. »Er weiß, dass der Name des Toten Amir Singh ist und dass er vielleicht ein Sikh war, vielleicht aber auch nicht –«

»Hast du nicht gesagt, alle Sikhs hießen Singh? Also wenn Amirs Nachname Singh ist, dann muss er doch Sikh sein.«

»Es gibt auch Hindus, die Singh heißen«, warf Julika ein. »Bei uns im Haus wohnt eine Familie Singh aus Kalkutta, im vierzehnten Stock, das sind keine Sikhs.«

»Darüber hinaus«, nahm der Commissaris den Faden wieder auf, »weiß Joodenbreest, dass Amir Singh legal ins Land gekommen ist, aber aufgrund illegaler Aktivitäten im Gefängnis gesessen hat. Er weiß auch, dass Amir nach seiner Entlassung mit einer jungen Niederländerin namens Carien Dijkstra zusammenlebte, die seinen Tod nur schwer verkraftet. Was er nicht weiß, ist, dass ein unbekannter Mann, wahrscheinlich ein Niederländer, Singh unter Druck gesetzt hat –«

»Konnte Carien Dijkstra den Mann beschreiben?«, fragte Julika.

»Ja, aber mit der Beschreibung lässt sich wenig anfangen. Groß und dünn, Jeans und Lederjacke, Baseballkappe, außerdem eine Art Oberlippenbart und eine Sonnenbrille, die er auch in der Videothek nicht abgenommen hat.«

»Könnte ein Drogendealer gewesen sein«, sagte Gallo.

»Oder ein Drogenfahnder«, ergänzte Julika.

»Vielleicht gibt es ihn auch gar nicht«, sagte Gallo. »Vielleicht hat sie ihn erfunden und deshalb die Beschreibung absichtlich so vage gehalten. Vielleicht hat sie ihren Amir ermordet, und der Unbekannte dient nur zur Ablenkung. Oder vielleicht ist er ihr dabei auch zur Hand gegangen.«

»Du denkst, es geht um Leidenschaft, Eifersucht und gekränkte Seelen voller Hass?«, fragte Julika spöttisch. »Eine Bollywood-Telenovela im Herzen Amsterdams?«

»Vielleicht«, sagte Gallo.

Van Leeuwen sagte: »Nein, dann hätte sie gar nicht erst von ihm angefangen. Setzen wir mal voraus, dass sie die Wahrheit gesagt hat und dass es ihn gibt. Dann müssen wir uns fragen, woher Amir Singh ihn kannte und womit der Mann ihn unter Druck setzen konnte. Wo sind sie sich begegnet? Im Gefängnis? Davor? Vielleicht schon auf dem Schiff?«

»Könnte es der Besitzer des Hausboots gewesen sein?«, fragte Julika.

»Wenn Cariens Beschreibung stimmt, nicht«, antwortete der Commissaris. »Außerdem haben die Kollegen in Noord sein Alibi überprüft, er war zur Tatzeit tatsächlich nicht in Holland.«

»Das bedeutet nur, dass er nicht der Mörder gewesen ist«, wandte Julika ein. »Als Erpresser kommt er doch trotzdem in Frage, wenn man bedenkt, wie zuverlässig Zeugenbeschreibungen im Allgemeinen so sind. Schließlich muss das eine mit dem anderen nicht unbedingt etwas zu tun haben, ich meine, Carien hatte gerade erst vom Tod ihres Geliebten erfahren, dem Vater ihres Kindes. Wenn man den Schock bedenkt, unter dem sie in dem Moment gestanden haben muss …«

Van Leeuwen nickte schweigend. Er sah zum Fenster hinüber, auf den hellen Tag hinter der Jalousie. »Menschen sind wie Planeten«, sagte er. »Wenn man sie aus der Bahn bringt, gibt es eine Katastrophe. Alles gerät durcheinander, und das Chaos bricht aus.«

»Sprechen Sie von Amir oder Carien?«, fragte Julika.

»Von uns allen«, sagte Van Leeuwen.

7

Das *Shere Punjab* lag in einer Seitenstraße der Leidsestraat am Ufer der Prinsengracht. Die Tür stand offen, und aus dem klimatisierten Gastraum im Souterrain drang indische Musik die Treppe herauf. Es roch nach frisch gebackenem Ofenbrot, heißer Asche, Curry und gekochtem Huhn. Hinter der Durchreiche zur Küche klirrten Töpfe. Im Halbdunkel warteten kleine, sauber gedeckte Tische auf den Beginn der Mittagspause in den Geschäften und Büros der Nachbarschaft. Jeder Tisch war mit einer Mohnblume in einer schlanken Messingvase geschmückt.

Eine Frau mit einem roten Punkt auf der Stirn stand neben einer kleinen Theke und entzündete einen Docht unter einem Glasschälchen mit Aromaöl. Ihr Haar, im Nacken zu einem braunen Knoten gebunden, zeigte erste Spuren von Silber. Sie trug einen ochsenblutfarbenen Sari, der mit grünen Perlen bestickt war, zwei Farben, die sich überall im Raum wiederfanden, im Muster der Tapeten, im Polster der Stühle, in den Teppichen. An ihrem linken Handgelenk schimmerte ein stählerner Armreif.

»Ein Tisch für drei Personen, Mijnheer?«, fragte sie.

»Wir sind nicht zum Essen hier, Mevrouw«, sagte der Commissaris und zeigte ihr seinen Ausweis. »Commissaris van Leeuwen vom Hoofdbureau van Politie; das sind Hoofdinspecteur Gallo und Brigadier Tambur.«

Erschrocken sah die Frau zu ihm auf. »Wir sind gute Bürger. Wir haben nichts zu tun mit der Polizei. Unsere Papiere sind immer in Ordnung, keine Beanstandung, kein illegales Personal. Ich zeige Ihnen die Küche, alles sauber –«

»Gehört Ihnen dieses Lokal?«, fragte der Commissaris.

»Meinem Mann und mir«, sagte die Frau. Ihre dunklen Augen wirkten traurig, als hätte ihr nichts Schlimmeres widerfahren können, als mit ihrem Mann zusammen das *Shere Punjab* zu besitzen. »Ich bin Mira Singh Kapur. Möchten Sie mit meinem Mann sprechen? Er ist in der Küche. Soll ich ihn holen?«

»Ja bitte«, sagte der Commissaris, und während Mira Singh

Kapur zu der Durchreiche im hinteren Teil des Restaurants ging, musterte er die auf die Wände gemalten maurischen Bögen, die Hängepflanzen und die gerahmten Fotografien in den Bögen: großformatige Aufnahmen des Tadsch Mahal, des goldenen Tempels von Amritsar und der Hügel und Täler von Kaschmir. Er fragte sich, ob die Einrichtung dazu diente, Zweifel an der Qualität der Küche im Keim zu ersticken.

In einer Ecke stand auf einer Ebenholzkommode ein Fernsehapparat, der auf Nederland 3 eingestellt war. Die Farben wirkten übersteuert, und die Bollywood-Schnulzen aus den verborgenen Lautsprechern im Gastraum übertönten das Geschehen auf dem kleinen Bildschirm.

Ein Mann mit einer weißen Schürze erschien hinter der Durchreiche. Die Frau des Besitzers redete mit ihm und deutete dabei auf Van Leeuwen. Der Mann nickte, nahm die Schürze ab und trat aus einer Tür neben der Durchreiche. Er trug eine weiße Hose und ein ebenfalls weißes Hemd mit hochgekrempelten Ärmeln. Seine nackten Füße steckten in braunen Sandalen. Seine Haut hatte einen hellen Feigenton, und seine Zähne waren gelb. Als er den Commissaris begrüßte, lächelte er mit einem bestrickenden Mangel an Aufrichtigkeit. »Ich bin Salman Kapur«, sagte er. »Was kann ich für Sie tun, Mijnheer?«

»Ich möchte Ihnen nur ein paar Fragen stellen, Mijnheer Kapur«, sagte der Commissaris. »Über jemanden, der vor einigen Jahren für Sie gearbeitet hat.«

»Ah ja. Bitte.«

»Sein Name war Amir Singh.«

»Ah ja.« Das Lächeln erstarb zu einem missmutigen Zähnefletschen, das weit aufrichtiger wirkte. »Amir Singh, natürlich.«

»Sie erinnern sich also an ihn?«

»Ah ja, nur flüchtig.« Eine kleine Handbewegung, an Flüchtigkeit selbst kaum zu überbieten. »Er hat hier gearbeitet, als Kellner. Ich habe ihn aufgenommen wie einen Sohn, weil er auch Sikh war, wie Frau Kapur. Er war erst kurz in Amsterdam und kannte niemand. Er war mittellos, ohne Geld, Sie verstehen?«

»Mijnheer Kapur, hat Amir Singh sich irgendetwas zuschulden kommen lassen, während er bei Ihnen angestellt war?«

»Zuschulden, ah nein, das nicht gerade.« Kapur schüttelte den Kopf, als bedauere er diesen Umstand ganz außerordentlich. »Nur ein bisschen störrisch war er, nicht gewohnt, zu gehorchen. Und sehr unglücklich – ein Mann, der seinen Kummer hegt wie einen Garten, viel Zeit darin verbringt, ja die Pflanzen seines Missgeschicks gießt. Das machte ihn stolz – zu stolz für einen Kellner und zu jähzornig für einen Küchenhelfer. Ich musste ihm sagen, dass er gehen soll, trotz Frau Kapur.«

Frau Kapur gab sich keine Mühe, ihre Besorgnis angesichts dieser Befragung zu verbergen. Ihre Lippen bewegten sich lautlos, als versuchte sie, ihrem Mann zu soufflieren, aber der drehte ihr den Rücken zu, sodass er ihren Mund nicht sehen konnte.

»Wissen Sie, was aus ihm geworden ist, nachdem Sie ihn entlassen haben?«, erkundigte sich der Commissaris. »Haben Sie ihn vielleicht später noch einmal wiedergesehen?«

»Ah ja, erst vor Kurzem.« Kapur nickte und leckte sich eifrig mit einer kleinen roten Zungenspitze über die Lippen. »Er kam zu uns ins Restaurant mit einer Frau, einer jungen Frau von hier, er wollte sie uns zeigen – dass sie ihn liebte, einen Einwanderer, und dass sie glücklich waren. Er hatte es nicht leicht gehabt in der Zwischenzeit, das konnte man sehen; er lachte zu laut. Aber er bestellte das teuerste Gericht, mit Vorspeise und Dessert.«

»Hat er Ihnen erzählt, was er gerade so machte?«, fragte Hoofdinspecteur Gallo. »Wo er arbeitete? Mit wem er sich rumtrieb, wenn er nicht gerade glücklich mit seiner niederländischen Freundin war?«

Kapur lächelte wieder, ein anderes Lächeln diesmal, dem eine Messerspitze Eitelkeit beigemengt war. »Nein, er tat immer sehr geheimnisvoll, hat nie über seine Pläne gesprochen. Aber ich wusste es trotzdem.«

»Sie wussten, wo er arbeitete?«, fragte Gallo nach.

»Sie haben mich angerufen«, sagte Kapur. »Er hat das *Shere Punjab* als Referenz angegeben, und sie haben angerufen, um sich zu erkundigen, ob er wirklich hier war und ob ich ihn empfehlen kann.«

»Wer hat Sie angerufen?«, fragte der Commissaris. Er hörte das Klingeln der Straßenbahnen, die sich auf der Leidsestraat der Brücke über die Prinsengracht näherten.

»Die Firma *Palace of 1000 Flavors*. Radschiv Sharma, der Eigentümer, war selbst am Apparat.«

»Ein Inder?«, fragte Julika.

»Nein, ein Eskimo«, sagte Kapur, glücklich über seinen kleinen Scherz, doch seine Frau versetzte ihm einen ebenso kleinen Stoß, und er hörte sofort auf zu lächeln. »Ein Inder natürlich.«

»*Palace of 1000 Flavors* – Palast der 1000 Gewürze«, wiederholte der Commissaris, nicht im Geringsten befremdet über den blumigen Namen, sondern höchst zufrieden darüber, wie sich alles so schnell zusammenfügte, »was ist das für eine Firma?«

»Radschiv Singh Sharma beliefert Restaurants mit Gewürzen, Inder, Surinamesen, Indonesier, auch viele andere. Er importiert sie und verkauft sie. Er ist sehr mächtig und sehr reich.«

»Und bei dem hat Amir Singh gearbeitet?«, fragte Gallo.

»Ich glaube. Es tat mir leid, dass ich Amir damals entlassen musste, und deshalb war ich froh, als Sharma anrief. Ich habe gesagt, Amir ist sehr fleißig, sehr zuverlässig, ja, und ein guter Sikh.«

»Wo steht denn dieser Palast?«, wollte der Commissaris wissen.

»Ah ja, auf der anderen Seite des IJ«, sagte Kapur. »In Noord.« Er warf einen Blick an Van Leeuwen vorbei zum Eingang, wo drei Männer und eine junge Frau die Treppe herunterkamen. »Gäste! Mijnheer Commissaris, das ist alles, was ich Ihnen sagen kann, alles, was wir über Amir wissen. Frau Kapur muss sich um die Gäste kümmern, und ich habe dringende Pflichten in der Küche.«

»Sind Sie allein in der Küche? Haben Sie sonst kein Personal?«, erkundigte sich Gallo.

»Ah doch, einen Hilfskoch und einen Kellner, aber beide kommen erst am Abend –«

»Wir brauchen ihre Namen und die Adressen«, sagte Brigadier Tambur.

»Bitte, die Gäste ...«

»Wo waren Sie in der Nacht von Freitag auf Samstag zwischen Mitternacht und drei Uhr morgens?«, fragte Van Leeuwen.

»Warum wollen Sie das wissen?« Kapurs Überraschung war so echt wie keine andere Reaktion seit Beginn der Befragung. »Ich war hier, mit Frau Kapur und den anderen. Es waren auch noch einige Gäste da.«

»Wann haben Sie das Lokal verlassen?«

»Ah ja, um eins, halb zwei.«

»Wie sind Sie nach Hause gekommen?«

»Mit dem Wagen.«

»Was fahren Sie für einen Wagen? Welche Farbe hat er?«

»Einen gelben Fiat.«

»Sie haben uns sehr geholfen, Mijnheer Kapur«, sagte der Commissaris. »Ich möchte mich bloß noch kurz in Ihrer Küche umsehen.«

»In der Küche? Was wollen Sie denn da anschauen?«

»Messer.«

Als Kapur und Van Leeuwen an dem Fernsehapparat mit den übersteuerten Farben vorbeigingen, erschien gerade der Hoofdcommissaris in seiner bis zum Hals zugeknöpften dunkelblauen Uniform auf dem Bildschirm. Er sprach in die Mikrofone, die ihm entgegengehalten wurden, und sein schweißglänzendes Gesicht schillerte in acht verschiedenen Rottönen. Es sah aus wie ein tropischer Sonnenuntergang. Auch die Gesichter der Reporter, zu denen er sprach, sahen aus wie tropische Sonnenuntergänge, allerdings schwitzten sie nicht.

Die Küche des *Shere Punjab* war klein und sauber. Die Töpfe und Pfannen blitzten, der Herd war auf Hochglanz geputzt, und an einer Magnetschiene über dem Herd hing eine ganze Batterie verschieden langer Messer nach Größe geordnet: Kochmesser, Schinkenmesser, Tranchiermesser, Brotmesser, Obstmesser, Fischmesser, Filiermesser, Gemüsemesser, Ausbeinmesser; Messer, um Fleisch zu schneiden, Fisch zu schuppen, Gemüse zu raffeln, Zwiebeln zu hacken.

Reis, Nudeln, Hirse und Kartoffeln standen in Schalen und Sieben auf einem großen Holztisch, und Fisch und rotes und weißes Fleisch lag gewürzt zum Braten, Schmoren oder Dünsten bereit. In den Regalen befanden sich Gewürze in beschrifteten Dosen: Zimt, Koriander, Curry, Ingwer, Pfeffer, Paprika. Ein Tonofen strahlte Hitze aus, und in einem Topf auf dem Herd kochte Wasser. Die Bollywood-Schlagermusik aus dem Gastraum drang kaum bis in die Küche.

Van Leeuwen deutete auf die Magnetschiene mit den Messern und fragte: »Haben Sie keins von den ganz kurzen, die mit den Vogelschnabelklingen aus Solinger Stahl?«

»Vogelschnabelklingen?« Kapur schürzte die Lippen und nahm die Messer genau in Augenschein, während er sich die Schürze wieder umband. »Diese Messer sind alle aus Solinger Stahl. Gute Messer. Was wollen Sie schneiden mit einem Vogelschnabel? Wozu braucht man so was?«

»Zum Schälen«, sagte Van Leeuwen.

»Das sind alle Messer, die ich habe«, sagte Kapur. »Alle, die man in einer guten Küche braucht.« Er hielt plötzlich inne, die Hände im Rücken. »Warum stellen Sie all diese Fragen? Was hat Amir angestellt? Er ist kein schlechter Mensch, und eines Tages wird er wieder Glück haben …«

In einem anderen Leben vielleicht, dachte Van Leeuwen, *in dem anderen Leben, in dem wir alle Glück haben.* Er blickte hinüber zur Durchreiche, an der Kapurs Frau auftauchte und ihren Mann mit einem Schwall indischer Worte überschüttete, und plötzlich sah er Amir neben ihr stehen.

Der tote Inder trug eine weiße Jacke und darunter eine weiße Hose und ein hellgelbes Hemd, und alles war voller Blut. Er hielt ein Tablett mit benutzten Tellern in den Händen. An einem der Handgelenke schimmerte der stählerne Armreif. Er stellte das Tablett mit den Tellern ab und nahm dafür eins mit zwei dampfenden Gerichten entgegen, das vor ihm auf der Durchreiche stand. Er ließ sich nicht anmerken, dass er tot war, obwohl die vielen Schnitte in seinem Gesicht schon aufgehört hatten zu bluten, genau wie der Schnitt am Hals.

Geschmeidig bewegte er sich mit dem Tablett zwischen den Tischen, an denen noch immer niemand saß, außer ganz in der Nähe der Tür, wo die beiden Männer und die junge Frau Platz genommen hatten, aber zu denen trug er das Tablett nicht. Er trug es zu überhaupt niemandem, und während Van Leeuwen ihm noch mit den Augen folgte, löste er sich auf wie ein Geist.

»Irgendwann hat auch ein Pechvogel wie Amir mal Glück«, bekräftigte Kapur noch einmal.

»Wenn er wiedergeboren wird«, sagte der Commissaris. »Aber ich weiß nicht, ob ich ihm das wünschen soll.«

Kapurs Frau schaute ihn verwirrt an. »Amir ist tot?«, fragte sie dann nach einer kurzen Pause.

»Jemand hat ihm die Kehle durchgeschnitten«, sagte Van Leeuwen, »mit einem Schälmesser mit einer kurzen Vogelschnabelklinge.« Er zog eine seiner weißen, in Blau und Gold bedruckten Visitenkarten heraus und legte sie auf die Tischkante. »Falls Ihnen noch etwas einfällt, rufen Sie mich an. Die Namen und Adressen Ihres Personals und von Amirs damaligen Kollegen schicken Sie mir bitte ins Präsidium.«

Er verließ die Küche durch die Tür neben der Durchreiche. Gallo und Julika Tambur standen vor dem Fernsehapparat und verfolgten die Pressekonferenz des Hoofdcommissaris auf Nederland 3. Das Bild war noch bunter geworden. Die Farben changierten metallisch flimmernd zwischen Dunkelrot und Dunkelblau, und mit der Bollywood-Schlagermusik aus den verborgenen Lautsprechern wirkte es, als hätte Joodenbreest sich in den Hauptdarsteller eines Hindimusicals verwandelt, der live in die Mikrofone seiner glühendsten Fans sang.

»Was sagt er?«, fragte Van Leeuwen.

»Das, was du ihm gesagt hast«, antwortete Gallo. »Aber so, als hätte er es herausgefunden.«

»Warum treten Sie eigentlich nie im Fernsehen auf?«, fragte Julika. »Aus Bescheidenheit?«

»Aus Stolz«, sagte der Commissaris.

8

Als sie fast auf der anderen Seite des IJ-Tunnels waren, sagte Hoofdinspecteur Gallo: »Bruno, du bist der Stellvertretende Polizeichef von ganz Amsterdam-Amstelland. Dir unterstehen fünf Distrikte mit 32 Revieren und einigen Hundert Beamten, die für dich von Tür zu Tür gehen und nach Amir Singh fragen können. Es gibt keinen Grund, warum du in diesem Stadium der Ermittlung selber das Pflaster treten und Detailfragen stellen musst. Dein Platz ist am Schreibtisch.«

»Ich bin gern auf der Straße«, antwortete Van Leeuwen. »Deswegen bin ich Polizist geworden.«

»Aber wenn du selbst Anfangsermittlungen persönlich durchführst, lässt du jeden Surveillant, Agent, Hoofdagent, Brigadier und Inspecteur, der unter deinem Kommando steht, schlecht aussehen. Als würdest du ihren Fähigkeiten misstrauen und ihre Kompetenz in Frage stellen.«

»Die Arbeit bei der Polizei ist kein Schönheitswettbewerb«, sagte Van Leeuwen. »Es geht nicht darum, wer besser aussieht. Ich habe mich nie darum gerissen, Commissaris zu werden, aber zumindest hat mein Rang den Vorteil, dass ich tun kann, was ich will, solange es die Ermittlungen nicht gefährdet. Joodenbreest und die anderen Taliban halten einen Schreibtisch vermutlich für ihren artgerechten Lebensraum, aber mein Reservat ist die Stadt. Ich gehe gern durch die Straßen. Ich fahre auch gern nachts mit der Straßenbahn oder mit dem Bus herum und sehe nach dem Rechten, und wenn in Amsterdam ein Mord passiert, dann pflüge ich jeden Pflasterstein eigenhändig um, bevor die schlechte Saat in den Furchen weitere Früchte trägt. Ich sitze nicht untätig herum und starre auf mein Telefon, während andere sich für mich die Füße wund laufen und eine Spur nach der anderen kalt wird.«

Er sagte das in ruhigem, gelassenem Ton, wie er fand, etwas lauter als sonst vielleicht, um den Verkehrslärm im Tunnel zu übertönen. Vor seinem inneren Auge sah er die Leiche Amir Singhs, den zugedeckten Körper auf der Bahre in der Gerichtsmedizin und das

Mädchen Carien, das noch eine Zeit lang bei ihm bleiben wollte, um sich zu verabschieden.

»Musst du wieder eins von deinen Versprechen einlösen?«, fragte Gallo.

Van Leeuwen schwieg. Die blasse Tunnelbeleuchtung fiel in den Wagen, und in der Windschutzscheibe spiegelten sich Gallos Hände am Lenkrad und die Glut der Zigarette, die Brigadier Tambur auf dem Rücksitz rauchte. Dann tauchte am Ende der grün verkleideten Röhre der Himmel über Noord auf, und die Spiegelung verschwand.

»Wisst ihr, was ich glaube?« Gallo wechselte das Thema. »Dass Mijnheer Kapur Amir entlassen hat, weil der junge Kellner seiner Frau ein bisschen zu gut gefallen hat.«

»Schon wieder die Telenovela«, sagte Julika.

»Immerhin war er ein ziemlich hübscher Bursche, das konnten selbst die Schnittwunden nicht verbergen. Vielleicht legte er es drauf an, ein kleiner Casanova, der es bei jeder Frau allzu leicht hatte und der der Versuchung nicht widerstehen konnte.«

»Und deswegen hat der Täter auch sein Gesicht entstellt, meinst du?«, fragte Julika.

Gallo steuerte den Wagen in den Johan van Hasseltweg, bevor er an der nächsten großen Kreuzung in die Meeuwenlaan bog. In dieser Gegend waren nur wenige Autos unterwegs. Ungepflegte Rasenflächen wechselten sich mit niedrigen, dunkel geziegelten Häuserblocks ab. Der Wagen passierte einen Billig-Supermarkt und ein mehrstöckiges Wohnsilo aus Beton mit der geheimnisvollen Aufschrift *Motorwall 300*, auf dessen Balkonen Autoreifen, Liegestühle, Sperrmüll, Satellitenschüsseln und bunt behängte Wäscheleinen eindrucksvoll Zeugnis vom Lebensgefühl der über das IJ nach Noord abgeschobenen Einwanderer ablegten.

Am Straßenrand tauchte ein türkisgrün gekacheltes Haus auf, dessen winzige Fenster wie goldgerahmte Schlüssellöcher gestaltet waren. Auf einem schlanken Zwiebelturm über dem kleinen Gebäude schimmerte ein Halbmond in der diesigen Luft. Der Commissaris vermutete, dass die Fenster der Moschee das Schloss zum Paradies darstellen sollten. »Wir sind zu weit gefahren«, sagte er. »Du hättest vor dem Supermarkt links abbiegen müssen.«

Gallo wendete neben einer Bushaltestelle und fuhr zurück. Eine Gruppe farbiger Jugendlicher in roten Jogginganzügen folgte dem Manöver mit verschlossenen Gesichtern. Hinter dem spärlich besetzten Parkplatz des Supermarkts, wo junge Frauen mit Schleiern und Kopftüchern Kinderwagen mit Einkäufen zu den Autos ihrer Männer schoben, begann das, was Van Leeuwen immer die Geisterbahn nannte – schäbige Lagerschuppen auf ungepflegten Grundstücken, flache Garagen voller Autoersatzteile, fensterlose Spielhallen, Cabarets mit verrammelten Türen und Werkstätten mit halb heruntergelassenen Rolltoren, hinter denen Sportwagen und Limousinen frisiert und umgespritzt wurden.

»Da vorne ist es«, sagte der Commissaris. *Da vorne* hieß: hinter dem Lagerhof mit Türmen von abgefahrenen Lastwagenreifen, hinter dem unkrautüberwucherten Bootsfriedhof, hinter dem *Fitness Centrum Bionic*, hinter einer Shell-Zapfsäule unter einem Betondach, hinter dem *Erotisch Café Cattier*, hinter dem Peugeot-Ersatzteilmarkt, hinter dem *Paradise – Club of the Year!*, bei dessen Anblick Van Leeuwen sich unwillkürlich fragte, um welches hoffnungslose Jahr in welch finsterer Vergangenheit oder welch düsterer ferner Zukunft es sich handeln mochte.

Auch der Palast der 1000 Gewürze sah nicht aus wie ein Palast. Er sah aus wie jede Lagerhalle im Gewerbegebiet, deren weiße Betonmauern schon lange nicht mehr gestrichen worden waren und deren Blechdach nach und nach dem Rost zum Opfer fiel. Die Fenster waren klein und schmutzig, aber die Gitter davor schienen erst kürzlich angebracht worden zu sein. Über dem Rolltor an der Stirnseite der Halle stand in roten Buchstaben *Palace of 1000 Flavours*, darunter etwas kleiner *Radschiv Singh Sharma & Sons* und noch weiter unten *Spice Grocery*.

Vor dem Tor lag ein asphaltierter Frachthof, der von einem Wellblechzaun begrenzt wurde. Ein zweites Tor mit weit geöffneten Flügeln aus Zangendraht gestattete die Zufahrt von der Straße, und dahinter luden mehrere Surinamesen in Jeans und T-Shirts Kisten von einem lehmbespritzten Scania-Lastwagen mit italienischem Kennzeichen und trugen sie durch das Rolltor in die Halle.

Gallo lenkte den Funkwagen an dem italienischen Truck vorbei und parkte im Schatten eines großen Wohnwagens mit Aluminiumverkleidung. Neben dem Rolltor lehnten ein Dutzend Fahrräder an der Hallenwand, und etwas weiter entfernt, bei einem großen Müllcontainer, stand eine neongrüne Vespa in der prallen Sonne. Andere Fahrzeuge entdeckte Van Leeuwen nicht, keinen Lieferwagen der Firma *Sharma & Sons*, keinen magentaroten Mercedes.

Die jungen Männer, die sich mit den Kisten abmühten, taten, als sähen sie den Polizeiwagen nicht. Sie verschwanden im Schatten der Halle, und als sie wieder auftauchten, waren ihre Gesichter so leer wie ihre Hände, aber zwei von ihnen fehlten. Die anderen gingen zu dem Scania und luden weiter Kisten ab.

In dem Rolltor erschien noch ein junger Mann und schaute mit scharfen Augen direkt zu dem Streifenwagen herüber. Er trug eine schwarze Hose, ein weißes Hemd mit einem daumenbreiten Kragen und weiße Nappalederslipper. An seinem rechten Handgelenk glänzte ein Armreif aus poliertem Metall. Er stand halb im Schatten und halb in der Sonne und starrte auf den Polizeiwagen, ohne sich zu rühren. Auch als Van Leeuwen, Gallo und Julika ausstiegen, rührte er sich nicht. Es schien, als hätte er ihren Besuch erwartet.

Der Commissaris zückte seinen Ausweis und sagte: »Commissaris van Leeuwen, Hoofdbureau van Politie. Das sind Hoofdinspecteur Gallo und Brigadier Tambur. Wir möchten mit Radschiv Sharma sprechen.«

»Ich bin Shak Sharma, sein ältester Sohn«, sagte der junge Mann. »Mein Vater ist leider sehr beschäftigt, Mijnheer. Vielleicht kann ich Ihnen helfen?«

»Ich bin auch sehr beschäftigt«, antwortete der Commissaris. »Aber ich bin trotzdem hier, um mit ihm zu reden. Im Moment möchte ich, dass *er* mir hilft.«

Shak Sharmas Mundwinkel zuckten verärgert, als hätte man schon zu oft darauf bestanden, mit seinem Vater zu sprechen, wenn eigentlich sein Wort das größere Gewicht haben sollte. Er war groß und stattlich, sein Haar schwarz und dicht. Er hatte ein scharf geschnittenes, männliches Gesicht mit einer kräftigen Nase, vollen Lippen und fast schwarzen, klaren Augen ohne erkennbaren Übergang von Pupille zu Iris. Es brauchte nicht viel, um diese Augen zum Lodern zu bringen. Er wusste, wie er wirkte, was er darstellte; trotzdem verlangte man nicht nach ihm. Er atmete hörbar aus. Dann nickte er und forderte den Commissaris mit einer Handbewegung auf, ihm in das Innere der Halle zu folgen. »Ich bringe Sie zu ihm«, erklärte Radschiv Sharmas ältester Sohn. »Aber sagen Sie mir wenigstens, was Sie von ihm wollen.«

»Es geht um einen Ihrer Angestellten, einen Mann namens Amir Singh.«

»Ah, deswegen sind Sie hier? Sie wollen zu Amir?«

»Nein, ich will nicht zu Amir«, sagte Van Leeuwen. »Wenn ich zu Amir wollte, würde ich in die Leichenhalle gehen. Da liegt er nämlich.«

Er brauchte einen Moment, um seine Augen an das Zwielicht in der Halle zu gewöhnen; der Sonnenschein blendete ihn noch, als er längst hinter Shak durch das Rolltor getreten war. Von innen wirkte die Halle viel größer als von außen. Durch die schmutzigen Fenster dicht unter dem Dach fiel nur spärliches Tageslicht herein, in dem Staubkörnchen tanzten. An den vier Wänden und auf der gesamten Lagerfläche standen Regale über Regale, deren obere Fächer nur mit Leitern zu erreichen waren. Jedes der Regale war mit unleserlichen Buchstaben beschriftet, vermutlich in Hindi. Eine Eisenbalustrade führte in halber Höhe der Halle um die Wände. Von einer Schiene an der Decke hing ein Flaschenzug.

Die Regale waren gefüllt mit Gefäßen in allen Größen und Formen, aus Glas, Metall und Holz. Die eckigen und runden Glasbehälter waren mit Deckeln oder Korken verschlossen, manche waren zusätzlich eingeschweißt, einige sogar versiegelt. Ihr Inhalt war grün und rot, braun, gelb oder violett. Es gab bunte Dosen und schlichte Holzkästchen, und zwischen den Regalen türmten sich Fässer aus Zinn und Kisten aus Holz. In der Luft hing der Geruch von Zimt und Curry, von Pfeffer, Zwiebeln, Paprika und Chili. Es war kühl und nicht zu hell in der Halle.

Neben dem Rolltor saß an einem Schreibtisch aus zerkratztem Mahagoni ein schlanker Mann, der den hereinfallenden Sonnenschein als Arbeitslicht nutzte. Er trug ebenfalls eine schwarze Hose und ein weißes Hemd mit einem kaum sichtbaren Kragen, dazu eine zugeknöpfte schwarze Weste und einen sorgfältig geschlungenen Turban aus safrangelbem Tuch. Auch an seinem Handgelenk schimmerte ein Metallreif. Er saß auf einem schlichten Holzstuhl, vor sich ein Telefon, ein altmodisches Kassenbuch und einen Stapel von Lieferscheinen und Zollzertifikaten, außerdem ein Glas mit grünem Tee. Es fehlte nur ein Abakus, dessen Kugeln er beim Rechnen hätte hin- und herschieben können.

Als Van Leeuwen eintrat, sah er auf, und jetzt erkannte der Commissaris, dass der Mann älter war, als es aufgrund seiner Figur den Anschein gehabt hatte. Seine haselnussfarbene Haut wurde von vielen kleinen Fältchen durchzogen; das unter dem Turban hervorlugende Haar schimmerte weiß. Doch gegen diese sichtbaren Zeichen eines Alters jenseits der sechzig erhoben seine Augen Einspruch, junge Augen von einem strahlenden, durchdringenden Grün, die den Rest seines Gesichts jeglicher Wirkung enthoben: die schmalen Lippen, die kräftige, gebogene Nase, die hohen Wangenknochen, die zerfurchte Stirn, alles war nur der Rahmen für ihren wissenden Glanz.
»Ja, bitte, Mijnheer«, sagte er mit einer sanft schneidenden Stimme, »ich bin Radschiv Singh Sharma. Wie kann ich Ihnen behilflich sein?«

»Tag, Mijnheer«, sagte der Commissaris, »ich bin hier, weil wir nach –«

»Doch nicht dahin, ihr Dummköpfe!«, rief Sharma zwei jungen Männern zu, die eine schwere Kiste zu einem Regal im vorderen Teil der Halle schleppten. »Könnt ihr denn nicht lesen? Das sind Anissamen, keine Ingwerwurzeln! Die kommen zum Kümmel aus Südamerika! Habt ihr denn nichts anderes im Kopf als Tabak, Bier und duftende kleine Schwalbennester?!«

»Du darfst sie nicht immer so anschreien«, sagte eine Frau, die unvermittelt aus den Schatten hinter dem Schreibtisch auftauchte. »Es sind doch noch Kinder, Radscha.«

»Ich weiß, Mira«, sagte Sharma, und jetzt war seine Stimme nicht mehr schneidend, sondern mild, fast reuig. »Aber es sind so dumme Kinder.« Er stand auf, höflich, gut erzogen. Dann wandte er sich wieder dem Commissaris zu. »Entschuldigen Sie bitte, Mijnheer. Meinen ältesten Sohn Shak haben Sie ja schon kennengelernt. Er ist mein Augenlicht, der ganze Stolz eines jeden Vaters. Gewiss haben Sie noch die Zeit und die Geduld, auch mein Herzenslicht kennenzulernen, Mirabal, der ganze Stolz eines jeden Mannes, gleich, ob alt wie ich oder jung wie meine Söhne?«

Shak seufzte ungehalten, aber Sharma ignorierte ihn, und Van Leeuwen sagte: »Ich habe die Zeit und die Geduld, Ihre ganze Familie kennenzulernen, Mijnheer Sharma, und außerdem noch jeden Ihrer Angestellten, wenn es der Aufklärung meines Falls dient.«

Mirabal, der ganze Stolz eines jeden Mannes, trat auf den Commissaris zu und nahm ihn so genau in Augenschein, dass er sich fragte, ob sie Gedanken lesen konnte. Seine Gedanken sagten nämlich *schön, schön, schön,* und sie sagten es beschämend klar und deutlich: *eine schöne Frau, ungewöhnlich schön.* Oder: *schön auf ungewöhnliche Weise.*

Sie war vielleicht Ende zwanzig und dünn, ohne knochig zu wirken, aber flachbrüstig wie ein Junge. Eine *gamine*, so hatte man ihren Typ zu der Zeit genannt, als er noch so jung gewesen war wie sie. Ihr Haar war schwarz, und sie trug es kurz geschnitten, aber nicht zu kurz; hin und wieder schob sie ein paar seitliche Strähnen mit einer fließenden, selbstverständlichen Bewegung hinter die Ohren zurück. Ihre grauen Augen hatten die Farbe einer Regenwolke. Das Eindrucksvollste aber war der Mund, dessen zart geschwungene Lippen der Sehnsucht in ihrem Blick entsprachen. Einer Sehnsucht, die so tief und schmerzlich wirkte, dass sie fast einem Geburtsfehler glich. Ein angeschlagener Schneidezahn vermochte nicht, die Schönheit dieses Gesichts zu stören.

Mirabals Haut war halb so dunkel wie die von Sharma und seinem Sohn und glatt wie Perlmutt. Ihr Schwanenhals verschwand in einem hautengen schwarzen Matrosenhemd, zu dem sie eine weite, bunte Hose trug. Die nackten, kleinen Füße steckten in gelben

Riemensandaletten. *Amir und die Schönheit der Frauen,* dachte Van Leeuwen, *oder die Frauen von abwechslungsreicher Schönheit, die vom Gewohnten abwich.* Konnte das eine Spur sein?

»Und was für ein Fall ist das, den Sie aufklären wollen, Mijnheer?«, fragte sie.

»Der Fall eines toten Inders«, antwortete Van Leeuwen. »Seine Leiche wurde auf einem Hausboot nicht weit von hier gefunden.«

»Es gibt viele Inder in Amsterdam«, sagte Mirabal.

»Jemand, der für mich gearbeitet hat, ist tot?«, fragte Radschiv Sharma. »Wer?«

»Amir«, warf Shak mit einem verächtlichen Zischen ein. »Dein dritter Sohn.«

Alle drei standen einen Moment nur da, reglos und ohne eine Reaktion zu zeigen, als wären sie ganz überraschend in eine Falle geraten, in der das kleinste Zucken weiteren, schlimmeren Schmerz zur Folge haben konnte. Endlich löste sich Radschiv Sharma aus seiner Erstarrung und schüttelte müde den Kopf. Er warf Van Leeuwen einen bekümmerten Blick zu. »Er war nicht mein Sohn, nicht mein Fleisch und Blut, aber ich habe ihn gerngehabt.«

»So gern wie mich und Shak?«, fragte eine Stimme aus der Dunkelheit neben dem Rolltor.

»Nein, nicht so gern wie dich, Pamit«, sagte der Gewürzhändler.

Jetzt erkannte der Commissaris einen Jungen, der auf einem Stapel von Säcken an der Wand lag wie auf einem Diwan. Der Junge hatte lange schwarze Locken und verstörte braune Augen, groß wie Kastanien. Sein Gesicht war noch nicht ganz ausgeformt, ihm fehlte die Schärfe seines Vaters oder seines älteren Bruders. Aber als er sich aufrichtete, sah der Commissaris, dass er größer war, als seine Stimme vermuten ließ. Wie Shak trug er eine schwarze Hose und ein weißes Hemd, er war jedoch barfuß. *Dreizehn,* dachte der Commissaris, *vielleicht vierzehn.*

»Das ist mein jüngerer Sohn Pamit«, erklärte Radschiv Sharma, und diesmal war es weniger Stolz als Fürsorge, die in seiner Stimme mitschwang.

Pamit stand auf, schob die Hände in die Hosentaschen und schlenderte zu Shak, und dabei tat er, als nähme er die Besucher gar nicht wahr. Er lächelte nicht, und er sah auch niemanden an, bis er bei seinem Bruder war. Erst als Shak ihm den Arm um die Schulter legte, warf der Junge Van Leeuwen einen kurzen glänzenden Kastanienblick zu: *Das ist mein großer Bruder, und jetzt komm, wenn du was willst!*

»Tag, Pamit«, sagte der Commissaris.

Pamit antwortete nicht; stattdessen sagte er etwas zu Shak, wahrscheinlich auf Hindi, und Shak nickte. Beide lachten.

»Was hat er gesagt?«, fragte Van Leeuwen.

»Gehört die junge Frau zu Ihren Beamten?«, fragte Radschiv Sharma.

»Ja.«

»Er hat gesagt, sie sieht seltsam aus.«

»Das finde ich auch«, sagte Van Leeuwen und stellte zufrieden fest, dass Brigadier Tambur errötete. »Ein kluger Junge.«

»Und ein unhöflicher«, ergänzte Radschiv und sah Pamit an. »Wir reden Hindi, wenn wir allein sind, sonst nicht.«

»Ist er hier geboren?«, fragte der Commissaris.

»Shak und Pamit, beide sind hier geboren, und ihre Mutter Vharma ist hier gestorben.«

»Das tut mir leid«, sagte Van Leeuwen.

»Es braucht Ihnen nicht leidzutun«, sagte Sharma. »Sie hat immer ihre Pflicht getan, und am Ende war sie müde. Ich habe sie geliebt, aber jetzt liebe ich Mira. Sie ist auch Inderin.«

»Das geht niemanden etwas an«, sagte Shak scharf.

»Vharma ist mit mir hierhergekommen, aus Delhi, vor einem halben Leben«, fuhr sein Vater fort, nicht trotzdem, sondern ganz selbstverständlich, wie jemand, der es gewohnt war, Widerspruch nicht wahrzunehmen. »Mirabal ist hier geboren.«

»Mein Vater war Inder, meine Mutter ist Niederländerin«, sagte Mira, als erkläre das, warum sie mit einem so viel älteren Mann zusammen war. »Mein vollständiger Name ist Mirabal Kristin Halawi.«

»Nachdem jetzt alle Familienverhältnisse geklärt sind, können Sie ja endlich Ihre Fragen stellen, Commissaris«, verlangte Shak ungeduldig. Pamit nickte und bedachte Van Leeuwen mit einem ruckartigen Kopfnicken. *Tu, was mein Bruder dir sagt!*

Der Commissaris holte sein Notizbuch heraus, klappte es auf und sah hinein, *l'art pour l'art*, denn die Seiten waren leer. »Wenn ich richtig informiert bin, handeln Sie mit Gewürzen, Mijnheer Sharma. Sie führen Sie ein und verkaufen sie an Restaurants, Feinkostläden, Betriebsküchen –«

»Ich verschenke sie praktisch, Mijnheer Commissaris«, fiel ihm der Inder ins Wort. »So wie ich hier vor Ihnen stehe, bin ich ein armer Mann. Gewürze sind wie Frauen, sie locken und duften, sie verleihen den Speisen des Lebens ihren einzigartigen Geschmack, sie verführen einen, und man gibt ein Vermögen dafür aus, aber am Ende steht man mit leeren Händen da.«

»Ganz so leer scheinen Ihre Hände ja nicht zu sein«, meinte der Commissaris, ohne Mira oder die Gewürzberge in der Halle besonders ins Auge zu fassen. »Wie lange hat Amir Singh für Sie gearbeitet?«

»Gearbeitet?«, wiederholte Shak unbeherrscht. »Bestohlen hat er uns!«

»Shak!« Radschiv Sharmas Stimme klang wie ein Peitschenschlag. »Entschuldigen Sie, Mijnheer, Kinder vergessen manchmal, wo ihr Platz ist – so stolz, so unbeherrscht! Ja, ich habe Amir bei uns aufgenommen. Eines Morgens erschien er hier auf dem Hof – wann wird das gewesen sein? Vor einem Monat vielleicht – und fragte, ob ich nicht vielleicht Arbeit für ihn hätte. Er sagte, er sei eben erst angekommen, aus dem Punjab, und kenne niemanden in Amsterdam. Er trug das Zeichen der Sikhs. Ein Sikh hilft dem anderen, müssen Sie wissen, besonders unter solchen Umständen, in der Fremde. Außerdem, Mira – meine Mirabal, sie ist die Güte selbst – hätte niemals zugelassen, dass ich ihn wegschicke.«

»Er war dünn, man konnte sehen, dass er Hunger hatte«, sagte Mira. »Und obwohl es sehr warm war, ein wirklich warmer Tag, trug er einen Pullover mit langen Ärmeln, als wäre ihm kalt. Er hatte etwas in den Augen, das einen denken ließ, es wäre eine Sünde, ihn wegzuschicken.«

Was für eine Sünde?, dachte Van Leeuwen. Wie viele Frauen mochte der Tote so beeindruckt haben, dass sie ihn aufnehmen wollten? Hatte er gewusst, wie leicht es ihm fiel, die Tür zu ihren Herzen zu öffnen?

»Wenn ich ein anderer Mann wäre«, unterbrach Radschiv Sharma seine Gedanken, »ein *eifersüchtiger* Mann, hätte ich ihm die Wahrheit gesagt: dass die Arbeit kaum für meine Familie reicht, denn so ist es.«

Unvermittelt löste Pamit sich von seinem Bruder, kehrte seinem Vater und Van Leeuwen den Rücken zu und ging zu einer Seitentür unter der Eisenbalustrade. Ohne sich noch einmal umzuschauen, verschwand er durch die Tür. Shak sah ihm nach, dann schnippte er leise mit den Fingern. »Mira, geh zu ihm, pass auf, dass er nichts anstellt.«

Kurz hatte es den Anschein, als wollte Mira sich seiner Anweisung widersetzen, sie überlegte es sich jedoch offenbar anders. Sie blieb nur einen Herzschlag lang auf gleicher Höhe mit Shak stehen und starrte ihn an. Sie standen so dicht beieinander, dass Van Leeuwen ihre Mienen nicht sehen konnte, aber einen Herzschlag lang wirkten ihre Körper unnatürlich verspannt. Dann löste Mira sich aus Shaks Nähe und ging ebenfalls zu der Seitentür unter der Balustrade.

Draußen wurde ein Lastwagen angelassen, aber es war nicht auf dem Hof der Sharmas. Ein Hund bellte, verstummte und bellte wieder.

»Wenn Sie ein anderer Mann wären«, griff der Commissaris Sharmas Faden wieder auf, »wenn Sie nicht mit leeren Händen dastehen würden, obwohl Sie vielleicht das Monopol für den Gewürzhandel in ganz Amsterdam oder sogar für die ganzen Niederlande haben –«

»Das ist nur Schein«, unterbrach ihn Radschiv Sharma, »das Auge sieht, was es sehen will. Als Amir vor vier Wochen über diesen Hof dort draußen auf die Halle zukam, sahen meine Augen einen jungen Mann, einen schönen jungen Mann, dessen Schicksal mich berührte, weil es Mira berührte. Ich fragte ihn, ob er etwas von Gewürzen versteht, und er sagte Ja, aber ich wusste, dass er nicht die Wahrheit sagte, dass er log, weil er nicht wusste, wo er hin sollte. Weil er Hunger hatte. Ich wollte, dass Mira gut von mir denkt, deshalb habe ich gesagt, er kann bei uns anfangen.«

Shak sagte: »Mein Vater kann nicht Nein sagen, wenn Mira Ja sagt.«

Radschiv nickte, als hätte sein ältester Sohn nur ein allseits bekanntes Naturgesetz zitiert. »Ich habe es nicht bereut. Amir war ein guter Arbeiter, fleißig, gelehrig. Er hat schnell begriffen, was den Wert eines Gewürzes ausmacht. Schon nach wenigen Tagen ist er mir ans Herz gewachsen wie ein –«

»Sohn«, sagte Shak wieder.

»Nein, wie ein Schüler, der zu einem Freund wird.«

»Sie haben ihn also an jenem Morgen zum ersten Mal gesehen?«, fragte Hoofdinspecteur Gallo nach. »Sie kannten ihn nicht von früher, keiner von Ihnen?«

»Nein«, antwortete Sharma, und Shak schüttelte nur den Kopf.

»Auch Mira nicht?«

»Nein.« Der alte Gewürzhändler schüttelte den Kopf.

»Das kannst du nicht wissen«, sagte Shak.

»Sie hätte es mir gesagt«, widersprach sein Vater. »Nein, keiner von uns war Amir Singh vor diesem Morgen je begegnet. Nie.«

Van Leeuwen fragte: »Wussten Sie, dass er mit einer Frau zusammenlebte? Einer jungen Niederländerin, die ein Kind von ihm erwartet?«

»Nein, das wusste ich nicht«, sagte Sharma überrascht. »Ich dachte, er kennt niemanden außer uns.«

»Er betrieb mit ihr nicht weit von hier eine Videothek«, sagte Brigadier Tambur.

»Und er hat sich auch nichts zuschulden kommen lassen in der Zeit, in der er für Sie gearbeitet hat?«, fragte Van Leeuwen. »Sie hatten nichts an ihm auszusetzen und wollten ihn auch nicht entlassen?«

Sharma hob beide Hände. »Nein, nein, im Gegenteil –«

»Wie lange ist er schon tot?«, fiel Shak ihm ins Wort.

»Drei Tage«, sagte Van Leeuwen. »Er starb in der Nacht von Freitag auf Samstag der letzten Woche.«

»Woran ist er überhaupt gestorben?«, erkundigte sich Sharma. »Er war doch noch jung!«

»Er wurde ermordet«, erklärte der Commissaris. »Jemand hat ihm die Kehle durchgeschnitten. Auf einem Hausboot ganz hier in der Nähe.«

Sharma schüttelte den Kopf. Er schaute zu den Regalen hinüber, als könnte er Amir dort zwischen den tanzenden Staubkörnchen bei der Arbeit sehen, so wie Van Leeuwen ihn im *Shere Punjab* gesehen hatte, nur ohne das Blut, ohne die Schnittwunden. Aber dort waren bloß die Arbeiter, die Kisten und Fässer hereintrugen, abstellten und mit leeren Händen wieder hinausgingen, aus dem Schatten in die Sonne. »Ermordet, wie schrecklich …«

»Wo waren Sie in der Nacht von Freitag auf Samstag, Mijnheer Sharma?«, fragte Gallo.

»Ich?« Der alte Gewürzhändler schien den Sinn der Frage nicht zu verstehen.

»Er war zu Hause, genau wie ich und Pamit«, erklärte Shak, der die Frage sofort begriff. »Wir waren alle zu Hause.«

»Mirabal auch?«, hakte Gallo nach. »Verstehen Sie, wir müssen diese Frage jedem stellen, der den Toten gekannt hat.«

»Ich bin ein glücklicher Mann«, sagte Sharma leise, »geliebt von meiner Familie, respektiert von allen, die mit mir zu tun haben. Es geht mir gut. Aber das Blut soll mir in den Adern zu Asche werden, wenn ich etwas getan habe, das einen anderen Menschen das Leben gekostet hat. Verstehen Sie das? Und zu Asche soll es werden, wenn jemand aus meiner Familie je die Hand gegen einen anderen erhoben hat. Wir sind anständige Leute, das waren wir in Delhi, und das sind wir hier. Wir erwidern die Gastfreundschaft, die man uns erwiesen hat, mit vollen Händen. Wir ziehen nicht nachts herum, wir arbeiten hart, wir haben einen festen Wohnsitz und zahlen jedes Jahr unsere Steuern. Ich verstehe Ihre Frage nicht, Mijnheer.«

Der Blick seiner hellgrünen Augen wanderte von dem Commissaris zu Gallo, verweilte kurz bei Brigadier Tambur und kehrte zurück zu Van Leeuwen; es war ein aufrichtiger, verletzter Blick.

Der Hund bellte wieder, und diesmal schien er näher zu sein. Das Bellen ging in ein Jaulen über. Das Jaulen erinnerte Van Leeuwen an den Hund, den er in Carien Dijkstras Videothek gehört hatte.

»Sie waren also alle zusammen, und zwar die ganze Nacht«, wiederholte Gallo.

Sharma nickte. »Verstehen Sie etwas von Gewürzen?«

»Nicht viel«, sagte der Commissaris.

»Sie sind doch hier, um sich ein Bild von uns zu machen«, sagte Sharma. »Sie wollen ein Bild mitnehmen von uns, und dieses Bild werden Sie betrachten und sich fragen, ob einer darauf ein Mörder ist. Ich möchte, dass Sie alles sehen, das vollständige Bild. Sehen Sie sich um. Schauen Sie sich alles an. Kommen Sie, ich zeige Ihnen das Leben von Radschiv Sharma und seinen Söhnen. Es ist in diesen Regalen.«

Mit weit ausgreifenden Schritten ging er tiefer in die Halle hinein. »Gewürze aus der ganzen Welt, Gerüche, Düfte – scharf und mild, süß, sauer, bitter, jeder nur denkbare Geschmack. Chili aus Mexiko, Amerika und von den Antillen. Vanille aus Guatemala, Madagaskar und von der Insel Réunion. Paprika aus Brasilien, Ungarn und Spanien. Zimt aus Indonesien und von den Seychellen, aus Mexiko, aus Costa Rica. Muskat aus Neuguinea und Mauritius. Und hier aus meiner Heimat, zwei Regale nur mit Gewürzen aus Indien – Chili, Kümmel, Safran, Ingwer, Pfeffer und Kardamom. Sichuanpfeffer und Sternanis aus China, Gewürznelke aus Tansania, Piment aus Honduras. Nennen Sie mir irgendein Gewürz – *Sharma & Sons* hat es vorrätig! Gepflückt, gemahlen, zerstoßen, als Samen oder als Wurzel, flüssig oder als Pulver. Anis, Estragon, Capsicum, Fenchel, Kapern, Majoran, Mohn oder Meerrettich. Rosmarin, Koriander, Salbei, was Sie sich nur vorstellen können. Aus allen Ländern von allen Kontinenten, wie entlegen sie auch sein mögen. Sie kommen mit dem Schiff, mit dem Flugzeug, mit dem Lastwagen, in Kisten, Säcken und Fässern. Sie kommen hierher nach Amsterdam zu *Sharma & Sons*, wie sie vor vielen Jahrhunderten nach Brügge, Antwerpen oder London gebracht wurden. Es gab eine Zeit, da waren Gewürze wertvoller als Gold. Pfeffer war so begehrt, dass die Körner einzeln abgewogen wurden. Kriege wurden geführt, um den Handel mit Gewürzen zu kontrollieren. Christoph Columbus segelte von Spanien aus um die halbe Welt auf der Suche nach Zimt aus Indien. Die Ostindien-Kompanie erwirtschaftete Reichtümer über Reichtümer mit Gewürzen.«

»Man hat also auch schon jemanden umgebracht wegen Gewürzen«, hörte Van Leeuwen Hoofdinspecteur Gallo hinter sich sagen.

»Oh ja, man hat auch getötet wegen Gewürzen.« Sharma ging etwas langsamer, wischte sich mit einem Taschentuch über die Stirn und betastete dabei gedankenverloren die verschlungenen Turbanwindungen. »Aber das war früher. Heute dienen sie nur noch der Verfeinerung unserer Mahlzeiten. Trotzdem, was wäre das Essen – irgendein Essen – ohne Gewürze? Können Sie sich Chicken Tandoori vorstellen, ohne den Geschmack von Ingwer, Knoblauch, Koriander, Chili, Zimt oder Nelke auf der Zunge zu spüren? Oder Aal im Knuspermantel ohne Sellerie, Pfeffer, Beifuß, Dill und Petersilie? Wissen Sie, dass Gewürze Sie fröhlich oder traurig stimmen können, dass sie Ihnen Kraft geben, Sie heilen und fruchtbar machen? Ich werde im nächsten Jahr siebzig, und ich habe eine Geliebte von noch nicht einmal dreißig, die ich zufriedenstelle, sooft sie es wünscht.«

Er blieb stehen und breitete die Arme aus. Ein Sonnenstrahl fiel auf seinen Nacken und den ausladenden Turban. »Sie haben gedacht, Sie kämen in eine schäbige Halle, nicht wahr? Aber es ist ein Palast, bis zum Dach angefüllt mit Schätzen.«

»Haben Sie nur die Gewürze oder auch die Geräte, um sie zu verarbeiten?«, fragte der Commissaris, den Blick auf Sharmas Rücken gerichtet, während rechts und links von ihm die scheinbar endlosen Regale im Zwielicht der tanzenden Staubkörnchen aufragten und süße und stechende Gerüche seine Sinne benebelten.

Der Gewürzhändler drehte sich um und betrachtete den Commissaris mit seinen hellgrün leuchtenden Augen. »Suchen Sie etwas Bestimmtes?«

»Messer«, sagte der Commissaris, »besonders Schälmesser mit extrem kurzer Klinge. An der Spitze geformt wie ein Vogelschnabel.«

»Ist Amir mit so einem Messer ermordet worden?«

»Ja.«

»Eine ungewöhnliche Waffe, um jemanden zu töten. Nein, wir führen keine Messer. Bei Gewürzen, die geschält werden müssen – wie Zimt, zum Beispiel –, geschieht das meistens schon bei der Ernte, und später, in der Küche, genügt ein Gemüsemesser, das Sie in jedem Laden kaufen können. Ein Messer mit einer Klinge wie ein Vogelschnabel, wirklich merkwürdig.« Der Gewürzhändler wischte sich erneut die Stirn ab, obwohl es kühl war in der Halle. »Ich hoffe, dass ich Ihnen behilflich sein konnte, Mijnheer. Es tut mir sehr leid um Amir. Aber wie Sie sehen, habe ich eine neue Lieferung bekommen, und wenn ich meinem Personal beim Einräumen nicht auf die Finger sehe, gerät mir schnell das ganze Lager durcheinander.«

»Ich habe nur noch eine Frage«, sagte Van Leeuwen. »Hatten Sie irgendwann mal das Gefühl, dass Amir vielleicht gar nicht zufällig zu Ihnen gekommen war? Weder zufällig noch freiwillig? Dass man ihn in Wirklichkeit zu Ihnen geschickt hatte?«

»Nein«, sagte Sharma überrascht.

»Und Sie?«, wandte der Commissaris sich an Shak.

»Nein«, antwortete Sharmas Sohn, aber der Commissaris hatte den Eindruck, dass er im ersten Moment etwas anderes sagen wollte. »Wer sollte das denn getan haben? Und warum?«

»Eine gute Frage«, bestätigte der Commissaris.

Gallo sagte: »Ich habe auch eine gute Frage: Was für einen Wagen fahren Sie?«

Shak warf seinem Vater einen überraschten Blick zu. »Was für einen Wagen?«

»Die Firma hat einen Lieferwagen, einen VW-Bus«, antwortete Radschiv Sharma. »Er steht im Hof. Ach nein, er macht gerade seine Tour. Aber in zwei Stunden müsste er wieder hier sein.«

»Einen roten Mercedes haben Sie nicht?«, fragte der Commissaris.

»Einen roten Mercedes?« Wieder nahm der Gewürzhändler sein

Taschentuch zur Hand, betupfte die schmalen Augenbrauen. »Nein, nicht mehr. Wir hatten einen, aber er wurde uns gestohlen.«

Van Leeuwen spürte, wie sich auf einmal alles veränderte, das ganze Bild, das die bisherigen Fragen ergeben hatten. Es war ein Gefühl, als striche ihm eine Feder über den Rücken bis hinauf zum Nacken. »Wann?«, fragte er. »Wann ist er Ihnen gestohlen worden?«

»Vor einigen Tagen«, antwortete Sharma. »Gemerkt haben wir es vorgestern, aber es kann schon früher passiert sein.«

»Und es war ein roter Mercedes?«

»Ein roter Mercedes Diesel, Baujahr 2000.«

»Haben Sie den Diebstahl der Polizei gemeldet?«, wollte Gallo wissen.

»Ja, gleich als wir gemerkt haben, dass der Wagen weg ist. Wir fahren nicht viel mit dem Auto, müssen Sie wissen. Wir stellen es ab, wo gerade Platz ist, und wenn wir es brauchen, müssen wir es manchmal sogar suchen. Es kommt vor, dass wir eine ganze Woche nicht danach sehen.«

»Es könnte also genau vorgestern gestohlen worden sein, aber auch vor vier oder fünf Tagen?«

»Ja.«

»Warum haben Sie es nicht auf dem Hof geparkt?«

»Auf dem Hof behindert es die Speditionsfahrzeuge«, sagte Sharma. »Sie sehen ja selbst, wie viel Platz die großen Laster zum Rangieren brauchen. Unser Wohnwagen passt gerade noch her, aber bald werden wir ihn auch woanders abstellen müssen. Vielleicht verkaufen wir ihn sogar und ziehen auf ein Hausboot, das würde Mira Freude machen.«

»Wohnen Sie alle in dem Trailer?«, fragte Gallo.

»Nein, nur Mira und ich. Shak und Pamit haben ihre Kammern unten im Lager.«

»Könnte es sein, dass Amir den Wagen gestohlen hat?«, fragte Brigadier Tambur.

Shaks Augen leuchteten auf. »Ja, das kann sein! Das haben wir uns auch schon gefragt …«

»Ich möchte die Fahrzeugpapiere sehen«, erklärte Gallo. »Die für den Lieferwagen und die für den Mercedes. Oder wurden die auch gestohlen?«

»Warum wollen Sie die Papiere sehen?« Zum ersten Mal hob Radschiv Sharma die Stimme. »Glauben Sie uns nicht? Ich muss Ihnen die Papiere nicht zeigen. Ich muss nicht einmal Ihre Fragen beantworten. Ich kenne meine Rechte.«

»Kennen Sie auch meine Rechte?«, fragte Gallo. »Ich kann Sie jederzeit ins Hoofdbureau bestellen, wenn Ihnen das lieber ist.«

Seafood, dachte der Commissaris. Aus dem Jaulen des Hundes wurde ein Winseln, genau wie gestern Nachmittag, und Van Leeuwen fragte sich, ob es derselbe Hund war. Er sah Brigadier Tambur an. »Hören Sie den Hund?«

»Hier sind doch überall Hunde«, sagte Julika. »Und Möwen.«

Van Leeuwen wusste, dass sie einen Punkt der Befragung erreicht hatten, an dem die Sharmas plötzlich auf der Hut waren. Bei jeder Befragung gelangte man an diesen Punkt, an dem die Zeugen das Gefühl hatten, zu Verdächtigen zu werden, und sich verschlossen. Falls sich wirkliche Verdachtsmomente gegen sie ergeben hatten, musste man an diesem Punkt die Tonart wechseln, den Druck verstärken. Wenn man aber nicht genug in der Hand hatte, war es besser, die Befragung abzubrechen und zu einem späteren Zeitpunkt wieder aufzunehmen, sonst hatte man plötzlich *seafood*, Austern, die man aufbrechen musste, weil sie sich nicht mehr freiwillig öffneten.

»Ich geh mal nach dem Hund sehen«, sagte der Commissaris. Er verließ die Halle und ging über den Hof, auf dem die Arbeiter in der prallen Sonne die letzten Kisten und Säcke von der Ladefläche des Scania hoben, und dann verließ er auch den Hof und ging die Straße entlang, dorthin, wo er den Hund bellen hörte. Es war noch heißer geworden. Über der Straße und dem Kanal standen Möwen in der Luft, ein ganzer Schwarm aus Weiß und Grau, der plötzlich auseinanderstob und sich in waghalsigen Flugmanövern wieder zusammenfand.

Am Straßenrand parkten staubige Lastwagenhänger ohne Zugmaschinen. Dazwischen lagen die Zufahrtstore von Großhandelslagern und Baumärkten, und als Van Leeuwen lange genug in Richtung Johan van Hasseltkanaal gegangen war, kam er an einen Maschendrahtzaun, hinter dem sich die verlassene Baustelle mit der Planierraupe inmitten von Alteisen, Stahlröhren und Betonringen befand.

Der Schrottplatz, derselbe Zaun.

Überrascht dachte der Commissaris, dass man vermutlich nur auf das Dach der Planierraupe zu klettern brauchte, und dann sah man auf der einen Seite des Platzes schon das Haus mit Carien Dijkstras Videothek und auf der anderen den Palast der 1000 Gewürze. Die beiden Leben von Amir Singh. Und wären da nicht die Bäume des Vliegenbos gewesen, hätte man auf einer dritten Seite sogar das Hausboot sehen können, in dessen Kielraum er gestorben war.

Van Leeuwen entdeckte ein Loch im Zaun, und als er bei dem Loch war, bemerkte er auf der anderen Seite des Zauns eine Horde schäbig gekleideter farbiger Kinder, die zwischen dem Bauschutt hinter einem dürren Husky herliefen wie kleine flinke Jäger. Sie schrien und ruderten mit den Armen. Alle paar Schritte blieben sie stehen, um Steine oder kleine Eisenteile aufzuheben und nach dem Hund zu schleudern. Der Hund rannte nicht sehr schnell, als wäre er am Ende seiner Kräfte. Sein winselndes Bellen war jetzt kaum noch zu hören. Die Kinder warfen scharfe, lange Schatten im späten Nachmittagslicht.

Der Commissaris sah, wie der Husky von einem Stein getroffen wurde, hinfiel und liegen blieb. Der Wind wehte das Triumphgeschrei der Kinder zu ihm herüber. Immer mehr Steine und Eisenstücke prasselten rings um den Hund nieder. Er fletschte die Zähne und grub die Schnauze in die trockene Erde; seine Vorderläufe zuckten. Seine Flanke war blutig. Er hörte auf zu winseln und bewegte sich nicht mehr, auch nicht, als er wieder und wieder getroffen wurde.

Im trockenen Gestrüpp zwischen den Halden liefen noch mehr Hunde aufgeregt hin und her. Einer nach dem anderen blieben sie stehen, duckten und streckten sich und beobachteten hechelnd und mit eingezogenem Schwanz, was mit dem Husky geschah. Langsam näherten die Kinder sich dem verletzten Hund. Einige hielten Eisenstangen in den Händen.

Van Leeuwen spürte, wie ihm das Blut in den Kopf schoss. Er hörte seinen Puls in seinen Ohren hämmern. Das Geräusch war so laut, dass er einen Moment lang nichts anderes wahrnahm. Er zwängte sich durch das Loch im Maschendraht und lief stolpernd auf die Kinder zu, vorbei an zerbrochenen Waschbecken, kaputten Kühlschränken und abgeschraubten Autositzen.

Die Kinder hörten ihn nicht kommen, sie hatten nur noch Augen und Ohren für den verwundeten Husky. Die anderen Hunde standen jetzt ganz still, in sicherem Abstand von dem Husky und den Kindern, mit hechelnder Zunge, die Ohren zuckten. Der Anführer der Kinder hob seine Stange, um sie auf den Kopf des verwundeten Huskys niedersausen zu lassen. Van Leeuwen brüllte: »Schlag zu, Jochie, und ich prügel dich windelweich!«

Die Kinder erstarrten. Der Anführer ließ die Stange sinken und drehte sich langsam um. Sein Gesicht war schmutzig, vor allem um den Mund herum. Mit großen Augen starrte er den Commissaris an. Van Leeuwen zückte seinen Ausweis und hielt ihn dem Jungen vor die Nase. »Kriminalpolizei. Was hat dir der Hund getan, Jochie? Hat er dich gebissen? Oder einen von den anderen?«

Der Junge sagte nichts. Er presste die Lippen zusammen. Seine kleine Faust umklammerte die Eisenstange.

»Hat er euch irgendetwas getan?«, fragte Van Leeuwen noch einmal.

»Ist doch bloß ein Köter«, sagte eins der anderen Kinder. »Der gehört niemand.«

»Und deswegen könnt ihr ihn umbringen«, sagte Van Leeuwen. »Deswegen könnt ihr ihn jagen und totschlagen, weil es cool ist, etwas sterben zu sehen, ja?!«

Die Kinder schwiegen. Der Wind zerrte an ihren kurzen Hosen, und einige von ihnen hatten plötzlich eine Gänsehaut. Van Leeuwens Zorn legte sich langsam wieder, aber nicht so schnell, wie er gekommen war. Er steckte den Ausweis ein, ging zu dem Anführer der Kinder und sagte: »Gib mir die Stange.«

Der Junge zögerte und presste die Lippen noch fester zusammen. Dann hielt er Van Leeuwen die Stange hin. Der Commissaris nahm sie und schleuderte sie über die Köpfe der Kinder, so weit er konnte. Klirrend landete sie hinter ihnen auf einer Schrotthalde. Die Hunde stoben auseinander. Der Husky lag reglos, nur seine Flanken hoben und senkten sich sacht. Die Augen waren verdreht, auf Van Leeuwen und die Kinder gerichtet.

»Heb ihn auf«, sagte der Commissaris zu dem Anführer.

Der Junge rührte sich nicht, nur seine Lippen lösten sich. Jetzt, wo er sie nicht mehr aufeinanderpresste, konnte er nicht mehr verbergen, dass sie zitterten.

Auf der anderen Seite des Zauns näherte sich der Dienstwagen mit Hoofdinspecteur Gallo und Brigadier Tambur. Dort, wo das Loch war, hielt er an. Das Blaulicht auf dem Dach blitzte lautlos.

Van Leeuwen sagte: »Heb den Hund auf, und bring ihn zu dem Polizeiwagen.«

Der Husky war zu schwach, um sich zu wehren, als der Junge die Arme unter seinen Leib schob und ihn aufhob. »Er ist schwer«, sagte der Junge heiser und versuchte, nicht zu weinen.

»Ich weiß. Bring ihn zu dem Wagen, und setz dich mit ihm auf den Rücksitz.«

Der Junge schwankte leicht unter der Last, als er langsam durch das trockene Gestrüpp auf den Zaun zuging. Die leeren Konservendosen schepperten zwischen seinen Füßen. Einmal stolperte er und wäre beinahe gestürzt, fing sich aber wieder. Der Husky hing reglos zu beiden Seiten seiner Arme herunter. Die anderen Kinder sahen ihm mit offenem Mund nach; ein Junge verschluckte sich an seinem Kaugummi. »Verhaften Sie ihn jetzt?«, fragte ein Mädchen.

»Nein«, sagte der Commissaris. Dann folgte er dem Anführer, bis sie den Zaun erreicht hatten. Er hörte ihn schluchzen. Es klang so verloren wie die Schreie der Möwen, nur leiser.

Hoofdinspecteur Gallo war aus dem Wagen gestiegen. Er kam an den Zaun und hielt den Maschendraht auseinander, damit der Junge mit dem Hund durch das Loch steigen konnte. »Was soll das werden?«, fragte er den Commissaris. »Was hast du mit dem da vor?«

»Wir nehmen sie mit.«

»Beide? Wohin?«

»In die Tierklinik«, sagte der Commissaris. Das Handy vibrierte an seiner Brust, und er holte es aus der Sakkotasche und meldete sich.

»Hier spricht Doktor Ten Damme«, sagte die Stimme an seinem Ohr. »Von *De Bleerinck*.«

Van Leeuwen wusste, wer Ten Damme war, aber der Arzt hatte ihn noch nie angerufen. Er spürte, wie sein Herz aussetzte. »Ist etwas mit meiner Frau? Geht es ihr schlechter?«

»Nein, nicht schlechter«, sagte Ten Damme. »Es ist nur etwas Merkwürdiges … Wann wollten Sie uns denn das nächste Mal besuchen?«

»Ich weiß nicht«, sagte Van Leeuwen. »Ich hatte vor, am Sonntag zu fahren. Ist es etwas Dringendes?«

Ten Damme schwieg. Er schien zu überlegen, nach der richtigen Formulierung zu suchen. »Ich habe das Gefühl, Sie will Ihnen etwas sagen. Sie geht hin und her und sagt dauernd: *Muss nach Hause, muss jetzt gehen.* Sie packt ihren Koffer und packt ihn wieder aus und fragt ihre Mitbewohnerinnen: *Wann kommt mein Mann?*«

»Ich komme noch heute Abend«, sagte Van Leeuwen.

9

Für einen Polizisten gab es keinen schlimmeren Moment als diesen: Man klingelte an einer Tür, und eine Frau oder ein Mann oder manchmal auch ein Kind öffnete, und man sah in die Gesichter, und die Nachricht, die man überbringen musste, lag einem wie Blei im Magen, und oft veränderten sich die Gesichter, noch ehe man etwas gesagt hatte, und es war sogar dann noch schlimm, wenn niemand den Toten geliebt hatte, wenn niemand weinte oder schrie oder plötzlich zu Boden sank.

Mevrouw, Mijnheer, Ihr Mann, Ihre Frau, Ihre Tochter, Ihr Sohn, Ihr Vater …

Jeder Polizist fürchtete diesen Augenblick, aber erst seit Simone krank geworden war und die Ärzte gesagt hatten, dass sie wahrscheinlich nicht mehr lange leben würde, wusste Van Leeuwen, wie es auf der anderen Seite der Tür aussah. Jedes Mal, wenn sein Telefon klingelte, durchfuhr ihn ein Schreck, und er hatte Angst vor der Stimme an seinem Ohr, vor den Worten: *Mijnheer, Ihre Frau … Es ging ganz schnell …*

Im Osten ragten die neuen Hochhaustürme vom Piräus-Kai und Java-Eiland über dem stillgelegten Hafen in den violetten Abendhimmel. Die verspiegelten Fassaden warfen sich die Strahlen der untergehenden Sonne zu, und Van Leeuwen dachte, dass die kupfern und orangefarben glühenden Gebäude aussahen, als wären sie eigentlich für Miami gebaut worden, mit den lachsfarbenen Wolken dahinter und den Palmen auf den Dächern. Auf der Stadtautobahn ergoss sich ein Lavastrom aus roten Rücklichtern über die Oosterdoks. Die Dämmerung setzte ein, und als er aus der Stadt heraus war, hatte der Commissaris den Sonnenuntergang im Rückspiegel.

Er fuhr auf der N 247 in Richtung Edam nach Norden. Immer wenn er Simone besuchte, war es wie eine Fahrt durch sein ganzes Leben, bis zurück zu jenem Tag, an dem er sie zum ersten Mal gesehen hatte: ein Mädchen mit einer roten Windjacke auf einem Fahrrad im strömenden Regen. Er fuhr über das flache Land, über die satten grünen Polder und vorbei an Windmühlen und blühenden Tulpenfeldern im Abendrot, und dabei dachte er, das ist das Land, in dem sich alles abgespielt hat, unser ganzes Leben.

Am Anfang war es hart gewesen, und jetzt war es wieder hart. Am Anfang war er ein Kind gewesen, aber nicht sehr lange, denn seine Eltern hatten einen Bauernhof, und schon bevor er in die Schule kam, musste er ihnen zur Hand gehen, besonders zur Erntezeit oder am Schlachttag. Hin und wieder durfte er auf dem Traktor mitfahren und auf dem Bock des Heuwagens, doch die meiste Zeit schleppte er Sensen oder Futtersäcke oder stapfte hinter der Egge her. Pferde, Schweine, Kühe und Gänse gehörten zu dieser Kindheit genauso wie Staub und Erde in den Ohren, in den Haaren, unter den Kleidern, in den Gummistiefeln. Im Sommer musste er zu Bett gehen, wenn es noch hell war, und aufstehen in der Dunkelheit, bevor der Tag anbrach. Der Winter war eine einzige Kette eiskalter Nächte.

Seine größte Freude war es, sich zu verstecken. Er ging in den Wald, zum Amstelufer oder auf den Friedhof, an geheime Orte, wo ihn niemand fand. Er saß an einem kleinen Weiher im Wald und beobachtete die Libellen. Er warf Steine in die Amstel und sah zu, wie sie untergingen. Er schlenderte unter den Trauerweiden auf dem Friedhof umher, zwischen den Kreuzen, und unterhielt sich mit den Grabsteinen. Er träumte.

Die Amstel war an dieser Stelle ein breiter, mächtiger Fluss, der sich in seinem steinigen Bett zwischen den schilfbestandenen Ufern dahinwälzte. Sein Rauschen ertönte von morgens bis abends, Tag und Nacht, aber das Wasser strömte nicht immer in dieselbe Richtung. Je nachdem, ob Ebbe oder Flut war, floss es zeitweilig nordwärts, dann wieder nach Süden, aber nie gelang es Bruno, den kurzen Moment des Wechsels abzupassen, in dem sein ewiger Gesang einmal innehielt. Es geschah, ohne dass er es merkte. Ehe er sich versah, liefen dieselben großen und kleinen Wellen von rechts nach links an ihm vorbei, statt umgekehrt, aber stets in derselben zielstrebigen Eile.

Der Friedhof lag hinter der Kirche am Ufer des Flusses. Die Kirche war aus braunem Holz, und das Dach und der Wetterhahn auf dem Turm waren verwittert und moosbewachsen. Die meisten Gräber mussten ohne Blumen auskommen. Viele der Kreuze standen schief, inmitten von Unkraut, aber am Fuß der Steinmauer wuchsen wilde Erdbeeren, die fast nach gar nichts schmeckten.

Mit acht Jahren kannte Bruno jeden Namen auf den Grabsteinen und alle Inschriften, und im Lauf der Zeit erlebte er, wie Gräber gänzlich zuwuchsen und Kreuze sich aus der Erde lösten, bis der Sturm sie eines Tages umstürzte. Wenn er an seinem Lieblingsplatz unter einer der Trauerweiden saß, hörte er das Brausen des Flusses und den Wind, der um die Friedhofsmauer strich. Er schloss die Augen und versuchte, nur zu hören: das Rascheln der hohen Grashalme, die überall auf dem Friedhof wuchsen; das Ticken kleiner Insekten neben ihm zwischen den Wurzeln; das eiserne Jammern des Wetterhahns auf der Kirchturmspitze, wenn der Wind sich drehte.

Er dachte, dass die wilden Erdbeeren wahrscheinlich nach nichts schmeckten, damit die Toten keine Sehnsucht bekamen. Einmal fand er ein Stück Knochen im hohen Gras, ein anderes Mal sogar einen Zahn, der zu klein war, um einem ausgewachsenen Menschen zu gehören. Er nahm ihn mit und trug ihn eine Zeit lang in der Hosentasche herum, bis er ihn bei den Erdbeeren begrub.

Er blieb gern für sich allein.

Aber das alles war vor dem Tag gewesen, an dem er das Mädchen mit der roten Windjacke zum ersten Mal gesehen hatte, erst auf dem Fahrrad im Regen und später in der Kirche bei der Frühmesse. Er hatte Simone gesehen, und noch heute konnte er sich an das Gefühl dabei erinnern: wie wenn er beim Laufen gestürzt war und sich die Haut abgeschürft hatte, das feuchte Brennen, nur nicht am Knie, sondern in der Brust.

Er konnte sich daran erinnern, weil es wieder da war, wenn er sie in der Klinik besuchte.

Er ging durch die bunt bemalten Gänge, vorbei an dem Café und dem Supermarkt und den Bänken rings um den kleinen Dorfplatz, der sich unter dem Glasdach im Eingangsbereich erstreckte. An den Tischen des Cafés saßen noch ein paar Männer und Frauen. Sie sahen aus wie normale Gäste in einem normalen Café, und nur ihre leeren Mienen und die vernachlässigte Kleidung verrieten, dass sie keine Besucher waren, sondern Patienten.

Von irgendwoher – aus einem der Zimmer – erklang leise Musik, *La vie en rose*. Vor den vom Boden bis zur Decke reichenden Glasfenstern lag der dunkle Park und dahinter die Wiesen, auf denen man tagsüber Kühe und Schafe sehen konnte. Van Leeuwen ging durch den ganz in Ocker und Umbra gehaltenen Korridor bis zu dem Wohnbereich, in dem Simone mit fünf anderen Frauen in zwei kleinen Zimmern lebte. Er wusste nicht, ob sie schon zu Bett gegangen war; ob ihr jemand gesagt hatte, dass er sie besuchen kam.

Er bog um eine Ecke, und da sah er sie. Sie saß allein auf einer

Bank im Flur, geschminkt und angezogen und neben sich ihren kleinen Reisekoffer. Sie trug ein malvenfarbenes Baumwollkleid ohne Gürtel, eine lilafarbene Strickjacke und dunkelrote Turnschuhe mit offenen Schnürsenkeln. In einer Hand hielt sie einen Teelöffel, an dem sie zu lutschen schien. Die freie Hand strich immer wieder eine Haarsträhne hinter das linke Ohr, eine Geste aus einer lang zurückliegenden Vergangenheit, der Zeit, als sie noch langes Haar gehabt hatte. Jetzt trug sie es streichholzkurz.

Plötzlich sah Van Leeuwen sie wieder vor sich, die Frau aus jener Zeit der langen blonden Haare, die erfolgreiche Journalistin, die sein Herz vor Stolz schwellen ließ – das Bild eines anbetungswürdigen, lockenden, immer siegreichen Wesens: seine Ehefrau.

Langsam ging er auf die Bank zu. Die Frau, die Simone gewesen war, hatte nur Augen für eine schwarz-weiße Katze zu ihren Füßen. Die Katze saß da und putzte sich, ab und zu sah sie auf und miaute. Die Frau betrachtete sie ausdruckslos, die etwas zu stark geschminkten Lippen um den Stiel des Teelöffels geschlossen. Ihr Gesicht hatte an Klarheit verloren, es wirkte erstarrt, gleichgültig wie das einer Löwin.

Sie bückte sich zu ihrem Koffer, und als sie sah, dass er noch da war, hob sie den Blick wieder, und jetzt fiel er geradewegs auf Van Leeuwen, der nur ein paar Meter von ihr entfernt stand. Sie zog die Mundwinkel nach oben wie zu einem Lächeln, doch es entstand nur eine Clownsmaske, eine traurige Wunde, wo die zu breit bemalten Lippen eine künstliche Wärme vorgaukelten. Ihr Blick war leer und verschlossen, fast abweisend. Sie nahm den Löffel nicht aus dem Mund.

»Liebling«, sagte er leise.

Sie sah ihn abwartend an. Die Katze hörte auf, sich zu putzen, musterte ihn ebenfalls und schlenderte dann gelangweilt davon.

»Bruno«, sagte er. Ein kurzes Leuchten ging durch Simones Augen, es flackerte auf und erlosch wieder, so schnell, dass er es sich vielleicht nur eingebildet hatte. Aber auf ein Lächeln wartete er vergeblich.

Vielleicht kann sie nicht mehr lächeln, dachte er. *Vielleicht hat sie einfach vergessen, wie es geht. Vielleicht hat sie das auch noch vergessen.* Aber er wollte, dass sie ihn anlächelte, denn was war ein Wiedersehen ohne das, und deswegen versuchte er, es ihr vorzumachen: ein ansteckendes Lächeln. Er gab sich alle Mühe, und beinahe gelang es ihm, bis seine Lippen zu zittern begannen und er sie fest zusammenpressen musste, um sie wieder unter Kontrolle zu bekommen. Er konnte es auch nicht. Er hatte nicht vergessen, wie es ging, aber er konnte es nicht mehr, nicht jetzt.

Die Frau, die Simone gewesen war, blinzelte. Plötzlich erinnerte sie ihn an einen Nachtvogel, der angespannt in die Dunkelheit spähte. *Sie kann mich gar nicht nicht sehen,* dachte er. *Sie erkennt mich nicht.* Er schüttelte seine Erstarrung ab und trat auf sie zu. »Liebling«, sagte er noch einmal.

Sie nahm den Löffel aus dem Mund und legte ihn neben sich auf die Bank. »Mein Mann kommt«, sagte sie.

»Er ist schon da«, sagte Van Leeuwen. »Ich bin dein Mann. Wollen wir ins Wohnzimmer gehen?«

»Wohnzimmer«, bestätigte sie nach kurzem Zögern. Sie stand auf und sah sich verloren um. Sie erhob keinen Einspruch, als er ihre Hände nahm, auch nicht, als er sie an sich zog und sie auf die Stirn küsste. Er spürte, wie seine Augen zu brennen begannen. Er wollte sie umarmen, so lange festhalten, bis sie sich an ihn erinnerte; bis sie wie früher war. Er wollte sie lachen sehen. Stattdessen ging er vor ihr in die Hocke und band ihr die Schnürsenkel zu, erst am linken Schuh, dann am rechten.

Als er sich wieder aufrichtete, spürte er seine Kniegelenke. »Früher ging das leichter«, sagte er. Dann griff er nach ihrem Koffer, dessen Gewicht verriet, dass er leer war. »Komm«, sagte er.

In dem kleinen, schlicht eingerichteten Wohnzimmer waren sie allein. In einer Ecke neben der Couch brannte eine Tischlampe mit einem Schirm aus altrosa Segeltuch. Es war noch nicht spät, erst kurz nach zehn. Simones Mitbewohnerinnen schliefen trotzdem schon, sodass er sich nicht wie früher zu ihr ans Bett setzen konnte. Es gab nur ein Schlafzimmer für sechs Patientinnen. »Ich habe *Die Schatzinsel* mitgebracht«, sagte er.

Sie zeigte keinerlei Reaktion, und das stimmte ihn noch trauriger. »Doktor Ten Damme hat mir erzählt, du möchtest mir etwas sagen.« Er führte sie zu der Couch, und sie setzte sich. »Was könnte das wohl sein, hm?« Er wusste, dass er auf diese Frage keine Antwort erwarten durfte; er stellte sie mehr sich selbst zuliebe.

Sie sah ihn an. »Muss bald schlafen«, erklärte sie.

»Das ist alles?« Er schüttelte den Kopf. »Deswegen habe ich mir den weiten Weg hierher gemacht? Weißt du, wie lange man von Amsterdam aus unterwegs ist? Übrigens, der Wagen fährt immer noch wie eine Eins, nur das Verdeck schließt nicht mehr richtig. Was war das eigentlich für eine Katze eben da draußen? Gehört die jemandem, den du kennst? Ich habe heute einen Hund gesehen, der dir das Herz gebrochen hätte. Ein paar Kinder haben ihn mit Steinen beworfen. Ich weiß nicht, woher diese ganze Grausamkeit kommt …«

Er hielt inne.

Sie runzelte die Stirn, das war alles, und was sollte sie ihm auch zu sagen haben. Er bereute es trotzdem nicht, dass er gekommen war. Er stellte den leeren Koffer neben den Couchtisch und setzte sich zu ihr. Er holte die zerlesene Taschenbuchausgabe von Stevensons *Schatzinsel* aus der Jackentasche. Als sie noch bei ihm gelebt hatte, war das ihr Ritual gewesen: Er las ihr die ersten Seiten aus dem Roman vor, bis sie einschlief – Sätze, die gleichzeitig beruhigend vertraut und immer wieder neu waren.

»Bist du Bruno?«, fragte sie plötzlich mit veränderter Stimme.

»Ich bin Bruno.« Er schlug das Buch am Anfang auf und setzte sich so, dass das Licht der Lampe auf die Seiten fiel. Mit ruhiger Stimme las er: »*Unser Gutsherr, Baron Trelawney, Doktor Livesay und die übrigen Herren drangen in mich, eine genaue Darstellung unserer Reise nach der Schatzinsel niederzuschreiben und nichts auszulassen als die Angabe ihrer Lage, und auch das nur, weil dort noch ungehobene Schätze liegen –*«

Simone gab einen Laut von sich, ein merkwürdiges leises Fiepsen. Er blickte auf und sah etwas in ihren Augen, das ihm den Atem stocken ließ. Die Augen waren braun, von einem tiefen, glänzenden

Bernsteinbraun, aber es war nicht die Farbe, die ihm den Atem raubte. Es war die Art, wie sie ihn ansah. Er hätte schwören können, dass er einen furchtbaren, unerträglichen Schmerz darin erblickte, als hätte sie für einen winzigen Moment erkannt, wie es um sie stand, wie es um sie beide stand.

Sie streckte ihre Hand aus, langsam, und legte sie ihm zärtlich an die Wange. »Koffer«, sagte sie, und noch einmal: »Koffer«, mit einer Dringlichkeit in der Stimme, die er von früher kannte, wenn ihr etwas äußerst wichtig gewesen war.

Dann war der Schmerz verschwunden, der Glanz wurde matt. Alles, was blieb, war das Bernsteinbraun. Sie ließ die Hand wieder sinken, aber er wusste, dass er die Berührung noch lange spüren würde wie den Schmerz in einem aufgeschürften Knie.

»Es hat wieder einen Mord gegeben«, sagte er leise. »Ich leite die Ermittlungen.«

Sie begann geistesabwesend zu summen. Mit der linken Hand strich sie sich die eingebildete Haarsträhne hinter das Ohr.

»Weißt du noch, wie du mich früher immer ausgefragt hast, wenn ich einen neuen Fall hatte? Ich musste dir alles haarklein erzählen – wer, wann, was, wo, warum. Und je länger ich mit dir darüber gesprochen habe, desto mehr habe ich selbst begriffen. Du warst mein Doktor Watson. Das fehlt mir.« Er sprach leise, wie sie es mochte. Sie hielt den Kopf ein wenig schräg, als höre sie genau zu. Ihr Gesicht spiegelte eine Aufmerksamkeit wider, die nur dem Klang seiner Worte galt.

»Ich glaube, die Leute, die ich heute befragt habe, haben mich belogen«, sagte er.

»Nicht so schlimm«, sagte sie; eine der Redewendungen, die sie noch manchmal benutzte, wenn sie Ärger in seiner Stimme zu hören glaubte. Aber trotzdem: Einen Moment lang wurde er wütend. »Du hast mich auch belogen«, sagte er, und danach schwieg er, bis er sich wieder beruhigt hatte. »Lügen ist schlimmer als vergessen.«

»Vorlesen«, verlangte sie.

»Noch mal?«

Er seufzte, schlug das Buch wieder auf und las: »*Unser Gutsherr,*

Baron Trelawney, Doktor Livesay und die übrigen Herren drangen in mich, eine genaue Darstellung unserer Reise nach der Schatzinsel niederzuschreiben und nichts auszulassen als die Angabe ihrer Lage, und auch das nur, weil dort noch ungehobene Schätze liegen …«

Fünf Minuten später sah er auf, und diesmal war nichts passiert, kein jäher und schrecklicher Sturz in die Erinnerung. Sie saß neben ihm, und ihr Kopf ruhte auf seiner Schulter. Vorsichtig streckte er die Hand nach einem Klingelknopf an der Wand aus, um einen Pfleger zu rufen, denn in das Schlafzimmer durfte er nicht mit ihr gehen. »Schlaf gut«, flüsterte er, den Mund in ihrem Haar, »und träum nicht von ungehobenen Schätzen.«

Ten Damme saß noch an seinem Schreibtisch und arbeitete, aber als Van Leeuwen klopfte und das Büro betrat, stand der Doktor auf, nahm die Pfeife aus dem Mund und kam dem Commissaris entgegen. Er trug eine burgunderrote Strickjacke mit wildlederverstärkten Ellbogen über einem beigen Baumwollhemd mit längst faserig gewaschenem Kragen, eine braune Cordhose und graue Turnschuhe mit roten Schnürsenkeln. Dichte Schwaden von Pfeifenrauch hingen in dem nur von der Schreibtischlampe erleuchteten Büro.

»Mijnheer van Leeuwen.« Ten Damme streckte seine schlanke Hand aus, die der Commissaris heftig drückte. Der Doktor wurde erst blass, dann rot, bevor er die Hand aus Van Leeuwens Griff befreite. »Herrje, das tut weh. Lassen Sie's bitte nicht an mir aus.«

»Das ist barbarisch«, entfuhr es Van Leeuwen. »Barbarisch, unmenschlich und würdelos. Grausam. Eine solche Krankheit, womit hat man das verdient?!«

Ten Damme schob die Pfeife zwischen die Zähne, saugte geräuschvoll am Stiel und paffte eine würzig riechende Rauchwolke an die Decke. »Wissen Sie, was Jean Paul gesagt hat?«, fragte er. *»Die Erinnerung ist das einzige Paradies, aus dem wir nicht vertrieben werden können.* Kommt einem vor wie ein Hohn, nicht? Das war zu Beginn des 19. Jahrhunderts. Damals kannte man Alzheimer noch nicht.«

Van Leeuwen sagte: »Jedes Mal, wenn ich hierherkomme, tut

mir das Herz so weh, dass ich das Gefühl habe, es würde zerquetscht, einfach vom Gewicht der Luft.« Er schüttelte sich. »Wie werden die anderen Angehörigen damit fertig?«

»Unterschiedlich, aber viele sind genauso wütend wie Sie.« Der Direktor der Klinik deutete auf den Besuchersessel vor seinem Schreibtisch. »Setzen Sie sich doch.«

»Ich stehe lieber.«

»Ach, richtig, stimmt.« Ten Damme setzte sich auf die Kante der mit Papieren, Schnellheftern und Stiften übersäten Schreibtischplatte. »Tja, die Hoffnung – daher rührt die ganze Wut. Und von den Schuldgefühlen. Sie haben ihre Eltern oder Partner hierhergebracht, weil sie mit der Pflege zu Hause überfordert waren, und obwohl sie keine andere Wahl hatten, fühlen sie sich schuldig. Sie denken, sie hätten sich ihrer Verantwortung entzogen, dabei haben sie tatsächlich sehr verantwortungsvoll gehandelt. In dem Sinn ist Verantwortung nämlich die schöne Seite der Schuld, denn sie steht nicht für Angst und Qual, sondern für Mitgefühl. Richtig betrachtet bedeutet Verantwortung, dass wir unsere Instinkte mit Vernunft bereichern. Also statt dem instinktiven Wunsch nachzugeben, die uns Anvertrauten selbst zu beschützen, handeln wir vernünftig, indem wir diese Aufgabe denen übertragen, die darauf besser vorbereitet sind.«

»Sie erkennt mich nicht mehr«, sagte Van Leeuwen. »Als sie zu Hause wohnte, hat sie mich wenigstens noch erkannt. Jetzt erzählt sie mir, dass ihr Mann kommt, und sie sitzt da mit einem leeren Koffer.«

»Das ist nicht so schlecht, wie es Ihnen vielleicht vorkommt. Je weiter die Krankheit fortschreitet … Kurz vor dem Ende drehen sich die Erinnerungen fast ausschließlich um die Kindheit.«

»Wir waren beide noch Kinder, als wir uns kennengelernt haben, zu Hause im Dorf.«

»Sie spricht manchmal von einem Dorf«, sagte der Arzt. »Und von einem Laden, in den sie gehen muss.«

»Das war der Krämerladen ihrer Eltern. Sie half dort aus, nach der Schule.«

»Und dann hat sie ein paarmal einen Namen genannt. *Sandro*. Ich glaube, es war *Sandro*.«

Van Leeuwen spürte, wie sein Herzschlag schneller wurde. »Das ist jemand«, sagte er und wunderte sich, dass seine Stimme immer noch ruhig klang, »der Briefe schreibt.«

Ten Damme hüllte sich in eine weitere Wolke von Tabakrauch, der wie Nebel durch das Licht der Lampe trieb. »Hat sie Ihnen denn eben etwas gesagt?«, fragte er. »Ich hatte den Eindruck, sie wollte Ihnen unbedingt etwas sagen.«

»Koffer«, sagte Van Leeuwen. »Das war alles: Koffer.«

»Koffer? Einfach nur *Koffer?* Haben Sie eine Vorstellung, was das bedeuten könnte?«

»Es kann alles Mögliche bedeuten«, sagte Van Leeuwen und dachte, *in ihrem Koffer waren die Briefe*. »Einen kurzen Augenblick hatte ich den Eindruck, sie könnte sich erinnern …«

»Woran erinnern? An etwas Bestimmtes?«

»An den Mann mit dem Namen Sandro, dessen Briefe sie in einem Koffer vor mir versteckt hat.«

Ten Damme schwieg; er schien zu verstehen.

»Sie ist manchmal ohne mich verreist«, fuhr Van Leeuwen fort, obwohl er es eigentlich nicht wollte. »Sie hat ihn in Italien kennengelernt, in Siena. Sie hatten eine Affäre, die sie beendet hat. Eine Zeit lang hat er ihr noch geschrieben … und sie ihm.«

»Und sie wusste, dass Sie die Briefe gefunden haben?«

»Als ich sie gefunden habe, war sie schon … war sie schon so, wie sie jetzt ist. Es ist erst ein knappes Jahr her. Sie hat nie erfahren, dass ich es weiß.«

»Das heißt, Sie konnten auch nie mit ihr darüber reden?«, fragte Ten Damme.

»Nein.«

Plötzlich sah Van Leeuwen sich wieder in der Abstellkammer über den Koffer gebeugt. Es war der Koffer seiner Frau, den er nie zuvor geöffnet hatte, erst jetzt, als sie ihn nicht mehr selbst für ihre Reise packen konnte. Er hatte ihn geöffnet, und da waren die Briefe gewesen, nicht einmal wirklich versteckt, nur ohne Umschlag und

Absender in ein großes Kuvert gestopft. Briefe auf Italienisch, die er nicht verstand, bis auf die Anrede, *cara*, *carissima*, *amore mio* … Ein halbes Dutzend, handgeschrieben, deren Übersetzung ihm die Schamesröte ins Gesicht trieb: Er hatte nicht gewusst, dass Simone solche Worte kannte; dass sie so mit sich reden ließ.

»Ich hatte ein Gefühl, als hätte man mir den Boden unter den Füßen weggezogen«, sagte er, »als hätte ich keinen Halt mehr, keine Verbindung zu irgendetwas. Wie diese Astronauten, die in den Filmen im All davontreiben und sich langsam überschlagen, während sie immer kleiner werden, bis man sie nicht mehr sehen kann. Der kleinste Windhauch hätte mich umpusten können, und ich wusste nicht, was ich dagegen tun sollte.«

»Wenn Sie schon mit Simone nicht darüber sprechen konnten, haben Sie mit jemand anderem darüber gesprochen? Oder haben Sie je versucht, diesen Sandro aufzuspüren?«

»Ja, aber es hat zu nichts geführt.« Van Leeuwen dachte daran, wie er nach Siena gefahren war, zusammen mit Simone, in der Hoffnung, sie könnte sich erinnern, wenn sie erst wieder da war. Sie hatten viele Reisen unternommen, früher, nach Paris, Rom, zum Prado in Madrid, aber nie waren sie glücklicher gewesen als in Siena. Der Arzt hatte gesagt, es könnte den Verlauf der Krankheit verlangsamen, aber es war wohl schon zu spät gewesen. Er hatte sich an alles erinnert, an jede Umarmung, an jeden Kuss; ihr Gesicht war leer geblieben. »Ich war so wütend«, sagte er leise. »Ich habe nachts an irgendein Geschäft gehämmert, mit der Faust gegen die Tür, nur weil auf einem kleinen Schildchen im Schaufenster stand, dass der Vorname des Inhabers Alessandro war.«

»Haben Sie denn …«, Ten Damme wählte seine Worte sorgfältig, »haben Sie in der ganzen Zeit nicht selbst hin und wieder an eine andere Frau gedacht? An eine Affäre?«

»Gedacht, ja, wahrscheinlich habe ich das«, antwortete Van Leeuwen. »Ich habe darauf gewartet, dass meine Gefühle für Simone vergehen, bloß, das sind sie nicht. Wenn ich nichts mehr für sie empfunden hätte, dann hätte ich vielleicht auch eine Affäre haben können. Aber Liebe kann man doch nicht einfach an- oder abschalten. Wahrscheinlich liegt das daran, wie wir aufgewachsen sind …«

»Sie meinen, wie Sie erzogen worden sind?«, hakte Ten Damme nach.

»Nein, ich meine unsere Kindheit, unsere Jugend damals«, sagte Van Leeuwen. »Auf dem Land musste man sehr schnell erwachsen werden, besonders früher. Es gab noch keine Konsum- und Spaßgesellschaft, die es darauf anlegt, einen möglichst lange infantil zu halten und die Pubertät bis kurz vors Rentenalter auszudehnen, nur damit man ununterbrochen Geld für Zeug ausgibt, das man nicht braucht. Wir lernten uns kennen, und wir verliebten uns ineinander, und das war ein Versprechen, keine Soap mit Werbeunterbrechungen. Wir haben erst spät miteinander geschlafen, und das war das nächste Versprechen. Kurz darauf haben wir geheiratet – das letzte Versprechen. In einer Zeit wie heute, in der Mädchen mit zwölf schwanger werden und Männer mit fünfzig nach Videospielen süchtig sind, gibt es offenbar keine Schwelle zum Erwachsenwerden mehr, und wahrscheinlich kann man dann auch seine Gefühle an- und abschalten, weil man gar nicht mehr weiß, was Liebe heißt.«

Der Arzt schwieg und nickte nachdenklich. Dann fragte er: »Bevor Sie Ihre Frau zu uns gebracht haben, wie wurde sie da versorgt? Sie waren doch nicht den ganzen Tag zu Hause?«

»Nein. Ich hatte eine Pflegerin – Ellen –, die sich tagsüber um sie gekümmert hat. Aber Simone ist immer wieder weggelaufen, ich konnte sie einfach nicht mehr bei mir behalten und gleichzeitig meine Arbeit so tun, wie es von einem Polizisten verlangt wird. Irgendwann hatte sie sogar vor Ellen Angst.«

»Alzheimerkranke haben ständig Angst«, bestätigte der Arzt. »Es gibt ja nichts Vertrautes mehr in ihrem Leben, alles ist ihnen fremd geworden. Sie sind wie Kinder, die sich unter der Bettdecke verstecken, weil ihnen der Schatten eines Astes im Wind vor dem Fenster entsetzliche Angst einflößt. Manchmal, wenn ich hier nachts durch die Gänge gehe, höre ich Schreie aus den Zimmern, aber wenn ich nachsehe, gibt es keinen Grund für die Schreie, jedenfalls keinen nachvollziehbaren. Nur diese elementare Todesangst, die von der kleinsten Kleinigkeit ausgelöst werden kann.«

Van Leeuwen dachte an Goyas Miniaturen von den Kellern spanischer Irrenhäuser, von den halb nackten Gestalten mit seelenlosen Gesichtern, die ebensolche verzweifelten Schreie auszustoßen schienen. *Dorthin habe ich meine Frau verbannt,* dachte er, *und ich bin nicht bei ihr, um ihr die Angst zu nehmen.*

Als könnte er seine Gedanken lesen, sagte Ten Damme: »In solchen Momenten kann ihnen niemand beistehen, im Gegenteil, die Hilflosigkeit der Angehörigen macht alles nur noch schlimmer. Es ist ein Wunder, dass Sie es überhaupt so lange ausgehalten haben.«

Van Leeuwen erinnerte sich an den Abend, an dem er bemerkt hatte, dass etwas nicht stimmte; an dem ihnen beiden klar geworden war, dass ihr Leben sich veränderte. Simone war wie immer in ihr Arbeitszimmer gegangen, um einen Artikel für ihre Zeitung zu schreiben, aber statt des fröhlichen Ratterns der elektrischen Schreibmaschine hatte er nur Stille gehört, eine beängstigende, ungewöhnliche Stille, die sich dehnte und dehnte. Schließlich hatte er an ihre Tür geklopft. Als auch daraufhin keinerlei Reaktion erfolgt war, hatte er die Tür geöffnet und eine Frau gesehen, die ihm einen Moment lang vorkam wie eine Fremde: Aufrecht saß sie vor der eingeschalteten Maschine, die Hände im Schoß gefaltet. Tränen glitzerten in ihren Augen. »Kannst du mir sagen, was ich hier machen soll, jetzt?«, fragte sie ängstlich und hoffnungsvoll zugleich. »Hier steht: *von Simone van Leeuwen …* Bin ich das?«

Er erinnerte sich an die folgenden Ereignisse, als wären sie gestern geschehen, obwohl sie drei Jahre zurücklagen. Wie Simone nicht mehr nach Hause zurückgefunden hatte, wenn sie weggegangen war. An die vielen Zettel in ihren Taschen, auf denen stand, was sie tun musste, damit niemand merkte, wie viel sie nach und nach vergaß. An das Namensschild, das er mit seiner Telefonnummer an ihrem Handgelenk befestigt hatte, und an die Anrufe im Präsidium, wenn sie jemandem in der Stadt aufgefallen war, weil sie weinend an einer Kreuzung stand und nicht mehr wusste, welche Richtung sie einschlagen sollte und was sie dort vorfinden würde.

Er entsann sich der zahllosen Besuche bei Ärzten, aus denen dann nach und nach Spezialisten geworden waren; das endlose Warten in stillen Vorzimmern, auf harten Bänken in weißen Klinikkorridoren. Weiß: die Farbe des Todes, des langsamen Sterbens von Hoffnung und Glück, die Farbe der Verzweiflung.

»Mijnheer van Leeuwen?«, drang die Stimme des Arztes in seine Erinnerungen. »Wollen Sie sich nicht doch lieber hinsetzen? Möchten Sie vielleicht ein Glas Wasser?«

»Sie hat mich vor mir selbst bewahrt«, sagte Van Leeuwen. »Jeder Mord verändert einen. Egal, wie viele Leichen man schon gefunden hat und wie sie zugerichtet waren, es wirft einen jedes Mal wieder aus der Bahn. Man verliert die Sicherheit, weiß nicht mehr, wer man ist – eine Zeit lang. Wenn ich abends nach Hause gekommen bin, wenn sie mich angesehen hat, dann wusste ich wieder, wer ich war. Ich habe es in ihren Augen gesehen. Sie stellte das Gegengewicht dar. Wenn ich wieder wusste, wer ich war, wusste ich auch, *warum* ich das war. Für sie wollte ich Holland sicherer machen, nicht die ganze Welt, nur unser Land – ein bisschen wenigstens. Stellvertretend für alle anderen natürlich, denn wenn ein Mensch einen gewaltsamen Tod findet, dann ist das eine Wunde, die uns allen geschlagen wird, allen Menschen, egal, wo. Und wenn man diese ganzen Wunden aus nächster Nähe mit ansehen muss ...« Er schob die Hände in die Hosentaschen und richtete den Blick auf das Fenster in die Nacht. »Ihr verdanke ich es, dass ich kein verbitterter alter Bulle geworden bin.«

Ten Damme paffte die nächste Rauchwolke auf das Fenster zu; um den Pfeifenstiel bildete sich ein Schmunzeln. »Ich glaube, Sie haben Ihrer Frau gerade ein ziemlich großes Kompliment gemacht.«

»Leider wird sie davon auch nicht wieder gesund.«

Der Arzt betrachtete Van Leeuwen abwägend. »Ich will Ihnen keine Hoffnung machen«, sagte er bedächtig, »aber in Amerika haben Forscher einen ersten Durchbruch bei der Bekämpfung von Alzheimer erzielt. Ich will Ihnen deswegen keine Hoffnung machen, weil es sich nur um eine Serie von Versuchen an Mäusen handelt, und bis die Ergebnisse in Experimenten mit Menschen überprüft werden können, wird es noch einige Jahre, vielleicht Jahrzehnte dauern.«

»Was ist das für ein Durchbruch?«, fragte Van Leeuwen, bemüht, nicht zu aufgeregt zu klingen.

»Sie wissen ja, das Grundübel bei Alzheimer sind die Eiweißablagerungen, die sich auf den Nervenzellen bilden. Die Zellen schwellen an und können keine elektrischen Signale mehr aussenden, mittels derer die Botschaften in unserem Gehirn transportiert werden, Gedanken, Befehle, Erinnerungen, alles. Dadurch verlieren die Patienten mehr und mehr das Gedächtnis und die Kontrolle über den eigenen Körper. Tja, und den Wissenschaftlern in Amerika ist es nun gelungen, diese Nervenschwellungen bei Mäusen zurückzubilden.«

»Ich wusste gar nicht, dass Mäuse auch an Alzheimer erkranken«, sagte Van Leeuwen.

»Tun sie auch nicht«, erklärte der Arzt. »Sie wurden vorher genetisch verändert, also künstlich krank gemacht. Diesen genetisch veränderten Mäusen haben die Forscher anschließend ebenfalls gezüchtete Antikörper ins Gehirn gespritzt. Schon nach drei Tagen lösten sich die alzheimertypischen Ablagerungen von den Nervenzellen, und die dadurch entstandenen Schwellungen gingen zurück. Bisher dachten alle, dass diese Schwellungen nicht heilbar seien, aber bei den Mäusen in den Labors hatten die Zellen binnen weniger Tage wieder ihre frühere normale Struktur erlangt, und zwar ohne Ausnahme.«

Es gibt Hoffnung, dachte Van Leeuwen, *es gibt also doch Hoffnung.*

Ten Damme legte seine Pfeife mit dem Kopf in den Aschenbecher auf seinem Schreibtisch. »Allerdings gibt es keine Garantie, dass sich diese Erfolge auch bei Menschen wiederholen lassen«, sagte er.

Das musste er sagen. Auch, dass es Jahre, wenn nicht Jahrzehnte dauern konnte. Aber Simone war noch jung, kaum über fünfzig, und vielleicht ging es ja doch schneller. »Ich denke, ich werde mich auf den Heimweg machen«, sagte Van Leeuwen. »Danke, dass Sie Zeit für mich hatten.«

Ten Damme erhob sich von der Schreibtischkante, gab ihm aber nicht die Hand. Stattdessen ging er zum Fenster und öffnete es, um die frische Nachtluft ins Zimmer zu lassen. Ohne Van Leeuwen anzusehen, sagte er: »Die Vergangenheit kommt nicht wieder, aber sie verschwindet auch nicht. Wahrscheinlich liegt es daran, dass wir alle ein bisschen Ewigkeit in unseren Seelen mit uns herumtragen.« Er schwieg einen Moment, dann fuhr er fort: »In einer Situation wie der Ihren ist es hilfreich, wenn man gute Freunde hat. Haben Sie gute Freunde?«

10

Auf der anderen Seite der Amstel stockte der Verkehr, und rote Rücklichter standen die ganze Stadhouderskade hinauf bis zum *American Hotel*. Glitzernd spiegelten sich die bunten Glühbirnen an den Bögen der Magere Brug auf dem schwarzen Wasser des Flusses. Trotz der späten Stunde flanierten Passanten in Schwärmen über die Trottoirs, und an den Tischen der Cafés rund um den Leidseplein waren alle Plätze besetzt.

Als der Commissaris die Elandsgracht erreicht hatte, stellte er den Wagen auf seinem Platz auf dem obersten Deck des *Europarking* gegenüber des Präsidiums ab, bevor er an der Marnixstraat die nächste Straßenbahn Richtung Museumsplein nahm. Es war spät, aber nicht spät genug, um jetzt schon nach Hause zurückzukehren. Am Leidseplein wechselte er die Linie und stieg in die 5 zur Centraal Station. Von seinem Stehplatz aus konnte er auf die Fußgänger hinunterschauen, die sich im fahlen Licht der Schaufenster und Neonreklamen durch die enge Straße schoben.

Langsam trieben sie dahin, Städter und Touristen, Einheimische und Ausländer, Männer und Frauen und halbe Kinder, alle, die nachts noch leben wollten, die keinen Schlaf fanden, die arbeiten mussten. Der Commissaris sah sein Spiegelbild in der Scheibe, und dahinter sah er die anderen, über die das Bild hinwegglitt. Sie wandelten unter den Straßenlaternen über die Kais und Brücken wie Zombies. Warteten an den Ampeln auf grünes Licht, an den Selbstbedienungsautomaten auf warmes Essen, hinter Fenstern ohne

Vorhänge auf bezahlte Liebe. Sie suchten nach einem freundlichen Gesicht, einer zärtlichen Geste, einem einzigen Wort vielleicht.

Der Commissaris hatte kein Ziel. Er ging oft nachts durch die Straßen. Er fuhr mit dem Bus oder der Straßenbahn und manchmal auch mit dem Rad. Er dachte, dass er sich dann nichts vorzuwerfen brauchte, wenn jemandem etwas passierte; er hatte nicht untätig auf der Couch gesessen, er hatte nicht geschlafen. Es war wichtig, den Kontakt zur Straße nicht zu verlieren, vor allem nicht bei Nacht. Er hatte keine Angst vor der Stadt; Angst hatte er vor seiner Wohnung, vor den Bildern darin.

Eine Station vor der Centraal Station stieg Van Leeuwen aus und ging ein Stück den Dam entlang. Vom Bahnhof drang das Geräusch rangierender Züge an seine Ohren. Signale wechselten, Weichen wurden gestellt, Güterwaggons rollten vor und zurück. Im weißen Licht starker Scheinwerfer hoben fahrbare Kräne mit Eisendraht gebündelte Rohre, Zementsäcke und vollbeladene Paletten mit Baumaterial aus schwarzen Laderäumen. Die Stadt wuchs weiter und weiter, wurde auf Betonpfeilern ins Wasser gebaut.

Bei der Börse bog der Commissaris nach links in die Oude Zijde. Zwischen den Häusern lockten die roten Lichter der Wallen. An einem erleuchteten Imbissstand blieb Van Leeuwen stehen, denn plötzlich fiel ihm ein, dass er seit dem Mittag nichts mehr gegessen hatte. Er bestellte eine doppelte Portion gebackene Muscheln mit Senf. Er war der einzige Kunde, und während er zusah, wie der Mann hinter dem Tresen die Muscheln in eine Pappschale schaufelte, spürte er sein Herz in der Brust pochen. Hastig griff er nach der Schale, durch die er die Hitze der ölgetränkten Muscheln fühlen konnte. Er wusste, dass er sich die Zunge verbrennen würde, und so kam es.

»He, Chef«, sagte eine leise Stimme hinter ihm, »Chef, willste poppen? Frischfleisch, Chef, kannste alles mit machen, was du willst, ganz billig –«

Der Commissaris drehte sich um, den Mund voller Muscheln. Vor ihm stand ein schlanker Junge, vierzehn Jahre höchstens, der ihm ein leeres Lächeln zeigte. Der Junge trug eine schwarze Lederjacke über einem weißen Muskelshirt, Jeans mit ausgefransten Löchern und schmutzige weiße Turnschuhe. Strähnige blonde Haare fielen ihm bis auf die Schultern, und seine großen blauen Augen waren so leer wie sein Lächeln.

»Mach, dass du wegkommst«, rief der Mann vom Imbiss, »hau ab, verschwinde, oder ich rufe die Polizei!«

»Die Polizei ist schon da«, sagte Van Leeuwen kauend. Mit der freien Hand griff er in die Brusttasche seines Leinensakkos und wedelte mit seinem Ausweis. Der Junge sagte »Scheiße«, duckte sich weg und war im nächsten Moment in der Dunkelheit verschwunden.

Der Mann vom Imbiss sah ihm nach, dann schüttelte er traurig den Kopf. »Amsterdam ist nicht mehr, was es mal war«, sagte er.

»Nichts ist mehr, was es mal war«, sagte der Commissaris. Er steckte den Ausweis wieder ein, bezahlte und ging das kurze Stück bis zur Warmoesstraat mit der Pappschale in der Hand, und dabei dachte er, dass vieles trotzdem gleich blieb, auch wenn es sich änderte.

Die Coffeeshops und die Sexläden, die Videotheken und Pubs und billigen Hotels waren, was sie immer gewesen waren, und die Männer und Frauen, die dort ein und aus gingen, waren auch, was sie immer gewesen waren. Der Geruch von Marihuana und Erbrochenem und verschüttetem Bier war, was er immer gewesen war, und das Gedränge vor den roten Fenstern ebenso. Die Liveshows in den Clubs rechts und links vom Voorburgwal zeigten, was sie immer gezeigt hatten, und die kaum bekleideten Frauen in den rot oder blau leuchtenden Zimmern hinter den großen Fenstern an dem schmalen Pflasterstreifen neben der Gracht verkauften, was seit jeher ihre begehrteste Ware war.

Männer und Frauen waren, was sie immer gewesen waren.

Liebe war, was sie immer gewesen war.

Mord war, was er immer gewesen war.

Auch Ehebruch war, was er immer gewesen war.

Es ist so schwer, weil ich nicht genug weiß, dachte Van Leeuwen. Er dachte: *Je mehr man weiß, desto leichter wird es vielleicht.* Selbst wenn es um die eigene Frau ging; selbst wenn es darum ging, dass sie einen mit einem anderen betrogen hatte.

Am Anfang hatte sein Zorn ihm Kraft verliehen. Wut und Empörung und der Schmerz, alles hatte ihm Kraft verliehen. Aber er konnte sie nicht dazu einsetzen, die Wahrheit herauszufinden, obwohl das sein Beruf war, ein Beruf, in dem er sich auszeichnete. Es gab niemanden, den er fragen konnte. Es gab keine Antworten, nicht einmal Ausflüchte oder Lügen, die er entkräften konnte.

Er wollte wissen, warum. Er wusste von einem Mann, Sandro; einer Frau, Simone; und er wusste von den Dingen, die sie miteinander getrieben hatten, denn es gab Briefe, in denen alles stand. Aber er wusste nicht, warum. Und der einzige Mensch, den er fragen konnte, hatte alles vergessen.

Auch nach Mitternacht war das Gedränge in den Gassen rings um die Oude Kerk noch immer groß. Dicht nebeneinander schoben sich Männer und auch ein paar Frauen unter den Ulmen am Ufer der Gracht entlang, die Gesichter gerötet im Widerschein der Fenster. Betrunkene Engländer von jenseits des Kanals, kichernde Japaner von der anderen Seite der Welt, torkelnde Drogenfreaks von einem fremden Planeten, dazwischen schwarze Zuhälter mit Goldketten, Strichjungen aus Thailand, junge Chinesen mit kalten Augen, Kolumbianer mit dem Stoff, der sie alle in Stimmung brachte.

Der Commissaris ging zwischen ihnen und fragte sich, ob Amsterdam wirklich schon immer so gewesen war. Er ging durch Chinatown, vorbei an einer Garküche, einer Wäscherei, einem Friseur, einer Apotheke, einer kleinen Druckerei, einem Matratzenausstopfer, einem mehrstöckigen Warenhaus, einer Zeitungsredaktion, dem kleinen buddhistischen Tempel mit seinem goldgetäfelten Dach. Er ging vorbei an offenen Türen, unter Schriftzügen in farbig leuchtendem Neon-Orange – unverständliche Herolde fremdartiger Zerstreuungen, Genüsse, Tätigkeiten. Es roch nach Räucherstäbchen und gebratenen Enten. Waren die Chinesen auch schon immer hier gewesen, mit ihren Lampions, den Papierdrachen? Und die Inder, seit wann gab es so viele Inder in der Stadt, und seit wann zogen sie sich zum Sterben in den Bauch von Hausbooten zurück?

Es begann zu regnen, ein kurzer, warmer Schauer, der schon wieder aufhörte, als Van Leeuwen den Platz vor der Oude Kerk erreichte. Ein Geruch nach brackigem Wasser und Tang stieg aus der Gracht. Der Himmel war auf einmal blau, nicht rot, und der Mond wirkte wie frisch poliert.

In tiefen Zügen atmete Van Leeuwen die Nachtluft, bevor sie wieder schwer und stickig wurde. Er spürte es erst ganz leise, aber da kümmerte er sich noch nicht darum, als wäre es nur ein Fetzen von einem Schlager, den man in Ruhe lassen musste, sonst hatte man schnell das ganze Lied im Kopf und wurde es nicht mehr los. Doch das, was er spürte, ging nicht wieder weg.

Eine junge Afrikanerin in einem roten Plastikmantel lächelte ihm zu, unter einer Laterne, und er merkte, dass auch er lächelte. Die Stadt war ein großes Labyrinth, aber alles darin war ihm vertraut – die Mädchen in den gedämpft beleuchteten Schaufenstern, die herumstreichenden, unruhigen Männer, das Neonflackern an den Fassaden der alten Häuser, die Sirenen der Polizeiwagen. Er kannte die verborgenen Eingänge und die geheimen Laster, zu denen sie führten. Amsterdam hatte sich nicht verändert. Er ging weiter, und mit jedem Schritt fühlte er sich weniger allein, denn das Lied klang jetzt unablässig in seiner Brust.

Es gab Hoffnung.

Riki Tiki Tavi, das Hausboot, das Hoofdinspecteur Anton Gallo von seinem Vater geerbt hatte, lag in der Nähe der Noorderkerk – nur einen Steinwurf entfernt von Van Leeuwens Wohnung – am Kai der Brouwersgracht. Luchino Gallo, Einwanderer in der zweiten Generation und Besitzer dreier Eisdielen in Amsterdam, hatte es auf den Namen *Giordano Bruno* getauft, aber bei der Generalüberholung nach seinem Tod war auch dieser Name überpinselt worden. Im Grunde erinnerte nur die große rot-grün bemalte Eiscrememaschine unter einem Baldachin aus Segeltuch auf dem Vorderdeck noch an den Vater des Hoofdinspecteurs.

Das Boot war fünfzehn Meter lang und nicht ganz drei Meter hoch; der mit Eisen ummantelte Rumpf ochsenblutrot lackiert. Die lang gestreckten Deckaufbauten hatte Ton Gallo sandfarben gestrichen. Das Dach, noch nass vom Regen, glänzte in dunklem Ocker. Es war nicht das schönste Schiff in der Brouwersgracht, aber man konnte erkennen, dass es immer die Pflege erhalten hatte, die es brauchte; keine Spur von Rost, auch nicht unter der frischen Farbe.

Der Commissaris sah Licht hinter den heruntergelassenen Leinenjalousien des Wohnraums. Auch die gelben Gaslampen an Bug und Heck waren noch an, umtanzt von flirrenden Moskitowolken. Das Wasser der Gracht schmiegte sich schwarz und unbewegt an das Schanzkleid. Neben der Eismaschine lehnte ein Fahrrad. Im Heck war eine Satellitenschüssel gen Himmel gerichtet.

Van Leeuwen stand auf der Kaimauer und überlegte, ob Amir Singh das Boot, auf dem er getötet worden war, in der Nacht seiner Ermordung zufällig gefunden oder ob er es auf der Suche nach einem Versteck schon vorher beobachtet hatte. So lange, bis er sicher sein konnte, dass es vorübergehend unbewohnt war. Der Commissaris wusste nicht, ob das eine Rolle spielte, aber es gehörte zur Vorgeschichte des Verbrechens. Zu dem, was rekonstruiert werden musste.

Er setzte einen Fuß auf die Gangway, die leise knarrte. Aus den offenen Fenstern des Wohnaufbaus drang gedämpfter Zigeunerjazz; Van Leeuwen erkannte die Gitarre von Django Reinhardt. »Ton«, rief er, »ich bin's, kann ich reinkommen?« Er betrat das Deck, ging an einem Liegestuhl und an einer Hängematte vorbei und tastete sich zur Eingangstür vor.

»Bruno?« Gallo öffnete die Tür und streckte den Kopf heraus. Er trug einen nachlässig zugeschnürten Morgenrock aus hellbraunem Cord, Shorts und Sandalen. In der Hand hielt er eine halb volle Flasche Heineken. »Klar, komm rein, ich habe noch nicht geschlafen.«

Van Leeuwen unterzog das Schloss einer kurzen Musterung. »Kein Problem, so was zu knacken«, sagte er.

»Überhaupt keins«, sagte Gallo.

Van Leeuwen schob sich durch die schmale Tür in den großen, gemütlichen Wohnraum, der zur Hälfte unter der Wasseroberfläche lag. Unaufgefordert setzte er sich auf die durchgesessene Ledercouch.

Der Couch gegenüber stand ein mit Büchern vollgestopftes Regal aus dunkel gebeizter Esche, das rechts und links von zwei Bullaugen begrenzt wurde. Auf dem gebohnerten Parkettboden lag ein Orientteppich. Vor dem Regal stand der Fernsehapparat, ausgeschaltet. Es gab einen schmucklosen Esstisch mit einer sauberen Decke, einen ebenso einfachen Ebenholzcouchtisch, eine eisenbeschlagene Seeräubertruhe und zwei Bilder an den mit zitronengelben Raufasertapeten verkleideten Wänden.

Das eine Bild war eine gerahmte Schwarz-Weiß-Fotografie von Charles Lindbergh neben der *Spirit of St. Louis* nach seiner Landung in Paris. Das andere, eine auf Holz gezogene Reproduktion von Goyas *Der 3. Mai 1808*, hatte Van Leeuwen Gallo bei der Rückkehr von seinem Einsatz als Mitglied der Friedenstruppen in Bosnien geschenkt. Beklemmend eindringlich zeigte es die nächtliche Erschießung spanischer Rebellen durch französische Füsiliere, deren Feuer sich auf die nackte Brust eines jungen Mannes in einem offenen weißen Hemd zu konzentrieren schien. Manchmal half die künstlerische Darstellung des Grauens bei der Bewältigung des echten.

Auf der Truhe lagen Gallos Schulterhalfter mit seiner Dienstwaffe, sein Ausweis und ein Paar Handschellen.

»Möchtest du ein Bier?«, fragte der Hoofdinspecteur.

»Wein hast du nicht?«

»Keinen, den du trinken würdest.«

»Dann möchte ich nichts.«

Gallo setzte sich in einen Rattansessel auf der anderen Seite des Couchtisches, hob die Flasche in Van Leeuwens Richtung und setzte sie an den Mund, um einen Schluck zu nehmen. Einige Sekunden lang lauschten beide dem Spiel von Django Reinhardt. Die Musik war zart gewebt und doch rhythmisch; scheinbar fröhlich, in Wirklichkeit aber von Trauer und Melancholie erfüllt. Man konnte den Läufen der Gitarre leicht folgen, sie skizzierte die Melodie mit wenigen hellen Akkorden, schwang sich hoch und blieb doch auf dem Boden, und wenn man genau zuhörte, wurde man ein bisschen wehmütig, aber die Heiterkeit um die Wehmut ließ nicht zu, dass man darin versank.

»Simone?«, fragte Gallo schließlich.

»Sie erkennt mich nicht mehr«, sagte Van Leeuwen.

Gallo schwieg. Er war der Einzige gewesen, der sie noch zu Hause besucht hatte, bis kurz vor Simones Abreise.

»Ich habe mit dem leitenden Arzt gesprochen«, sagte Van Leeuwen. »Er hat mir erzählt, dass es Wissenschaftlern in Amerika gelungen ist, die Ablagerungen auf den Nervenzellen zurückzubilden, die bei Alzheimerkranken das Gehirn lahmlegen. In Laborversuchen.«

»An Mäusen«, sagte Gallo.

Van Leeuwen nickte bedächtig. »Ich weiß, es sind bloß erste Schritte, und bis sie das Medikament – oder was es ist – an Menschen erproben können, dauert es noch Jahre, aber trotzdem … Weißt du, was das bedeutet, Ton?«

»Hoffnung«, sagte Gallo.

»Vielleicht erinnert sie sich wieder, eines Tages«, sagte Van Leeuwen. Kurz blitzte in seinen Gedanken der Name auf, *Sandro*, aber er schämte sich sofort dafür. »Vielleicht erkennt sie mich noch einmal.«

Gallo trank den letzten Schluck aus seiner Flasche und sagte nichts.

Schließlich fragte er: »Möchtest du wissen, was aus dem Hund geworden ist? Dem Husky von heute Nachmittag?«

»Habt ihr ihn in die Tierklinik gebracht?«

»Er musste eingeschläfert werden.«

Van Leeuwen schüttelte den Kopf. »Warum tun Kinder so was? Woran liegt es? Liegt es an diesen Playstations oder wie die Dinger heißen? An den brutalen Spielen, die sie auf ihren Computern spielen? An dem Dreck, den sie im Fernseher sehen? Woran liegt es?«

»Vielleicht liegt es an uns«, sagte Gallo. »An uns allen.«

»Ich glaube, jetzt nehme ich doch ein Bier«, sagte Van Leeuwen. »Es sei denn, du bist müde und würdest lieber –«

»Nein, sobald ich die Augen zumache, habe ich nur wieder diese Träume.« Gallo stand auf, öffnete die Tür zu der winzigen Küche und öffnete im Dunkeln den Kühlschrank. »Eine Zeit lang hatte ich Ruhe davor, aber jetzt sind sie auf einmal wieder da.«

»Von Srebrenica?«, fragte Van Leeuwen. »Von den Massengräbern?«

»Von denen, die wir darin gefunden haben.« Gallo nahm zwei Flaschen aus dem Kühlschrank, entfernte die Kronkorken und reichte Van Leeuwen eine Flasche. »Vielleicht liegt es an Amir Singh, an dem Foto, auf dem er da im Dunkeln liegt, völlig zerschnitten.« Er hob seine Flasche, deutete ein *Prost* an. »Wobei mir einfällt: Ich habe mich bei den Kollegen vom Diebstahl erkundigt, die Sharmas haben tatsächlich einen Mercedes als gestohlen gemeldet, rot, Baujahr 2000. Aber das hat nichts zu bedeuten, sie können ihn trotzdem selbst weggeschafft haben, nachdem er bei dem Mord an Amir in Mitleidenschaft gezogen worden war. *Falls* einer von ihnen an dem Mord beteiligt war.«

Van Leeuwen sagte: »Wenn Amir der Dieb gewesen wäre, hätten wir den Mercedes irgendwo gefunden, entweder in der Nähe der Videothek oder in der Umgebung des Hausboots.«

»Nicht unbedingt«, widersprach Gallo. »Wäre doch möglich, dass die Sharmas uns zuvorgekommen sind. Amir hat den Wagen gestohlen, sie haben ihn aufgespürt und umgebracht, vielleicht sogar deswegen. Dann haben sie den Mercedes zurückgeholt, und als ihnen klar geworden ist, dass wir ihnen die Tat anhand der Beschädigung der Karosserie nachweisen können –«

»Vorausgesetzt, die Beschädigung ist ihnen aufgefallen und sie wissen, dass unsere Techniker anhand der Lacksplitter auf das Modell schließen können«, sagte Van Leeuwen. »Dann bleibt immer noch die Frage, *warum* Amir den Wagen gestohlen hat.«

Gallo sagte: »Um die beantworten zu können, müssten wir wissen, warum er überhaupt im Palast der 1000 Gewürze angeheuert hat, mit einer erfundenen Geschichte, als falscher Sikh, im Auftrag des unbekannten Mannes aus seiner Vergangenheit – der eines Tages wieder in der Videothek aufgetaucht ist, *out of the blue* …«

»Dieser Mann ist der Schlüssel«, erklärte Van Leeuwen. »Wer ist das? Was wollte er von Singh? Warum hat er ihn zu den Sharmas geschickt? Wenn Amir vor einem Monat bei ihnen angefangen hat, dann deckt sich das mit Cariens Aussage: Zu dem Zeitpunkt ungefähr hat der unbekannte Mann ihn bedrängt. Es hätte etwas *mit anderen Indern hier in der Gegend zu tun*, hat sie gesagt. Und das müssen die Sharmas gewesen sein, denn soweit wir wissen, hat er nur ihnen erzählt, dass er eben erst aus Delhi kommt, mutterseelenallein, ein Sikh, der noch niemanden in Amsterdam kennt –«

»Jedenfalls waren die Sharmas offenbar die Letzten, die Amir Singh in der Nacht von Freitag auf Samstag lebend gesehen haben.«

»Für diese Nacht haben sie ein Alibi.«

»Das einer dem anderen gibt.«

»So lange, bis wir einen dazu bringen, etwas anderes zu sagen.«

»Also hältst du sie auch für die Mörder?«

»Ich weiß nicht, wen ich für die Mörder halte, dazu ist es zu früh«, sagte der Commissaris. »Es gibt viele Gründe, einen Wagen verschwinden zu lassen, wenn er nicht doch von jemandem gestohlen worden ist, der gar nichts mit dem Mord zu tun hat. Genauso wie es viele Gründe für diesen Mord geben kann. Für jeden Mord. Und sogar für jeden der beiden Mörder einen anderen. Ist die Tatwaffe inzwischen gefunden worden?«

Gallo schüttelte den Kopf »Die Suche rings um das Hausboot hat auch nichts ergeben. Keine Spur von einem Messer, weder in den Mülltonnen noch im Kanal. Die Taucher haben den Grund Zentimeter für Zentimeter abgesucht. Vielleicht hat der Täter es behalten. Vielleicht hat er es woanders weggeworfen, auf einer Baustelle oder im Wald, zum Beispiel. Vielleicht ist er mit der Fähre gekommen und hat es auf dem Rückweg über Bord fallen lassen, dann liegt es irgendwo im IJ.«

»Zu viele *Vielleicht*«, sagte Van Leeuwen. »Irgendwann wird die Tatwaffe auftauchen; das ist immer so. Wir werden sie finden, oder jemand wird uns sagen, wo wir suchen müssen. Was haben die Überwachungskameras der Raffinerie aufgenommen?«

»Nichts, was für uns von Belang wäre.«

Van Leeuwen stellte fest, dass er die Flasche noch immer in der Hand hielt, ohne von dem Bier getrunken zu haben. Er war wohl doch kein Alkoholiker, wie er es eine Zeit lang befürchtet hatte. In den letzten Monaten vor Simones Abreise war kein Abend vergangen, an dem er nicht getrunken hatte, aber seitdem hielt er sich zurück, und es fiel ihm zunehmend leicht. Er trank. Das Bier war nicht mehr kalt, aber es war trotzdem gut. »Eine merkwürdige Familie, diese Sharmas«, sagte er. »Radschiv, der Vater, und seine beiden Söhne und dazwischen die junge Geliebte, die den Platz der Mutter eingenommen hat.«

»In ihrer Heimat wäre so was vermutlich nicht möglich gewesen«, sagte Gallo. »Es gibt eben Einwanderer, die in der neuen Umgebung zu fanatischen Traditionalisten werden, und andere, die sich offen für neue Einflüsse zeigen.«

»Hast du die beiden Söhne beobachtet, Shak, den älteren, und den Jungen, Pamit?«, fragte Van Leeuwen. »Wie stolz Pamit auf seinen Bruder ist … Und Shak liebt den Jungen; beide lieben sich und würden füreinander durchs Feuer gehen. Ich wünschte, ich hätte so einen Bruder gehabt.«

Gallo sagte: »Pamit scheint ein bisschen zurückgeblieben zu sein. Das Sorgenkind der Familie.«

Das Sorgenkind der Familie, wiederholte der Commissaris in Gedanken. Er spürte ein Prickeln im Nacken, das sich zu den Schulterblättern hinunter ausbreitete. Er stellte das Bier ab, stand auf und ging zur Tür. »Es ist spät … Sei pünktlich morgen, wir nehmen uns noch mal die Sharmas vor, gleich als Erstes.«

An der Tür blieb er noch einmal stehen. »Weißt du, was Doktor Ten Damme heute gesagt hat? *Die Vergangenheit kommt nicht wieder, aber sie verschwindet auch nicht. Wahrscheinlich liegt es daran, dass wir alle ein bisschen Ewigkeit in unseren Seelen mit uns herumtragen.* Wie findest du das?«

»Schrecklich. Oder schön. Ich glaub, ich muss erst darüber nachdenken.«

»Ich auch«, sagte Van Leeuwen.

11

»Wir müssen Ihnen noch ein paar Fragen stellen«, sagte der Commissaris zu Radschiv Sharma. »Beginnen wir mit dem Tag, an dem Sie Amir Singh zum ersten Mal gesehen haben.«

Im trüben Licht eines bedeckten und kalten Vormittags, in dem alle anderen blass und grau wirkten, schien Sharmas Haut noch um einige Schattierungen dunkler geworden zu sein. Das Safrangelb seines Turbans leuchtete, aber der Glanz seiner Augen war getrübt, das indische Lächeln hatte nur einen kurzen, verlorenen Auftritt. Er saß an seinem Schreibtisch hinter dem offenen Tor der Lagerhalle und sagte: »Ich habe mit einem Anwalt gesprochen, ich muss gar nicht mit Ihnen reden.«

»Doch, das müssen Sie«, sagte der Commissaris, »solange ich Sie als Zeugen befrage. Erst wenn ich Sie als Verdächtigen betrachte, können Sie die Aussage verweigern.«

Er stand mit Hoofdinspecteur Gallo und Brigadier Tambur vor dem Schreibtisch des Gewürzhändlers. Überrascht hatte Van Leeuwen gesehen, dass Brigadier Tambur heute anders angezogen war als sonst: kein Leder, keine Nieten, stattdessen eine helle Leinenhose, ein olivgrünes T-Shirt, ein dunkelgraues Sakko und Sneakers. Während er sprach, ließ er seinen Blick durch die Halle wandern. Er konnte weder Shak noch Mira entdecken. Es waren auch keine Arbeiter da, die Lieferungen verstauten. Nur Pamit lag wieder auf den Säcken im Schatten an der Wand, weiß das Hemd, die Augen aufgeregt, glänzend. In der kühlen Luft hing der süße, trockene Geruch nach Gewürzen.

Radschiv Sharma seufzte. »Ich weiß nicht mehr genau, welcher Tag es war, aber es ging schon auf den Abend zu …« Er schaute hinaus auf den Hof und auf die Straße, auf der Lastwagen durch die vom Regen hinterlassenen Pfützen rollten. Dahinter standen lehmverkrustete Bagger und Planierraupen auf einer halb fertigen Baustelle. Auch einige der angrenzenden Lagerhallen standen leer, und die vereinzelten Tankzapfsäulen, Bankomaten und Imbissstände sahen aus, als bildeten sie nicht die Vorhut eines boomenden

Gewerbegebiets, sondern das letzte Aufgebot, das die Stellung gegen die um sich greifende Rezession hielt.

»Als die Männer da waren«, rief der Junge von seinem Platz auf den Säcken her, bemüht, seinem Vater zu helfen, »an dem Tag danach kam er.«

»Welche Männer?«, fragte Gallo.

Sharma wandte sich auf seinem Drehstuhl um und warf seinem Sohn einige scharfe Worte auf Hindi zu. Der Junge widersprach heftig, aber ein weiterer Schwall schroffer Silben aus Radschivs Mund verfehlte seine Wirkung nicht. Pamit kletterte von den Säcken und ging mit gesenktem Kopf zu der Tür im hinteren Teil der Halle.

»Was für Männer?«, fragte Gallo noch einmal.

»Er meint den Tag, als der Zoll hier war«, gab Sharma widerstrebend Auskunft. »Viele Beamte in grünen Uniformen, sie tauchten im Morgengrauen auf, noch vor Sonnenaufgang, und stellten alles auf den Kopf.«

»Eine Razzia?«, fragte Julika.

Sharma nickte betrübt. »Sie sagten, sie müssten das Lager durchsuchen, nach illegal eingeführten Waren …«

Die Männer in den grünen Uniformen hätten die Kette am Tor zum Hof mit einem Bolzenschneider aufgebrochen, erzählte Sharma weiter. Sie wuchteten die drahtverstärkten Torflügel auf und machten Platz für einen schwarzen Personenwagen und zwei voll besetzte Mannschaftsbusse mit blitzendem Blaulicht auf dem Dach. Die Fahrzeuge mit der Aufschrift *Douane* an den Türen rollten auf den Hof. Ein Mann mit einem Megaphon stieg aus und brüllte Anweisungen. Immer mehr Männer mit kugelsicheren Westen und Maschinenpistolen sprangen aus den VW-Bussen und verteilten sich vor der Lagerhalle. Einige hielten Spürhunde, die jaulend an ihren langen Leinen zerrten. Ein Beamter schlug mehrmals mit einem Vorschlaghammer gegen das Schloss des Hallentors, bis es schließlich abfiel. Dann drangen die uniformierten Männer mit Taschenlampen und den Hunden in die Halle ein.

Die Tür des Aluminiumtrailers neben dem Tor flog auf. Hastig kletterte Radschiv Sharma die kleine Treppe herunter, wobei er noch die Schöße eines halb zugeknöpften Hemds in den Hosenbund stopfte. »Was machen Sie denn?«, rief er. »Was tun Sie da? Was wollen Sie? Haben Sie einen Durchsuchungsbefehl?«

Aus der Halle drang das Jaulen und Bellen der Hunde und das Gebrüll der Männer. Schubladen wurden aufgerissen, etwas fiel auf den Hallenboden, Glas zersprang klirrend zu Scherben. Sharma versuchte einen der Beamten festzuhalten, aber der Mann riss sich los und schüttelte ihn ab.

In der Tür des Wohnwagens erschien Mira, bekleidet mit nichts als Höschen und BH. Sie zitterte in der Morgenkühle. Sie verschränkte die Arme vor den Brüsten. Tränen der Wut stiegen ihr in die Augen. Sie wischte die Tränen ab und starrte zu dem schwarzen Personenwagen hinüber. Im Schein der blau blitzenden Lampen auf den Fahrzeugen liefen die Männer an dem Trailer vorbei, und keiner achtete auf sie.

»Auf dem ganzen Hof und sogar auf der Straße standen, wie nennen Sie das, Einsatzfahrzeuge vom Zoll«, erzählte Sharma mit seiner scharfen, hellen Stimme, die vor Empörung zitterte. »Auf dem Hof, in der Halle, überall schnüffelten die Männer in ihren grünen Uniformen herum, zerrten wahllos Gewürze aus den Regalen, zerschlugen Kisten und rissen die Verpackung von den Waren. Ich hatte kaum Zeit, mich anzuziehen, und als ich aus dem Wohnwagen kam, stritten Shak und Pamit schon mit den Zollbeamten. Die Männer wollten nicht zuhören, sie wollten nur kaputt machen, schikanieren. Aber die Hunde, mit Hunden kann man hier nichts anfangen, die ganzen Gewürze, verstehen Sie, Pfeffer und Curry und all das, sie jaulten und niesten und rannten im Kreis herum.

Ich fragte nach dem Anführer, nach dem, der das angeordnet hatte, und einer der Männer deutete auf den schwarzen Wagen ohne Lampe auf dem Dach, ohne *Douane* auf der Tür, nur ein schwarzer Wagen mit dunklen Scheiben. Ich lief zu dem Wagen und rief: *Warum tun Sie mir das an? Was suchen Sie denn? Was habe ich verbrochen?* Die Tür ging nicht auf, und die Morgensonne spiegelte sich in den Scheiben, sodass ich nichts sehen konnte. Da drehte jemand auf der

Fahrerseite das Fenster herunter, aber plötzlich kam ein Beamter aus der Halle und beugte sich zu dem Fenster und sagte: *Nichts, Hoofdinspecteur, keine Spur von* –«

»Hoofdinspecteur?«, fragte der Commissaris. »Nur Hoofdinspecteur, kein Name?«

»Nein, kein Name. Und kein Durchsuchungsbefehl.«

»Wie sah der Mann aus? Konnten Sie ihn erkennen?« Van Leeuwen wusste nicht, warum er nach dem Aussehen des Beamten fragte; vielleicht nur, weil er das Bild klar sehen wollte, den Hof an diesem Morgen mit allen Einzelheiten, ohne weiße Flecken.

Radschiv Sharma sagte: »Ja, ich konnte ihn erkennen, und ich werde ihn nie vergessen, obwohl es dunkel war im Wagen. Er hatte blonde Haare, sehr hell, wie Sand in einem Sandkasten, und seine Augen waren wie Kiesel, graublau. Und er war sehr groß, das konnte man erkennen an der Art, wie er saß, zurückgelehnt, aber mit vorgebeugtem Kopf. Er war wie ein Gummibaum oder eine von diesen Topfpflanzen, die manche Menschen neben die Badewanne stellen und die in dem feuchten Dampf wachsen und wachsen. Ach ja, und er hatte einen kleinen Schnurrbart, sehr dünn, als wäre da etwas Senf kleben geblieben, von seiner letzten Mahlzeit, und –«

»Ich glaube, das reicht erst mal«, sagte Van Leeuwen. Er fragte sich, ob Sharma den Mann in dem schwarzen Wagen wirklich an dem Morgen zum ersten Mal gesehen hatte. »Trug er eine Uniform?«

Sharma schüttelte den Kopf. »Nein, keine Uniform, ein helles Sakko, keine Krawatte.«

»Und als der Beamte ihm gesagt hat, dass sie nichts gefunden hätten, was hat er dann gemacht?«

»Er sagt: *Hast du dir die Einfuhrpapiere genau angeschaut? Hast du die Stempel überprüft? Habt ihr das ganze Zeug untersucht, ich meine jede Kiste, jedes Fass, jeden Sack, jeden Beutel? Was ist mit den Hunden, haben die nichts gefunden?*

Ich sage: *Ich bin ein anständiger Geschäftsmann. Das ist der reine Terror! Ich habe Rechte, ich werde mich beschweren!*

Bei wem, Sindbad?, fragt er, und seine Stimme ist so hart wie seine Kieselaugen. *Bei wem willst du dich beschweren?* Mehr hat er nicht gesagt, aber ich weiß, dass er mir droht, mir und meiner Familie. *Was sind Sie für ein Mensch?*, sage ich. *Sie haben nichts gefunden, nichts! Es gibt nichts. Sie müssen gehen. Sie müssen alle gehen, ja?!*

Und er sagt: *Fühl dich nicht zu sicher, Sindbad! In jedem Paradies gibt es eine Schlange!* Er sagt: *Abrücken!*, und gibt Gas mit seinem schwarzen Wagen, und die anderen gehen auch zu ihren Wagen zurück und fahren weg. Ich habe ihnen nachgesehen, und auf einmal steht Mira neben mir und sagt: *Die kommen wieder.*«

»Und sind sie wiedergekommen?«, fragte Van Leeuwen.

»Nein.« Sharma sah wieder zur Straße hinüber. »Aber Mira hat recht, der Mann in dem schwarzen Wagen, der gibt nicht auf. Der ist wahnsinnig.« Auf der Straße näherte sich ein VW-Bus, doch statt des Schriftzugs *Douane* auf den Türen stand an den schwarz lackierten Seiten in goldenen Lettern *Sharma & Sons, Spice Grocery*. Das Gesicht des Gewürzhändlers hellte sich auf. »Das ist Shak. Er war unterwegs, Bestellungen ausliefern.«

Der Lieferwagen bog auf den Hof und hielt hinter dem zivilen Einsatzwagen, den Gallo neben dem Aluminiumtrailer geparkt hatte. Shak sprang heraus. Er trug einen schwarzen Anzug und weiße Turnschuhe. Mit großen Schritten ging er in die Halle. Am Schreibtisch warf er seinem Vater ein in rotes Kunstleder gebundenes Auftragsbuch hin. »Ich habe Hunger«, sagte er. »Wo ist Mira?«

»In der Küche«, antwortete Sharma.

»Und Pamit?«

»Ich habe ihn weggeschickt«, sagte Sharma. »Er hat der Polizei von der Razzia erzählt.«

»Das war nichts«, sagte Shak achselzuckend und sah Van Leeuwen an, »Schikane, sonst nichts.«

»Wir fragen uns, was der Zoll bei Ihnen gesucht haben könnte«, sagte Brigadier Gallo.

»Moschus«, sagte Shak.

»Moschus?«, wiederholte Brigadier Tambur.

»Sie denken, wir schmuggeln Moschus«, bestätigte Shak.

Sein Vater erklärte: »Echter Moschus ist sehr kostbar. Der Moschushirsch steht, wie heißt das, unter Artschutz.«

»Artenschutz«, sagte Julika.

Sharma nickte. »Moschus entsteht in seinem Bauch, in einer kleinen Drüse, nicht größer als eine Walnuss, vor seinem Geschlechtsorgan. Man muss den Hirsch erlegen und die Drüse herausnehmen, bevor man das Sekret trocknen und zu Pulver verarbeiten kann. Aber auf diese Weise gewinnt man immer nur wenige Gramm. Die teuerste Sorte – Tonkin-Moschus – kommt aus China und Tibet. Fast genauso teuer ist Assam- und Bengal-Moschus aus Indien und Pakistan. Da überall lebt der Moschushirsch.«

»Und die Menschen erschießen ihn, damit man aus seinen Hoden ein sexuell erregendes Stimulans machen kann, das dann in Parfums und als Aphrodisiakum verwendet wird«, ergänzte Shak und sah Julika an, die seinem Blick standhielt, bis er verärgert wegschaute und fortfuhr: »Ich finde das abstoßend. Niemals würde ein Sharma mit so etwas Handel treiben –«

»Kommen wir zurück zu Amir Singh«, verlangte der Commissaris. »Sie sagten, er tauchte am Nachmittag des darauffolgenden Tages hier auf.«

Radschiv Sharma nickte wieder, bedächtig und mehrmals hintereinander. »Ich sitze hier an meinem Schreibtisch und kümmere mich mit Mira um die Buchhaltung, da sehe ich durch das offene Tor einen jungen Mann über den Hof kommen, dünn, schwarze Haare, dunkle Haut, aber müde, sein Kopf ist gesenkt. Da vorn am Tor bleibt er stehen und blinzelt in die Halle – es ist immer zuerst dunkel, wenn man über den Hof gekommen ist –, und er ruft, *Hallo, ist jemand da?*

Jetzt, von Nahem, kann ich erkennen, dass er Inder ist oder vielleicht Pakistani oder aus Ceylon, deswegen stehe ich auf und sage: *Hier ist jemand. Ich bin Radschiv Sharma. Was willst du?* Er sagt, sein Name ist Amir Singh und er sucht Arbeit. Er spricht Hindi, aber so, wie es im Punjab gesprochen wird. Er sagt, er kommt aus Delhi und kennt niemand in Holland. An seinem Arm trägt er den *Kara*, den Armreif der Sikhs, sonst hätte ich ihn sofort weggeschickt.«

»Aber das tut mein Vater natürlich nicht«, warf Shak ein. »Er redet mit ihm, und dann fragt er ihn auch noch, ob er etwas von Gewürzen versteht. Er führt ihn durch die Halle und fängt an, ihm alles zu erklären, und da wusste ich, dass er wieder –«

Das Telefon auf Sharmas Schreibtisch klingelte. Vater und Sohn starrten auf den Apparat. »Das Telefon«, fuhr der Gewürzhändler seinen Sohn an, »willst du es klingeln lassen?«

Trotz spannte Shaks Gesicht, aber beim dritten Klingeln nahm er den Hörer ab und meldete sich. »Sharma und Söhne.«

Sein Vater dämpfte die Stimme nicht, als er an Shaks Stelle weitersprach: »Mein Sohn wollte sagen, dass ich Amir aufgenommen und ihm Arbeit gegeben habe und dass er damit nicht einverstanden war, weil er der Meinung ist, die Firma wirft für uns selbst kaum genug ab. Für die Familie. Und für Mira, die nicht mal zur Familie gehört, aber trotzdem an unserem Tisch sitzt. Das sind die Gedanken meines ältesten Sohnes.«

Shak sagte »Ja, gern« zu dem Anrufer und hielt seinem Vater den Hörer hin. »*De Peperbol*, der alte Farkas, er möchte mit dir persönlich sprechen.«

»Entschuldigen Sie mich bitte, Commissaris«, sagte Sharma und nahm den Hörer.

Der Commissaris dirigierte Shak mit einem Kopfnicken vom Schreibtisch weg. »Hat Ihr Vater recht?«, fragte er. »Waren das Ihre Gedanken?«

Shaks Nasenflügel zuckten leicht, wie vor unterdrückter Empörung. »Amir Singh war ein Lügner. Er hat meinen Vater belogen, aber mich konnte er nicht täuschen. Der langsame Gang, der gesenkte Kopf, die Augen unstet; ich wusste, er war im Gefängnis gewesen. Er ging und er schaute wie ein Sträfling, und er sprach Niederländisch – nicht sehr gut, aber gut für jemanden, der Delhi erst seit ein paar Wochen verlassen hat. Ich habe seine Arme gesehen, da waren Einstichstellen. Und ich habe gesehen, wie er alles hier ganz genau angeschaut hat, den Wohnwagen, Papas Mercedes, die Waren …«

»Haben Sie Ihrem Vater von Ihrem Verdacht erzählt?«

»Ja, aber er wollte nicht hören. Er ist mein Vater, und die Firma gehört ihm. Der Palast der 1000 Gewürze ist sein Werk. Solange er lebt, wird es so sein.«

»Ihr Vater ist nicht mehr der Jüngste«, sagte der Commissaris. »Hat er in seinem Alter noch die Kraft und das Auge für wirklich einträgliche Geschäfte?«

Shak antwortete nicht. Er presste die Lippen zu zwei knochenweißen Strichen zusammen, und seine Augen sagten *Nein*.

»Was ist, wenn deshalb einmalige Chancen unwiederbringlich verloren gehen?«, fuhr der Commissaris fort.

Shak wandte sich heftig ab. »Ich habe Hunger«, sagte er. »Sie können mit meinem Vater weiterreden.«

Van Leeuwen sah, dass Radschiv Sharma den Hörer zwischen Schulter und Ohr geklemmt hatte und in dem Auftragsbuch blätterte, das Shak auf den Tisch geworfen hatte. »Er wirkt sehr beschäftigt. Ich kann später mit ihm sprechen. Ich begleite Sie in die Küche. Mal sehen, wie weit Mevrouw Mirabal Kristin Halawi mit dem Essen ist.«

»Sie finden das komisch, ja?«, sagte Shak und drehte sich wieder um. »Sie finden uns komisch?«

»Nein«, sagte Van Leeuwen. »Ich finde nichts komisch, was mit einem Mord zusammenhängt. Aber wenn Sie Hunger haben und Ihr Vater beschäftigt ist, muss ich eben mit Mevrouw Halawi und Pamit sprechen.«

»Mit Pamit? Warum? Er ist noch ein Kind!«

Van Leeuwen machte Gallo und Julika ein Zeichen. »Macht ihr mal für mich weiter bei Mijnheer Sharma.«

»Was wollen Sie meinen Bruder fragen?« Shak wirkte plötzlich besorgt; der ganze Zorn fiel von ihm ab. »Sie müssen geduldig mit Pamit sein. Er ist dreizehn, und er ist ziemlich groß, aber seine Seele ist nicht mitgewachsen, nicht so schnell. Und er hat Amir ... Er war ganz vernarrt in Amir. Wir haben ihm noch nicht gesagt, dass sein neuer Freund tot ist. Das wäre ... Es wäre sehr schwer für ihn. Sehr traurig.«

»Warum ist er nicht in der Schule?«, fragte Van Leeuwen.

»Wir haben noch nicht die richtige Schule für ihn gefunden«, sagte Shak nach kurzem Zögern, »eine, in der man auf ihn eingeht. Bis dahin … Sie müssen wissen, er ist etwas –«

»Vielleicht reicht es, wenn ich erst mal nur mit Mevrouw Halawi rede«, sagte Van Leeuwen.

Shak nickte dankbar und ging durch die Halle auf die Metalltür an der linken Seite des Tors zu. Der Commissaris folgte ihm. Shak öffnete die Tür und hielt sie so lange auf, bis Van Leeuwen hindurch war. Es gab einen automatischen Türschließer, der sie hinter ihm wieder ins Schloss drückte. Auf der anderen Seite erstreckte sich ein fensterloser Gang mit weiß gestrichenen Betonwänden und vergitterten Deckenlampen, deren Stromleitungen über dem Putz verliefen. Drei dunkelgrün lackierte Eisentüren wechselten sich mit einem roten Feuerlöscher und einer Axt in einem roten Metallkasten ab. Eine der Türen stand offen. Dahinter erklang Geschirrklappern, Fleisch zischte in heißem Fett. Ein Radio lief, und Essensgeruch zog in den Gang.

»Was ist hinter den anderen Türen?«, wollte der Commissaris wissen.

»Die Toilette und unser Zimmer, in dem Pamit und ich schlafen«, erklärte Shak.

»Darf ich einen Blick hineinwerfen?«

»Warum wollen Sie das sehen?«

»Ich will immer alles sehen«, sagte Van Leeuwen.

Shak nickte. Er öffnete eine der Eisentüren, die zu einem kleinen Raum mit einem vergitterten Fenster führte.

In dem Raum standen zwei niedrige Holzbetten an den gegenüberliegenden Wänden, ein kleiner Schreibtisch, ein Stuhl, ein Holzschrank und eine Kommode mit einem Fernsehapparat und einem CD-Player darauf. Am Fenster hing ein Vorhang aus grobem gelben Stoff. Auf dem Steinboden lag ein dünner Flokati mit einem orientalischen Muster. Unter den Betten standen mehrere Paar Sneakers.

Der Unterschied zwischen den beiden Hälften des Zimmers war so stark, als hätte es auf das eine Bett geschneit, nur auf eins, während das andere in der Sonne stand. Die Betten waren gleich groß, aber das linke wies nichts als eine glatt gestrichene Bettdecke, ein flaches Kopfkissen und helle Laken auf. An der Wand darüber hing kein Bild und auch kein anderer Schmuck.

Auf dem zweiten Bett lagen bunte Decken und ein großes Kissen, und es war unbeholfen zurechtgemacht. Unter der Decke zeichnete sich ein Stofftiger ab, dessen Kopf ein Stück hervorschaute. An der Wand klebte ein großes Plakat des goldenen Tempels von Amritsar, dessen Abbildung der Commissaris als Illustration des Artikels über die Sikh-Religion gesehen hatte. Daneben hing ein kleines Regal, auf dem eine Blume mit einer großen roten Blüte in einem Keramiktopf stand. Außer der Blume gab es noch einen reich verzierten Krummdolch aus lackiertem Holz und die ungerahmte Fotografie einer Frau, einer Inderin mit grauen Haaren und einem roten Punkt auf der Stirn. Die Frau trug ein buntes Gewand, und das Foto war zerknittert und an einigen Stellen ganz abgegriffen.

»Ist das Ihre Mutter?«, fragte der Commissaris.

»Vharma, ja«, bestätigte Shak.

Van Leeuwen stand in der Mitte des Zimmers. Die beiden Hälften erzählten ihm etwas, das er noch nicht ganz verstand. Deswegen versuchte er so viel wie möglich von seinen Geheimnissen aufzunehmen und zu speichern, bis er genug wusste, um das Puzzle zusammenzusetzen. Er fragte: »Ist irgendetwas hier drin von Amir? Hat er Pamit etwas geschenkt? Wenn der Junge ihn so bewundert hat –«

»Bitte, sprechen Sie nicht so laut«, sagte Shak leise. »Er hört alles. Er versteht nicht alles, was er hört, aber er hört so viel, dass er manchmal schreien muss, weil es *zu viel* für ihn ist.« Seine Nasenflügel fingen wieder an zu zucken. »Nein, Amir hat Pamit nichts geschenkt. Er brauchte das nicht. Die Herzen flogen ihm ganz von allein zu …«

12

Mira stand in der Küche am Herd, und als der Commissaris mit Shak durch die offene Tür trat, versteifte sich ihr Rücken, aber nur einen Moment lang. Sie trug ein hellblaues Männerhemd, ausgebleichte, über den Knien abgeschnittene Jeans und weiße Flipflops an den bloßen Füßen. Ihre Beine waren nackt und braun wie Haselnussschalen. Der Commissaris bemerkte eine Gänsehaut an den Waden, und dann sah er, dass Shak auf Miras Beine starrte und dass sie es spürte. Ihr Haar war strähnig und dunkel vom Küchendunst; auf ihrem Nacken lag ein feiner Schweißfilm.

»Guten Tag, Mevrouw Halawi«, sagte der Commissaris.

Sie drehte sich kurz zu ihm um und nickte knapp, sagte aber nichts.

Pamit saß an dem großen dunkel gebeizten Küchentisch und löffelte eine curryfarbene Suppe. Dabei summte er eine Melodie, die sich um sich selbst zu drehen schien. Als er Shak sah, trat ein Lächeln auf sein Gesicht; es leuchtete, als wäre ein Sonnenstrahl daraufgefallen. Shak trat zu ihm und fuhr ihm mit der Hand durch das dichte schwarze Haar. »Was hast du gekocht?«, fragte er Mira schroff.

»Huhn, gefüllt mit Pistazien, Ei und Ingwer«, antwortete Mira, ohne ihn anzusehen. »Dazu kannst du *naan* haben.« Sie bückte sich, um das Huhn aus dem Herd zu nehmen. Ein Schwall heißer, würziger Luft stieg aus der Backröhre, und Van Leeuwen spürte, wie ihm das Wasser im Mund zusammenlief.

»Ich nehme es mit nach draußen«, sagte Shak. »Es schmeckt mir nicht, wenn ein Polizist mit am Tisch sitzt.«

»Mir auch nicht«, sagte Pamit.

Van Leeuwen schwieg. Er sah sich in der kleinen Küche um, unwillkürlich auf der Suche nach einem Messer zum Zimtschälen, kurze Klinge, Vogelschnabel, aber er konnte keins entdecken, und er hatte auch nicht wirklich damit gerechnet. Er dachte, dass der einzige Unterschied zu tausend anderen Küchen in der Fülle der Gewürze in einem breiten Regal an der Wand neben der Tür lag. Das Regal stand weit genug vom Herd, sodass Hitze und Feuchtigkeit ihr Aroma nicht beeinträchtigten.

Als Shak und Pamit mit ihren Tellern die Küche verlassen hatten, fragte der Commissaris auch Mira nach dem Tag, an dem Amir Singh zum ersten Mal den Palast der 1000 Gewürze betreten hatte.

»Ich wusste sofort, das wird Probleme geben«, sagte Mira. Sie füllte eine Kelle voll Suppe in einen tiefen Teller und stellte ihn auf den Tisch. »Möchten Sie auch etwas Suppe? Das Huhn ist gut, nicht zu scharf gewürzt.«

»Riecht lecker«, sagte Van Leeuwen. »Aber wenn ich jetzt etwas esse, werde ich träge.«

»Stört Sie doch nicht, wenn ich was esse, während wir reden, oder?« Sie wartete seine Antwort nicht ab, sondern setzte sich, schlug die langen, schlanken Beine übereinander und kostete von der Suppe.

»Was für Probleme?«, fragte der Commissaris.

»Shak ist sehr misstrauisch allen Fremden gegenüber«, antwortete Mira. »Ein Hitzkopf. Er denkt, jeder Mann ist ein Rivale, im Geschäft, bei Radschiv, bei mir. Ich konnte sehen, wie er und Pamit Amir beobachteten. Sie standen in der Halle und sahen zu, wie ihr Vater Amir durch die Halle führte und ihm erklärte, wo die ganzen Gewürze herkamen, wie sie schmeckten und rochen, was sie bewirkten. Wie er ihm eine Einführung in ihre Welt gab …«

Mira löffelte die Suppe und erzählte dabei, und Van Leeuwen hörte Radschiv Sharma reden und stellte sich vor, wie er den Toten, der damals noch nicht tot gewesen war, an den Regalen in der Halle entlangführte. *Das ist der Geruch der Heimat,* sagte er, *der Geschmack des Punjab, der Duft Indiens in diesen Dosen und Gläsern. Riechst du das? Zimt, Nelkenessenz, Curryblätter, Kardamom, Muskatnuss, Pfeffer. Gewürze sind nicht nur zum Kochen und Essen da, Amir. Sie sind kostbare Aromen, Arzneien und Aphrodisiaka, Ingredienzien von Parfums und magischen Zaubertränken. Du weißt nicht, wovon ich spreche? Macht nichts, ich werde dir alles beibringen, du wirst echten Zimt von falschem unterscheiden lernen, Muskatblüten von Muskatnuss, grünen Kardamom von braunem, und bald wirst du nicht nur wissen, dass Kardamom neben Safran und Vanille zu den drei teuersten Gewürzen der Welt gehört, sondern auch seinen Wert genau kennen, den Preis für das Gramm, die Unze, das Pfund.*

»Sie hätten Shaks Augen sehen sollen – wie Flammenwerfer«, sagte Mira. »Er sagte etwas zu Pamit, ohne den Blick von Amir zu wenden, und Pamit nickte und rückte etwas dichter an seinen Bruder heran. Radschiv führte Amir immer tiefer in die Halle hinein, und plötzlich drehte Shak sich um und kam auf mich zu, und ich konnte sehen, wie wütend er war, wie der Zorn ihn geradezu vorwärtsstieß. Als er bei mir war, zischte er: *Was soll der Penner hier? Warum hast du Papa gesagt, er soll ihm Arbeit geben? Du bist blind! Der braucht keine Hilfe, das ist ein Spitzel. Ich traue ihm nicht!* Er war so wütend, dass er mich fast angespuckt hätte, und ich weiß noch, dass ich dachte, er ist ja eifersüchtig! Weil Amir so schön war, wissen Sie. Shak will einfach nicht begreifen, dass ich mich nicht für andere Männer interessiere, für niemand außer Radschiv. *Was für ein Spitzel?*, habe ich gefragt. *Von wem?*

Vom Zoll, hat er geflüstert, *von dem Mann im schwarzen Wagen, dem, der uns keine Ruhe lässt.* Er hat geflüstert, aber es klang, als hätte er geschrien, als wollte er mich mit den Worten ohrfeigen. Und dann sah es ja auch so aus, als hätte er recht behalten; als hätte uns jemand ein Kuckucksei ins Nest gelegt –«

Sie verstummte unvermittelt und kniff die Augen zusammen, als hätte sie zu viel gesagt und müsste die Worte noch einmal genau betrachten, um sich darüber klar zu werden, wie viel Schaden sie schon angerichtet hatten. Sie ließ den Löffel im Rest der Suppe liegen.

»Radschiv, Shak, Pamit«, sagte sie dann mit einem ungeduldigen Seufzen, »die Familie geht ihnen über alles. Ihre Vorstellung vom Paradies auf Erden: eine Frau, die Söhne, der Stolz eines Mannes. Diese ganzen Bande, enger als eng, klebrig wie Honig – Glück, das jeder so selbstverständlich absondert wie eine Tanne das Harz. Aber eine Familie ist ein mörderischer Dschungel, in dem vergiftete Pfeile fliegen und Würgeschlangen getarnt auf niedrigen Ästen liegen. Jeder Morgen bringt eine neue Falle, jeder Schritt wird zur tödlichen Expedition und kann im Fangeisen enden. Und am Abend zählt man seine Verletzungen. Leckt die Wunden.«

»Mijnheer Sharma hat mir von der Razzia des Zolls erzählt, die am Tag vor Amirs Auftauchen hier stattgefunden hat«, sagte der Commissaris unbeeindruckt. »Als die Beamten abgerückt sind, sollen Sie gesagt haben, *die kommen wieder*. Was hat Sie darauf gebracht, Mevrouw Halawi?«

»Habe ich das gesagt?« Mira runzelte die Stirn, dann lachte sie plötzlich. »Ach ja, jetzt weiß ich wieder – das war, weil Shak sich so großspurig benommen hat. Die Männer sind in ihre Dienstfahrzeuge gestiegen und vom Hof gefahren, und da hat Shak Radschiv in die Hosentasche gegriffen und eine Handvoll Bonbons herausgeholt und hinter den Wagen hergeschmissen. Radschiv hat immer Bonbons in den Taschen, für die Kinder in der Gegend, wenn sie mal auf den Hof kommen – er hat Bonbons für die Kinder und immer ein paar Euro für die alten Leute, die mit ihrer Rente nicht auskommen. Er leiht es ihnen nicht, er schenkt es einfach her. Also jedenfalls, Shak schmeißt die Bonbons hinter den Wagen her und ruft großspurig: *Auf Wiedersehen, die Herren! Hier, für eure Kinder, von Radschiv Sharma! Und beehrt uns bald wieder!* Deswegen habe ich gesagt, keine Sorge, die kommen wieder, weil ich das Gesicht von dem Mann im schwarzen Wagen gesehen habe.«

»Und wer könnte die Schlange im Paradies der 1000 Gewürze sein?«, fragte der Commissaris. »Shak? Oder Amir?«

»Sie sind der Polizist.«

»Shak ist stolz und ehrgeizig und eifersüchtig«, sagte Van Leeuwen. »Er denkt, er könnte das Geschäft besser führen als sein Vater, das merkt man. Und wenn ich Sie richtig verstanden habe, denkt er auch, dass Sie eigentlich ihm gehören müssten, und nicht Radschiv.«

Mira stand auf und trug den Suppenteller zur Spüle. »Möchten Sie nicht doch etwas Huhn? Einen Schenkel vielleicht?«

»Danke, nein.«

Mira blieb an der Spüle stehen und betrachtete das schmutzige Geschirr. »Sie haben das richtig erkannt, Shak findet, dass ich zu schön und zu jung bin für seinen Vater. Er denkt, die Firma gehört eigentlich ihm und ich gehöre eigentlich ihm, aber ich denke das nicht. Was ich Radschiv verdanke, kann der Junge nicht aufwiegen, nicht mit seiner Jugend oder mit seiner Kraft. Er behandelt mich ohne jeden Respekt, weil ich keine reine Inderin aus der alten Heimat bin. Wäre ich das, würde er mich respektieren, obwohl wir nicht verheiratet sind, sein Vater und ich. Er würde mich respektieren. Aber ich bin nur zur Hälfte Inderin, da gibt es noch die niederländische Hälfte, und die ist leicht zu haben, denkt er. Billig. Er denkt, dass diese Hälfte nur auf das Geld seines Vaters scharf ist. Auf sein Geld.«

»Hat er das von Amir auch gedacht?«

»Natürlich, gerade als er gesehen hat, wie sein Vater diesen jungen Fremden aufgenommen hat.« Sie lächelte warm. »Amir war noch keine Woche bei uns, da gab Radschiv ein großes Fest für ihn – ein Familienfest, wie für einen verlorenen Sohn! Haben Sie schon mal einen Bollywood-Film gesehen?«

Van Leeuwen fragte: »Meinen Sie diese endlosen bunten Filme, in denen andauernd getanzt, gesungen, gegessen und am Ende geheiratet wird?«

»Genau die«, bestätigte Mira, »und genau so ging es an diesem Abend hier in der Halle zu, an einem prächtig gedeckten Tisch, mit dem besten Geschirr, Kerzen, alles. Ich hatte den ganzen Nachmittag in der Küche gestanden und gekocht, es gab *raan-i-mirza*, das ist in geronnener Milch gegarte Lammkeule mit Kardamom und Kreuzkümmel, dazu Brot, *naan* und *partha*. Außerdem hatte ich Reispfannkuchen und Kokos-Chutney gemacht. Radschiv hatte unseren Plattenspieler aus dem Wohnwagen herbeigeschafft, und wir hörten Musik aus Indien, richtige Volkslieder, und zur Feier des Tages öffnete Radschiv eine Flasche Wein nach der anderen, und es dauerte nicht lang, bis alle ziemlich betrunken waren.«

»Ich dachte, Sikhs trinken keinen Alkohol«, sagte Van Leeuwen.

»Und ich dachte, Christen dürfen nicht töten«, antwortete Mira. »Jedenfalls – plötzlich begann Amir zu weinen, so glücklich und dankbar schien er zu sein. Und Radschiv, mein Radschiv lachte, weil es so leicht war, jemandem zu helfen, jemandem Trost zu spenden. Er dachte, er weiß, was Amir fühlt, er kennt seine Einsamkeit, die auch mit seiner Hautfarbe zu tun hatte, mit der Verlorenheit in der kalten, engherzigen Welt der Weißen. Aber er wusste nicht, dass sein eigener Sohn einsamer war; dass sein Schmerz stärker war. Er gab den Trost dem Fremden. Er umarmte mich, und dann umarmte er

Pamit und Shak, und gleich danach Amir, und er merkte gar nicht, wie Shak ihn innerlich wegstieß. Radschiv wollte singen und tanzen, und er war so ausgelassen, dass er auch nicht darüber nachdachte, ob Amir die Wahrheit gesagt hatte und ob er wirklich niemanden in diesem Land kannte, niemanden außer uns. Und weil er nicht darüber nachdachte, dachte ich auch nicht darüber nach. Nur Shak, dem konnte man ansehen, dass er nachdachte. Man konnte sehen, wie es in ihm kochte und brodelte, vor allem, als Amir aufsprang und zu tanzen begann, erst mit Radschiv, dann mit mir und schließlich sogar mit Pamit, der bald am ausgelassensten von allen war. So viel Glück leuchtete auf seinem Gesicht – sein Herz flog Amir nur so zu! Schließlich reichte es Shak. Er stieß seinen Stuhl zurück und sagte zu Pamit, *komm, Zeit, schlafen zu gehen.*

Aber der Kleine wollte noch nicht ins Bett, er wollte noch aufs Dach, und deswegen ging Shak mit ihm aufs Dach. Das machen sie manchmal – sie klettern von der Balustrade in der Halle durch eines der unvergitterten Oberlichter und dann die Feuerleiter hoch aufs Dach. Von da aus hat man einen Wahnsinnsblick auf die Stadt, auf die ganzen funkelnden und schimmernden Lichter auf der anderen Seite des Wassers, wie ein Bienenstock. Man kann da sitzen, und in warmen Nächten riecht die Luft nicht nach den Abwässern in den Gullys, sondern nach Jasmin und Limonen, und man kann sich vorstellen, es wäre Bombay oder Kalkutta da auf der anderen Seite und das IJ wäre der Ganges. Da saßen sie also und sahen der Nacht zu, während von unten die Musik heraufschallte, und Shak sagte, *wir müssen uns hüten, Pamit, hörst du? Wir müssen gut aufpassen und die Familie beschützen.*«

»Woher wissen Sie das?«, fragte der Commissaris.

»Pamit hat es mir erzählt.« Mira wickelte die Reste des Huhns in Aluminiumfolie. »Er erzählt mir immer alles, was Shak macht oder sagt. Sein großer Bruder ist sein Held. Und Amir …« Plötzlich hielt sie inne, ließ das Huhn sinken und fragte mit fast tonloser Stimme: »Hat er gelitten? Als er umgebracht worden ist – hat er … Hat er da sehr gelitten?«

»Ja«, sagte der Commissaris. »Das hat er.«

13

Van Leeuwen dachte, dass sie nicht gefragt hatte: *Wer tut so etwas?* Im Allgemeinen war das die Frage, die fast immer gestellt wurde, besonders von Frauen: *Wer tut so etwas?* »Als fürchtete sie sich vor der Antwort«, sagte er am Schluss seiner Zusammenfassung des Gesprächs für Hoofdinspecteur Gallo und Brigadier Tambur. Er sah aus dem Fenster auf der Beifahrerseite, während der Einsatzwagen durch den Tunnel unter dem IJ fuhr. »Als hätte sie eine Ahnung, die sie zu verdrängen sucht.«

»Warum hast du nicht nachgehakt?«, wollte Gallo wissen.

»Sie ist noch nicht so weit.« Van Leeuwen betrachtete die vorbeifliegenden weißen Kacheln, die orangen Lampen. »Ich will nicht, dass sie zumacht.«

»Jedenfalls lässt sie Shak nicht gerade in einem günstigen Licht erscheinen«, sagte Julika.

»Vielleicht will sie uns von Radschiv ablenken«, meinte Gallo.

»Die Frage ist, ob sie das mit Absicht tut oder ob es einfach die Wahrheit ist, die dieses Licht auf Shak wirft«, sagte der Commissaris. »Was habt ihr für einen Eindruck bei den anderen, bei Radschiv und Shak? Lügt einer von denen? Und wenn ja – wer? Lügen alle, lügt keiner? War Amir wirklich ein Kuckucksei, das jemand den Sharmas ins Nest gelegt hat? Und wenn ja, wer und warum? Wir drehen uns immer wieder um den gleichen Punkt. Wer war der Kuckuck? Der Mann aus der Vergangenheit, von dem Carien gesprochen hat?«

»Diese Razzia vom Zoll«, sagte Gallo. »Ob das in irgendeinem Zusammenhang steht? War es nicht der Zoll, der Amir Singh damals hochgenommen hat? Ein Undercover-Mann der Zollfahndung?«

»Kann reiner Zufall sein«, warf Brigadier Tambur vom Rücksitz ein. »Wenn es um Rauschgift geht, arbeitet die Drogenfahndung fast immer mit dem Zoll Hand in Hand.«

»Es gibt keine Zufälle«, sagte der Commissaris. »Nur das Schicksal, das sich tarnt.«

Gallo sagte: »Ich werde einfach mal nachfragen, warum die den Palast im Visier hatten! Woher dieser Verdacht kommt, mit der

Schmuggelware.« Er griff nach dem Telefon am Armaturenbrett und tippte mit dem Daumen der rechten Hand eine Reihe von Ziffern, während er mit der linken das Lenkrad hielt. Er fuhr schnell, aber sicher, als wäre er mit dem Wagen verwachsen. »Ja, hallo, hier spricht Ton Gallo vom Hoofdbureau van Politie Amsterdam-Amstelland«, sagte er in den Hörer. »Wie war Ihr Name noch mal? Ich schalte Sie auf Lautsprecher, Hoofdagent De Vries. Wundern Sie sich nicht über den Lärm, wir sind im Wagen unterwegs. Es geht um einen gewissen Sharma, Radschiv, Gewürzimporteur hier in Amsterdam Noord. Nach unseren Informationen haben Sie am Morgen des 20. Juni sein Lager durchsucht, den Palast der 1000 Gewürze. Können Sie uns sagen, was der Anlass für diese Durchsuchung war? Bestand irgendein konkreter Verdacht? Oder wenigstens ein Anfangsverdacht? Sind Sie einem bestimmten Hinweis nachgegangen?«

Aus dem kleinen Lautsprecher unter dem Armaturenbrett drang nur ein leises Knistern. Dann fragte eine Männerstimme: »Warum interessieren Sie sich für Radschiv Sharma?«

»Sein Name ist im Zusammenhang mit einer Morduntersuchung aufgetaucht«, sagte Gallo. »Der Name des Opfers ist Amir Singh.«

»Handelt es sich um ein Amtshilfeersuchen?«

»Nein, es handelt sich um ein Telefongespräch.«

Wieder erklang nur Knistern im Lautsprecher. »Ich verstehe«, sagte die Männerstimme nach einer Pause. »Dann sollten Sie mit Hoofdinspecteur Dekker reden.«

Dekker, dachte Van Leeuwen. Henk Dekker, an den Namen konnte er sich aus Amir Singhs Akte erinnern; er hatte die Verhaftung durchgeführt. Damals war er noch Inspecteur gewesen. Er sagte: »Können Sie uns mit ihm verbinden?«

»Er ist im Moment nicht an seinem Platz.«

»Wo ist er denn?«

»Er ist dienstlich unterwegs.«

»Aber Sie haben doch sicher die Möglichkeit, mit ihm Kontakt aufzunehmen.«

»Ja, wenn es wichtig ist.«

»Es ist wichtig«, schaltete sich Van Leeuwen ein. »Sagen Sie ihm, er soll sich bei uns melden. Bei Commissaris Van Leeuwen oder Hoofdinspecteur Gallo im Präsidium.«

»Eine Frage noch«, warf Gallo ein. »Können Sie uns wenigstens sagen, was Sie auf dem Gelände der Sharmas gesucht haben?«

»Das kann Hoofdinspecteur Dekker Ihnen besser beantworten. Die Razzia fiel in seinen Bereich und fand auf seine Initiative statt.«

»Was ist denn Hoofdinspecteur Dekkers Bereich genau?«, fragte Van Leeuwen.

»Das müssen Sie ihn selbst fragen«, sagte die Männerstimme. »Ich werde ihm sagen, dass Sie ihn sprechen wollen. Er wird sich bei Ihnen melden.« Am anderen Ende der Leitung wurde der Hörer aufgelegt, und als der Wagen den Tunnel verließ, verstummte auch das Knistern in der Leitung. Gallo hängte den Hörer in die Halterung und sagte: »Hoofdagent De Vries …«

»Mir ist gerade ein Gedanke gekommen«, sagte Brigadier Tambur. »Die *Douane* ist doch dem Belastingdienst, also der Steuerbehörde, unterstellt, und die Zentrale ist im Finanzministerium in Den Haag –«

»Und?«

Julika beugte sich vor. »Ich meine nur, eine Firma wie *Sharma & Sons* zahlt doch Gewerbesteuer, Umsatzsteuer, Einkommensteuer, Grundsteuer, was weiß ich, aber alle Sharmas erzählen uns dauernd, wie schlecht das Geschäft läuft. Ich finde, das sollten wir mal anhand der Steuererklärungen überprüfen, also, wie ihre wirtschaftliche Lage tatsächlich ist, ob sie vielleicht ohne einen kleinen Nebenverdienst gar nicht über die Runden kämen –«

»Oder ob die Geschäfte in Wirklichkeit so gut gehen, dass es Neider auf den Plan gerufen haben könnte«, ergänzte der Commissaris. »Das war eine gute Idee, Brigadier Tambur. Ach, was ich dir noch sagen wollte: Wie du heute angezogen bist, das gefällt mir.«

Am Abend saß der Commissaris zu Hause an seinem Schreibtisch und starrte auf die Beurteilungsbögen. Das Papier lag weiß und unbeschrieben im Lichtkreis der Lampe, der gerade bis zum Rand der Schreibtischkante reichte. Es war eine helle Insel in seinem dunklen Arbeitszimmer, und jedes Mal, wenn er den Kopf hob und aus dem Fenster schaute, sah er, dass in den Häusern auf der anderen Seite der Gracht wieder ein Fenster erloschen war. *Ich könnte mich weigern*, dachte er. *Was kann Joodenbreest schon groß tun?* Andererseits war es notwendig, in regelmäßigen Abständen eine Einschätzung der Männer und Frauen vorzunehmen, mit denen man zusammenarbeitete, denn von ihrem Urteil hing wiederum die Einschätzung eines Falls, eines Verdächtigen oder eines Zeugen ab.

Das war auch der Grund, warum er als Commissaris immer noch selbst an einen Tatort ging und am liebsten jeden einzelnen Zeugen persönlich befragte: Er wollte den Fall und die Tatumstände nicht aus zweiter Hand kennenlernen. Sich nicht auf andere verlassen müssen, um seine Schlüsse ziehen zu können, obwohl er ihnen vertraute. Jeder Fall, jeder Zeuge, jeder Tatbeteiligte oder Verdächtige wurde gefärbt durch die Augen des Polizisten, der die ersten Eindrücke sammelte und weitergab.

Dafür lagen diese Bögen vor Van Leeuwen. Nicht, damit er Ton oder Julika oder Remko Noten erteilte, sondern um sich selbst ein möglichst genaues Bild zu verschaffen: Wessen Geschichte kreuzte sich mit dem jeweiligen Fall, wie reagierte er auf die Umstände des Todes, die Geschichte des Toten, welche Farbe nahmen seine Berichte dadurch an, was musste man wieder herausfiltern.

Der Commissaris begann mit ein paar Stichworten, die zu nicht ausformulierten Sätzen wurden. *Immer noch besser als multiple choice*, dachte er. Er schrieb: *Hoofdinspecteur Anton Gallo, genannt ›Ton‹, Alter 46. Enkel italienischer Einwanderer aus Bologna. Vater Pietro besaß drei Eisdielen, Mutter starb, als er acht Jahre alt war. Hat als Freiwilliger bei den niederländischen Ifor-Friedenstruppen auf dem Balkan gedient und träumt schreckliche Träume von den Massengräbern in Srebrenica.*

Den Massengräbern und den Massakern, dachte Van Leeuwen. *Trotzdem nicht verroht oder zum Einzelgänger geworden, im Gegenteil, ein tapferer, aufrichtiger und sorgfältiger Beamter, diszipliniert und fähig zur Teamarbeit. Unbedingt loyal. Lebt auf einem Hausboot an der Brouwersgracht mit Namen ›Riki Tiki Tavi‹, das er von seinem Vater geerbt hat. Kein eigenes Vermögen, keinerlei Verbindlichkeiten.*

Weiter: *Hoofdinspecteur Gallo ist groß und schlank, er hat kräftige blonde Haare, leuchtend blaue Augen und sehr schöne Hände. Ich schreibe das, weil Frauen auf Männer mit schönen Händen stehen, und eigentlich müsste er an jedem Finger zehn haben, aber er ist Single. Vielleicht wartet er schon so lange auf die Richtige, dass er nicht mehr merkt, dass er wartet. Vielleicht will er keiner Frau einen Mann zumuten, der das gesehen hat, was er sehen musste, und der Polizist geworden ist, um seine Hände nicht in Unschuld zu waschen. Ich weiß es nicht.*

Ich schreibe das auch nicht wirklich, dachte Van Leeuwen. Stattdessen überlegte er, was ihm zu Brigadier Tambur einfiel.

Julika Tambur, 26, war ein schwieriger Fall für jemanden, der sie so beurteilen wollte, dass ihr Gerechtigkeit widerfuhr. Sie war eine gute Polizistin, und trotzdem eckte sie häufig an. Sie begriff schnell, erkannte Zusammenhänge, konnte Bezüge herstellen und abstrakt denken, blieb aber trotzdem bodenständig, realistisch.

Ist Polizistin geworden, um ihre Angst in den Griff zu kriegen. Lebt in einer kleinen Zwei-Zimmer-Wohnung in einem anonymen Hochhaus in Bijlmermeer. Ihr Vater ist Alkoholiker. Hat ihre Mutter und ihre kleine Schwester bei einem Autounfall getötet, unabsichtlich. Tambur versucht, ihn nicht fallen zu lassen, ihn nicht zu hassen. Besucht ihn sogar in der schäbigen Bude, in der er von der Sozialfürsorge lebt. Wurde auf zwei Revieren gemobbt, ehe sie zur Mordkommission kam. Spricht italienisch.

Van Leeuwen überlegte, ob er das mit der Angst erklären oder nicht lieber ganz weglassen sollte. Es konnte bei jemandem, der sie nicht kannte, einen falschen Eindruck erwecken. Sie hatte es ihm in einem sehr privaten Moment anvertraut, einem Moment, in dem er zu ihr gekommen war, weil er ihre Hilfe brauchte. Die Hilfe von jemandem, der seine Lebenssituation kannte und der Italienisch konnte.

Sie hatte ihm die Briefe von Simones Geliebtem übersetzt, die er im Koffer seiner Frau gefunden hatte. Es war ihr nicht leichtgefallen, aber sie hatte nicht gekniffen, und sie hatte ihm dabei in die

Augen gesehen. Vor allem hatte sie nie wieder davon gesprochen; es nicht als Freibrief für Vertraulichkeiten betrachtet.

Davon abgesehen: Im Dienst hatte er sie nie ängstlich erlebt. Sie hatte nie aus Angst ein falsches Verhalten an den Tag gelegt, auch nie übertrieben tollkühn agiert, um sich selbst oder anderen etwas zu beweisen. Er beschloss, darüber noch nachzudenken und sich später zu entscheiden.

Dann dachte er daran, wie der Junge, Pamit, gesagt hatte, *sie sieht seltsam aus*. Heute hatte sie plötzlich ganz anders gewirkt, apart und dünnhäutig, die Schönheit der Verletzlichkeit, etwas, das sie an sich selbst wahrscheinlich nicht mochte; was niemand wissen sollte. *Sie ist eigentlich zu zart*, schrieb er, strich es aber gleich wieder durch und notierte in Gedanken nur für seine Beurteilung: *Panzert sich mit Punkoutfit, wenn die familiären Probleme ihr zu nahe rücken, und benutzt es hin und wieder auch, um einen Draht zu jugendlichen Zeugen oder Tätern zu finden.*

Auf dem nächsten Bogen stand *Inspecteur Remko Vreeling*. Sofort fielen dem Commissaris eine ganze Reihe von Begriffen ein, die er wie selbstverständlich mit dem Bleistift hinschrieb: *hilfsbereit, engagiert, begeisterungsfähig, energiegeladen, furchtlos*, aber auch *unkritisch, hitzig, leichtsinnig*. Remko stammte von den Niederländischen Antillen und war im Mutterbauch eingewandert, unehelich geboren und als Sohn eines Kneipenbesitzers in Rotterdam aufgewachsen. Dunkle Haut, dunkles Haar, lockig, kurz geschnitten; dunkle Augen, aber nur die Iris, der Rest war Bernstein. Ein Lachen, das Marmor, Stein und Eisen bricht. Eine durchtrainierte Figur, betont durch sportliche, legere Kleidung: was ein Panther anziehen würde, wenn er sich kleiden müsste wie ein Mensch.

Das alles schrieb Van Leeuwen nicht hin, denn er hatte plötzlich das starke Gefühl, dass Remko bei der Polizei fehl am Platz war. Er konnte viel und lernte schnell, war sich für nichts zu schade. Hatte keine Vorurteile. Sprengstoffe, Abhörtechniken, Psychologie des Terrorismus, alles interessierte ihn, nur die Straße nicht. Für seine Kollegen hätte er den Kopf unter die Guillotine gelegt.

Die Frauen, mit denen er zusammen war, blieben nie lange aktuell. Häufig wechselnde Sexualpartner, nannte man das wohl. Aber war das gut oder schlecht für einen Polizisten?

Van Leeuwen wusste, dass all das irgendwie in die Beurteilung einfließen musste, aber er wusste nicht, wie er es formulieren sollte. *Ich muss noch mal mit ihm sprechen*, nahm er sich vor. *Sobald er von dem Seminar zurück ist, werde ich mich mit ihm unterhalten und ihn fragen, was er über sich schreiben würde. Ob er meine Beschreibung angemessen findet. Oder wie wäre es, wenn ich ihn frage, was er über mich schreiben würde?*

Ausgerechnet bei diesem Fall musste er auf Inspecteur Vreelings Hilfe verzichten, weil der an einem Seminar über Strategien und Motive der Terroristen der dritten und vierten Generation teilnahm, eine dieser völlig sinnlosen Erfindungen von Innenministern und Staatssekretären – und von Hoofdcommissaris Joodenbreest und den Polizeipräsidenten der anderen Distrikte: Männer, die nicht einen Tag in ihrem Leben Streife gegangen waren, sondern – direkt von der Akademie kommend – Führungspositionen besetzt hatten und Ermittlungen vom Schreibtisch aus mit dem Handy leiteten. Sie rauchten nicht, sie tranken nicht, sie versteckten ihre Frauen, und wenn sie mal richtig einen draufmachen wollten, schoben sie das Strafgesetzbuch als Audiobook in den CD-Player und gönnten sich ein zweites Glas Perrier zum Gemüseauflauf aus dem Bioladen.

Was keiner von denen wusste: Jeder Mörder hatte seine eigene Strategie, seine eigenen Motive. So armselig, monströs oder widersinnig sie auch erscheinen mochten, jeder hatte seine Gründe. Die Gesellschaft hatte ihn gekränkt, eine Frau hatte ihn gedemütigt, ein Gott hatte ihn auserwählt, ein Politiker hatte ihn erzürnt. Sein Ego schrie nach den fünfzehn Minuten im Blitzlichtgewitter des Ruhms. Aber jeder hatte seine Gründe, und im Lauf seines Lebens hatte der Commissaris die meisten gehört, und was sich daraus ergab, war eine lange, traurige Chronik menschlicher Verirrungen. Und das Traurigste dabei war, dass es fast immer zwei Opfer gab: den toten Mann, die tote Frau oder das tote Kind und den Mörder selbst, ein von seinen quälenden Begierden oder wirren Träumen heimgesuchter Mensch.

Was waren die Motive von Amir Singhs Mörder? Oder *den* Mördern, falls es wirklich zwei oder am Ende noch mehr gewesen sein sollten. Habgier? Rache? Eifersucht? Starke Gefühle, und jedes konnte unvorstellbare Formen annehmen, die stärker waren als Vernunft, Erziehung oder alle gesellschaftlichen Normen. Sie flammten so jäh und glühend auf wie Schweißbrennerflammen, und in ihrem sengenden Fauchen schmolzen alle Barrieren des Gehirns und der Seele. Es war so heftig, dass der Schädel, die Brust es nicht mehr eindämmen konnten.

Er schob die Beurteilungsbögen zusammen und fand, dass er sich jetzt einen Schluck Rotwein verdient hatte. Er ging durch die dunkle Wohnung in die Küche, knipste das Licht an und öffnete die Vorratskammer. Er holte eine Flasche Montepulciano heraus, entkorkte sie und stellte sie auf den Tisch, damit der Wein atmen konnte.

Sein Blick fiel auf die Gewürzdosen, die im obersten Fach der Kammer nebeneinanderstanden. Lauter Namen wie aus dem Alten Testament oder einer Fantasysaga im Kino: Anis erkannte Koriander, und Koriander zeugte Majoran, und Majoran zeugte Oregano, und Oreganos Lenden entsprang Thymian, dem der Safran entsprang, und Safran wiederum zeugte Fenchel …

Van Leeuwen wusste nicht allzu viel über Gewürze, und das war zweifellos ein Nachteil, falls das Motiv für den Mord an Amir Singh in den Geschäften von Radschiv Sharma und seinen Söhnen liegen sollte. Auf einem Regal an der Wand neben der Vorratskammer standen Simones Kochbücher. Er studierte die Titel: *La cuisine française, Essen wie Hemingway in Spanien, Die Küche der Toskana, Kleines Einmaleins der Weine, Pikante Gewürze von A bis Z.*

Er zog das Gewürzlexikon aus der Reihe und nahm es mit dem Wein ins Wohnzimmer, wo er die Stehlampe neben der Couch anknipste. Er holte ein Weinglas aus der Vitrine, pustete den Staub aus dem Glas und ging zum Plattenspieler. Daneben standen die Vinylscheiben, mit denen sie aufgewachsen waren, Simone und er; die sie durch die Jahre ihrer Ehe begleitet hatten. Er fragte sich, ob er in sentimentaler Stimmung war, sentimental genug für eine der italienischen Schnulzen oder der amerikanischen Top-40-Hits. *Nein,* dachte er, *keine Lieder heute Nacht.*

Er setzte sich auf die Couch. Er trank einen Schluck Wein. Er schlug das Buch auf. Er las die Einführung. *Für die Alte Welt liegt die Wiege der Gewürze in Indien,* las er. *Schon vor etwa 5000 Jahren muss es ein weitverzweigtes Handelsnetz gegeben haben, das sich von China über Indien, Persien, Mesopotamien bis Ägypten erstreckte. Reste von Anis, Bockshornklee, Kardamom, Kassia, Kümmel, Dill, Fenchel und Safran hat man als Beleg für deren Verwendung in den Pyramiden gefunden. Zur Zeit der Pharaonen waren diese Gewürze nicht allein den Reichen vorbehalten, auch die Speisen der Sklaven wurden gewürzt. Dies war aber kein reiner Akt der Menschenliebe, sondern diente der Gesunderhaltung der Arbeitskräfte.*

Gewürze als Mittel der Ausbeutung, notierte der Commissaris in Gedanken.

Er las über das antike Griechenland und die Blüte der Kräuterheilkunde zur Zeit von Hippokrates. Über die Römer, die Dill, Kümmel, Senf, Koriander, Selleriesamen, Knoblauch, Thymian, Majoran, Petersilie, Anis, Fenchel, Sesam und Mohn verwendeten.

Mohn – der Commissaris verstaute das Wort in einer Schublade seines Gedächtnisses, die von selbst wieder aufgehen würde, wenn er den Inhalt brauchte.

Er las über den Pfeffer, der vor Christi Geburt eingeführt wurde, und dass mit den römischen Legionen viele indische Gewürze nach Mitteleuropa kamen und zur Herstellung von Parfüms und Schönheitsmitteln verwendet wurden. Van Leeuwen dachte: Gewürze als Mittel der Versuchung und Verführung.

Wenn Geldhandel nicht möglich war, wurde Seide gegen Gewürze getauscht, Gewürze gegen Lapislazuli, Jade und Silberschmuck, Schmuck gegen Zobel und andere Pelze, Pelze gegen Wolldecken, Decken gegen luxuriöse Glaswaren. Viele orientalische Gewürze gelangten so nach Europa.

Gewürze statt Geld – und Geld bedeutete Neid, Rivalität, Hass und Mord …

Er las über Hildegard von Bingen und ihre Schriften von der

Heilwirkung und Würzkraft einzelner Pflanzen: zum Stillen von Blutungen, gegen Erkältungen, Husten und Schnupfen, zum Schweiß- und Harntreiben, gegen Magen- und Darmbeschwerden, gegen Geschwüre, gegen Verrenkungen und Knochenbrüche und natürlich auch gegen Frauenleiden bis hin zur Abtreibung.

»Was ist mit Demenz?«, murmelte der Commissaris. »Warum hat sie keine Kräuter gegen Alzheimer gefunden?«

Und dann gab es die Kreuzzüge, in deren Folge die Christen die Kontrolle über eine der wichtigsten Handelsregionen zwischen West und Ost bekamen.

Die Gewinnspannen der Händler waren enorm. Ein Gewürz konnte im 14. Jahrhundert nach Christus auf seinem Weg von Kalkutta seinen Preis um das Hundertfache steigern. Ein Pfund Safran war im Mittelalter so viel wert wie ein Pferd, ein Pfund Ingwer kostete so viel wie ein Schaf, Pfeffer wurde teilweise mit Gold aufgewogen. Gewürze waren ein Zeichen von Reichtum, sie galten als willkommene Gastgeschenke für Fürsten oder wurden auch als Lösegeld verlangt.

Lösegeld, überlegte Van Leeuwen, ein überraschender neuer Gedanke, aber nicht völlig von der Hand zu weisen: Was geschah denn üblicherweise, wenn jemand sich weigerte, ein gefordertes Lösegeld zu bezahlen?

Im Mittelalter, las Van Leeuwen, *war das Fälschen von Gewürzen an der Tagesordnung. Auch hohe Strafen – wie in Nürnberg, wo ein Gewürzfälscher bei lebendigem Leibe mit seiner Ware verbrannt worden war – schreckten die Menschen kaum ab.*

Wie würde man das heute nennen?, fragte der Commissaris sich – Produktpiraterie? Produktfälschung? Aber eine Hinrichtung, weil jemand Curry fälschte? Oder Industriespionage? Hatte Amir Betriebsgeheimnisse an die Konkurrenz verraten?

Zu den wichtigsten Handelsgütern zählten Pfeffer, Nelken, Ingwer, Muskat und Zimt. Der importierte Zimt stammte aus Ceylon, dem heutigen Sri Lanka. Die Portugiesen richteten ein Zimthandelsmonopol ein und konnten so durch die hohen Gewinne ihre zahlreichen kostspieligen Entdeckungsreisen finanzieren.

Rasch blätterte Van Leeuwen die reich bebilderten Seiten des

Buches durch. Vielleicht fand sich dort das Bild eines Schälmessers, der Mordwaffe, aber er entdeckte nur das Foto eines grünblättrigen Zimtbaums, aus dessen getrockneter Innenrinde das kostbare Gewürz gewonnen wurde.

Die Spanier und die Portugiesen hatten sich um die Vorherrschaft im Gewürzhandel gestritten und sich schließlich geeinigt – Spanien handelte mit dem Westen der Welt, Portugal mit dem Osten. Und auch die Niederländer eroberten die Welt der Gewürze.

Endlich hat der gesunde niederländische Kaufmannsgeist seinen Auftritt, dachte Van Leeuwen, ein Wunder, dass er so lange in den Kulissen der Weltbühne gewartet hat, wo es doch darum ging, beträchtliche Reichtümer zu verteilen.

Die Niederländisch-Ostindische Kompanie beherrschte bald den Handel von Muskat und Gewürznelken. Sie verkaufte den Muskat in Europa mit 200 Prozent Aufschlag. Diese Gewinne verteidigten die Niederländer mit ziemlicher Brutalität: Wer heimlich Muskatbäume oder Nelkenbäume anpflanzte, wurde mit dem Tode bestraft; wer eine Nuss stahl, dem wurde eine Hand abgehackt.

Ein weiteres Ruhmesblatt unserer glorreichen Kolonialgeschichte, stellte der Commissaris fest. Vielleicht war es ja ein bisher noch nicht auf der Provinzbühne der Ermittlungen aufgetauchter Niederländer, der Amir mit dem Tod bestraft hat, weil er – *weil er* was *getan hat?*

Van Leeuwen klappte das Buch zu. Er stellte fest, dass er fast die halbe Flasche Wein geleert hatte, aber er spürte keinerlei Wirkung. Es ging ihm nicht besser und auch nicht schlechter. Er überlegte, was er gerade gelesen hatte. Genau betrachtet war die Geschichte des Gewürzhandels eine blutige Chronik von Ausbeutung, Betrug, Neid, Raub und Totschlag – ein paar Hinrichtungen und kleinere Kriege nicht mitgerechnet. *Wir würzen unser Essen mit den sieben Todsünden*, dachte er.

Dann dachte er: Aber heute haben die Gewürze nicht mehr dieselbe Bedeutung wie früher; sie sind keine Währung mehr, und niemand wiegt sie mit Gold auf. Was ist heute so viel wert wie Gold? Weswegen werden heutzutage Menschen getötet?

Die Türklingel riss ihn aus seinen Gedanken. Er schaute auf seine Armbanduhr: kurz vor Mitternacht. *Keine Nachrichten um diese Stunde, bitte,* dachte er, *keine guten und keine schlechten.*

14

Das Licht im Treppenhaus erlosch im selben Moment, in dem Van Leeuwen die Tür öffnete. Auf der Schwelle stand Brigadier Tambur, viel zu nah und mit gesenktem Kopf. Ihre Wangen waren gerötet, als hätte sie leichtes Fieber. »Darf ich reinkommen, Mijnheer?«, fragte sie.

»Was ist los?«, fragte Van Leeuwen.

Sie wich nicht zurück. Ihre Augen glänzten im Licht der Dielenlampe. »Ich dachte, Sie könnten vielleicht Gesellschaft vertragen.«

»Bist du betrunken, Brigadier?«

Julika fuhr sich mit der Hand durch das kurze Haar. »Unser Commissaris, immer taktvoll und sensibel. Wer wüsste heute noch, was Fingerspitzengefühl ist, wenn es Sie nicht gäbe ... Nein, ich bin nicht betrunken. Und Sie?«

»Ein bisschen.« Er trat zur Seite und ließ sie ein, obwohl er sich fragte, wozu das gut sein sollte. Sie roch nach Alkohol und einem herb süßen Parfum, und sie ging dicht an ihm vorbei durch den Korridor ins Wohnzimmer. Sie trug noch dieselben Sachen wie bei der Arbeit.

»So sieht es also bei Ihnen aus«, sagte sie. »Wissen Sie, dass ich noch nie in Ihrer Wohnung war? Sie waren schon in meiner, aber ich war noch nicht in Ihrer.«

Van Leeuwen sagte nichts.

»Ich hatte in der Gegend zu tun«, sagte sie. »Kriege ich einen Schluck ab?«

»Ich wollte gerade ins Bett gehen«, sagte er.

»Ich bleibe nicht lange, keine Angst.« Sie klang kurzatmig, als drücke ihr etwas aufs Zwerchfell. »Wenn *Sie* schon keine Gesellschaft brauchen – *mir* fehlt das manchmal ein bisschen, besonders um diese Zeit.«

Van Leeuwen schloss die Tür und folgte Julika ins Wohnzimmer. Er holte ein zweites Glas aus der Vitrine. »Setz dich schon«, sagte er. »Aber nicht in den Sessel.«

Julika nickte und setzte sich auf die Couch, und er stellte das Glas vor sie hin. In der Weinflasche war nur noch ein kleiner Schluck, doch er hatte nicht vor, eine neue aufzumachen.

»Ist das der Sessel, in dem Ihre Frau immer saß?«, fragte Julika.

Van Leeuwen schwieg, und als das Schweigen andauerte, schien sie zu bemerken, dass sie einen Fehler gemacht hatte, nicht nur mit dieser Frage, sondern mit ihrem ganzen Besuch. Sie wurde blass. Plötzlich wusste sie wohl nicht mehr, was sie mit ihren Händen anfangen sollte. Sie griff nach dem Glas und trank. Dann sagte sie: »Also gut, ich bin betrunken, aber nur, weil ich nüchtern nicht – ach Scheiße, nüchtern fehlt mir der Mut, hierherzukommen. Ich wollte sehen, wie Sie leben und weil – weil ich Sie etwas fragen muss.«

Van Leeuwen stand immer noch da und sagte nichts.

»Nun, setzen Sie sich doch«, bat sie.

Er blieb stehen. »Was wolltest du mich fragen?«

»Wegen der Briefe.« Sie leerte das Glas in einem Zug. »Der Briefe, die ich Ihnen übersetzen musste – die von dem Italiener –«

»Was ist damit?«

Die Röte kehrte in ihre Wangen zurück, und endlich hielt sie auch die Hände still. Ihre Augen suchten seinen Blick. »Ich habe immer wieder daran denken müssen, obwohl ich es nicht wollte. Daran, wie Sie bei mir in der Küche saßen, auf dem kleinen Hocker, und wie Sie es weggesteckt haben, mit dieser ganzen Würde, die Sie –«

»Bitte«, sagte Van Leeuwen. Sie war so jung, und er hatte sie noch nie betrunken gesehen.

Julika gab sich einen Ruck, den man fast fühlen konnte. »Was ich Sie fragen wollte – haben Sie ihr verziehen? Konnten Sie ihr verzeihen?«

»Nein«, sagte Van Leeuwen.

»Wie sind Sie dann damit fertig geworden?«

»Ich musste lernen, dass es nichts zu verzeihen gab.«

»Wie kann man das lernen?«, fragte sie, und er merkte, dass es jetzt nicht mehr um ihn und Simone ging.

»Ich weiß es nicht. Irgendwann war die Erkenntnis da.«

Julika runzelte die Stirn. Sie zögerte, und dann gab sie sich noch einen Ruck. »Beten Sie manchmal, Mijnheer?«

»Nein, nicht mehr. Schon lange nicht. Außer wenn ich Angst habe – in Augenblicken der Gefahr. Dann bete ich um meine Luger.« Er seufzte. »Ich bewahre sie in meiner Schreibtischschublade auf und vergesse immer, sie mitzunehmen.«

»Ich weiß«, sagte Julika mit einem Lächeln. »Alle wissen das.«

Er sah zur Fensterfront hinüber, vor der das Laub der Ulmen das Licht aus dem Wohnzimmer auffing. »Soll ich dir sagen, was ich am meisten an meiner Frau geliebt habe? Was das Schönste an all den Jahren mit ihr war? Ihr zuzuhören, wenn sie redete, und sie dabei zu betrachten. Ihre Augen, ihre Konzentration zu beobachten. Es waren gar nicht mal ihre Worte oder die Gedanken dahinter. Es war der Umstand, dass sie wirklich ernst nahm, worüber sie sprach. Dass sie *mich* so ernst nahm. Es war für mich das größte Glück, wenn ich merkte, dass sie das tat, weil sie sich ganz und gar für mich entschieden hatte.«

»Es muss schön sein, sich so zu lieben«, sagte Julika, und einen Moment lang blickten ihre Augen verlegen weg. »So geliebt zu werden.« Dann fügte sie traurig hinzu: »Und plötzlich ist nichts mehr davon da.«

»Nein, nicht plötzlich«, sagte Van Leeuwen. »Es geht allmählich verloren …«

Er hörte nicht auf zu reden. Zu seiner eigenen Überraschung begann er zu erzählen, wie seine Frau erst ihm und dann sich selbst fremd geworden war; wie sie nach und nach ihr Leben vergessen hatte, wie ihre Erinnerungen einfach verdämmert waren. Alles, was sie wusste und kannte, war in einem schwarzen Loch verschwunden. Erst langsam, dann immer schneller hatte sich eine unendliche Leere ihrer bemächtigt, bis nichts mehr geblieben war, an dem sie sich orientieren konnte.

»Die Krankheit ging weiter und weiter, wie ein Kabelbrand, der erbarmungslos die Nervenzellen in ihrem Gehirn auffraß, bis nichts zurückgeblieben ist als eine verhärtete Ödnis«, sagte er. »Bei Simone ist schon fast die Hälfte aller Zellen vernichtet, tot, mehr als fünfzig Milliarden. Aber daran stirbt man nicht. Man erkennt seinen eigenen Mann nicht mehr, aber daran stirbt man nicht. Wenn man reden will, kommt nur noch ein sinnloses Gebrabbel heraus. Aber auch daran stirbt man nicht. Man wäscht sich nicht mehr und pisst und scheißt, wo man gerade ist, ohne es zu merken. Aber nicht einmal daran stirbt man. Wenn es irgendwann so weit ist, wird man mich anrufen, und der Arzt wird sagen, Mijnheer, es war ein Herzinfarkt oder ein Schlaganfall oder eine Lungenentzündung …«

»Wie lange noch –?«

»Jederzeit«, sagte er. »Es kann jederzeit so weit sein.«

»Und in der ganzen Zeit … seit Sie es erfahren haben … Haben Sie da auch nie gebetet?«, fragte Julika.

»Was hast du denn dauernd mit deiner Beterei?!«, explodierte Van Leeuwen. »Seit wann bist du so religiös? Ich bin Offizier der holländischen Polizei, ich bin nicht bei der Schweizer Garde.« Er sah die Not in ihrem Gesicht, und sein Ausbruch tat ihm leid. *Ich brauche eine längere Lunte,* dachte er.

»Es ist wegen meinem Vater«, sagte Julika. »Als ich letztes Mal bei ihm war … Es geht ihm sehr schlecht. Er hat gesagt, ich soll für ihn beten. Aber ich kann damit nichts anfangen. Ich dachte … Sie sind der Einzige, den ich kenne, der … dessen Leben … Ich weiß nicht, was ich dachte.« Ihre Stimme klang leer und erschöpft.

»Glaubst du, ich gehöre zu den Leuten, die auf die Knie fallen und sagen *Dein Wille geschehe!?*«, fragte Van Leeuwen. »Erst will ich wissen, *was sein Wille ist,* bevor ich das sage. Ich habe es schon lange aufgegeben, um etwas wirklich Wichtiges zu beten. Selbst als ich noch glauben konnte, habe ich selten gebetet. Es verträgt sich einfach nicht mit unserer Arbeit, Julika. Wer betet, hofft auf Wunder, und wer auf Wunder hofft, hört auf zu denken. Aber das ist alles, was wir haben, unser Denken. Denken ist wichtiger als beten. Ich bete nicht um die Lösung eines Falls. Ich denke von morgens bis abends darüber nach, sogar meine letzten Gedanken vor dem Schlafengehen drehen sich darum, falls ich nicht zu betrunken bin. Und manchmal geschieht dann ein Wunder: Am Morgen wache ich mit der Lösung eines Problems auf, das mir beim Einschlafen als unlösbar erschien.«

Julika schüttelte den Kopf, ganz leicht nur, doch trotzdem kritisch. »Aber es gibt Probleme, die sich nicht von selbst lösen, oder? Wenn ich morgens aufwache, geht es ihm immer noch schlecht – meinem Vater, meine ich –, und mir auch, egal, ob ich am Abend vor dem Einschlafen über uns nachgedacht habe oder nicht.«

»Dann denk über etwas anderes nach«, sagte Van Leeuwen. »Du bist doch eine attraktive junge Frau. Gibt es denn außer deinem Vater keinen Mann, an den du vorm Einschlafen denken willst?«

Unvermittelt huschte wieder eine leichte Röte über Julikas Gesicht, und der Glanz kehrte in ihre Augen zurück. »Doch, den gibt es sogar«, sagte sie. »Es gibt jemanden, an den ich sehr oft denke. Aber wenn daraus was werden soll, *muss* ich beten. Und zwar wirklich um ein Wunder.«

»Also, wenn du schon beten willst, solltest du vielleicht einfach darum beten, dass du glücklich wirst. Das deckt doch so ziemlich alles ab, oder?«

Julika lachte, ein fröhliches, kindliches Lachen. »Sie sind ein toller Mann, wissen Sie das?«

»Blödsinn«, brummte Van Leeuwen.

»Sind Sie jetzt immer allein hier abends? Fühlen Sie sich denn nie einsam?«

»Nur wenn ich unter Menschen bin.«

Das Telefon in der Diele klingelte. Der Commissaris spürte, wie sein Herz jäh aus dem Rhythmus geriet. Sein Gesicht wurde kalt und dann wieder heiß. Er sah auf die Uhr. Halb eins.

Er stand auf und ging zum Telefon und hob den Hörer ans Ohr.

Wie schwer diese altmodischen Hörer waren. »Van Leeuwen«, meldete er sich.

Die Stimme am anderen Ende der Leitung gehörte nicht Doktor Ten Damme. Sie gehörte überhaupt niemandem, den Van Leeuwen kannte. »Hier spricht Hoofdinspecteur Dekker«, sagte sie. »Mein Büro hat mich darüber informiert, dass Sie mich sprechen wollen.«

»Ja, das ist richtig«, sagte Van Leeuwen. Sein Puls raste und beruhigte sich nur langsam wieder.

»Womit kann ich Ihnen helfen?«, fragte Dekker.

Van Leeuwen sagte: »Ich würde das lieber nicht am Telefon besprechen. Wann kann ich Sie persönlich treffen?«

»Treffen, das ist nicht so einfach«, sagte die Stimme am anderen Ende. »Ich führe gerade eine verdeckte Ermittlung durch, deswegen rufe ich Sie auch erst so spät an. Sie sind ein bekannter Mann, Commissaris, ich möchte nicht mit Ihnen gesehen werden.« Einen Moment trat Stille ein, nur unterbrochen vom Rattern eines Zuges im Hintergrund. Dann sagte Dekker: »Nehmen Sie morgen Mittag um 13 Uhr 25 am Hauptbahnhof vor *Smits Koffiehuis* das Rundfahrtsboot der Museumslinie, und setzen Sie sich auf die rechte Seite dicht am Einstieg.«

»Müssen diese James-Bond-Mätzchen wirklich sein?«, fragte Van Leeuwen.

»Glauben Sie mir, mir wär's anders auch lieber«, sagte Dekker gleichmütig.

»Wie erkenne ich Sie?«

Ein Klicken in der Leitung verriet, dass der Zollfahnder die Verbindung unterbrochen hatte. Verblüfft legte Van Leeuwen den Hörer auf.

»Wer war das?«, fragte Julika von der Couch aus.

»Hoofdinspecteur Dekker von der Zollfahndung«, sagte Van Leeuwen. Er blieb in der Tür zum Wohnzimmer stehen. »Ich wäre jetzt gern allein, Brigadier Tambur.«

Gehorsam stand Julika auf. Sie sah sich noch einmal um, dann kam sie auf den Commissaris zu. »Gute Nacht, Bruno van Leeuwen«, sagte sie und hob die Hand, und einen Moment lang dachte er, sie wollte sie ihm an die Wange legen, doch dann ließ sie die Hand wieder sinken. Sie trat an ihm vorbei in den Korridor. Ihr Blick fiel auf den Koffer, der vor der Tür zur Abstellkammer stand. »Wollen Sie verreisen?«

»Nein, nein, da sind nur ein paar Erinnerungsstücke drin«, antwortete er. »Ich wollte sie durchsehen und schauen, was davon endlich wegkann.«

»Mein Vater hat auch so einen, auf dem Schrank im Schlafzimmer«, sagte Julika. »Darin bewahrt er sein ganzes Leben auf. Manchmal holt er ihn herunter und setzt sich davor und schaut sich alles an. Sein ganzes Leben. Er sitzt davor und sieht aus wie …« Sie schüttelte den Kopf. »Früher, als Kind, bin ich manchmal an den Strand gegangen, an die Nordsee, um zu beobachten, wie die Seesterne austrocknen, die das Wasser zurückgelassen hat … Versprechen Sie mir, dass Sie nicht so werden, ja?«

»Raus jetzt«, sagte Van Leeuwen müde und öffnete die Tür zum Treppenhaus. Julika ging hinaus, drehte sich aber noch einmal um. »Wenn Sie was brauchen … oder wenn Sie einfach nur reden wollen, rufen Sie an, bitte.«

»Ja«, sagte Van Leeuwen. »Danke. Gute Nacht.« Er merkte plötzlich, wie müde er war. Er schloss die Tür wieder und betrachtete den Koffer. *Morgen,* dachte er. Er löschte alle Lichter und ging ins Bett. Kurz bevor er einschlief, als es diesen Ruck gab, mit dem er manchmal aus dem ersten kurzen Traum fiel, dachte er plötzlich: *Was ist, wenn sie stirbt?*

Er wusste nicht, was er dann tun würde. Es gab wahrscheinlich nicht viel, was er tun konnte, wenn sie tot war. Aber vielleicht hatte er nicht genug für sie getan, als sie noch gesund gewesen war oder als es mit der Krankheit anfing. Vielleicht hätte er es früher merken müssen, früher mit ihr zum Arzt gehen sollen. Vielleicht hätte er sie doch nicht ins Heim geben dürfen, der Obhut von Fremden überlassen. Er hatte gedacht, dass er das Richtige tat, aber jetzt war da das Gefühl, er hätte mehr tun können. Hauptsache, sie starb noch nicht so bald. Vielleicht brauchten die Forscher in Amerika doch nicht so lang, und sie wurde wieder gesund. Sie konnten noch einmal von vorn anfangen, sie konnten alles besser machen.

Und wenn sie trotzdem starb? Wenn die Krankheit keine Rücksicht auf sie beide nahm? *Sie stirbt nicht,* versuchte er sich einzureden. *Sie wird bestimmt ewig leben.*

Aber was ist, wenn sie doch stirbt? Was tust du, wenn morgen das Telefon klingelt, und jemand vom Heim ist dran und sagt, tut mir leid, Mijnheer, es ist ganz schnell gegangen …?

Was tust du dann?

15

Es war wieder ein dunstiger, heißer Tag, und der Commissaris freute sich über den Wind, der vom Ijsselmeer heranwehte und nach Salzwasser roch. Die Wellen verschafften sich nicht mehr Bewegung als nötig. Sonnenschein lag blendend auf dem Wasser, das darunter tief und kühl wirkte. Die Möwen schienen an unsichtbaren Fäden im Blau des diesigen Himmels zu hängen.

Das grüne Boot der Museumslinie war um die Mittagszeit voll besetzt mit Touristen, und Van Leeuwen schob sich auf eine Bank im Bug, wo er die Fahrgäste kommen und gehen sehen konnte. Er vermutete, dass Dekker vom Pier aus beobachtet hatte, wie er an Bord gegangen war, und nahm jeden Mann, der nach ihm das Deck betrat, genau in Augenschein. Methodisch sortierte er alle aus, die nicht in Frage kamen: Japaner mit ihren Kameras, übergewichtige Amerikaner, Farbige und Niederländer, die zu jung waren, um es schon bis zum Hoofdinspecteur gebracht zu haben.

Am Ende blieben zwei übrig, beide ungewöhnlich groß, blond, gut in Form und Mitte dreißig. Der eine trug einen hellen Kammgarnanzug, teure Schnürschuhe, eine goldene Uhr mit Lederarmband und ein lachsfarbenes Hemd mit Button-down-Kragen. Er hielt eine zusammengerollte Ausgabe von *Het Parool* in der linken Hand. Der andere trug abgewetzte Cowboystiefel, Jeans, ein gelbes T-Shirt, eine Swatch-Uhr und eine Blousonjacke aus blauem Denim. Der eine saß rechts, der andere links vom Mittelgang, und keiner schien übermäßig interessiert an Van Leeuwen.

Der Kapitän warf den Motor an und nahm Kurs auf das Oosterdok. Rechter Hand ragte der mächtige flaschengrüne Leib des Technologiezentrums in das Hafenbecken. Das Aussichtsboot tuckerte um den Bug des Gebäudes herum und steuerte am Schifffahrtsmuseum vorbei die Herengracht an.

Am Landesteg des Museums lag ein auf Hochglanz polierter Dreimaster der Vereinigten Ostindien-Kompanie vor Anker. Die Segel waren gerefft, und die niederländische Fahne am Heck schlug matt vor den Sprossenfenstern der Kapitänskajüte hin und her. Unter den Fenstern stand in verschnörkelten Buchstaben der Name des Schoners, der 1749 auf seiner Jungfernfahrt zum Indischen Ozean vor der englischen Küste auf Grund gelaufen und gesunken war: *Amsterdam*. Die Besucher an der Reling des originalgetreu nachgebauten Handelsschiffs wirkten zu groß, nicht maßstabsgerecht; es schien nicht genug Platz an Bord für eine Besatzung zu geben. Ein Mädchen in einem kurzen Rock schwenkte die Mündung einer drehbaren Kartätsche und visierte dann das Aussichtsboot an.

Der Mann in dem hellen Kammgarnanzug stand auf und setzte sich neben Van Leeuwen auf die rote Plastikbank, wobei er *Het Parool* als eine Art Kissen benutzte. »Nichts als Holz, Pech und ein paar Nietnägel«, sagte er, ohne den Commissaris anzusehen. »Kaum zu glauben, dass unsere Vorfahren in solchen Nussschalen bis zum Indischen Ozean gesegelt sind, Wochen und Monate und manchmal Jahre. Was ist nur aus diesem Land geworden … Commissaris Van Leeuwen, nehme ich an?«

»Ja.«

»Ich bin Dekker«, sagte der Mann so nachdrücklich, als wäre er das Original, von dem später sehr zu seinem Missvergnügen noch zahlreiche Kopien zu den verschiedensten undurchsichtigen Zwecken angefertigt worden waren. »Hoofdinspecteur Henk Dekker«, ergänzte er bekräftigend.

Der Commissaris registrierte saubere, kurz geschnittene Fingernägel, vielleicht manikürt, und elegante Manschettenknöpfe. Er fragte sich, was für eine Art verdeckte Ermittlungen der Zollfahnder in dieser Aufmachung durchführte. Radschiv Sharma hatte Dekker gut beschrieben: die vornübergesunkene Haltung, das sauber geschnittene semmelblonde Haar, den dünnen Schnurrbart wie getrockneter Senf, die kieselgrauen Augen. Dekker hatte außerdem hohe Wangenknochen, eine lange, schmale Nase, eine hohe Stirn und ein langes Kinn, als hätte das Gesicht kein Ende finden können. Um die Augen hatte sich ein Netz feiner, weißer Narben gebildet, offenbar das Ergebnis sorgfältiger Nadelarbeit eines guten Unfallchirurgen.

»Ich habe nicht viel Zeit, Mijnheer«, sagte der Hoofdinspecteur. »Ich muss heute noch zurück nach Rotterdam. Was kann ich für Sie tun?« Mit weit zurückgelegtem Kopf blickte er am Schanzkleid der *Amsterdam* hoch.

Van Leeuwen sagte: »Ich wollte mit Ihnen über die Durchsuchung der Lagerräume von *Sharma & Sons* in Noord vor vier Wochen sprechen. Dem Palast der 1000 Gewürze.«

»Ja?«

»Wonach haben Sie gesucht?«

»Woher wissen Sie von der Razzia?«

»Die Sharmas haben mir davon erzählt.«

»Was haben Sie mit den Sharmas zu tun?«

»Ich bin im Verlauf einer Morduntersuchung auf sie gestoßen.«

»Haben sie jemanden umgebracht?«

»Vielleicht, ich stehe erst am Anfang. Würden Sie es ihnen zutrauen?«

Dekker wandte den Blick von der *Amsterdam* und sah auf das Wasser hinaus, ohne den Commissaris auch nur mit einem Seitenblick zu streifen. »Aber ja, natürlich. Ich würde auch der Königin einen Mord zutrauen, Sie nicht?«

»Der Name des Toten ist Amir Singh.«

»Ich habe davon gehört, entsetzliche Sache. Ich kannte ihn.« Dekker zog seine Auskünfte schnell und beiläufig hervor, wie ein guter Geber die Spielkarten im Casino.

»Ich weiß«, sagte Van Leeuwen. »Also, was haben Sie und Ihre Leute auf dem Gelände der Sharmas gesucht?«

»Was schon? Illegal eingeführte Waren.«

»Welcher Art?«

»Ach, du meine Güte.« Dekker verzog die Lippen zu etwas, das einem Lächeln ähnelte. »Commissaris, über fünfzig Prozent aller

Einfuhren der EU laufen über niederländische Grenzen, Häfen, Flugpisten – Öl, Schnaps, Tabak, Waffen, alles, das Ganze im Wert von Milliarden Euro. Das heißt, dass auch mindestens ein Viertel aller in diesem Zusammenhang begangenen Straftaten unter die Hoheit des niederländischen Zolls fällt, da geht es dann immer noch um einige Hundert Millionen Euro. Wir tun, was wir können, aber wir sind zu wenige, und *die* sind zu viele, und deswegen können wir nur Stichproben machen. Nehmen Sie meinetwegen Waren aus Kolumbien – Kaffee, Baumwolle, Tabak, Zucker, Bananen, Tausende und Abertausende Kilo pro Jahr, alles kommt über unsere Grenzen, in Säcken, Kisten, Bündeln, Dosen. Denken Sie, jeder Sack, jede Dose, jede Banane kann da geprüft werden? Wir machen Stichproben, durchleuchten die Kisten, lassen Hunde dran rumschnüffeln und finden nichts als reinen Kaffee oder reine Baumwolle oder reinen Tabak. Aber ein paar Hundert Dosen, Säcke oder Bananen können mit reinem Kokain gefüllt sein. Wir finden es nicht, aber wir wissen, dass es da ist. Und deswegen führen wir gelegentlich eine Razzia durch, wenn wir gegen jemanden einen konkreten Verdacht haben. Aber natürlich geht es nicht nur um Kolumbien, genauso wenig, wie es nur um Rauschgift geht.«

»Worum ging es bei den Sharmas?«

Dekker kniff die Augen zusammen. Er drehte sich um und schaute zurück zur *Amsterdam*, während das Aussichtsboot in die Herengracht tuckerte. Inmitten des Blinkens und Glitzerns auf den Wellen sah der Dreimaster aus wie eine Fata Morgana, ein Geisterschiff, das ohne gesetzte Segel aus der Vergangenheit herangeschwebt war.

»Ging es um Moschus?«, hakte der Commissaris nach.

»Moschus?«

»Radschiv Sharma ist der Ansicht, Sie hätten nach geschmuggeltem Moschus gesucht.«

Dekker sah Van Leeuwen zum ersten Mal von Angesicht zu Angesicht an, und für einen Moment schien es ihm die Sprache zu verschlagen. »Sie glauben, Amir Singh ist wegen Moschus umgebracht worden?! Gütiger Himmel, wir – ich und meine Kollegen in

Rotterdam – haben mehrere Monate lang gegen Radschiv Sharma und seine Firma wegen des Verdachts fortgesetzter Steuerstraftaten und Verstöße gegen das Betäubungsmittelgesetz ermittelt.«

»Sie glauben also, dass der Tod von Amir Singh im Zusammenhang mit illegalen Aktivitäten der Sharmas steht?«

»Früher oder später werden Sie es ja ohnehin herausfinden, deswegen kann ich es Ihnen auch gleich sagen.« Dekker rieb sich langsam mit den manikürten Fingern die Mundwinkel. »Amir Singh hat für mich als V-Mann gearbeitet.«

Van Leeuwen schwieg überrascht.

»Wir hatten Anlass zu der Vermutung«, fuhr der Hoofdinspecteur fort, »dass Radschiv Sharma nicht nur Gewürze importiert und damit handelt, sondern auch andere Substanzen ins Land schmuggelt.«

»Drogen«, präzisierte Van Leeuwen.

Dekker nickte. »Rohopium, um genau zu sein. Aus Afghanistan, von den Mohnplantagen der ganzen Kriegsherren da, und aus Staaten der ehemaligen Sowjetunion.«

Van Leeuwen sagte: »Aber Sie haben bei der Razzia doch nichts gefunden, oder? Weder Opium noch Spuren davon?«

»Nein, aber das heißt nicht, dass unsere Vermutung falsch war. Mijnheer Van Leeuwen, hinter Radschiv Sharmas Fassade, der Maske eines harmlosen, aufrichtigen und ehrbaren Kaufmanns, verbirgt sich ein gerissener, äußerst gefährlicher Krimineller, der über Leichen geht.«

»Wie kommen Sie darauf, wenn Sie keine Beweise haben?«

»Informanten.«

»Was für Informanten?«

»Das kann ich Ihnen nicht sagen. Es würde ihre Tarnung gefährden, wenn ihre Namen bekannt würden.«

»Auch, wenn sie schon tot sind?«, fragte der Commissaris.

Dekker zuckte mit den Schultern – *tut mir leid, mehr kriegst du nicht aus mir heraus, und wenn du dich auf den Kopf stellst …*

Das Boot beschrieb einen großen Bogen und steuerte in den Kanal, an dem der Hortus Botanicus lag. Ein paar Kinder an Bord deuteten mit lautstarker Begeisterung auf eine barbusige Frau, die sich im Wertheimpark sonnte.

Van Leeuwen sagte: »Sie haben also Amir Singh nach der fehlgeschlagenen Razzia im Palast der 1000 Gewürze eingeschleust, damit er Sie darüber informiert, wenn eine neue Lieferung Rohopium bei den Sharmas eintrifft –«

»Nein, nein, anders herum: Singh kam zu mir. Er arbeitete bei den Sharmas, aber noch nicht lange, und als dann plötzlich die Razzia stattfand, bekam er es mit der Angst zu tun. Er war schon einmal wegen Verstoßes gegen das Betäubungsmittelgesetz im Knast gewesen, und er lief Gefahr, seine Aufenthaltserlaubnis zu verlieren, selbst wenn er nichts mit den Machenschaften der Sharmas zu tun hatte – *vorausgesetzt*, das stimmte, und *vorausgesetzt*, man glaubte ihm.«

»Wenn ich Sie richtig verstehe«, sagte der Commissaris verblüfft, »behaupten Sie, Singh habe zum Zeitpunkt der Durchsuchung schon im Palast der 1000 Gewürze gearbeitet und sei erst danach zu Ihnen gekommen, um sich Ihnen als Spitzel anzubieten?«

»Genau.«

»Und er kam zu Ihnen, obwohl Sie es gewesen waren, der ihn seinerzeit festgenommen hatte, ist das richtig? Er war nicht wütend auf Sie, er hatte keine Ressentiments Ihnen gegenüber, auch keine Angst, dass Sie ihm nicht glauben könnten. Er sieht Sie bei der Razzia, erkennt Sie wieder, und am selben Abend steht er bei Ihnen vorm Schreibtisch und sagt, *Hoofdinspecteur Dekker, ich bin Ihr Mann, was kann ich für Sie tun,* so etwa?«

»Nicht ganz so«, erklärte Dekker geduldig. »Es war nicht am selben Abend, und er kam auch nicht einfach so aus heiterem Himmel, sondern weil er wusste, dass er mir vertrauen konnte. Ich hatte ihn zwar festgenommen, aber ich war auch für ihn da, als er wieder entlassen wurde. Ich habe ihm seine erste Arbeit verschafft – als Rosenverkäufer –, ein Zimmer, alles, damit er nicht rückfällig und am Ende doch noch ausgewiesen wird. Und dafür war er mir dankbar.«

Van Leeuwen nickte, als gefalle ihm die bunte, sparsam hingeworfene Miniatur, die Dekker für ihn malte. »Wenn Amir also nicht am selben Abend zu Ihnen kam, wann kam er dann? Am nächsten Morgen? Die Sharmas schwören nämlich Stein und Bein darauf, dass Amir Singh *nach* der Razzia bei ihnen aufgetaucht ist – genauer gesagt, am frühen Abend des nächsten Tages.«

Dekker schirmte die Augen mit der flachen Hand gegen die hoch stehende Sonne und den blauen Glanz des Wassers ab. »Dann, Mijnheer van Leeuwen, stehen Sie wohl vor dem Problem, dass Sie sich entscheiden müssen, wem Sie glauben wollen – obwohl es eigentlich keine besonders große Rolle spielt, seit wann genau Singh in dem Gewürzladen gearbeitet hat.«

Das tut es sehr wohl, dachte der Commissaris, aber das sagte er nicht. Stattdessen fragte er: »Und wie gestaltete sich Ihre Zusammenarbeit?«

»Singh erklärte sich bereit, uns darüber zu informieren, wann der geeignete Zeitpunkt für einen erfolgreichen Zugriff gekommen sei, genau, wie Sie gesagt haben.«

»Das hat er aber nicht getan.«

»Nein.«

»Warum nicht?«

»Ich nehme an, weil Radschiv Sharma ihn enttarnt und ermordet hat, bevor er uns benachrichtigen konnte.«

»Wenn er sich Ihnen nicht als Spitzel angeboten hätte, wäre er also noch am Leben«, fasste der Commissaris zusammen. »Am Morgen der Razzia selbst, kurz vor Sonnenaufgang, da sind Sie doch die ganze Zeit in Ihrem schwarzen Dienstwagen sitzen geblieben, soweit ich informiert bin?

»Ja.«

»Und trotzdem hat Amir Sie hinter den getönten Scheiben erkannt«, bemerkte der Commissaris. »Wissen Sie noch, wo auf dem Hof er sich etwa befand?«

»Keine Ahnung, vielleicht war er in der Halle. Ich habe ihn ja nicht gesehen, sonst hätte ich ihn mir selbstredend vorgeknöpft.«

»Etwas verstehe ich trotzdem nicht, Hoofdinspecteur«, sagte Van Leeuwen und drehte die von Dekker gemalte Miniatur um, neugierig auf den Anblick, den die Rückseite bot. »Warum hat Amir überhaupt bei den Sharmas nach Arbeit gefragt, er hatte doch die Videothek?«

»*Videoparadise?* Der Laden lief wohl nicht sehr gut. Ich nehme an, er musste etwas dazuverdienen. Immerhin war seine Freundin ja schwanger …«

»So könnte es gewesen sein«, bestätigte Van Leeuwen. »Haben Sie ihn da mal besucht, in der Videothek?

»Nein. Nie.« Die letzten beiden Karten; klatschend landeten sie auf dem unsichtbaren Tisch, an dem der Commissaris saß und Fragen und Antworten sortierte. Er betrachtete sie und sagte: »Entschuldigen Sie, wenn ich Ihnen etwas schwerfällig vorkomme, ich möchte nur ganz sichergehen, dass ich alles richtig sehe. Amir Singh ist freiwillig zu Ihnen gekommen, nach der Razzia, Sie haben ihn nicht gezwungen und auch nicht durch irgendwelche Drohungen erpresst, damit er für Sie bei den Sharmas anheuert und den Laden ausspioniert?«

»Nein, natürlich nicht. Was für Drohungen? Ich hatte doch gar keine Ahnung, dass er da arbeitet. Als er dieses Mädchen – Carien, heißt sie wohl – kennenlernte, brach unser Kontakt ab. Ich dachte, es geht ihm gut und er braucht meine Hilfe nicht mehr.«

»Also sind Sie Carien Dijkstra auch nie begegnet?«

»Nein. Ehrlich gesagt verstehe ich Ihre Fragen nicht ganz.«

»Ich versuche nur zu begreifen, warum Amir, der doch eher ein sanfter, sensibler junger Mann war – ein Mann, der den Frauen gefällt, ganz und gar kein Draufgänger –, warum der Ihnen aus freien Stücken ein so gefährliches Angebot gemacht haben sollte.«

Dekkers Stimme klang plötzlich gereizt. »Das habe ich Ihnen doch gesagt: Er wusste, dass wir wiederkommen würden und dass wir früher oder später etwas finden mussten und dass es dann hieß, *mitgefangen – mitgehangen!* Was bedeutet hätte: zurück in den Knast, zurück nach Delhi, *namaste* Amsterdam, Sie wissen schon, der absolute Immigrantenalbtraum! Er sagte, ich hätte ihm einmal das Leben gerettet, dafür wollte er sich dankbar erweisen.«

Van Leeuwen dachte, dass Amir nicht viel aus diesem geretteten Leben gemacht hatte. »Wussten Sie, dass er wieder angefangen hatte mit dem Zeug? Mit den Spritzen?«

»Nein, aber das überrascht mich nicht«, sagte der Hoofdinspecteur nach einem winzigen Zögern. »Die meisten werden wieder rückfällig, und er war ein bisschen labil.« Er schwieg einen Moment lang. »Wissen Sie, Mijnheer Van Leeuwen, es geht schneller, als man denkt. Es ist irgendwie so leicht.«

»So leicht? Was?«

»Der Schritt über die Schwelle. Eben ist man noch auf der einen Seite und etwas später schon auf der anderen, fast ohne es zu merken.« Dekker sprach langsam, als versuchte er seinen eigenen Worten zu folgen. »Es ist wie beim Schiefen Turm von Pisa – alles hängt vom Neigungswinkel ab. Nennen wir es den Neigungswinkel der Seele, die feinen Risse darin.«

»Ist das Physik oder Metaphysik?«

»Das hängt davon ab, woran Sie glauben, denke ich.«

Der Commissaris beobachtete eine Möwe, die mit angelegten Flügeln die kleinen Wellen neben dem Aussichtsboot abritt. Er fand, dass er bei diesem Gespräch einiges erfahren hatte, worüber er nachdenken musste, weil es die Geschehnisse in einem neuen Licht erscheinen ließ, ganz abgesehen von den Widersprüchen. Er ordnete die Karten und packte sie zusammen. »Ihrer Meinung nach ist also Radschiv Sharma der Mörder von Amir Singh?«

»Ja. Aber ich bin nur ein Zöllner; der Commissaris sind Sie – was glauben Sie?«

»Ich glaube nie etwas«, sagte Van Leeuwen. »Ich ziehe den Zweifel dem Glauben vor. Ich zweifle, und dann stelle ich meine Fragen – so lange, bis ich weiß. Das Glauben spare ich mir.«

Dekker saß einen Moment reglos da, aber es war eine gespannte Reglosigkeit, ähnlich der eines Hundes, der auf das Signal zum Apportieren wartet. »Wenn Sie an nichts glauben, wie können Sie dann diesen Beruf ausüben, Commissaris? Jeder von uns glaubt doch an etwas.«

»Ich habe nicht gesagt, dass ich an *nichts* glaube.«

»Also, woran glauben Sie? An Gerechtigkeit? Wiedergutmachung? Rache? Gnade? Vergebung?«

»An Verantwortung«, sagte Van Leeuwen. »Und Sie?«

»An Schuld.« Die Spannung des Zollfahnders schien sich auf einen Schlag zu lösen. »Sind Sie fertig mit Ihren Fragen, Commissaris? Ich steige nämlich da vorne aus.«

»Nur noch eine, Hoofdinspecteur: Warum haben Sie sich nicht bei uns gemeldet, als Ihnen aufgegangen ist, dass der Mann, dessen Tod wir untersuchen, Amir Singh war?«

»Ich war dienstlich unterwegs. Wie ich Ihnen ja schon am Telefon sagte, führe ich eine verdeckte Ermittlung durch.« Dekker stand auf. »Ich hoffe, ich konnte Ihnen irgendwie behilflich sein, Commissaris.« Er gab Van Leeuwen nicht die Hand, er schenkte ihm nur ein knappes Nicken, so wie man sich nach einer zufälligen Begegnung eben verabschiedete. Er ging zum Kapitän, zeigte ihm etwas, das aussah wie ein Ausweis, und deutete auf einen Anlegesteg neben einem Betonhäuschen am Ufer.

Vor dem Boot tauchten die futuristischen Glashäuser des Hortus Botanicus am Ufer auf, gleißend im Sonnenschein. Hinter den großen Scheiben reckten sich Palmen, Riesenkakteen und Schlingpflanzen an Metalltrossen dem Licht entgegen.

Der Commissaris schwenkte die Ausgabe von *Het Parool*, auf der Dekker gesessen hatte, und rief: »Sie haben Ihre Zeitung vergessen, Mijnheer. Und ich habe doch noch eine Frage: Als Amir nach der Razzia durch das Dickicht Ihrer verdeckten Ermittlungen bis zu Ihnen vorgedrungen war, wo hat er Sie da gefunden? In Rotterdam oder hier in Amsterdam?«

Der Hoofdinspecteur stand bereits an der Gangway, während das Boot gemächlich beidrehte. Er wandte sich weder um, noch gab er sonst wie zu erkennen, dass er Van Leeuwen verstanden hatte; nur sein Nacken rötete sich. Dann ging das Boot längsseits, ohne anzulegen. Dekker stieg rasch auf den Landesteg, und der Kapitän steuerte das Boot wieder in die Mitte der Gracht, und Van Leeuwen hatte das merkwürdige Gefühl, einem Zaubertrick aufgesessen zu sein.

Dekker sah auch jetzt nicht zurück. Hoch aufgerichtet und elegant ging er ruhigen Schritts weiter, bis er eins wurde mit den grün wuchernden Pflanzen und dem Gleißen des Glashauses und der bunten Menschenmenge rings um den Hortus Botanicus.

16

Der Commissaris hörte Carien Dijkstra, bevor er sie sah, und dann sah er Radschiv Sharma und Mirabal, und kurz, ganz kurz nur hatte er ein schlechtes Gewissen. Carien hatte ihn angerufen, gestern schon, und gefragt, ob er zu Amirs Einäscherung kommen könnte. Sie dachte, Amir wäre vielleicht froh gewesen, wenn noch jemand da war; jemand aus dem Land, in dem er sich eine glückliche Zukunft ausgemalt hatte.

Carien trat aus dem Einäscherungsraum des Krematoriums und schien einen Moment verwirrt, als wüsste sie nicht, wo sie war. Sie trug ein gelbes Sommerkleid und eine malvenfarbene Wildledertasche, die an einem dünnen Riemen von ihrer linken Schulter baumelte. Der Commissaris blieb stehen.

Radschiv Sharma hatte einen schwarzen Mantel an, dazu eine schwarze Hose, schwarze Schuhe, ein weißes Hemd, und auf dem Kopf trug er seinen safrangelben Turban. Mirabal – in einem dunkelgrauen Kostüm, einer malvenfarbenen Seidenbluse und roten Wildledersandalen – zog ihn eilig hinter sich her, als hätten sie sich schon verspätet.

Als Mirabal Carien erblickte, ließ sie Radschivs Hand los. Das war der Moment, in dem Carien zu begreifen schien, wen sie vor sich hatte. »Sie sind Radschiv Sharma«, sagte sie, und ihre Stimme klang ganz normal, aber dann ging etwas mit ihrer Stimme vor, und danach klang sie verändert. »Wie können Sie es wagen – *wie können Sie es nur wagen, hier aufzutauchen!?*«

»Entschuldigen Sie«, sagte die junge Frau leise. »Bitte, entschuldigen Sie. Ich bin Mirabal Halawi, und Sie sind bestimmt Carien, Amirs Freundin. Wir wollen Sie in Ihrer Trauer nicht stören –«

»Das tun Sie aber«, sagte Carien. »Sie stören mich, und Sie stören Amir.« Sie tat einen Schritt auf den alten Inder zu. »Sie töten ihn, Sie ermorden meinen Mann, den Vater meines ungeborenen Kindes, und dann wagen Sie es, hierherzukommen, ohne Scham, ohne Anstand –«

»Seien Sie still!« Radschiv Sharma schob Mirabal beiseite und trat ganz dicht an Carien heran. Auf seiner Stirn war eine Ader angeschwollen, Van Leeuwen konnte das Blut darin pochen sehen. »Ich habe Amir nicht getötet. Ich habe ihm Arbeit gegeben, und ich habe ihn geliebt wie einen Sohn, und ich bin hier, um ihm die letzte Ehre zu erweisen.« Seine Stimme war laut, gewohnt, Befehle zu geben, und gewöhnt daran, dass man ihr gehorchte.

Aber Carien wollte sich nicht unterwerfen, nicht am Tag von Amirs Einäscherung. »Sie lügen!«, stieß sie hervor. »Ich weiß, dass Sie es waren, und ich kann es beweisen! Amir hat herausgefunden, was Sie tun, was für ein Verbrecher Sie sind, und Sie haben ihn getötet, weil er Ihnen –«

»Nichts können Sie beweisen, weil es nichts zu beweisen gibt, keine Morde, keine Verbrechen!« Sharma hob seine rechte Hand, als wollte er sie schlagen. »Das Blut soll mir in den Adern zu Asche werden, wenn ich mir auch nur das Geringste vorzuwerfen habe!«

»Carien, bitte, hören Sie mir einen Moment zu!« Das war Mirabal, die Carien jetzt einen Arm um die Schulter legte und sie sanft zur Seite führte, zur Mauer, wo der Schein der tief stehenden Sonne den Staub auf dem Fenster in eine opake rötliche Schicht verwandelte. Die junge Halbinderin sprach leise, eindringlich.

»Wie können Sie das wissen?«, fragte Carien, während Tränen des Zorns hinter ihren Lidern auf die Augen drückten. »Wenn *er* es nicht war, wer dann?«

»Das kann ich Ihnen nicht sagen«, flüsterte Mira. »Ich möchte nur, dass hier, an diesem Ort, wo Amir von der Welt Abschied nimmt, kein falscher Verdacht auf meinem Mann liegt. Er ist unschuldig, so unschuldig wie Sie und ich –«

»Das können Sie mir nicht *sagen?*«, fragte Carien und atmete einmal scharf aus und wieder ein. »Sie bringen es nicht über die Lippen, aber Sie wissen es –«

»Radschiv war es nicht«, wiederholte Mirabal beschwörend, »hören Sie auf, ihn zu beschuldigen!«

Die Sonne verschwand hinter dem Dachfirst eines Gebäudes draußen vor dem Fenster, und der Staub auf der Scheibe hörte auf zu blenden. Mirabal ging zu dem alten Mann zurück, der starr und gerade in der Mitte des Gangs stand und Carien mit seinen grünen Augen anstarrte, nicht zornig, eher verletzt.

»Ich glaube Ihnen nicht!«, rief Carien ihr nach. »Sie haben Amir auf dem Gewissen. Sie haben ihn getötet, Sie alle! Das weiß ich genau, und ich werde es beweisen!«

Der Gewürzhändler und seine junge Geliebte eilten mit versteinerten Mienen zum Ausgang. Jetzt trat der Commissaris hinter der Ecke des Gangs hervor und ging langsam zu Carien. Als er bei ihr war, sagte er: »Das ist ein schönes Kleid. Es hätte Amir bestimmt gefallen.«

Carien schien ihn nicht sofort zu erkennen, und sie schien auch nicht zu merken, dass sie weinte. Fahrig griff sie nach dem Saum des Kleids, hob ihn an, wie um das Material zu prüfen, und ließ ihn wieder fallen. Sie schüttelte den Kopf. Dann nickte sie.

»Wie wär's mit einem Kaffee?«, fragte Van Leeuwen. »Ich lade Sie ein.« Er ging voran in die Koffiekamer, in der sich außer ihnen niemand aufhielt. Die Theke war nicht besetzt, aber es gab eine Espressomaschine hinter dem Tresen. »Schwarz oder mit Milch und Zucker?«

»Mit Milch und Zucker«, antwortete Carien. »So hat Amir ihn immer getrunken.«

Der Commissaris trat hinter den Tresen, schaltete die Maschine ein und öffnete alle Schränke, bis er gemahlenen Kaffee fand, den er in den Filterbehälter schüttete. Carien holte eine Jeansjacke aus der Wildledertasche und legte sie sich um, denn es war kühl in der Cafeteria. Sie zitterte. »Woher wussten diese Leute …? Haben Sie es Ihnen – haben Sie ihnen gesagt, wann … dass Amir heute eingeäschert wird?«

»Ja.«

»Aber warum? Warum haben Sie das getan?«

Van Leeuwen schob den Filterbehälter unter die Kaffeedüse. »Ich wollte, dass sie die Frau sehen, die er vor ihnen verheimlicht hat. Dass Radschiv Sharma und seine junge Freundin ein Bild von Ihnen bekommen, weil sie dann vielleicht eher die Wahrheit sagen.«

»Und Sie? Warum sind *Sie* gekommen?«

»Weil ich noch ein paar Fragen habe«, sagte der Commissaris. »Versuchen Sie, sich genau an den Mann zu erinnern, der vor vier Wochen in Ihren Laden gekommen ist«, sagte Van Leeuwen. »Er war groß, er trug eine Baseballkappe und eine Sonnenbrille, aber an was erinnern Sie sich noch? Wie war seine Körperhaltung? Sie haben gesagt, er hatte ein Bärtchen.« Er sah auf die Temperaturanzeige, überprüfte, ob das Wasser im Boiler der Maschine heiß war, bevor er den Handhebel langsam herunterzog. »Können Sie sich an den Klang seiner Stimme erinnern?«

»Leise«, sagte Carien, »seine Stimme war leise. Er ließ seine Schultern hängen, aber es *stimmt*, er war groß und ließ wohl deswegen die Schultern so hängen.« Sie nahm die Tasse, die Van Leeuwen ihr hinhielt, und betrachtete den dampfenden Espresso. »Ich meine, er hatte eine Art Bärtchen, ich habe ihn ja nur kurz gesehen. Da war was über seinem Mund, so wie bei einem Kind, wenn es beim Essen nicht aufgepasst hat –«

»Wie Senf«, sagte der Commissaris.

»Genau, so ein Streifen«, Carien nickte, »wenn er blond war, also, wenn er blonde Haare hatte, könnte das ein Schnurrbart gewesen sein.«

Er leerte den Filterkolben in die Spüle und füllte frischen Kaffee hinein. Er sagte: »Und jetzt möchte ich wissen, was er gesagt hat. Ich will, dass Sie endlich ehrlich sind. Sie tun so, als hätten Sie nicht gehört, was der Mann zu Amir gesagt hat, Sie tun sogar sich selbst gegenüber so, weil Sie sich vorwerfen, dass Sie etwas wussten und nichts unternommen haben, um Amir abzuhalten; um zu verhindern, was dann geschehen ist.«

Carien zog die Jeansjacke enger um sich. Sie zitterte immer noch, und als sie Van Leeuwens Blick standzuhalten versuchte, wurden ihre Augen wieder rot und feucht. Leise sagte sie: »Sie haben recht,

Mijnheer. Ich habe zugehört – ich habe sie belauscht. Als dieser Mann unser Geschäft betrat, habe ich sofort gespürt, dass er Unheil bedeutet. Es war die Art, wie Amir auf ihn reagiert hat, wie er plötzlich blass wurde und was in seinen Augen stand, die Angst und die Resignation … Verstehen Sie, seit er aus dem Gefängnis raus war, hatte er nichts mehr getan, sich nichts zuschulden kommen lassen, nichts! Kein Heroin, kein anderer Stoff, keine Drogen, nur harte Arbeit.«

Sie schüttelte heftig den Kopf, mit fest geschlossenen Augen, wie ein Kind, das ganz sichergehen will, dass man ihm glaubt. »Dieser Mann«, sie öffnete die Augen wieder und blickte auf die Espressomaschine, die leise zischend die zweite Tasse zubereitete, »dieser Mann sah mich an und sagte, *verzieh dich, Kleine!*, und zu Amir sagte er: *Na, Amir, immer noch clean?*, und Amir, der platzte sofort heraus: *Ich habe nichts mehr angerührt, Mijnheer, ich bin jetzt sauber, sehen Sie, ich verdiene mein Geld anständig,* und seine Stimme war ganz hell vor Sorge. Ich habe so getan, als wollte ich vor dem Laden eine Zigarette rauchen, aber ich machte nur die Tür auf und zu und versteckte mich hinter einem der Regale. Da hörte ich, wie der Mann sagte: *Ist ja gut, Amir, ich bin dein Freund, weißt du nicht mehr, hab keine Angst. Jetzt hör mal genau zu, ihr Inder kennt euch doch alle untereinander …*

Der Mann mit der Baseballkappe und der dunklen Sonnenbrille, deren Gläser die Punktstrahler an der Decke widerspiegelten, stand sehr dicht vor Amir, als wollte er seine Angst riechen. *Hast du mal von einem Radschiv Sharma gehört?*, fragte er. Sharma & Sons, Palace of 1000 Flavors *hier in Noord? Kommen aus Delhi, genau wie du.*

Aber ich komme aus Mumbai, nicht aus Delhi, sagte Amir so eilig, als könnte dieser Umstand seine Rettung sein. *Entschuldigen Sie, Mijnheer, aber ich muss wieder an die Arbeit, und ich kenne keinen Radschiv Sharma, ich kenne niemand, ich habe Tag und Nacht zu tun, das Geschäft, es geht schlecht, sehr schlecht …*

Der Mann nickte zufrieden. *Na also, das trifft sich ja bestens, ich wollte dir sowieso vorschlagen, mal was anderes zu machen. Bei den Sharmas gehen die Geschäfte nämlich gut, zu gut. Ist übrigens gar nicht weit von hier, der Laden, kannst du zu Fuß hingehen, sogar bei Regen … Also ich sage dir, was du tust, klar!? Du gehst zu diesen Sharmas und sagst, du bist neu hier und du brauchst Arbeit. Er soll dir helfen. Wie du das machst, ist mir egal. Sag ihm meinetwegen, du kommst auch aus Delhi oder Kalkutta und du bist ein Sikh wie er, ich organisier dir sogar den Armreif, wenn's sein muss. Du gewinnst sein Vertrauen und arbeitest für ihn, und wenn er wieder mal was ins Land schmuggelt, egal was, dann gibst du mir Bescheid. Auch wenn du jetzt clean bist, wirst du ja wohl nicht vergessen haben, wie das Zeug aussieht, und die nächste Razzia kostet Sharma dann den Kopf.*

Nein, Amir hob abwehrend beide Hände. *Bitte, das möchte ich nicht – ich will lieber hier bleiben, ich werde bald Vater, ja, ich habe Angst –*

Vor drei Jahren hattest du keine Angst, und jetzt hast du plötzlich Angst?, fiel der Mann ihm ins Wort. *Vor drei Jahren warst du süchtig, und jetzt bist du clean, ja? Hast du vergessen, was gut für dich ist? Wie gut es ist, keine Angst zu haben? Muss ich dir erst einen Schuss setzen, damit du kapierst, was gut für dich ist? Lass du mich nicht im Stich, dann lass ich dich auch nicht im Stich. Aber wenn du nicht tust, was ich dir sage, kannst du in einer Woche wieder im Ganges baden, weil du dann nämlich rückfällig geworden bist, und du weißt, wie die Ausländerbehörde in so einem Fall verfährt –*«

»Hat er wirklich gesagt: *Muss ich dir erst einen Schuss setzen?*«, fragte der Commissaris.

Carien nickte so nachdrücklich, wie sie vorher den Kopf geschüttelt hatte. »Ja, das hat er, Mijnheer, und wenn Sie sein Gesicht gesehen hätten … Als er dann weg war, habe ich Amir angefleht, es nicht zu tun. Ich hatte solche Angst. Aber er sagte, *ich habe keine Wahl. Wenn ich nicht tue, was der Mann verlangt, muss ich weg von Amsterdam. Wer sorgt dann für dich?* Dabei haben seine Lippen gezittert, und deswegen wusste ich, dass er genauso viel Angst hatte wie ich.«

»Und er hat den Namen des Mannes nie genannt?«, fragte der Commissaris. Er nahm die zweite Tasse aus der Espressomaschine und trank einen Schluck, ohne Milch und Zucker dazuzugeben.

»Nein.« Carien seufzte. Es klang erleichtert; sie hatte das Gewicht der letzten Tage abgeladen. »Er dachte wohl, es wäre gefährlich für mich, wenn ich ihn kennen würde.«

»Er ging also zu den Sharmas und fragte nach Arbeit, die er auch bekam, weil er sich als Sikh ausgab. Was geschah dann?«

»Was dann geschah? Amir ging morgens weg und kam abends wieder, und wenn ich ihn fragte, was er in der Zeit dazwischen machte, antwortete er nicht. Er blieb immer länger weg, und irgendwann kam er gar nicht mehr wieder. Er sagte, er hätte Angst, dass jemand ihm folgen und von mir erfahren könnte. Er rief an, aber er sagte nicht, wo er war. Einmal weckte er mich mitten in der Nacht, um mir zu sagen, dass er mich liebt. Das Licht in seinen Augen war unnatürlich, so strahlend und gleichzeitig auch unheimlich. Er saß in seinen ganzen Klamotten auf unserer Bettkante, aber er kam nicht zu mir, er ging wieder, und bevor er die Tür zumachte, sah er mich noch einmal an, mit einem Blick, bei dem mir das Herz stehen bleiben wollte.«

Van Leeuwen sagte: »Bei unserer ersten Unterhaltung haben Sie erzählt, Amir wäre eines Tages verschwunden und Sie hätten nie wieder etwas von ihm gehört, bis ich Ihnen die Nachricht von seinem Tod überbrachte.«

»So war es ja auch, bis auf einen einzigen Anruf ganz zuletzt«, antwortete Carien. »Das Telefon klingelte nachts, sehr spät nachts, und er war dran und sagte, er hätte alle unsere Probleme gelöst. Er hätte jetzt etwas, das er verkaufen könnte, und das würde viel Geld bringen, richtig viel Geld. Aber seine Stimme klang nicht so, wissen Sie. Sie klang, als wären die Probleme nur noch größer geworden, als wollten sie ihn erdrücken, ganz verzweifelt und atemlos und weit weg, und da wusste ich, er hat wieder eine Dummheit begangen.«

Der Commissaris leerte die Tasse mit zwei weiteren Schlucken. Sie enthielt keinen Kaffeesatz, aber den brauchte er auch nicht, um daraus zu lesen, was für eine Dummheit Amir begangen hatte. Es stand auf einmal alles so klar und deutlich vor ihm wie eine Kinderzeichnung. »Von wo aus er angerufen hat, wissen Sie wohl nicht?«

»Nein. Er hat nichts gesagt, und ich konnte ihn auch nicht fragen, ich kam ja gar nicht zu Wort, und dann war die Verbindung auf einmal unterbrochen.« Carien sah zur Tür hinüber, vor der das Sonnenlicht den Steinboden rot färbte. Auf dem Gang näherten sich Schritte. »Er war weg, und er kam nie wieder. Aber das Schlimmste war … Das Schlimmste war, dass ich wusste, er hatte … er hatte sich wieder einen Schuss gesetzt. Daher kam dieser Glanz in seinen Augen. Er war wieder drauf. Ich weiß, wie Leute sich verändern, wenn sie high sind. Amir war immer ein Außenseiter, ein Einzelgänger. Er war da, aber nie ganz, und er gehörte nirgendwo dazu. Er sonderte sich ab, allein mit seinem Traum. Er wollte die Welt erobern, nur dass die Welt sich nicht erobern ließ, nicht von ihm. Es gab eine Zeit, da hatte er gelernt, damit zu leben. Damit, dass er besiegt war. Aber bei diesem Anruf redete er so, als würde die Welt sich jede Minute vor ihm im Staub wälzen, als hätte er sie und ihren ganzen Glanz zu seinen Füßen und brauchte sich bloß zu bücken, um sie aufzuheben. Das macht der Stoff mit einem Mann, wissen Sie.«

Van Leeuwen griff in die rechte Hosentasche, in der er sein Kleingeld mit sich herumtrug, und legte alles, was er dort fand, neben die Kaffeemaschine – drei Euro, siebenundfünfzig Cent und einen Knopf. Den Knopf steckte er wieder ein. »Und Sie sind ganz sicher, dass Sie diesen großen Mann mit dem Senfschnurrbart danach nie wieder gesehen haben, Mevrouw? Er kam nicht noch einmal in die Videothek, um nach Amir zu fragen? Um sich zu erkundigen, warum er sich nicht meldet oder so?«

Die Schritte auf dem Steinfußboden des Gangs wurden schneller. Carien blinzelte; sie schien innerlich tief Luft zu holen. Dann sagte sie kleinlaut: »Doch, einmal kam er noch, kurz nachdem Amir mich angerufen hatte, um mir zu sagen, dass er untergetaucht ist. Es muss der Abend gewesen sein … die Nacht, meine ich … in der … in der es passiert ist. Er stand ganz plötzlich im Laden und fragte, ob ich wüsste, wo Amir steckt. Er hatte wieder die Baseballkappe auf und die Sonnenbrille, aber er wirkte nervös und wütend, und als ich sagte, ich wüsste es nicht … ich hätte selbst nichts mehr von Amir gehört, hat er mir gedroht, wenn ich ihn anlüge oder wenn ich mit jemandem über ihn und Amir spreche –«

Sie hielt inne, als hätte sie den Faden verloren. Sie griff in die Wildledertasche, kramte darin herum und holte ihr Handy heraus. Stirnrunzelnd betrachtete sie das Display, und Van Leeuwen konnte sehen, wie die Farbe aus ihrem Gesicht wich. Es war fast genauso wie vor ein paar Tagen, als er in der Videothek mit ihr gesprochen hatte. Sie hatte auf das Handy gestarrt und war zugeklappt wie eine Auster. »Was haben Sie?«, fragte er. »Was sind das für Nachrichten, die Sie dauernd kriegen?«

»Das ist von ihm«, antwortete sie leise. »Er beobachtet uns.«

»Wer?«

»Der Mann, über den wir geredet haben. Er beobachtet mich die ganze Zeit. Er weiß, dass Sie hier sind. Dass wir miteinander sprechen.« Sie hielt dem Commissaris das Handy hin, sodass er die SMS auf dem Display lesen konnte: *Pass auf, mit wem du redest. Denk dran, was mit Amir passiert ist.*

»Beim ersten Mal dachte ich, es wäre ein Zufall«, sagte Carien. »Aber jetzt – das hier –, jetzt weiß ich, dass er uns beobachtet – Sie oder mich! Er hat gesagt, wenn ich mit jemandem rede, bringt er mich um. Er kann das, hat er gesagt, und niemand, *niemand* wird ihm irgendeine Frage stellen.«

Die Schritte auf dem Gang waren jetzt ganz nah.

»Warum haben Sie mir das nicht vorher gesagt?!«, fragte der Commissaris.

»Ich hatte Angst!« Cariens Stimme überschlug sich fast, während sie mit hektisch hin und her zuckendem Daumen einige Knöpfe auf dem Handy drückte. »Haben Sie schon mal jemanden verloren, den Sie mehr geliebt haben als alles andere?«

Van Leeuwen schwieg.

Carien warf das Handy zurück in die Tasche. Sie wirkte jetzt völlig durcheinander. »Dieses Schwein – seinetwegen hat Amir wieder angefangen zu spritzen. Weil er Angst hatte, ausgewiesen zu werden. Alles war gut, bis dieser Scheißkerl aufgetaucht ist, und jetzt ist Amir tot, und unser Kind hat keinen Vater, und ich habe keinen Mann, und ich weiß überhaupt nicht mehr, was ich hier noch soll, ich könnte genauso gut – ach, Scheiße!«

Van Leeuwen sagte: »Wenn ich Ihnen ein Foto von dem Mann zeigen könnte, meinen Sie, Sie würden ihn wiedererkennen?«

Carien nickte heftig. »Als er in der Nacht von Amirs Tod noch einmal wiederkam, hat er mich geschlagen. Nicht schlimm, nur eine Ohrfeige, damit ich ihm mein Handy gebe. Dabei ist seine Sonnenbrille runtergefallen.«

»Das haben Sie mir auch nicht gesagt. Sie sind sehr dumm, Mevrouw. Was wollte er mit dem Handy?«

»Er wollte die letzten Nummern sehen. Er meinte, damit könnte er rauskriegen, von wo aus Amir angerufen hat, weil es kein Handy war, verstehen Sie, es war ein Apparat mit Festnetzanschluss. Er sagte, er müsste ihn finden, bevor die es täten. Er wollte ihm helfen, sagte er.«

Van Leeuwen versuchte sich zu erinnern, ob er auf dem Hausboot einen Telefonapparat gesehen hatte. »Carien, ich muss Sie bitten, morgen früh ins Hoofdbureau zu kommen. Ich möchte Ihre Aussage zu Protokoll nehmen, damit ich sie schriftlich habe, und ich möchte Ihnen ein paar Fotos zeigen.«

Die Schritte hörten auf, Schritte zu sein, denn ein Mann betrat die Koffiekamer. »Mevrouw Dijkstra? Wollen Sie die Urne des Verstorbenen abholen oder zugeschickt bekommen? Es dauert ja ein paar Tage …«

»Abholen«, antwortete Carien. Als der Mann wieder gegangen war, blickte sie Van Leeuwen müde an. »Ich möchte jetzt gern gehen, Commissaris, wenn ich darf.«

»Natürlich«, sagte Van Leeuwen. »Möchten Sie, dass ich Sie begleite?«

»Nein danke, ich bin mit dem Fahrrad hier. Ich nehme die Fähre zurück.«

Van Leeuwen sagte: »Ich kann jemanden abstellen, einen Beamten, der Sie beschützt, bis wir Amirs Mörder gefasst haben.«

Carien schüttelte nur den Kopf, dann folgte sie dem Angestellten des Krematoriums langsam zur Tür. Ehe sie den Raum verließ, drehte sie sich noch einmal um. »Sie haben mir noch nicht geantwortet, Commissaris«, sagte sie, jetzt wieder ganz gefasst. »Sie stellen mir eine

Frage nach der anderen, und ich soll sie alle beantworten, aber wenn ich Ihnen eine Frage stelle, antworten Sie nicht. Haben Sie schon mal jemanden verloren, den Sie mehr geliebt haben als alles andere?«

»Ja«, antwortete Van Leeuwen.

17

Es war ein ergiebiger Tag gewesen, dachte er, als er am Abend nach Hause kam. Er hatte sein Netz ausgeworfen und wieder eingeholt, und nun musste er seinen Fang sortieren und schauen, was er davon gebrauchen konnte und was er am besten wieder ins Meer zurückwarf. Er trug das Telefon von der Konsole in der Diele zum Couchtisch, wo er in seinem Notizbuch nach der Nummer der Sharmas suchte. Er wählte, und als Radschiv Sharma sich meldete, sagte er: »Commissaris Van Leeuwen hier. Nur um ganz sicherzugehen – Amir Singh ist tatsächlich erst am Tag *nach* der Zollrazzia bei Ihnen aufgetaucht? Er hat nicht doch schon vorher bei Ihnen gearbeitet?«

»Es war so, wie ich es Ihnen gestern gesagt habe. Er kam am nächsten Abend.«

»Ich frage das, weil Hoofdinspecteur Dekker von der *Douane* das Gegenteil behauptet, nämlich, dass Amir schon davor bei Ihnen angestellt gewesen sei und am Tag danach zu *ihm* gekommen wäre. Außerdem verdächtigt er Sie des Opiumschmuggels –«

»Warum sagt er so was?!« Radschiv Sharma verschluckte sich vor Aufregung. »Er irrt sich, oder er lügt! Er ist böse, ein böser Mann, und er lügt! Das Blut soll mir in den Adern zu Asche werden –«

Einer von beiden lügt in jedem Fall, dachte der Commissaris, nachdem er aufgelegt hatte. *Wir haben zwei einander widersprechende Aussagen, und jetzt müssen wir überlegen, wem wir Glauben schenken und wem nicht. Aber warum sollte Dekker lügen? Haben die Sharmas nicht viel mehr Grund zu lügen, weil sie Verbrecher sind, die Rauschgift schmuggeln und einen Informanten des Zolls aus dem Weg geschafft haben, genau wie Dekker gesagt hat?*

Und wenn es doch Hoofdinspecteur Dekker war, der gelogen hatte? Der Commissaris rief Gallo an: »Bruno hier. Tu mir einen Gefallen, Ton, und versuch, so viel wie möglich über Henk Dekker herauszufinden – seit wann er beim Zoll arbeitet, was er vorher gemacht hat, wie seine Beurteilungen sind, ob es schon mal Beschwerden über ihn gab und so weiter. Aber diskret, hörst du, er darf auf keinen Fall Verdacht schöpfen. Und ich brauche ein Foto von ihm, möglichst neuen Datums.«

»Ein Foto? Wofür willst du das denn haben?«

»Ich will es Carien Dijkstra zeigen. Ich bin mir inzwischen ziemlich sicher, dass Dekker der Mann aus Amirs Vergangenheit ist, du weißt schon, der in der Videothek aufgetaucht ist.«

»Warum fragst du ihn nicht einfach?«

»Hab ich schon. Er sagt, er war's nicht, aber ich glaube ihm nicht. Ich glaube niemandem, der Boote an Haltestellen verlässt, wo keine sind.« Van Leeuwen sah zum Fenster hinüber. Ein Fischreiher schwebte aus der Dämmerung herab und ließ sich mit gelassenem Flügelschlag im Geäst der Ulme nieder. »Wie weit sind wir inzwischen mit dem Mercedes der Sharmas?«

»Kein Mercedes, keine Tatwaffe, nichts«, antwortete Gallo. »Ach, apropos Beurteilung – der Ayatollah hat dein Büro heute Nachmittag kurz mit seinem Glanz erhellt, der sich beträchtlich eintrübte, als keiner von uns ihm sagen konnte, wo du eigentlich steckst. Offenbar wartet er auf *deine* Beurteilungen unserer allgemeinen Fähigkeiten und Unfähigkeiten. Ein erster Hauch von Winter in seiner Stimme.«

»Nobody knows the trouble I've seen«, sagte Van Leeuwen.

»Nobody knows but Gallo«, ergänzte der Hoofdinspecteur.

»Ich habe Carien Dijkstra für morgen früh ins Büro bestellt«, beendete der Commissaris das Telefonat. »Sieh zu, dass du bis dahin ein Foto von Dekker auftreibst, am besten aus dem Computer, aber ohne überall im Netz deine Fingerabdrücke zu hinterlassen.«

Er sagte *Gute Nacht* und legte auf. Er betrachtete noch einmal seinen Fang. Inzwischen glaubte er Carien, und wenn sie die Wahrheit sagte, log Dekker zumindest in ihrem Fall. Wahrscheinlich logen die

Sharmas ebenfalls, denn so war es meistens: Man musste durch ein Gestrüpp von Lügen zu den Tatsachen vordringen, und manchmal konnte sogar ein Puzzle, das sich aus lauter Lügen zusammensetzte, ein Bild der Wahrheit zeigen.

Van Leeuwen saß auf der Couch und sah zu, wie die Konturen des Raums immer mehr in der Dunkelheit verschwanden. In Gedanken hörte er Cariens Stimme: *Haben Sie schon mal jemanden verloren, den Sie mehr geliebt haben als alles andere?* Er hatte Sim das erste Mal verloren, als sie mit ihrem italienischen Geliebten fremdgegangen war, und dann hatte er sie an die Krankheit verloren, und schließlich hatte er sie noch einmal verloren, als er die Briefe fand.

Wie oft kann man einen Menschen verlieren, den man liebt, überlegte er, *und wie oft kann man ihn wiederfinden?* Er fand ein bisschen von Simone wieder, wenn er eine Schallplatte auflegte, die sie zusammen gehört hatten. Er fand sie wieder, wenn er die Fotos betrachtete, die er von ihr besaß. Und natürlich fand er sie auch wieder, wenn er sie besuchte. Aber es war eine andere Simone, eine Frau aus seiner Erinnerung, die so vielleicht nie gelebt hatte.

Noch immer traf es ihn mit erstaunlicher Heftigkeit, wenn seine Gedanken an ihre Untreue rührten. Nicht, weil der Vorgang als solcher ihn quälte; er hatte es sich nie in Bildern vorgestellt. Er wusste auch, dass man jemanden lieben und ihm dennoch gelegentlich untreu sein konnte. Es war der Umstand, dass sie damit neben ihm gelebt hatte, mit einem Geheimnis, während er dachte, es gebe keine Geheimnisse zwischen ihnen, es gebe nur Vertrauen.

War er vielleicht blind gewesen für Andeutungen, für kleine Hinweise, die sie ihm gab in der Hoffnung, er könnte es selbst herausfinden, ohne dass sie es ihm sagen musste? Er hatte immer aufgehört, Detektiv zu sein, sobald er nach Hause gekommen war. Zu Hause war er Ehemann und Freund gewesen und nach all den Jahren manchmal auch noch Liebhaber. Nicht mehr verliebt wie am ersten Tag, aber immer noch voller Liebe. *Blind vor Liebe,* dachte er.

Er stand auf, ging in die Küche und sah nach, ob noch Wein da war. *Sonst müsste ich Wasser in Wein verwandeln.* Er fand eine einsame Flasche, die es ihm ersparte, sich zu allem anderen noch an Wundern zu versuchen. Er fand sogar ein sauberes Glas. Trotzdem beschloss er, zuerst die Spülmaschine laufen zu lassen; in der Spüle und daneben türmte sich das Geschirr. Er räumte die Teller, Tassen und Gläser ein und stellte die Maschine an, dann wischte er die Krümel und Flecken vom Küchentisch. Anschließend schrieb er eine Einkaufsliste, die ganz oben mit *Wein* begann, gefolgt von *Brot, Butter, Milch, Käse, Wurst, Wasser, Eier, Nudeln, Kartoffeln, Reis, Tomaten, Fleisch*, alles, was er noch besorgen musste.

Im Kühlschrank entdeckte er noch einen Teller mit kaltem Huhn und ein Schälchen Kartoffelsalat, ein karges Abendmahl, das er lustlos verzehrte, aus Pflichtgefühl seinem vernachlässigten Körper gegenüber. Von fern hörte er das Stampfen der Eisenrammen an den Westerdoks, wo die Stadt weiter und weiter ins Ijsselmeer hineinwuchs. Das Geräusch erschien ihm bedrohlich in seiner mechanischen Monotonie, die kein Erbarmen und keine Ermüdung kannte. *Ich bin nur einsam,* dachte er, *das ist alles. Und damit bin ich nicht allein.*

Endlich entkorkte er den Wein, schenkte sich das Glas halb voll und leerte es im Stehen. *Säufer,* dachte er. Er nahm Glas und Flasche mit ins Wohnzimmer. Das Licht, das von der Gracht hereinfiel, reichte ihm. Er stellte das Glas und die Flasche neben das Telefon, bevor er das Telefon nahm und zurück in die Diele trug. In der Diele dachte er daran, wie Julika ihn angesehen hatte, als sie gestern Nacht gegangen war. Dann fiel ihm ein, was sie gesagt hatte.

Sie hatte den Koffer auf dem Boden vor der Kammer betrachtet und gesagt, *mein Vater hat auch so einen auf dem Schrank in seinem Schlafzimmer. Darin bewahrt er sein ganzes Leben auf.*

Aber das hier war der Koffer seiner Frau, und er enthielt kein Leben, nur Sachen, die ihr gehörten. Sachen, die verletzten, wenn man sich ihnen widmete. Van Leeuwen drückte die Schlösser zu, öffnete die Tür der Kammer und knipste das Licht an. Er stellte den Koffer zurück an seinen Platz oben auf dem Regal. Ganz unten stand sein eigener Koffer, den er seit einem Jahr nicht mehr benutzt hatte; seit der Reise nach Siena mit Simone.

Koffer.

Er entsann sich ihres Blicks, des plötzlichen Lebens in ihren Augen, als sie das Wort gesagt hatte. Er bückte sich, zog das Ledergetüm hervor und öffnete es. Der Koffer war leer. Enttäuscht schloss er ihn wieder. Während er sich fragte, wovon er eigentlich enttäuscht war, fiel ihm ein, dass sie noch einen hatten, einen weiteren Koffer, der sich weder ihm noch ihr genau zuordnen ließ, weil keiner von ihnen ihn je benutzte. Er sah fast genauso aus wie der, den Simone mit ins Pflegeheim genommen hatte, und er lag seit Jahren unter dem Bett im Schlafzimmer.

Als er ins Schlafzimmer ging, drückte er auf alle Lichtschalter, an denen er vorbeikam. Er hatte das Gefühl, sein Herz in jeder Ader schlagen zu fühlen. Er bückte sich neben dem Bett, und da war der Koffer, und er zog ihn unter dem Bett hervor, und ohne auf den klebrigen Staub zu achten, öffnete er die beiden Schnappschlösser.

Der Brief lag auf dem Kofferboden. Es war ein längliches Kuvert, auf dem sein Name stand, *Bruno*, in Simones kräftiger, gut lesbarer Handschrift. Außer dem Brief lag nichts in dem Koffer, aber Van Leeuwen dachte, *sein ganzes Leben*. Er riss das Kuvert auf, und als er zu lesen begann, musste er sich mit den Ellbogen auf den Oberschenkeln abstützen, damit seine Hände aufhörten zu zittern.

Bruno,

wenn du das hier liest, bin ich nicht mehr bei dir. Vielleicht lebe ich noch. Vielleicht schlafe ich sogar in meinem eigenen Bett oder sitze irgendwo, wo du mich sehen kannst. Aber die Frau, die dir gerade schreibt, bin ich dann schon lange nicht mehr, und das, was ich dir jetzt sagen möchte, wird in mir verschwunden sein. Ich bin auf der Reise in die Dunkelheit, und wenn du diesen Brief in den Händen hältst, bist du mir schon weiter gefolgt, als irgendjemand von dir erwarten konnte.

Ich will dir von unserem Leben erzählen, von meiner Hälfte des Glücks. Ich will daran denken, solange ich noch kann. Ich fange an, Dinge zu vergessen. Ich weiß, dass es bald mehr werden, und ich habe

Angst, dass du sie auch vergisst, weil wir uns nicht mehr zusammen daran erinnern können. Ich will dir davon erzählen, wie kostbar mir diese Erinnerungen sind.

Ich habe viel falsch gemacht in letzter Zeit. Bestimmt weißt du inzwischen, wovon ich rede. Ich hatte das Gefühl, du wärst mir plötzlich fern, und dabei warst du immer noch da und so stark. Dann dachte ich, nur ich wäre nicht mehr da, ich müsste mich wiederfinden. Aber das habe ich nicht; stattdessen habe ich mich noch mehr verloren.

Dann hast du mich wiedergefunden, als wir plötzlich merkten, dass etwas mit mir nicht mehr stimmt. Ich habe nie den Mut aufgebracht, mit dir darüber zu reden. Ich konnte es dir nicht sagen, aber ich wollte trotzdem, dass du es erfährst, damit ich in deiner Erinnerung nicht nur die bin, die du immer in mir gesehen hast. Vielleicht ist es dann leichter für dich, wenn du auch wütend auf mich sein kannst. Du warst immer so ein guter Polizist; wenn du wolltest, konntest du alles finden.

Es gab eine Zeit, da war ich gut. Ich gehörte dir allein, und alles, was wir in dieser Zeit taten, war für immer, so schien es mir. Noch eine Erinnerung, *dachte ich oft, wenn wir zusammen etwas besonders Schönes erlebt hatten – eines Tages, wenn wir alt sind, werden wir sie alle hervorholen, und sie werden noch immer klar und scharf sein und funkeln wie Diamanten, die man ins Licht hält. Wir werden sie von allen Seiten betrachten, und ich werde sagen,* weißt du noch?, *und wir werden niemals fragen müssen:* Warum waren wir zusammen?

Weißt du noch, unser erster gemeinsamer Winter in Amsterdam? Wie kalt es in der kleinen Wohnung war, weil wir nicht genug Geld hatten, um jeden Tag zu heizen, und wie wir Schlittschuhlaufen waren im Vondelpark und danach zur Stadhouderskade gerannt sind, um uns im Rijksmuseum aufzuwärmen? Es gab da einen Wärter, der uns immer umsonst hineingelassen hat, sodass wir all die herrlichen Bilder von Rembrandt und Van Gogh und Vermeer und Breughel anschauen konnten, bis wir den Hunger nicht mehr aushielten, und dann sind wir durch den frühen Abend auf den zugefrorenen Grachten bis zur Centraal Station geflitzt, um im Grand Café 1er Klas *Kaffee zu trinken und zu sehen, was es zu essen gab, es nur anzusehen.*

Nichts passt besser zur Stimmung der Vorweihnachtszeit als so ein großes Café mit einer hohen Decke, holzgetäfelten Wänden, Jugendstillampen und Topfpalmen, zwischen denen wir – durchgefroren und hungrig – vor aller Welt den Trapezakt unserer Liebe vollführten und dabei an nichts hingen als an dem Band, das sich zwischen unseren Herzen spannte. Wir saßen ganz nah an der Tür zu den Gleisen, weitab von der reich gefüllten Theke, weitab auch von den eleganten Reisenden, die mit großen Koffern auf ihre Züge in die ganze Welt warteten. Wir tranken Kaffee und Wein und aßen die kleinen Kekse, die es umsonst zum Kaffee gab, aber die meiste Zeit hielten wir uns an den Händen, sahen uns in die Augen und fütterten einander zwischendurch mit Küssen wie schnäbelnde Vögel.

Und weißt du noch, wie wir am Ende des Abends plötzlich feststellten, dass du beim Schlittschuhlaufen dein Portemonnaie verloren hattest, und wie wir – der angehende Polizist und seine durch und durch katholische Frau – die Zeche geprellt haben? Ich bin zuerst aufgestanden, um das stille Örtchen aufzusuchen, und danach du, aber der Kellner hat uns nicht aus den Augen gelassen, und als du am Tisch vorbei zum Ausgang gegangen bist, wollte er dich festhalten. Nur dass wir schneller waren … Über den ganzen Bahnsteig haben sie uns gejagt. Schon auf der Treppe und unten in der Bahnhofshalle brannte uns die Brust vom Laufen, aber wir sind immer weitergerannt, bis wir auf dem Dam waren und in Sicherheit.

Da stand mitten auf dem Platz ein Feuerschlucker und blies Flammen in die Winterluft wie Drachenatem. Er trug nichts außer einer speckigen Lederhose mit Fransen und Stiefeln, und das Feuer stieg in hohen Flammen aus seinem Mund, doch die Schneeflocken schienen unversehrt hindurchzuschweben. Aus dem Eingang einer Kneipe drang Musik auf die Straße, und ich weiß noch genau, wie ich mich fühlte, als du mich an dich gezogen hast, um mit mir zu tanzen. Meine Stirn lag an deiner Brust. Die Schlittschuhe hatten wir uns um den Hals gehängt, und irgendwie gerieten sie immer zwischen uns, während wir langsam auf der Stelle traten und hinter uns der Drachen Feuer spuckte. Dann haben wir uns wieder geküsst, zum hundertsten Mal an diesem Tag, und weil ich mir eben noch im Café die Lippen nach-

gezogen hatte, war dein Mund danach rot in der Kälte, als hättest du Kirschen gegessen.

Auf einmal hast du gemerkt, wie ich gezittert habe vor Fieber, und du hast mir deine Lederjacke um die Schultern gelegt, über meine dünne Windjacke, und der Schnee fiel immer dichter, aber Amsterdam erschien uns trotzdem wie die schönste Stadt der Welt, voller Liebe und Licht.

Damals wusste ich, dass ich in meinem Leben nur noch dich haben wollte, den Jungen, den Mann, den Liebhaber, den Beschützer und den Schutzbedürftigen. Es war wie ein jäher Glücksstoß, und ich dachte, der reinste Irrsinn. *Wenn man verliebt ist, kommt man sich immer vor, als würde man gerade die Welt neu erfinden. Als hätte noch nie vorher ein Kuss so viel bedeutet, ein Herz dabei so wild geschlagen, ein Geschenk einen so tief berührt. Aber du hast wirklich eine neue Welt für mich geschaffen, und lange Zeit habe ich mir Mühe gegeben, ihrer würdig zu sein, das habe ich wirklich.*

Dieser Abend, dachte ich, dieser und noch viele andere und die Tage davor und die Nächte danach – sie werden nicht verblassen wie alte Fotos oder an den Rändern zerfasern wie zu oft gelesene Briefe. Ich sammle einen Schatz an kostbaren Momenten, und wann immer ich will, kann ich ihn heben, den Rost abkratzen, den Tang wegwischen und in meinem Reichtum schwelgen.

Das war unser erstes gemeinsames Weihnachten in Amsterdam, als wir nicht genug Geld hatten, um jeden Tag zu heizen. Ich weiß nicht, warum mir jetzt gerade das eingefallen ist. Vielleicht, weil es nie wieder so war.

In Liebe, Simone

Der Commissaris ließ den Brief sinken. *Sie hat es gewusst,* dachte er. *Sie wusste, was mit ihr geschehen wird, und sie hat nicht gekniffen, auch nicht vor mir.* Das Gefühl der Verlassenheit, das ihn den ganzen Abend erfüllt hatte, fiel von ihm ab. Plötzlich verlangte es ihn nach ihr; es verlangte ihn nach ihrem Gesicht, ihrer Berührung, dem Lächeln in ihren Augen. Es verlangte ihn nach dem Gefühl, dass sie da war, nur ein Zimmer weiter; es verlangte ihn nach ihrer Nähe.

Er ging zurück ins Wohnzimmer, schenkte sich noch ein Glas ein und nahm es mit in die Diele. Dort setzte er sich auf den Holzboden und holte das Telefon zu sich herunter. Fast drei Uhr nachts war eine gute Zeit, um seiner Frau zu sagen, dass er sie liebte. Aus dem Gedächtnis wählte er die Nummer der Klinik. Er lauschte dem Klicken der Relais und dem Klingelzeichen am anderen Ende der Leitung.

Er war jetzt in einer friedvollen, fast heiteren Stimmung. Der Brief hatte die Faust, die er seit einem Jahr in der Brust getragen hatte, geöffnet. Das ferne Läuten erschien ihm wie eine Reihe kleiner Zärtlichkeiten, die er Simone zuwarf, bis sie erwachte. Sie war ihm früher oft vorgekommen wie ein See, in den er seine Gesten der Liebe fallen ließ und zusah, wie sie den Grund erreichten, bevor sich ein Lächeln auf der Oberfläche ausbreitete. Sie konnte so viel davon vertragen.

Am anderen Ende der Leitung wurde abgehoben. Eine verschlafene Stimme meldete sich: »Klinik *De Bleerinck*. Doktor Ten Damme am Apparat.«

»Ich muss dringend mit meiner Frau sprechen«, sagte der Commissaris. »Bruno van Leeuwen hier.«

»Commissaris! Wissen Sie, wie spät es ist?«

»Kurz nach drei«, sagte Van Leeuwen. Warum wollten Leute, die man mitten in der Nacht anrief, immer die Uhrzeit wissen? »Können Sie Simone wecken und an den Apparat holen?«

»Nein, das kann ich nicht«, antwortete Ten Damme, und zum ersten Mal hörte Van Leeuwen eine leichte Gereiztheit in seiner Stimme. »Ihre Frau schläft, Mijnheer, und selbst wenn sie nicht schlafen würde, hätte es keinen Sinn, sie jetzt ans Telefon zu holen, aus Gründen, die Sie ganz genau kennen. Wenn Sie wollen, kann ich ihr morgen früh etwas ausrichten. Das ist alles, was ich kann und will.«

»Gut, dann richten Sie ihr etwas aus, bitte«, sagte Van Leeuwen demütig. »Sagen Sie ihr *Koffer*.«

»*Koffer?*«

»Ja, und dass ich sie liebe.«

»Gut, Mijnheer, ich werde es ihr ausrichten.«

»Und dass ich sie bald wieder besuchen komme.«

»Das wird sie freuen. Gute Nacht, Mijnheer.«

»Gute Nacht.« Van Leeuwen hörte, wie am anderen Ende aufgelegt wurde, und dann legte er selbst auf, blieb jedoch noch einen Moment neben dem Telefon sitzen. Er stellte fest, dass er den Brief noch immer in der linken Hand hielt.

Er entsann sich jenes lang zurückliegenden Tages vor Weihnachten, und beim Lesen war ihm alles wieder eingefallen, was Simone in ihren Zeilen beschrieben hatte. Die ganzen Bilder. Die Farben waren nicht mehr so hell, die Konturen nicht mehr so scharf. Aber die Jahre, die seitdem vergangen waren, hatten die Gefühle von damals nicht ersterben lassen. Diese Bilder und andere hingen für alle Zeit in den Zimmern seines Lebens, und selbst wenn es in den Räumen dunkler wurde, vermochte die Zeit ihrem goldgetönten Glanz nichts anzuhaben. Er konnte sie betrachten, wann immer ihm danach war; er konnte sich erinnern.

18

Sie hatte ihn nicht kommen hören. Sie wusste nur, dass er da war, und im nächsten Moment spürte Carien einen kurzen, heftigen Schmerz in der linken Seite. Erschrocken schrie sie auf, aber niemand hörte sie, denn das Nebelhorn tutete wieder, und es sah auch niemand zu ihr her, alle sahen nach vorn, und noch einmal spürte sie den Schmerz. Es war das jähzornige Tier, das die winzigen Wunden riss.

Eine Hand verschloss ihr den Mund, und sie spürte, wie sie gegen die Reling gedrängt wurde, er drängte sie gegen die niedrige Reling gleich neben der Landeklappe, hob sie hinüber und stieß sie in das gurgelnde schwarze Wasser, und sie fiel.

Das Wasser traf sie so hart wie ein Schlag. Es erstickte ihren

Schrei, drang ihr in Nase und Rachen, und als sie unterging, rauschte es in ihren Ohren. Im ersten Moment wirkte es kalt, und gleich darauf war es warm. Sie tauchte wieder auf und würgte und musste husten. Sie öffnete die Augen. Das Heck der Fähre ragte bedrohlich vor ihr auf. Das weiße Licht der wenigen Lampen zerfloss in ihren Wimpern. Sie schmeckte Salz und Öl und schlug um sich, bis ihr einfiel, dass sie schwimmen musste.

Eine Welle rollte auf sie zu. Sie ging wieder unter, ganz kurz bloß, und als sie erneut auftauchte, war die Fähre schon ein Stück weit weg, aber das machte nichts, sie konnte ja schwimmen, und bis zum Kai am Ufer war es nur ein kurzes Stück, und sie dachte, *das schaffe ich.* Sie spürte den Schmerz in ihrer Hüfte, der bei jeder Bewegung tief ins Bein hinabstieß und nach oben bis zur Schulter. Trotzdem konnte sie es schaffen, sie musste nur die Strömung besiegen, die sie mit sich zog, und sie musste die Kälte besiegen und aufpassen, dass sie nicht vor den Öltanker geriet, der groß und schwarz in der Mitte des Kanals heranrauschte.

Sie wollte weg von dem Tanker und seiner Bugwelle, seinem Kiel. Die Strömung trieb sie zurück. Sie drehte sich, verlor das Ufer aus den Augen. Sie versuchte, sich zu orientieren. An den Lichtern, den Schatten, dem Glanz auf dem Wasser. Das Wasser brannte in ihren Augen. Es gab die Dunkelheit des Himmels und die Dunkelheit des Wassers und des Ufers, und vor allem gab es die Dunkelheit des Tankers. *Lieber Gott, mach, dass ich von dem Tanker wegkomme,* dachte sie. *Mach, dass er an mir vorbeifährt und ich nicht in seinen Strudel gerate.*

Sie holte so tief Luft, wie sie konnte, hustete das Wasser in ihren Lungen hervor. Bei jedem Husten schien ihre Hüfte weiter aufzureißen, und sie dachte, *gut, dass es brennt. Solange es brennt, bin ich nicht gefühllos. Wenn mein Körper gefühllos wird, werde ich untergehen. Bitte, mach, dass meine Hände und Beine nicht gefühllos werden.*

Sie schwamm auf das Ufer zu, aber das Ufer kam nicht näher. Es schwankte auf und nieder, aber es kam nicht näher, und das Fährboot war kaum noch zu sehen. *Ruhig,* dachte sie, *ich muss einen Rhythmus finden. Ich darf meine Kraft nicht verschwenden. Ich habe nicht mehr viel Kraft, und wenn ich das bisschen auch noch verschwende, war alles umsonst.*

Dann dachte sie nichts mehr, sie kämpfte. Mit Armen und Beinen stieß sie sich vorwärts, legte ihre ganze Kraft in jeden Stoß, atmete, stieß sich weiter. Sie merkte, wie ihr heiß wurde. Die Hitze ging von der Hüfte auf und stieg ihr in den Kopf. Sie zählte jeden Stoß. *Sieben, acht, neun.* Beim elften Mal sah sie kleine tanzende Kreise über dem Wasser. Beim neunzehnten Stoß beschlugen ihre Ohren, und sie hörte nur noch ihren keuchenden Atem weit oben in sich. Dann spürte sie ihre Arme und Beine nicht mehr, nur noch etwas, das brannte und zitterte.

Zwanzig. Einundzwanzig. Zweiundzwanzig.

Solange sie Schmerzen hatte, war alles in Ordnung. Erst wenn sie nichts mehr spürte, musste sie sich Sorgen machen. Wenn sie nicht mehr wusste, ob sie sich noch bewegte oder nicht. Sie fragte sich, wie es wohl sein mochte, wenn man ertrank. Statt der Schwimmstöße begann sie ihre Schmerzen zu zählen. Schmerzen in der Hüfte. Schmerzen in der Brust. Schmerzen in den Beinen und in den Schultern. Der Rücken war ein einziger Schmerz. Die Hände, was war mit den Händen? Sie spürte ihre Füße nicht und die Hände auch nicht, keine Empfindung in den Fingern und Zehen.

Das Ufer kam einfach nicht näher, es wich zurück. Es hob und senkte sich und wurde immer dunkler, immer kleiner.

Sie hörte auf zu zählen, aber sie schwamm weiter. Sie hatte Durst. Ihr Mund zog sich zusammen, so durstig war sie. Sie presste die Lippen aufeinander und versuchte, nur durch die Nase zu atmen, und dann dachte sie, dass sie schreien musste, und sie schrie. Sie schrie und rief um Hilfe und verschluckte sich und hustete keuchend, bevor sie weiterschrie.

Der Tanker übertönte ihre Rufe, sie gingen unter im Schäumen der Bugwelle, dem Dröhnen der Turbinen. Sie merkte, dass die Kraft sie jetzt doch verließ. Dann riss etwas in ihr, von einem Herzschlag auf den nächsten, und sie hörte auf, sich zu bewegen. Hielt nur noch den Kopf über Wasser. Starrte mit leerem Blick auf das Wasser und die Bugwelle des Tankers, die auf sie zurollte. Da, wo der Riss in ihr war, breitete sich ein Gefühl von betäubender Süße aus.

Die Lust aufzugeben. Das Unvermeidliche hinzunehmen.

Sie schloss die Augen. *Lass es,* dachte es in ihr, *gib auf. Ist doch egal, ist doch alles egal, du schaffst es sowieso nicht. Warum willst du weiterleben, wofür denn? Stell dir vor, du siehst Amir wieder, gleich schon, er ist nicht mehr tot, er liegt nicht mehr im Ofen des Krematoriums. Du stirbst, aber nur kurz, und wenn du aufwachst, seid ihr wieder zusammen, und niemand ist mehr hinter euch her, alles ist gut … alles ist gut …*

Sie spuckte Wasser aus. Schwarz ragte die Bordwand des Tankers vor ihr auf. Sie spürte, wie sie von einer großen Woge hochgehoben wurde, und einen Moment lang sah sie alles klar und deutlich, die Lichter Amsterdams und den Hauptbahnhof und den Zug mit den hell vorbeiratternden Fenstern, doch dann glitt sie in ein Wellental und rutschte immer schneller auf den mächtigen Leib des Tankers zu.

Als sie gegen die Bordwand prallte, sah sie das erste Bild, kurz nur und flackernd, etwas überbelichtet. Sie begriff nicht sofort, dass es das erste Bild war und was es bedeutete. Sie sah Amir, sein sanftes, unergründliches Lächeln. Sie sah ihn, wie er ihr zuwinkte, bevor er an dem Abend weggegangen war, und dann sah sie ihn von ganz nah, wie er das erste Mal zu ihr kam, in ihr Bett, seine Zimthaut, die großen dunkelbraunen Augen.

Die Bilder folgten schnell aufeinander, manche wirkten verwackelt und andere gestochen scharf, und auf einigen war sie selbst zu sehen, während sie andere nur von außen betrachtete wie einen Film. Sie sah ihre Mutter, die sie auf dem Arm hielt, dicht an ihrer Brust, an ihrem schlanken weißen Hals. Und sie sah auch ihren Vater, der sie immer wieder in die Luft hob, lachend schwenkte er sie hin und her, bevor er sie in den Dorfteich tauchte und losließ, damit sie schwimmen lernte.

Sie sah ihn durch das dünne Wasser, in dem sie unterging, durch das sie wieder nach oben stieß, sah sein stolzes Lächeln, mit dem er ihr eine Hand entgegenstreckte und immer wieder zurückzog, sobald sie danach greifen wollte, und sie schwamm ihm hinterher, auf ihn zu, tatsächlich, sie schwamm.

Sie sprang vor und zurück in den Bildern und Szenen. Sie sah sich als Kind, sie ritt auf einem Pony, und dann als junges Mädchen, sie sah ihre Schulfreundinnen, und den ersten Jungen, sie hatte seinen Namen vergessen, *Maarten, glaube ich*, und danach sah sie sich bei einem Picknick an der Amstel mit einem anderen Jungen, nein, mit einem Mann. Sie sah sich mit anderen Männern, immer mehr, sie waren alle da, die ganzen falschen Männer, mit denen sie sich abgegeben hatte, bis zu dem letzten, der sie gerade eben verletzt und von der Fähre gestoßen hatte. Da endlich begriff sie, dass es wirklich ihr Leben war, das sie sah; es lief vor ihr ab, in rasender Geschwindigkeit, jeder Tag, von Geburt an, und hier endete es, in diesem Moment, als sie von einem Strudel gepackt wurde, der sie drehte und noch einmal drehte und hinunterzog.

Er ist so kurz, dachte sie überrascht, *der Film ist viel zu kurz und so dunkel,* die letzten Bilder wurden immer undeutlicher. Sie versuchte den Mann zu erkennen, der hinter sie trat, um sie zu töten. Sie bäumte sich auf vor Anstrengung, ihn wiederzufinden unter all den Gesichtern, die an ihrem inneren Auge vorbeiwirbelten wie die Zeichen auf den Karten in einem Spielautomaten.

Mit einem schwarzen Gurgeln presste das Wasser ihren Kopf zusammen. Ihre Arme schlugen um sich, ohne dass sie es wollte. Sie griffen nach etwas, um sich festzuhalten; sie fanden keinen Halt. Das Wasser drang ihr in die Nase, in den Mund, und dann spürte sie es in ihren Lungen. Es war so schwer, schwer wie Blei. Und das letzte Bild – nichts als ein Licht. Es war so klar, so hell. So *unausweichlich.* Es kam auf sie zu und erfüllte sie. Es war da, um sie mitzunehmen; um mit ihr zu schrumpfen, zu einem winzigen glühenden Punkt – dem letzten Funken der Existenz.

Ich hatte immer einen Traum von einem gelben Sommerkleid, dachte sie. Das Kleid breitete sich um sie aus wie eine Seeanemone. Es öffnete und schloss sich. Sie erlosch in seiner feuchten Umarmung.

19

Die junge Frau in dem gelben Sommerkleid lag mit dem Gesicht nach unten im Wasser. Ihre Haare trieben auf der schwachen Dünung wie Seetang. Die nackten Beine waren schmutzig, und die kleinen Wellen, die gegen die moosbewachsenen Steine am Ufer schwappten, strichen über die Beine und das Kleid und bewegten das Haar, sodass man glauben konnte, die junge Frau wäre am Leben und nicht tot.

Der Himmel war von zerfransten Wolken bedeckt, die der Wind manchmal nicht schnell genug nachschob, sodass die Sonne ein paar fahle Strahlen herabschicken konnte. Die Strahlen fielen auf den nassen Hinterkopf der jungen Frau und auf ihre nackten Kniekehlen und auf den Rücken in dem gelben Kleid, wo sie kurz aufleuchteten, bevor sie wieder erloschen.

Die Luft roch nach Tang und Brackwasser. Der Wind wehte in scharfen Böen, die dem Commissaris die Tränen in die Augen trieben. Er kletterte die Uferböschung hinunter, und als er über den Schlick und die nassen Steine auf die Leiche zuging, sah er nur das Gelb des Stoffs und das weiße Fleisch, und man brauchte die Frau nicht umzudrehen, damit er wusste, was mit ihr passiert war. »Das ist Carien Dijkstra«, sagte er zu Hoofdinspecteur Gallo und Brigadier Tambur, die ein paar Schritte hinter ihm gingen. Er wünschte sich zurück nach Hause, in sein Bett; wünschte sich einen anderen Tagesbeginn.

Das Telefon hatte geklingelt. Der Commissaris erwachte mit einem Ruck und hatte einen Moment lang das Gefühl, mit dem Nacken auf einem Stein zu liegen. Das Telefon klingelte weiter. Er richtete sich auf und griff nach dem Wecker. Es war drei Minuten nach sechs. Er schwang die Beine aus dem Bett. Tageslicht fiel in einem schmalen Streifen durch die zugezogenen Vorhänge. Das Telefon hörte nicht auf zu klingeln. Nackt ging Van Leeuwen in die Diele, bückte sich nach dem Hörer und hob ab. »Ja?«

»Bruno? Ton hier. Eine unbekannte Frauenleiche beim Shell-Turm in Noord, eben gefunden. Ich bin in einer Viertelstunde da und hole dich ab.«

Van Leeuwen zog die Vorhänge auseinander. Der Himmel war von zerfransten Wolken bedeckt, die der Wind manchmal nicht schnell genug nachschob, sodass die Sonne ein paar fahle Strahlen herabschicken konnte. Er war derselbe Himmel, und es gab keinen anderen Anfang, weder um sechs Uhr morgens noch irgendwann sonst heute. Gallo kam pünktlich und klingelte, und Van Leeuwen erwartete ihn bereits angezogen.

Sie fuhren schweigend. Sie hatten das Blaulicht aufs Dach geheftet, ließen die Sirene allerdings ausgeschaltet. Der Hoofdinspecteur war auch unter diesen Umständen ein guter Fahrer, der die Vorfahrtsregeln beachtete, den Signalen der Ampeln folgte, andere Wagen nicht bedrängte, aber auch nicht behinderte und bei alldem noch Zeit fand, seinen Gedanken, Beobachtungen und Mutmaßungen Ausdruck zu verleihen.

Als sie auf der anderen Seite des IJ-Tunnels am Leichenfundort eintrafen, waren die Wolken verschwunden. Die Luft roch nach Tang und Brackwasser, und das Erste, was der Commissaris sah, war das gelbe Sommerkleid. Er dachte, *Carien Dijkstra*, und jetzt stand er neben ihr und sah auf sie hinunter, und so begann sein Tag.

»Was ist mit ihr passiert?«, fragte Brigadier Tambur. »Wie ist sie hierhergekommen?«

»Sie ist angespült worden«, sagte Hoofdinspecteur Gallo.

»Ja, aber von wo?«

»Als ich sie das letzte Mal gesehen habe, wollte sie zur Fähre nach Noord«, sagte Van Leeuwen.

»Angekommen ist sie zumindest«, meinte Gallo.

Doktor Holthuysen kniete in seinem weißen Overall neben der Leiche und drehte sie jetzt vorsichtig auf den Rücken. Cariens Gesicht war blau verfärbt und angeschwollen unter den nassen Haarsträhnen, die an ihrer Stirn klebten. Ein tiefer Riss zog sich vom Scheitel bis zur rechten Schläfe.

»Wie lange ist sie schon tot?«, fragte Van Leeuwen, als der Arzt Carien die Haare aus der Stirn strich, um den Riss genauer in Augenschein zu nehmen.

»Sechs bis acht Stunden«, antwortete Holthuysen, nachdem er

seinen Mundschutz abgenommen hatte. »Wenn sie länger im Wasser gelegen hätte, sähe sie anders aus.«

»Wie ist sie gestorben?«

Der Arzt stand auf, zog sich die Plastikhaube vom Kopf und streifte die Handschuhe ab. »Ich denke, jemand hat die Tote mit einem Messer angegriffen und dann ins Wasser geworfen, wo sie mit etwas kollidiert ist, wahrscheinlich mit einem Schiff. An der Wunde allein wäre sie wohl nicht gestorben, aber der Blutverlust hat sie so geschwächt, dass sie es nicht mehr bis zum Ufer geschafft hat, und das Schiff – wenn es ein Schiff war – hat ihr dann den Rest gegeben. Ich muss sie natürlich noch obduzieren, aber wir sollten davon ausgehen, dass ich mich nicht irre, weil ich mich noch nie geirrt habe. Und wenn ich Ihnen sage, dass es sich bei dem Messer wahrscheinlich um die Tatwaffe handelt, die auch bei dem Mord an Amir Singh benutzt wurde, habe ich ebenfalls recht.«

Einen Moment lang hatte Van Leeuwen das Gefühl, das Gleichgewicht zu verlieren. Er sah auf das IJ hinaus. Es schien, als bewegten sich die Häuser auf der anderen Seite und nicht das Wasser, die Häuser und das Ufer. Auch der Himmel bewegte sich. Ein Fischreiher stand still in der Luft unter den treibenden Wolken. Dann stieß er herab, tauchte in die Wellen und stieg mit einem blinkenden Fisch im Schnabel wieder auf, und diese Bewegung brachte alles ins Lot.

»Rufen Sie mich an, sobald Sie sicher sind«, sagte der Commissaris zu Holthuysen. Dann wandte er sich an Gallo und Julika. »Die letzte Meeuwenlaan-Fähre vom Waterplein West nach Noord geht um 23 Uhr 57, mit der fangt ihr an. Wenn das nichts bringt, nehmt ihr euch die anderen IJ-Fähren vor. Carien Dijkstra war mit dem Fahrrad unterwegs. Sie trug dieses gelbe Sommerkleid und eine blaue Jeansjacke, und sie hatte eine helle Wildledertasche dabei. Sie muss jemandem aufgefallen sein. Unsere Leute sollen Zeugen suchen, unter den Fährbesatzungen und den Passagieren, außerdem sollen sie nach dem Fahrrad Ausschau halten, und vielleicht finden sie die Tasche.«

Auf dem IJ fuhr ein Frachtschiff vorbei. Das Schiff lag tief, und im Heck flatterte bunte Wäsche an einer Leine hinter der Kapitänsbrücke. Die Bugwelle schwappte kurz darauf ans Ufer und spülte an den Steinen entlang, bis sie Cariens Kopf erreichte und ihn sacht anhob, und einen Moment lang sah es so aus, als hätte die junge Frau doch nur geschlafen.

Die Sanitäter stellten eine Trage neben der Leiche ab. Sie hievten den schmalen Körper in eine dunkelgraue Plastikhülle und zogen den Reißverschluss zu, bevor sie Carien Dijkstra zur Ambulanz trugen. Van Leeuwen sah zu, wie sie den Plastiksack auf der Trage in den Wagen schoben, und er spürte einen bitteren Geschmack auf der Zunge. *Ich bin unfähig,* dachte er. *Ich konnte sie nicht beschützen. Sie ist vielleicht getötet worden, weil sie mit mir geredet hat, und ich habe es nicht verhindert. Ich brauche zu lange, um den Mord an Amir aufzuklären. Wäre ich schneller gewesen, könnte Carien noch leben. Ich versage immer wieder.*

Am Nachmittag, um 16 Uhr 07, traf der Bericht des Pathologen ein, und der Commissaris rief Hoofdinspecteur Gallo und Brigadier Tambur in sein Büro. Er ließ die Sichtblenden an den Glasscheiben zu den anderen Büros herunter und kippte die Lamellen; nur die Jalousie am Fenster blieb offen. Er sah gern den Himmel von seinem Schreibtisch aus. »Carien Dijkstra«, sagte er. »Was habt ihr in Erfahrung gebracht?«

Gallo berichtete: »Ein Zeuge – der Mann in der Servicekabine – hat sie gestern kurz nach Mitternacht auf der Meeuwenlaan-Fähre gesehen. Sie hat die Fähre als Letzte betreten und sich dann abseits im Dunkeln gehalten. Der Zeuge hat sich nicht weiter um sie gekümmert, sie ist ihm nur wegen des gelben Kleids aufgefallen, weil es so fröhlich aussah und sie so ängstlich, wie er meint. Davon abgesehen ist ihm nichts Besonderes aufgefallen, also niemand, der sich ihr genähert hätte, oder ein Kampf. Allerdings ist er kurz nach dem Ablegen nach oben auf die Brücke gegangen. Wenn es an Bord geschehen ist, muss es sehr schnell gegangen sein, weil die ganze Fahrt ja nur knapp vier Minuten dauert.«

Julika kritzelte etwas auf ihren Notizblock. »Was spricht dafür, dass es an Bord geschehen ist?«

»Die Stelle, wo sie gefunden wurde«, sagte Gallo. »Wenn sie auf halber Strecke zwischen dem Waterplein West und der Meeuwenlaan in Noord ins Wasser geworfen worden ist, müsste die Strömung sie ziemlich genau dorthin getrieben haben, wo sie heute morgen lag. Selbst wenn ein Schiff sie erwischt hat.«

Der Commissaris fragte: »Hast du dich bei der Betreibergesellschaft erkundigt, ob jemand von der Besatzung etwas Ungewöhnliches bemerkt hat?«

»Bemerkt nicht, aber gefunden, und zwar ein herrenloses Fahrrad, außerdem eine Jeansjacke und eine Wildlederhandtasche mit etwas Geld und Schminkzeug, aber keinen Ausweis.«

»Was ist mit ihrem Handy?«

Gallo zuckte mit den Schultern. Ein Sonnenstrahl glitt über die frisch geölte Sig Sauer in seinem Schulterhalfter. »Von einem Handy haben sie nichts gesagt.«

»Ruf noch mal an und frag, ob in der Tasche ein Handy war, das ist wichtig«, sagte der Commissaris. »Carien Dijkstra ist per SMS bedroht worden, möglicherweise von ihrem Mörder. Vielleicht kann man irgendwie rauskriegen, wer ihr die Nachrichten geschickt hat, wenn die Nummer im Handy gespeichert ist.«

»Haben Sie einen Verdacht, um wen es sich handeln könnte, Mijnheer?«, erkundigte sich Julika. »Radschiv Sharma vielleicht?«

Gallo sagte: »Zunächst mal ist nicht sicher, dass der Absender der SMS auch Cariens Mörder ist, und wenn er es ist, heißt das nicht, dass er auch Amir Singh getötet hat, obwohl man mit hoher Wahrscheinlichkeit davon ausgehen kann.«

»Jeder Mord ist wie ein Erdbeben«, sagte der Commissaris, »mit einem Epizentrum, von dem aus sich die Stöße in Wellen von verschiedener Stärke ausbreiten. Den einen verschütten sie, den anderen streifen sie kaum, aber egal, wo sie stattfinden, sie verletzen die ganze Welt. Und es gibt immer ein Nachbeben.«

Julika sagte: »Wenn also dieser Theorie zufolge der Tod von Carien das Nachbeben des Mordes an Amir Singh ist, kann man den nur erklären, indem man zum Kern der ersten Tat vordringt – zu den Motiven für den Mord an Amir, richtig? Ich habe mich gefragt:

Was ist, wenn die Sharmas tatsächlich Rauschgift schmuggeln, wie Hoofdinspecteur Dekker behauptet? Und was ist, wenn Amir das herausgefunden hat?«

Der Commissaris nickte. Sein Blick fiel auf das ausgebleichte Poster mit der besten Mannschaft, die Ajax je gehabt hatte.

»Gestern Nachmittag im Krematorium hat Carien Sharma lautstark des Mordes an Amir beschuldigt und behauptet, sie hätte Beweise dafür«, sagte er. »Ich hatte sie für heute Morgen hierher bestellt. Ich hätte ihr Polizeischutz –«

»Also ist sie deswegen getötet worden?«

»Sie ist wahrscheinlich getötet worden, weil sie mit mir geredet hat, und das wussten erstens die Sharmas, weil ich ihnen im Krematorium begegnet bin, und zweitens der Mann, der ihr die SMS geschickt hat. Die Frage ist, *was sie wusste*. Womit sie Amirs Mörder gefährlich werden konnte.«

Der Commissaris griff zum E-Mail-Bericht des Pathologen, den er vor der Besprechung ausgedruckt hatte. »Doktor Holthuysen schreibt, dass die Waffe, mit der sie angegriffen worden ist, dieselbe Art Messer war, mit der Amir Singh ermordet wurde – dieselbe extrem kurze, vorne wie ein Vogelschnabel geformte Klinge. Amirs Mörder hat sie vielleicht behalten. Die nächste Frage ist also: Will er uns damit, dass er diese Waffe auch bei Carien Dijkstra benutzt hat, etwas sagen? Will er auf sich hinweisen, weil er beide Morde begangen hat, oder will er jemand anderem die Tat in die Schuhe schieben, nämlich Amirs Mörder, weil er selbst zwar Carien getötet hat, aber nicht ihren Liebhaber? In ihrer Lunge wurde Wasser gefunden, das heißt, sie wurde erst niedergestochen und ist dann ertrunken, nachdem sie ins IJ gefallen ist oder geworfen wurde. Außerdem gibt es Prellungen, Knochenbrüche und Sehnenzerrungen, die vermutlich davon herrühren, dass ein Schiff sie gestreift hat.«

»Was ich nicht verstehe«, meldete Julika sich zu Wort, »ist: Warum da? Warum ausgerechnet auf einer Fähre, die, wenn sie voll besetzt ist, zweihundertvierzig Passagiere fasst, was genauso viele mögliche Zeugen ergibt? Warum an einem Ort, von dem der Mörder nicht sofort fliehen kann?«

»Er muss entweder sehr verzweifelt oder sehr kaltblütig sein«, meinte Gallo. »Vielleicht musste es unbedingt in dieser Nacht passieren, bevor Mevrouw Dijkstra heute hier ihre Aussage macht. Und vielleicht war es die einzige Gelegenheit, wo der Täter überhaupt an sie herankommen konnte. Wo es ihr unmöglich war, vor ihm zu fliehen, zu Fuß oder mit dem Fahrrad. Sie hatte ja Angst, sie fühlte sich bedroht.«

Ich wollte, dass sie sich ein Foto anschaut, dachte Van Leeuwen; *von dem Mann, der Amir erpresst und sie geschlagen hat. Einem Mann mit einem senffarbenen Schnurrbart.* »Ton, hast du dich um das Foto von Hoofdinspecteur Dekker gekümmert?«

»Was hat das denn jetzt mit Mevrouw Dijkstras Tod zu tun?«, fragte Gallo.

»Ich habe euch doch gesagt, dass sie sich heute hier sein Foto anschauen sollte«, sagte der Commissaris, »um ihn zu identifizieren.«

Schweigen breitete sich aus, als ginge ein Engel durch den Raum. Alle hielten den Atem an, für einen Moment sogar Van Leeuwen selbst. Julika warf Gallo einen überraschten Blick zu, den der Hoofdinspecteur an Van Leeuwen weitergab. »Bist du dir darüber im Klaren, was du gerade angedeutet hast?«

Der Commissaris blickte zum Fenster hinüber, suchte den Himmel. »Ja.« Er sah einen Fischreiher über die Gracht gleiten und fragte sich, ob es der war, den er am Morgen bei Carien Dijkstras Leiche gesehen hatte.

»Zurück zu gestern Nacht, zu Carien Dijkstra. Meiner Ansicht nach wollte der Täter einfach nur sichergehen. Ich stimme Ton zu, dass er in der Fähre die einzige Gelegenheit gesehen haben muss, an sie heranzukommen. Wenn er sie aber während der Überfahrt nur ins Wasser gestoßen hätte, wäre er nicht sicher gewesen, dass sie auch ertrinkt. Mit den Messerstichen hat er sie so schwer verletzt, dass die Wahrscheinlichkeit, dass sie überlebt, im Wasser bei der heftigen Strömung des IJ auf ein Minimum reduziert war. Hätte er sie dagegen nur erstochen und nicht über Bord geworfen, wäre da für den ganzen Rest der Überfahrt die Leiche gewesen, mehr oder weniger deutlich sichtbar für alle anderen Passagiere. Die Fahrt dauert zwar nur ein paar Minuten, aber diese paar Minuten hätten ihm zur Falle werden können.«

»Aber warum hat er nicht *irgendein* Messer genommen?«, wollte Julika wissen. »Eins, das in keinerlei Zusammenhang mit Amirs Tod steht?«

»Um auch da ganz sicherzugehen«, erklärte Gallo. »Eigentlich hofft der Täter, dass sie untergeht oder weit abgetrieben wird, aber für den Fall, dass man sie doch entdeckt, soll die Waffe auf einen anderen Täter hinweisen. Was wiederum bedeutet: Falls Cariens Mörder nicht auch Amir getötet hat, ist er zumindest über alle Einzelheiten seines Todes informiert und besitzt sogar die Tatwaffe.«

»Vor allem muss er die junge Frau vom Krematorium bis zur Fähre verfolgt haben«, ergänzte Van Leeuwen. »Und wahrscheinlich verfolgt er sie schon länger.«

Julika sagte: »Ich komme mir vor wie als Kind, wenn ich zu lange auf einen Drehkreisel gestarrt hatte. Carien, Amir, die Sharmas, dann dieser Dekker, das Zimtmesser, der rote Mercedes – alles wirbelt mir im Kopf herum.«

»War der Kreisel bunt, aus Holz und bemalt mit kleinen Tieren?«, fragte Hoofdinspecteur Gallo.

Van Leeuwen fragte: »Was hast du über Henk Dekker herausgefunden, Ton?«

»Nicht sehr viel«, sagte Gallo. »In den acht Jahren, die er beim Zoll ist, hat er eine Bilderbuchkarriere hingelegt, kein Verweis, keine Disziplinarstrafe, alles makellos. Seit einiger Zeit scheint er sich auf verdeckte Ermittlungen spezialisiert zu haben, deswegen hat er jede Menge Firewalls um sich herum aufgebaut. Verschiedene Identitäten, keine feste Adresse, offenbar hat er sogar die eine oder andere Scheinfirma gegründet. Seine Erfolgsbilanz kann sich sehen lassen. Nur mit aktuellen Fotos sieht es schlecht aus, im Computer gibt es jedenfalls keins. Eine offizielle Anfrage bei der Personalabteilung der *Douane* wollte ich nicht starten, dafür bin ich bei den Streitkräften fündig geworden. Er war auch auf dem Balkan, zur selben Zeit wie ich. Aber bei einer anderen Einheit.«

Er präsentierte eine postkartengroße Schwarz-Weiß-Aufnahme,

die auf magische Weise in seiner Hand erschienen war. Darauf blickte Henk Dekker – um einige Jahre jünger – mit zusammengekniffenen Augen misstrauisch in die Kamera; kein Schnurrbart, nur das Gesicht, das nicht enden wollte über dem Kragen einer Fallschirmjägeruniform.

»Lass das Foto vervielfältigen«, sagte der Commissaris. »Ich will, dass ihr jeden Mann und jede Frau aufspürt, die gestern Nacht auf derselben Fähre wie Carien Dijkstra waren. Nehmt euch so viele Leute, wie ihr braucht. Sie sollen den Zeugen dieses Foto zeigen und fragen, ob sie sich an den Mann darauf erinnern können. Ob sie ihn wiedererkennen.«

»Glauben Sie wirklich, Hoofdinspecteur Dekker könnte etwas mit Carien Dijkstras Ermordung zu tun haben?«, fragte Julika.

»Er ist ein Mensch«, sagte der Commissaris.

»Was wollen Sie damit sagen?«

Van Leeuwen zitierte: *»Ich habe weder Angst vor Hexen noch vor Poltergeistern, Gespenstern, Prahlern, Riesen, Taugenichtsen, Bösewichten et cetera – ich fürchte keine Kreatur außer einer: den Menschen.* Das hat Goya geschrieben, der spanische Maler, vor mehr als zweihundert Jahren.« Er stand auf und trat ans Fenster. Der Fischreiher war nirgendwo mehr zu sehen. »Wisst ihr, manchmal sind *wir* es, die Unschuldige umbringen, durch unsere Ermittlungen. Ohne mich könnte Carien vielleicht noch leben. Wenn ich sie nicht allein gelassen hätte, gestern nach der Einäscherung … wenn ich jemanden abgestellt hätte, der sie rund um die Uhr bewacht … wenn dem Mörder durch mich nicht klar geworden wäre, dass sie eine Gefahr für ihn darstellt …«

Mit einem Ruck drehte er sich um, blass vor Zorn. »Holt mir Mevrouw Halawi her, sofort!«

»Mira?!«, fragte Julika.

»Es wird Zeit, die Samthandschuhe auszuziehen«, sagte der Commissaris. »Mirabal Halawi ist das schwächste Glied in der Verteidigungslinie der Sharmas; sie gehört nicht zur Familie. Eine Frau zwischen zwei Kulturen – und vielleicht zwischen zwei Männern. Ich will, dass sie mit Blaulicht und Sirene hierher gebracht wird. Wir setzen sie in einen freien Verhörraum und lassen sie da ein Weilchen schmoren. Ich bin es leid, mir im Palast der 1000 Gewürze Märchen aus Tausendundeiner Nacht anzuhören.«

20

Der Commissaris sagte: »Wir reden jetzt über den Mord an Amir Singh. Wir reden so lange darüber, bis Sie mir die Wahrheit sagen. Ich weiß, dass Sie den Täter kennen. Nein, Sie halten den Mund, bis ich Ihnen eine Frage stelle. Sie sagen nichts!«

In dem kleinen Zimmer mit den grün gestrichenen Wänden gab es nur einen Tisch mit einer Platte aus Nussbaumholz, zwei Stühle zu beiden Seiten des Tisches, eine Schreibtischlampe, ein Tonbandgerät, eine Videokamera und einen großen Beobachtungsspiegel. Der Commissaris ordnete mehrere Bleistifte und Kugelschreiber der Größe nach auf dem Tisch neben dem Tonbandgerät. Er schaltete das Gerät ein und wieder aus, als er sah, dass es funktionierte. Er nahm die Bleistifte und Kugelschreiber und legte sie auf die andere Seite des Tonbandgeräts, wo er sie diesmal nach der Farbe ordnete.

Mirabal Halawi saß ihm gegenüber auf dem zweiten Holzstuhl, und zwischen ihnen war nur der Tisch. Sie sagte nichts, aber ihre Augen folgten jeder seiner Bewegungen. Sie beschwerte sich auch nicht. Sie saß einfach nur da, ganz ruhig.

Van Leeuwen stand auf, ging zur Tür und öffnete sie, um einen Blick auf den Gang zu werfen. Der Gang war leer. Der Commissaris schloss die Tür wieder, ließ die Jalousie am Fenster herunter und knipste die Schreibtischlampe an. Der Raum schien noch kleiner zu werden. Van Leeuwen setzte sich wieder auf den ungepolsterten Holzstuhl, mit dem Rücken zum Fenster. Er zog eine Schublade unter der Tischplatte auf und sah hinein. Die Schublade enthielt ein Paar Handschellen, einen Schreibblock, Kassetten für das Tonband und einen Anspitzer. Der Commissaris nahm den Anspitzer und begann, die Bleistifte zu spitzen.

»Das wirkt bei mir nicht«, sagte Mirabal Halawi.

»Ich habe gesagt, Sie sollen still sein.«

Sie hatte sich verändert, aber Van Leeuwen konnte nicht genau sagen, worin diese Veränderung bestand. Das kurz geschnittene, rabenschwarze Haar, glänzend wie Lack. Die grauen Augen, die an Regenwolken erinnerten. Der zart geschwungene Mund, die vollen roten Lippen. Der kleine Schneidezahn mit der abgebrochenen Spitze. Sie sah immer noch genauso aus wie beim letzten Mal, und doch war etwas anders.

Sie trug eine schwarze Chintzbluse, fast durchsichtig, und eine eierschalfarbene Bundfaltenhose, dazu schwarze Sandaletten. Die Beine hatte sie übereinandergeschlagen, die Nägel ihrer nackten Füße waren rot lackiert. Die langen, schlanken Zehen waren vom Lichtkreis der Schreibtischlampe erhellt, und es war nur ein Gedankensprung von diesen langen, schlanken Zehen zu den ebenfalls langen, schlanken Beinen und noch ein wenig weiter hinauf, und in Mirabals großen Regenwolkenaugen stand spöttischer Applaus: Applaus für diesen mutigen Sprung eines Mannes, dem sie – warum auch immer – solche Gedanken nicht zugetraut hätte.

Der Spott wird dir noch vergehen, dachte der Commissaris. *Was immer du denkst, es stimmt nicht – ich bin immun. Manchmal dachte ich, ich wäre es nicht, aber ich bin es.* In der Tat, wenn er Mira ansah, fehlte nicht mehr viel, und er hätte sie begehrt. Seit Jahren hatte er dieses Gefühl nicht mehr verspürt, es war ungewohnt, überraschend. Aber er sah, wie weit dieses Gefühl ging und wo es aufhörte, jedenfalls in dieser Situation.

Trotzdem spürte er wieder dieselbe Regung wie bei ihrer ersten Begegnung, einen Anflug von Empörung: Warum gehörte so eine ungewöhnlich schöne junge Frau zu einem Mann wie Radschiv Sharma, womit hatte er sie sich verdient? An ihrem Hals und an den Händen funkelte kein teurer Schmuck, keine elegante Uhr, nichts, was nach Trophäe aussah. *Freiwillige Gefangenschaft,* dachte der Commissaris, seafood, *schwer zu knacken.*

Er griff in die Brusttasche seines Leinensakkos und holte ein *En face*-Foto von Carien Dijkstra auf dem Seziertisch der Pathologie heraus. Er schob es über den Tisch auf Mirabal zu. »Das ist Amirs

Freundin«, sagte er. »Sie haben gestern Nachmittag im Krematorium mit ihr gesprochen.«

Der leise Spott verschwand aus Miras Augen. Sie öffnete den Mund, aber er hob schnell die Hand. »*Sagen sie nichts!* Sie sieht so aus, weil sie tot ist. Sie wurde gestern Nacht ermordet, sie und ihr ungeborenes Kind. Mit derselben Waffe wie Amir. Deswegen reden wir jetzt noch einmal über den Mord an Mijnheer Singh.«

Mira fuhr sich mit der Hand durch das kurze Haar, ohne den Blick von dem Foto zu lösen. Auch ihre Finger waren lang und schlank. »Ich mochte sie«, sagte sie leise, als hätte sie Van Leeuwen nicht gehört.

»Sie sagen kein einziges Wort!«, fuhr der Commissaris sie erneut an. »Im Krematorium hat Carien Dijkstra Mijnheer Sharma bezichtigt, Amir Singh getötet zu haben. Sie wollten sie davon abbringen, Sie haben Mijnheer Sharma verteidigt. Er sei so unschuldig *wie Sie und ich*, haben Sie gesagt! Für mich klingt das, als wüssten Sie, wer Amir getötet hat, jemand, den Sie durch Ihr Schweigen schützen wollen.«

Mira hörte auf, sich durch das Haar zu streichen, ließ die Hand aber nicht sinken, als bräuchte sie die Berührung, um ihren Kopf zu spüren. Glänzende schwarze Strähnen ragten zwischen den Fingern hervor.

»Und ich weiß auch, wer dieser Mörder ist, den Sie schützen wollen«, fuhr der Commissaris fort.

Jetzt ließ Mira die Hand doch sinken, hob den Blick von dem Foto und schob es mit zwei Fingern von sich weg, in die Mitte des Tischs. Im Licht der Schreibtischlampe wirkten ihre Augen plötzlich als Einziges an ihrem Gesicht noch lebendig – lebendig, aber beunruhigt, als sei der Rest eine Maske, eine glatte, schöne, haselnussfarbene Maske, hinter der sie sich fragte, wer sie in Wirklichkeit war.

Die Tür ging auf. Hoofdinspecteur Gallo betrat den Raum. Wortlos schloss er die Tür wieder und blieb daneben in der Dunkelheit stehen, mit dem Rücken zur Wand. Der Commissaris sagte: »Ich rede von Radschiv Sharma. Er hat Amir Singh getötet, weil Amir zu einer Gefahr für seine Geschäfte geworden war. Er hat ihn getötet, weil Amir herausgefunden hatte, dass die Familie Sharma Rauschgift ins Land schmuggelt. *Nein, Sie sagen nichts!*«

»Diese Razzia vor vier Wochen«, warf Gallo ein, »bei der ging es nicht um Moschus. Es ging um Rohopium aus Afghanistan. Amir Singh war ein Informant, der vom Zoll in den Palast der 1000 Gewürze eingeschleust wurde, damit er die nötigen Beweise liefert, nachdem die Razzia erfolglos geblieben war. Und Amir fand diese Beweise auch tatsächlich, er entdeckte den Stoff, den die Zollfahnder vergeblich gesucht hatten.«

»Aber statt den Zoll zu informieren, witterte er eine Chance«, sagte der Commissaris, »nämlich die einmalige Chance, selbst ins Geschäft einzusteigen, auf einen Schlag so viel Geld zu machen, dass er sich und Carien aus ihrer Armut, aus allem Elend herausholen konnte.«

»Wie viel war es?«, fragte Gallo scharf. »Ein Kilo, zwei, fünf? Irgendwo zwischen den ganzen Gewürzen hatte Radschiv Sharma das Zeug versteckt, so wie immer, nur war diesmal etwas anders: Es gab eine Schlange im Paradies, einen Spitzel, der ihn und seine Söhne ans Messer liefern konnte. Und dieser Spitzel war ausgerechnet der Mann, den er mit offenen Armen empfangen hatte, dem er Arbeit gab und sein Vertrauen schenkte.«

»Radschiv Sharma merkte, dass etwas fehlte von der Ware«, sagte der Commissaris, »dass vielleicht alles weg war. Und er brauchte nicht lange zu überlegen, wer der Dieb sein musste. Er stellte Amir zur Rede, in der Nacht von Freitag auf Samstag der letzten Woche, zusammen mit seinem Sohn Shak. *Warum hast du mich bestohlen*, wollte er wissen, *wo ist meine Ware, wo hast du das Zeug hingebracht?!* Amir leugnete alles, und das machte Radschiv nur noch wütender, so wütend, dass er nach etwas griff, um seinen Fragen Nachdruck zu verleihen, zur nächstbesten Waffe.«

»Einem Messer zum Zimtschälen«, sagte Gallo, »keine besonders geeignete Mordwaffe, aber ein Mord sollte es ja gar nicht werden. Es ging ja nur darum, die gestohlene Ware wiederzukriegen, den Stoff im Wert von einer halben Million Euro –«

»Radschiv packte das Messer und ging damit auf Amir los, den Dieb, den Spitzel, den Verräter!«, sagte der Commissaris. »Die kurze

Klinge verfehlte Amir, vielleicht weil Radschiv die Distanz im Dunkel der Halle falsch eingeschätzt hatte, vielleicht weil sie gar nicht wirklich treffen sollte, aber Amir erkannte plötzlich, dass er einen Fehler gemacht hatte, dass aus der Chance seines Lebens der größte Fehler seines Lebens geworden war, und er versuchte wegzurennen –«

Mira schüttelte den Kopf.

»Sie sagen nichts, bis ich Ihnen eine Frage stelle!« Der Commissaris stand auf, ging um den Tisch herum und trat dicht hinter die junge Frau. »Radschiv Sharma«, nahm er den Faden wieder auf, »ist nicht der Mann, der zu seiner Geliebten geht und ihr einen Mord gesteht, schon gar nicht, wenn er ihn zusammen mit seinem Sohn begangen hat. Deswegen kommen wir jetzt zu Ihnen, Mevrouw Halawi, zu Ihrer Mitwisserschaft, denn Sie waren dabei und haben alles gesehen, und es war so schrecklich, dass Sie es nur leugnen konnten, vor anderen und vor sich selbst, weil Sie sonst nicht weiter mit Radschiv zusammenleben könnten.«

»Wo waren Sie, Mevrouw Halawi?« Hoofdinspecteur Gallo löste sich von der Wand und begann, im Raum herumzugehen, ohne in den Lichtkreis der Tischlampe zu treten. »Standen Sie hinter einem der Regale? Haben Sie zwischen zwei Säcken mit Gewürzen gekauert? Haben Sie am Tor gestanden und durch einen Spalt in die dunkle Halle gestarrt?!«

Mira zuckte zusammen. »Nein, so –«

»Sie reden erst, wenn *ich* eine Frage stelle!«, sagte der Commissaris hinter ihr. »Mir ist es egal, wo Sie sich versteckt hielten. Ich will wissen, was in Ihnen vorging, als Sie zusehen mussten, wie Amir Singh sterben musste! Als Sie sahen, wie der Mann, den Sie liebten, ihn vor sich hertrieb und tötete. Erinnern Sie sich noch an die Nacht vor sechs Tagen? Als Sie Amirs Todesangst gesehen haben, als das erste Blut floss – was ging da in Ihnen vor, Mevrouw Halawi? Wissen Sie das noch? Haben Sie an sein Lächeln gedacht, an seine Fröhlichkeit, an seinen Charme? Haben Sie gedacht, da wird jemandem vor meinen Augen das Leben genommen, und der Mörder ist der Mann, mit dem ich im selben Bett schlafe? Haben

Sie gehört, wie Amir gefleht und gebettelt hat, haben Sie seine Angst gerochen? Angst ist ein starkes Gewürz, Mevrouw – ganz besonders Todesangst! Dabei hätte Amir gar nicht sterben müssen – Sie hätten es verhindern können.«

»Sie sehen diese Angst«, sagte Gallo, als er gerade an der heruntergelassenen Jalousie vorbeiging. »Sie hören Amir keuchen und weinen, Sie hören die scharfen Stimmen, Sie sehen die Messerklinge aufblitzen, und noch immer könnten Sie den Mord verhindern –«

»Es trifft Sie wie ein Schlag, als Sie das Blut sehen.« Der Commissaris hieb mit der flachen Hand gegen die Rückenlehne von Miras Stuhl, »aber Sie bleiben trotzdem in Ihrem Versteck, weil Sie plötzlich auch Angst kriegen, weil Sie nicht wissen, was Radschiv mit Ihnen machen wird, mit der einzigen Zeugin –«

»Oder vielleicht war alles ganz anders?!« Gallo ging jetzt hinter Mira und Van Leeuwen vorbei. »Haben Sie sich gar nicht versteckt? Haben Sie mitgeholfen, die Schlange zu zertreten, die in Ihrem Paradies aufgetaucht war? Haben Sie Shak geholfen, Amir festzuhalten, damit Radschiv ihm das Gesicht zerschneiden konnte? Haben Sie geholfen, ihn zu foltern, damit er das Versteck verrät, den Ort, wo er seinen Schatz vergraben hat, das gestohlene Rohopium?! Haben Sie –«

»Nein!«, rief Mira und schlug die Hände vors Gesicht. »So war es nicht! *So war es nicht …*«

Gallo blieb stehen, im Dunkeln an der Wand. Er sagte nichts mehr. Auch Van Leeuwen schwieg. Schließlich legte er Mira sanft die Hände auf die Schultern. »Wie war es dann?«, fragte er.

Mira schluckte. Sie ließ die Hände sinken. Ihre Wimpern glänzten feucht. »Radschiv hat nichts damit zu tun«, sagte sie leise. »Er hat Amir nicht getötet, und er hat auch kein Rauschgift geschmuggelt. Moschus – er hat Moschus geschmuggelt. Mehr nicht. Alle denken, Radschiv wäre so reich, die Geschäfte gingen so gut, aber das stimmt nicht. In der letzten Zeit ist der Umsatz zurückgegangen, die Ausgaben überstiegen die Einnahmen, es gab keine Rücklagen mehr. Deswegen hat Radschiv versucht, mit dem Moschus heimlich etwas dazuzuverdienen –«

»Wie kommt der Zoll dann auf Opium?«, fragte Gallo.

»Shak«, sagte Mira und holte tief Luft. Sie zitterte jetzt am ganzen Leib, als hätte sie die Kontrolle über die feinen Drähte verloren, die unter der Haut dafür sorgten, dass der menschliche Körper sich koordiniert bewegte. »Er dachte, Moschus bringt nicht genug. Opium bringt mehr. Aber Radschiv hatte davon keine Ahnung. Er hätte es nicht zugelassen, niemals, und Shak wusste das. Deswegen hat er es ohne Radschivs Wissen getan.«

Van Leeuwen fragte: »Aber Sie wussten es?«

»Nein, ich habe es auch erst erfahren, als – in der Nacht, in der Amir starb.«

»Amir hatte es aber herausgefunden«, konstatierte Gallo.

Mira nickte. »Ja, aber er hat es nicht von selbst entdeckt. Dazu war Shak zu vorsichtig. Shak hatte ja schon die ganze Zeit den Verdacht gehabt, dass Amir ein Spitzel sein könnte, und irgendwann hat er es nicht mehr ausgehalten – er wollte den Beweis, deswegen hat er ihn auf die Probe gestellt … Es war ein paar Tage nach dem großen Willkommensessen. Er hatte Amir die ganze Zeit nicht aus den Augen gelassen, aber Amir merkte nicht, wie sehr Shak ihm misstraute. Er war immer fröhlich, fleißig, er flirtete mit mir und trug Pamit auf Händen. Radschiv war ganz begeistert von ihm. Shak sah, wie Radschivs Augen leuchteten, wenn er mit Amir redete, und plötzlich bekam er Angst, sein Vater könnte Amir lieber haben als ihn. Einen Spitzel. Einen Exsträfling. Einen Drogensüchtigen.

An diesem Abend ein paar Tage nach dem Essen lud er Amir ein, mit ihm spazieren zu gehen, nur sie beide, zwei Freunde, deren neu geknüpftes Band noch tiefer werden sollte. Er sagte Amir, er hätte die Einstichnarben gesehen, und er wollte ihn natürlich nicht in Versuchung führen, aber falls Amir mal erstklassigen Stoff –«

»Und so weiter«, fiel Gallo ihr ungeduldig ins Wort, »er weiht ihn also in sein lukratives Nebengeschäft ein …«

»Er hat ihm sogar verraten, wann angeblich die nächste Lieferung kommen sollte und wo er den Stoff versteckte«, sagte Mira. Ihr Gesicht hatte jetzt nichts mehr von einer Maske. »Natürlich sagte er ihm nicht die Wahrheit – er wollte nur sehen, ob Amir den Zoll informiert, ob wieder eine Razzia stattfindet. Aber nichts passierte. Trotzdem waren Shaks Zweifel nicht zerstreut, und als der Stoff dann wirklich kam, versteckte er ihn woanders, als er gesagt hatte. Wieder legte er sich auf die Lauer und wartete, ob Amir sich an der falschen Stelle zeigte, an der, die er ihm genannt hatte. Bloß dass Amir ihn auch beobachtet hatte und deshalb den Stoff eine Nacht später aus dem echten Versteck stahl.«

»Wo war das?«, fragte Hoofdinspecteur Gallo.

»Ganz hinten in der Lagerhalle«, antwortete Mira, »in einem Regal mit Gewürzen, die man nicht mehr verkaufen konnte, weil sie ihr Aroma verloren hatten …«

Als sie erzählte, was in der Halle vorgefallen war, kehrte der Commissaris zu seinem Stuhl zurück und setzte sich wieder. Der Raum, in dem er sich mit Gallo und Mirabal befand, trat in den Hintergrund; und er sah die Halle vor sich, die Dunkelheit und einen Mann, der durch diese Dunkelheit schlich.

Er sah, wie der Mann sich leise an den Regalen entlangbewegte, immer wieder verharrte, um zu lauschen. Ein Feuerzeug sprang auf. Die Flamme beleuchtete das Gesicht von Amir Singh. Er hielt das Feuerzeug hoch, um die Beschriftung der Gewürzbehälter neben seinem Kopf lesen zu können. Er griff nach einer Dose im Regal und nahm sie heraus. Er steckte das Feuerzeug wieder ein. Im Dunkeln schraubte er die Verschlusskappe ab, griff in die Dose und holte ein in Zellophan gewickeltes Päckchen heraus. Er starrte das Päckchen an und rang mit sich. Dann knöpfte er hastig sein Hemd auf und schob das Päckchen hinein und gleich darauf noch ein zweites.

Das ist Amir Singh im Moment seines größten Triumphs, dachte der Commissaris. *Amir Singh, als er die Chance seines Lebens ergreift. Amir Singh kurz vor seinem Tod: die glatten, kühlen Päckchen dicht an seiner Haut erregten den Jungen, nein, den Mann, und er muss grinsen. Stolz blitzt in den dunkelbraunen Augen – ja, das schwellende, prickelnde Gefühl, ein richtiger Mann zu sein, der sein Leben in die Hand nimmt. Er ist siebenundzwanzig Jahre alt, und niemand kann ihm etwas vormachen; mit allen Wassern gewaschen und noch dazu die Seife erfunden.*

Er knöpfte das Hemd zu und blickte sich um, orientierte sich in dem schwachen Licht, dem Mondschein, der durch die Fenster oben in den Wänden fiel. Eine halbe Minute bis zum Rolltor, eine weitere Minute über den Platz vor der Halle, an Sharmas Trailer vorbei und dann durch eine lockere Stelle im Zaun. In den letzten Tagen hatte er nach einem Versteck gesucht und ein Hausboot am Kanalufer entdeckt, das verlassen schien.

»Amir!?«

Amir zuckte zusammen, als er plötzlich Pamits Stimme hörte. Er sah hoch, zur Balustrade, wo der Junge durch das Fenster zum Dach hereingekrochen kam und über die Balustrade lief, ein kleiner, flinker Schatten, der rief: »Shak, da ist Amir!« Jetzt kletterte Pamits Bruder durch das Fenster und beugte sich über das Geländer der Balustrade.

»Sie waren auf dem Dach gewesen«, sagte Mira, »wo sie oft saßen und über den Fluss sahen, nicht nach Amsterdam – nach Bombay ...«

Shak begriff sofort, was Amir um diese Zeit in der Halle wollte. *Ich habe gewusst, dass er ein Spitzel ist*, schrie er, *ein Spitzel und ein Dieb! Er hat uns bestohlen, Pamit, er darf uns nicht entkommen!* Er stieß seinen Bruder beiseite und lief die Balustrade entlang. Unter ihm rannte Amir zum Tor. Shak polterte die Eisentreppe hinunter, das Gestänge hallte unter seinen Tritten, und der Hall wurde von den Wänden zurückgeworfen, und beinahe hätte Amir es geschafft, aber Shak war schneller, der Zorn machte ihn so schnell, und beide waren fast gleichzeitig am Tor, und dort stürzten sie aufeinander los wie Kampfhunde.

Amir wusste jetzt, dass es um sein Leben ging. Er erinnerte sich daran, wie er im Gefängnis gekämpft hatte. Alles, was er dort gelernt hatte, fiel ihm wieder ein, dass man schnell und hart zuschlagen musste und dass die ersten Schläge einen Kampf entschieden, und obwohl Shak größer und kräftiger war, ging er zu Boden, und dort trat Amir auf ihn ein, ohne auf Pamit zu achten, der immer wieder schrie: *Hört auf, hört auf, hört doch auf!*

Aber Amir hörte nicht auf, nicht sofort, erst als Shak sich nicht mehr rührte. Ein wildes, schrilles Gefühl stieg in ihm auf. Er stürzte zum Rolltor. Am Tor drehte er sich kurz um und sah, dass Pamit die Eisenstufen der Treppe herunterstolperte. Er sah, wie Pamit mit einem geschmeidigen Satz die letzten Stufen übersprang, aber dann sah er nichts mehr, denn er zwängte sich durch den Spalt im Rolltor auf den Hof, und draußen rannte er über den Hof, und die Päckchen unter seinem Hemd störten ein bisschen beim Laufen, aber nicht sehr, und dann hatte er auch den Zaun hinter sich gelassen, und draußen rannte er im körnigen Licht der weit auseinanderstehenden Laternen die Straße entlang, rannte im staubschweren Wind über leere Parkplätze und vorbei an dunklen Verwaltungsgebäuden, rannte durch Gassen, deren Namen er nicht kannte, über die Motorkade, die Spijkerkade, die Schaafstraat in die Vogelkade.

Kurz fing er vielleicht Musikfetzen auf, ein dumpfes Hämmern, Stripteasemusik, Sexmusik, aus irgendeinem Cabaret oder Club in einem Hinterhof, vielleicht das *Paradise Club of the Year* oder das *Erotisch Café Cattier,* aber er rannte weiter, geduckt, an den Schrebergärten entlang auf den Wald zu, bis er hinter den Türmen und Silos der Raffinerie den Weg erreichte, der zum Kanal führte, und wenn er erst mal am Kanal war, hatte er es geschafft, dort holte ihn keiner mehr ein, von da aus konnte er ruhig zu dem Boot gehen und sich auf dem Wasser verstecken.

Er rannte fast die ganze Strecke, ohne sich umzuschauen und ohne auch nur im Geringsten außer Atem zu kommen. Eins der Päckchen war halb aus dem Hemd gerutscht, und er blieb hinter einem am Kanalufer parkenden Wohnmobil stehen, öffnete die Knöpfe und holte beide Päckchen heraus. Betrachtete sie. Seine Zukunft.

Van Leeuwen kehrte in die Gegenwart zurück. »Woher wissen Sie, dass es Shak und Pamit waren, die Amir überrascht haben?«, fragte er.

»Pamit hat es mir erzählt«, sagte Mira, »jedenfalls das meiste davon, auf seine Art. Er wird immer noch ganz aufgeregt, wenn er daran denkt, und dann redet er durcheinander, und nichts, was er sagt, ergibt mehr irgendeinen Sinn.« Sie schwieg. Sie starrte auf die grüne Wand des Verhörraums, und einen Moment lang hatte Van Leeuwen das Gefühl, die Veränderung, die mit ihr vorgegangen war, fassen zu können. Er musterte sie genau, wollte nicht nur hören, was sie erzählte, sondern wollte wissen, was sie dachte. Aber dann kam er wieder nicht darauf, was es sein konnte; er wusste nur, es war nichts Gutes.

»Wo war Radschiv Sharma zu der Zeit?«, fragte Gallo.

Mira wandte den Kopf, ihre Augen suchten seine Gestalt in der Dunkelheit. Unvermittelt erinnerte ihr Blick Van Leeuwen an eine grauäugige Wölfin, leer, aber wachsam. Gefährlich, wenn ihr Revier bedroht wurde. »Er hat geschlafen. Wir haben beide geschlafen, in seinem Wohnwagen. Es war ja spät, weit nach Mitternacht.«

»Sie haben gesagt, dass Shak Rauschgift schmuggelte, hätten Sie in der Nacht erfahren, in der Amir starb«, sagte der Commissaris. »Wann war das?«

Sie schloss einen Herzschlag lang die Augen, dann war der Wolfsblick verschwunden. »Wir hatten schon geschlafen, als plötzlich jemand an die Tür des Wohnwagens hämmerte. Radschiv wurde zuerst wach und war schon am Fenster, bevor ich die Augen öffnete. Er stand auf und ging hinaus, im Schlafanzug. Er schloss die Tür schnell wieder, aber das Bett steht direkt am Fenster, und ich brauchte mich bloß aufzurichten, um hinausschauen zu können, und da sah ich Shak im Dunkeln, wie er auf seinen Vater einredete und dabei mit den Händen herumfuchtelte. Er redete eine ganze Zeit lang, bis Radschiv ihn auf einmal schüttelte und rief: *Was ist das, ist das Blut? Was hast du da überall, Blut?!*

Ich konnte nichts erkennen, weil es so dunkel war, und dann rief Shak: *Schrei doch nicht so! Willst du, dass alle uns hören können?!*, und dann brüllten sie sich in einem Dialekt an, den ich nicht verstand, bis sie ihre Stimmen wieder dämpften und ganz leise sprachen. Aber ich sah, wie Shak schwitzte, das Haar hing ihm nass ins Gesicht, und ich hörte den Namen *Amir*, und dann hörte ich wieder eine Zeit lang nichts, bis Radschiv plötzlich aufschrie. So hatte ich seine Stimme noch nie gehört, so voller Zorn und Schmerz zugleich.«

Miras Stimme brach erneut, und kurz sah es so aus, als wäre

ihr Kopf auf einmal zu schwer für ihre Schultern und könnte jeden Augenblick nach vorn oder hinten kippen. »Und dann … dann wandte er sich jäh von Shak ab und beugte sich vor, als müsste er sich übergeben, aber er weinte nur. Er weinte, und es hörte sich an – ich habe noch nie einen Mann so weinen hören, so als wäre er kein Mensch mehr und wollte auch keiner sein. Er stemmte die Hände gegen die Oberschenkel und blieb eine ganze Zeit lang so stehen, schwankend, vorgebeugt, bis er sich endlich wieder aufrichtete, sich über das Gesicht fuhr und sich zu seinem Sohn umdrehte und ihn in seine Arme zog.«

Mirabal schwieg. Sie schwieg so lange, dass Van Leeuwen den Eindruck hatte, es mangelte ihr einfach an der Kraft, weiterzureden. Aber dann sagte sie: »Ich wusste nicht, was passiert war. Ich wusste nur, es musste etwas Schreckliches gewesen sein, und Shak hatte es getan. Ich sah es später an Radschivs Gesicht, als er zurückkam und sich auf die Bettkante setzte und mich ansah. Es war ganz wund von enttäuschter Liebe. Er saß da und sah mich an, aber er sah gar nicht mich, er sah sein Leben, seine Familie und wie alles vernichtet zu werden drohte. Wie sein eigener Sohn dem Bösen die Tür geöffnet hatte. Er sah, dass dieser Mann vom Zoll recht gehabt hatte. Und dann – das war am schlimmsten – erkannte er, dass Shak vielleicht nie auf die Idee gekommen wäre, Opium zu schmuggeln, wenn er selbst ihn nicht mit dem Moschus auf den Gedanken gebracht hätte. Dass er selbst die Zukunft zerstört hatte, wegen der er mit seiner Familie in dieses Land gekommen war.«

Unmerklich hatte sie zu weinen begonnen; ihre Augen blieben trocken, nur zwei glänzende Fäden zeigten sich unter ihrer Nase. »Aber ich wusste, er würde trotzdem alles tun, um seinen Sohn zu beschützen, jeden seiner Söhne. Er war so traurig über Amirs Tod, so traurig über Shaks Betrug. Aber vor allem war er immer noch Vater. Er hatte seine Frau verloren, auf keinen Fall wollte er auch noch seinen Erstgeborenen verlieren. Solange sie alle zusammenhielten, war Shak sicher. Wenn sie sich trennten, wenn Shak weglief, waren sie alle verloren … Das ist alles. Mehr weiß ich nicht. Nur, dass Radschiv niemanden ermordet hat, weder Amir noch dessen Freundin.«

»Sie sind seine Geliebte«, sagte Hoofdinspecteur Gallo. »Woher wissen wir, dass Sie die Wahrheit sagen? Woher wissen wir, dass Sie nicht Shak belasten, um den Mann, den Sie lieben, zu schützen?«

»Weil er mir das nie verzeihen würde«, sagte Mira schlicht. »Er würde mich verstoßen und nie wieder an mich denken.«

Das könnte sein, dachte der Commissaris, *ich würde es so machen.* Er stellte fest, dass das Licht der Tischlampe sie nicht mehr trennte, sondern im Gegenteil jeden Abstand zwischen ihnen aufhob. *Sie sagt die Wahrheit,* dachte er, so groß war die plötzliche Nähe. Aber es gab dort in ihr noch eine andere Wahrheit, die sie nicht sagte. Vielleicht weil sie gar nicht wusste, dass diese andere Wahrheit da war und etwas an ihr verändert hatte. Vielleicht ahnte sie es nur.

Er sagte: »Nur eine Frage noch: Wie lange kennen Sie Mijnheer Sharma schon? Wann wurden Sie seine Geliebte?«

»Vor vier Jahren, im August.«

»Wie hat Shak auf diese neue Situation reagiert?«, fragte der Commissaris. »Und Pamit? Wie haben seine Söhne sich Ihnen gegenüber verhalten?«

»Pamit hat sich schnell an mich gewöhnt«, sagte Mira. »Er ist wie ein junger Hund, der schnell Zutrauen fasst. Wie Shak zu mir steht, haben Sie ja selbst gesehen.«

»Und dann wiederholte sich die ganze Sache mit Amir«, sagte Gallo. »Er hat wahrscheinlich furchtbare Angst gehabt, dass nach einer neuen Mutter auch noch ein neuer Bruder in die Familie aufgenommen wird. Besonders wo er jederzeit damit rechnen musste, dass sein Vater irgendwann von seinen Drogengeschäften erfährt. Dass er ihn die ganze Zeit hintergangen und auf diese Weise die Existenz der Firma aufs Spiel gesetzt hat und dass ihnen allen Gefängnis und sofort anschließend die Ausweisung drohte. Durch die Razzia und den Umstand, dass Amir ein Informant des Zolls war, rückte dieser Moment plötzlich ganz nah. Es gab im Grunde wirklich nur die eine Möglichkeit. Shak hatte ein Motiv, Amir Singh zu töten. Er wollte die Ware zurückholen, ohne dass sein Vater je davon erfuhr. Er stieg in Papas roten Mercedes und fing an, nach Amir zu suchen.

Er verfolgte ihn, und am Ende fand er ihn auch … Der Wagen ist gar nicht gestohlen worden, oder?«

Mira schüttelte den Kopf. »Damals noch nicht. Aber danach ist er wirklich verschwunden, am nächsten Morgen war er weg. Möchten Sie sonst noch etwas wissen?«

»Ihre Schuhgröße«, sagte Gallo. »Ihre und die von Shak und Radschiv.«

Der Commissaris stand auf und zog die Jalousie hoch. Sonnenschein schlug in den Raum. Mirabal blinzelte, als zeigte das Tageslicht ihr eine neue, fremde Wirklichkeit, in der sie sich erst zurechtfinden musste. Das ist die Wahrheit, dachte Van Leeuwen; die Wahrheit am Ende eines langen Verhörs lässt alles in einem neuen Licht erscheinen.

21

Sie gingen zu viert über den Markt in der Albert Cuypstraat. Es war später Nachmittag, und der Commissaris und Hoofdinspecteur Gallo gingen langsam, die Augen auf die Gesichter der Passanten in der Gasse zwischen den Buden gerichtet. Sie schoben sich in die schmalen Durchgänge zu den Häusern dahinter, streiften aufgehängte Teppiche, Ledertaschen, Gürtel, Schaffellmäntel und bunt bestickte Kleider. Sie wären gern schneller gegangen, aber der Strom der Männer, Frauen und Kinder, der sie umgab, bewegte sich nur träge, und sie wollten kein Aufsehen erregen.

Sie suchten ausschließlich nach dunklen Gesichtern und nach Männern. Keine schwitzenden Rucksacktouristinnen aus Deutschland, keine lärmenden Spanier, keine jungen Japanerinnen in Nikes und Trainingsanzügen, keine alten Amerikanerinnen mit Sandalen und Basthüten auf dem lila gefärbten Haar. Nur die dunklen Gesichter und nur die Männer: Sie entdeckten sie, sie fassten sie ins Auge – *schärfer, näher* – und ließen den Blick weiterwandern, sobald sie die Merkmale mit dem Bild, das sie in sich trugen, abgeglichen hatten. Es war das Bild von Shak Sharma.

Der Markt nahm die ganze Straßenbreite ein und zog sich über mehrere Kreuzungen. Unter den Zeltplanen und Markisen sammelte sich die Wärme. Nur gelegentlich strich eine Brise durch die Straße, dann blähten sich die Teppiche und Seidentücher und Frotteemorgenmäntel und Samthemden träge an ihren Leinen, und das Klirren von Eisengeschirr mischte sich in die plärrende Musik aus den Lautsprechern der CD- und Videoshops. Überall roch es anders, nach gebratenem Fleisch, geröstetem Fisch, Holzkohlefeuern, scharfen Gewürzen, frisch geschnittenen Tulpen, Weihrauch. In dem Zwielicht hinter den Verkaufsständen schien die Luft wie mit Honig durchsetzt. Abwasserrinnsale standen an der Gehsteigkante. Möwen stolzierten herrisch vor den Ständen auf und ab, unbeeindruckt von den Füßen der Passanten, und pickten nach dem Schillern verstreuter Fischschuppen. Das Geschrei der Hausierer und Straßenkünstler dröhnte Van Leeuwen in den Ohren, dazu Gitarren, Drehorgelklänge und das Klingeln zahlloser Fahrräder. *Fehlt nur noch das Blöken von Maultieren oder Schafen,* dachte er, *und der Gebetsruf eines Muezzins auf einem Minarett irgendwo über unseren Köpfen.*

Er spürte ein leichtes Beben des Bodens unter seinen Füßen, und er wusste, dass es von den U-Bahn-Bauarbeiten in der Erde herrührte, aber es war auch etwas in ihm, etwas Ungehaltenes. Die Unruhe drang in ihn ein, blieb nicht draußen. Das Beben verstärkte die Anspannung, die er jedes Mal fühlte, bevor er einen Verdächtigen verhaftete. Die dünnen Haare auf seinem Handrücken standen ab wie elektrisiert, und er spürte sein Herz schneller schlagen; er spürte es unten im Hals und hinter den Ohren.

Der Commissaris und Gallo hielten sich in der Mitte der Schaulustigen. Sie ignorierten den matten Glanz von Silber und Messing, den Schimmer alter Uhren oder antiken Porzellans. Sie interessierten sich nicht für Vasen und Krüge und gefärbte Tücher. Sie interessierten sich auch nicht für exotische Früchte und billigen Modeschmuck. Ebenso wenig interessierten sie sich für Naturkosmetika in Tiegeln und Gläsern oder für die dampfenden türkischen, chinesischen oder indonesischen Gerichte, die rund um den Markt in Töpfen und Pfannen vor sich hin zischten.

Sie interessierten sich ganz allein für einen jungen Mann in einem schwarzen Anzug, den sie am Ende des Markts vor einem Stand mit Gewürzen neben seinem Vater stehen sahen. Sie interessierten sich für Shak Sharma, den sie festnehmen wollten.

»Da ist er, bei dem Stand vor dem *Peperkorn,* Hausnummer 150«, sagte Hoofdinspecteur Gallo, und dann sagte er es noch einmal in ein kleines Walkie-Talkie, um Brigadier Tambur und die uniformierten Polizisten zu informieren, die den Markt von der anderen Seite, aus der Richtung Van Woustraat, durchkämmten.

Radschiv Sharma stand leicht vorgebeugt im Schatten einer niedrigen Leinenmarkise und redete auf den Verkäufer hinter dem Gewürzstand ein. Dabei untermalte er jedes zweite Wort mit einer kleinen, aber heftigen Geste der rechten Hand. Sein safrangelber Turban schien das honigfarbene Licht aus der Luft aufzusaugen. Der Mann, mit dem er sprach, verschränkte die Arme vor der Brust und schüttelte immer wieder den Kopf.

Shak bemerkte den Commissaris und Gallo, als sie ihn beinahe erreicht hatten. Für eine Sekunde wurde sein Gesicht fast grau, danach dunkel unter der Bräune. Sein Blick flog hin und her. Er wandte sich ab, drehte den Kopf, aber dann entdeckte er auch Julika und die uniformierten Polizisten auf der anderen Seite. Man konnte geradezu sehen, wie sich die Welt für ihn verlangsamte, wie sie weiter wegrückte, die Menschenmenge und die Marktbuden und alles um ihn herum. Der Himmel senkte sich herab, die Luft wurde dichter, und er schien zu schwanken wie ein junger Baum unter einem jähen Windstoß. Im nächsten Moment war der Commissaris bei ihm und sagte: »Mijnheer Sharma – Shak Sharma, Sie sind vorläufig festgenommen.«

Sein Vater fuhr herum, erfasste die Situation mit einem einzigen langen Blick seiner grünen Augen und fragte scharf: »Festgenommen, mein Sohn? Weswegen?«

»Mord«, antwortete Van Leeuwen, »an Amir Singh.«

»Dafür haben Sie keine Beweise«, sagte Radschiv Sharma hastig und griff nach den Handschellen, die Gallo von seinem Gürtel gelöst hatte. Er packte sie und hielt sie fest. »Er war es nicht. Er hat es nicht getan.« Er sah erst Gallo an, dann Van Leeuwen, mit seinen brennenden Augen. »*Ich* war es. *Ich* habe Amir Singh getötet.«

»Vater!«, rief Shak überrascht.

Gallo errötete, es begann an seinem Hals und wanderte über die Schläfen zur Stirn hinauf: Zorn, den er unter Kontrolle zu halten versuchte. Rasch löste der Commissaris Sharmas Finger von den Handschellen. »Mijnheer Sharma, wir haben die unterschriebene Aussage von Mevrouw Mirabal Halawi, derzufolge Ihr Sohn Shak –«

»Sie lügt! Sie war nicht dabei, sie weiß gar nichts!« Auf Sharmas Stirn schwoll eine blaue Ader an, so sehr, dass man ihr Pochen unter der Haut sehen konnte, und seine Stimme wurde lauter, als müsste er das Pochen in seinem Kopf übertönen. »Verhaften Sie *mich*. *Ich* habe Amir Singh getötet, weil er ein Dieb war. Er hatte den Tod verdient.«

Hoofdinspecteur Gallo schüttelte den Kopf. »Sie haben Singh nicht ermordet«, sagte er. »Sie behindern eine polizeiliche Maßnahme, Mijnheer Sharma, und wenn Sie –«

»Warum habe ich ihn nicht ermordet?«, fragte Sharma heftig. »Weil ich ein alter Mann bin oder ein guter Mensch? Weil ich nicht weiß, wie man ein Messer benützt? Oder wie man seine Familie und seine Firma beschützt? Was wollen Sie noch?! Ich gestehe. Ich bekenne mich schuldig! *Was noch?!*«

Er redete so laut, weil er dachte, man könnte ihn sonst nicht verstehen; Van Leeuwen kannte das. Sharma sah ihn, und er sah Hoofdinspecteur Gallo und seinen Sohn, und er sah auch die Menschen ringsumher, die vorbeidrängten, lachten, sich anrempelten. Aber er konnte sie kaum hören, er hörte nur ein Rauschen, das alle anderen Geräusche zu verschlucken schien. Oder ein feines, helles Pfeifen, das lauter und eindringlicher wurde, den Klang der drohenden Gefahr für seinen Sohn. Er hatte sogar Mühe, seine eigene Stimme zu hören, deswegen redete er so laut.

Der Commissaris sagte: »Gut, wenn Sie es so wollen, dann kommen Sie mit, Mijnheer Sharma. Sie sind festgenommen. Leg ihm die Dinger an, Ton.«

Gallo rührte sich nicht. Auch Julika und der uniformierte Polizist schienen nicht zu verstehen, was sich vor ihren Augen abspielte, als Van Leeuwen Gallo die Handschellen abnahm und sie Radschiv Sharma anlegte. Die Unterarme des alten Inders waren dünn, aber die Haut war straff, und die Hände zitterten nicht. »Begleiten Sie uns bitte zu unserem Wagen, Mijnheer Sharma!«

»Vater«, sagte Shak noch einmal verwirrt.

»Ruhig«, sagte sein Vater.

Der Gewürzverkäufer, mit dem sie gesprochen hatten, rieb sich nachdenklich mit Daumen und Zeigefinger über den Hals. Gallo trat dicht an Van Leeuwen heran. »Kann ich dich kurz sprechen, Bruno?«

Der Commissaris nickte und ging ein paar Schritte, und hinter dem Gewürzstand blieb er stehen. »Was geht hier eigentlich vor?«, wollte Gallo wissen.

»Wir verhaften Radschiv Sharma«, sagte Van Leeuwen.

»Er hat es nicht getan.«

»Ich weiß.«

Gallos Augen wirkten feuchter als sonst, aber er war nicht mehr wütend. »Was ist mit Shak? Sollten wir ihn nicht wenigstens auch mitnehmen? Eine Zeugin hat ihn beschuldigt, das reicht, um ihn zweiundsiebzig Stunden festzuhalten.«

»Ich weiß.«

Gallo wandte den Blick ab und schüttelte den Kopf. Er blinzelte in das schräg einfallende Nachmittagslicht.

Der Commissaris sagte: »Ton, wenn wir beide festnehmen, manövrieren wir uns in eine Sackgasse. Dann leugnet der eine weiter, während der andere die Tat gesteht, beide lügen, und wir müssen einen wieder laufen lassen, und das wird der wahre Mörder sein. Aber wenn wir Radschiv nachgewiesen haben, dass er unmöglich der Täter sein kann, bleibt nur Shak übrig, und es gibt niemanden mehr, hinter dem er sich verstecken kann.«

»Und wie willst du das anstellen?«

Van Leeuwen sagte: »Ruf Doktor Holthuysen an, und sag ihm, er soll in einer Stunde bei dem Hausboot sein, auf dem wir Amir

Singhs Leiche gefunden haben. Und ein Staatsanwalt wäre auch nicht schlecht.«

Das war der Moment, in dem Radschiv Sharma losrannte. Er rannte mit kurzen, unsicheren Schritten, die Hände in den Handschellen vor die Brust gehoben. Dabei schlug er Haken wie ein Fußballspieler, der einen Ball an der Verteidigung vorbei ins gegnerische Tor dribbelt. Er rannte und versuchte, den Touristen und Verkäufern und Straßenkünstlern in der Gasse zwischen den Ständen auszuweichen, und jedes Mal, wenn jemand nicht schnell genug beiseitesprang, schlug er einen neuen Haken auf dem glitschigen Pflaster. Als er sah, dass Julika und der uniformierte Polizist ihm nachliefen, zwängte er sich zwischen zwei eng stehenden Buden hindurch und rannte hinter den Ständen weiter, aber nach ein paar Metern rutschte ihm der Turban vom Kopf und rollte sich auf seinen Schultern zu einem safrangelben Tuch aus, das langsam seinen Rücken hinunterrutschte, und eins der Enden geriet ihm zwischen die Beine. Erst sah es so aus, als störte es ihn nicht beim Laufen, doch dann verfing sich sein linker Fuß in dem Tuch, und er stolperte und stürzte und schlug mit der Stirn auf die Deichsel eines Gemüsewagens. Danach lag er da mit blutender Stirn und bewegte sich nicht mehr, bis der Commissaris bei ihm war und sagte: »Das überzeugt mich auch nicht, Mijnheer Sharma.«

Sharma öffnete die Augen. »Helfen Sie mir auf, bitte«, sagte er und streckte Van Leeuwen die gefesselten Hände entgegen. Als er stand, wischte er sich mit dem Anzugärmel das Blut von der Stirn. »Ich laufe nicht schlecht für mein Alter, oder?«, fragte er, während seine Brust sich hob und senkte wie ein Blasebalg. »So bin ich damals hinter Amir Singh hergerannt, mit dem Messer in der Hand …«

»Natürlich«, sagte der Commissaris und führte den alten Inder hinter den Marktbuden zu dem in einer Seitenstraße wartenden Dienstwagen.

»Wo ist Mirabal jetzt?«, fragte Sharma besorgt, als sie im Wagen saßen und auf dem Amsteldijk in Richtung Jodenbuurg fuhren. Er hockte auf dem Rücksitz neben Brigadier Tambur, die mit den

Handschellen gefesselten Hände im Schoß zu Fäusten geballt. Sein Turbantuch lag nachlässig zusammengefaltet zwischen seinen Oberschenkeln.

»Wir haben sie zurückgebracht«, antwortete Gallo, ohne sich umzudrehen. »Zu *Sharma & Sons*. Einer Ihrer Angestellten hat ihr berichtet, dass Sie und Ihr Sohn auf dem Albert Cuypmarkt sind, um ausstehende Rechnungsbeträge von einigen Ihrer Kleinabnehmer einzutreiben.«

»Haben Sie sonst noch etwas getan, wozu Sie kein Recht hatten?«, wollte Sharma wissen.

»Wir hätten dem Rauschgiftdezernat nahelegen können, das Lager nach dem Opium zu durchsuchen«, sagte Julika. »Aber natürlich haben Sie das längst verschwinden lassen. Deswegen haben wir uns darauf beschränkt, sämtliche Turnschuhe zu beschlagnahmen, die wir finden konnten: Ihre, die von Ihrer Geliebten und die von Ihren Söhnen. Größe 38, 42, 40, alles vertreten.«

»Ich habe gar keine Turnschuhe«, sagte Sharma.

Und an den anderen werden wir kein Blut finden, dachte Van Leeuwen.

Sharma sah aus dem Fenster und runzelte die Stirn, als der Wagen den Stadhouderskade kreuzte und auch an der Saphartistraat nicht nach links abbog. »Wo bringen Sie mich hin?«, fragte er. »Das ist nicht der Weg ins Polizeipräsidium!«

»Wir bringen Sie nicht ins Präsidium«, sagte der Commissaris.

»Wohin dann? Ah, Sie bringen mich ins Gefängnis.«

»Wir bringen Sie auch nicht ins Gefängnis.«

»Sie bringen mich nicht ins Gefängnis? Warum nicht?«

Gallo sagte: »Bei uns kommt man nicht so einfach ins Gefängnis. Zuerst kommt man in eine Arrestzelle, entweder in der Elandsgracht oder in Amsterdam West, manchmal auch in Südost, je nachdem, wo eine frei ist. Dort wird man befragt, und wenn nach der Befragung die Beweislage ausreicht, ordnet ein Richter Untersuchungshaft an.«

»Und wenn nicht?«, fragte Sharma.

»Dann«, sagte Van Leeuwen, »wird der Verdächtige wieder auf

freien Fuß gesetzt, bis wir mehr gegen ihn in der Hand haben oder bis die Ermittlungen zu einem anderen Verdächtigen führen.«

»Aber wenn der Verdächtige alles gesteht?«

Brigadier Tambur sagte: »Wir überprüfen, ob seine Angaben der Wahrheit entsprechen.«

»Ich sage die Wahrheit«, bekräftigte Sharma, den Blick weiter aus dem Fenster gerichtet. Aber er schien weder den Feierabendverkehr wahrzunehmen noch das Abendrot über den Dächern und auch nicht die grün gestrichenen Wände des IJ-Tunnels, als das Licht der untergehenden Sonne von der Tunnelbeleuchtung abgelöst wurde.

»Sie sind kein Mörder, Mijnheer«, sagte der Commissaris. »Sie sind nicht einmal ein besonders schlechter Mensch.«

»Ich habe Amir Singh getötet.«

»Wie?«

»Mit einem Messer. Einem Messer zum Zimtschälen.«

»Sie sagten, Sie hätten keins.«

»Ich habe gelogen. Mörder tun das.«

»Das stimmt«, gab Van Leeuwen zu. »Erzählen Sie uns bitte in allen Einzelheiten, wie Sie Mijnheer Singh getötet haben.«

»Ich möchte jetzt nichts mehr sagen. Ich gehe ins Gefängnis.« Sharma nickte selbstzufrieden. »Wie Ghandi.«

Van Leeuwen drehte sich zu Sharma um. »Wissen Sie, wie die Zellen aussehen, Mijnheer Sharma? Wie es da zugeht? Sind Sie wirklich so erpicht darauf, in einem kahlen Arrestblock zu kauern, umgeben von Betrunkenen, die in ihrem Erbrochenen liegen, von keifenden Nutten und blutenden Schlägern? Wollen Sie Stunde um Stunde das Lallen, Stöhnen und Grölen aus den anderen Zellen hören? Und dann der Gestank der feuchten Matratzen, nach Urin und Kot und ausgekotztem Bier und der ganzen Qual, dem ausgedünsteten Leid, das sich Tag für Tag, Woche für Woche, Monat für Monat und Jahr für Jahr über die Zelle gelegt hat und das nicht einmal die schärfsten Scheuermittel abwaschen konnten …! Es gibt keinen Ventilator in diesen Zellen, keine frische Luft, keine Dusche, keine Hoffnung …«

Sharma wandte seinen Blick von den vorbeifliegenden Tunnelwänden und sah Van Leeuwen an. Er lächelte. »*Er ward verschmäht und verachtet, ein Mann der Schmerzen und gewohnt an Gram*«, sagte er.

»Ghandi?«, fragte der Commissaris.

»Händel. *Der Messias.*«

»*Ich steh mit einem Fuß im Grabe*«, zitierte der Commissaris seinerseits. »Kantate. Bach-Werke-Verzeichnis 156.«

Noch immer lächelnd sagte Sharma: »Ich nehme an, Sie haben mir Ihren Arrestblock in so malerischen Farben geschildert, um mich abzuschrecken oder einzuschüchtern, ja? Aber Sie vergessen, wo ich herkomme. Was Sie da beschreiben, ist Mumbai. Sie beschreiben Kalkutta. Sie beschreiben meine Heimat.« Er öffnete die Fäuste in seinem Schoß, formte die Hände in den Handschellen zu Schalen. »Wir Inder haben ein Wort – *maya.* Das Wort bedeutet ›Illusion‹, und es bezeichnet die Welt. Die ganze Welt ist eine Illusion. Unser Leben ist eine Illusion. Wie das Kino. Es gibt keine Wirklichkeit, keine, die wir wahrnehmen könnten. Oder beeinflussen. Die Dinge nehmen ihren Lauf, egal, was wir tun, und wenn man das begriffen hat, lebt man in Frieden mit sich, weil man nicht mehr versucht, etwas zu ändern. Deswegen gibt es diese entsetzliche Armut in meiner Heimat, das ganze Elend, den Dreck – so weit ist Indien mit *maya* gekommen.«

Es war nur eine kurze Fahrt durch den Tunnel. Als der Wagen in die Ausfahrt nach Noord bog, hörte Sharma auf zu lächeln. »Ihre Fragen, Ihre sogenannte Wahrheit, die Antworten, die Sie suchen, sind nichts anderes als unser *maya.* Aber meine Frau Vharma war keine Illusion. Und Mirabal war auch keine Illusion – ich wollte sie nämlich haben. Meine Söhne sind keine Illusion – ich habe sie gezeugt. Der Palast der 1000 Gewürze ist keine Illusion – ich habe ihn aufgebaut. Die Tausende und Abertausende von Euro, Dollar und Pfund, die ich überall auf der Welt vorschießen muss, damit ich beliefert werde, sind ebenso wenig eine Illusion, denn ich musste sie erst verdienen. Wäre ich ein Anhänger von *maya,* würde mir nichts davon gehören, weil ich nämlich in meiner Heimat ein armer Mann war, Sohn armer Eltern und Bruder armer Geschwister. Aber ich wollte kein Vater armer Kinder werden, deswegen musste ich weggehen, weg von Delhi, nach Europa, nach Holland, nach Amsterdam, mit Vharma, meiner Frau. Aber auch hier ist mir nichts in den Schoß gefallen, niemand hat mir etwas geschenkt. Ich habe ganz unten angefangen. Ich war Wächter in einem Parkhaus. Ich war Rosenverkäufer in Restaurants, wie Amir. Ich war Koch. Ich habe meine Frau gehabt, Vharma, die mir Kinder geschenkt und sie großgezogen hat. Und ich hatte eine Freundin, die mir beim Geldverdienen half – eine Afrikanerin, keine Niederländerin. Ich fand auch Freunde. Einen davon habe ich jeden Abend auf meiner Rosentour mitgenommen. Ich habe ihm gezeigt, wie man ein Parkhaus bewacht. Ich habe ihn mit meiner Freundin schlafen lassen. Später habe ich ihn an meiner Stelle auf meine Rosentour gehen lassen und allein zu meiner Freundin und zu meiner Schicht im Parkhaus. Er gab mir etwas von seinem Verdienst ab und noch etwas, wenn er zu meiner Freundin ging. Er hatte andere Freunde, die in derselben Situation waren, keine Papiere, illegal eingewandert, kein Platz zum Schlafen. Er half ihnen, wie ich ihm geholfen hatte, und sie gaben ihm auch etwas, und davon gab er mir etwas. Bald war ich im Parkhaus nicht mehr Wächter, sondern Pächter. Bald hatte ich nicht mehr eine Freundin, sondern viele. Ich verkaufte keine Rosen mehr, sondern kaufte sie. Billig, weil sie trocken waren und erst gefärbt werden mussten. Aber am Abend, in der Dunkelheit, wenn die Leute betrunken sind und sie teuer bezahlen, wer achtet darauf, ob die Ware frisch ist?«

Der Commissaris dachte daran, wie oft er Simone als junger Mann in einem Restaurant eine Rose gekauft hatte, *en passant* und doch aufrichtig, und wie sie sich darüber gefreut hatte, selbst wenn die roten Blätter schon auf dem Tisch zwischen den Weingläsern zu welken begannen.

»Wissen Sie, was man bei uns sagt?«, fuhr Sharma fort. »Blumen sind das Lächeln der Erde.«

»Und Mohn ist dann wohl das Erröten der Erde?«, warf Hoofdinspecteur Gallo ein.

»Warum sollte die Erde erröten?«, fragte Sharma interessiert.

»Aus Scham«, antwortete Gallo scharf. »Aus Scham darüber, was Leute wie Sie mit den Blumen machen, mit einer so schönen roten Blume wie Mohn, wie sie das Lächeln in Gift verwandeln und dieses Gift dann in unser Land bringen, wo unsere Kinder süchtig danach werden!«

Sharma schüttelte bedächtig den Kopf, fast vorwurfsvoll. »Wissen Sie, wie viele Inder, wie viele Tamilen, wie viele Surinamer in wie vielen Städten nachts für mich unterwegs waren, um Rosen zu verkaufen? Wie viele Afrikanerinnen freundlich zu fremden Männern waren? Wie viele Parkwächter im Dunst der Abgase fremder Autos Tickets zählten? Glauben Sie, ich hätte all diese mühseligen, wenig ertragreichen Geschäfte betrieben, wenn ich ein Rauschgiftschmuggler wäre? Wissen Sie, mit wem ich mich alles arrangieren musste, damit die Geschäfte weitergehen konnten, mit wie vielen Schreibtischhengsten in wie vielen Behörden, mit wie vielen Wirten, Vermietern, Polizisten oder Zöllnern, erst in Rotterdam, dann in Amsterdam, schließlich in Den Haag, Haarlem, Utrecht? Glauben Sie, das wäre möglich gewesen, wenn ich Drogen ins Land geschmuggelt hätte? Glauben Sie das?« Sharmas Stimme wurde schärfer. »Ich habe selbst zwei Kinder! Haben *Sie* Kinder?«

»Sie sind also ein Mörder und kein Rauschgiftschmuggler«, sagte Van Leeuwen. »Aber wenn Sie kein Opium schmuggeln, warum mussten Sie Amir Singh dann töten?«

Sharma schwieg verblüfft. Er lehnt sich zurück und blinzelte, als wollte er seine Augen vor dem einfallenden Licht schützen. Endlich sagte er: »Weil er mich bestohlen hat – Geld, nicht Opium. Ich bin ein geiziger Mann, Mijnheer. Ganz am Anfang habe ich meine Einnahmen immer bei mir getragen. Später habe ich sie unter der Matratze versteckt, dann habe ich sie zur Bank getragen. Dann habe ich Aktien von der Bank gekauft, schließlich von der Fluggesellschaft, die meine Angestellten aus Indien oder Surinam oder Indonesien nach Holland bringt und wieder zurück, wenn sie ausgewiesen werden. Und als meine liebe Frau Vharma starb und meine Söhne noch klein waren, als ich das Geld und die Aktien hatte, da träumte ich eine ganze Nacht lang von Gewürzen, und als ich aufwachte, wusste ich, dass ich von meinen Söhnen geträumt hatte. Kinder sind die Würze im Leben eines Mannes, der echte Reichtum, dachte ich. Und ich wollte, dass sie es einmal besser haben als ich. Sie sollten stolz sein auf ihren Vater, weil er sein Geld auf anständige Weise verdient hat und ihnen in der Stunde seines Todes etwas übergeben konnte, dessen sie sich nicht schämen mussten. Ich habe die Aktien verkauft. Ich habe auch meine Pachtverträge verkauft und alles in die neue Firma investiert, Import-Export, ganz legal, wie es sich gehört.«

Er schwieg wieder, und als er weitersprach, wurden seine Worte bitter. »Sie denken, es ist leicht, in Amsterdam eine Firma zu gründen? Ja, es ist leicht, man muss nur bezahlen, und wenn man will, dass es schnell geht, muss man etwas mehr bezahlen, unter der Hand, für den Gewerbeschein, für die Arbeitserlaubnis, für die Aufenthaltsgenehmigungen, für die Stromleitung, für den Kanalisationsanschluss, für Einfuhrpapiere, für Pässe. Man muss jemanden treffen, in einer Nachtbar, und ihm ein Kuvert zustecken, nachdem man ihm ein paar Drinks spendiert hat oder eine Frau, sonst wartet man Jahre. Mit Bestechung, mit Schmiergeld kann man alles haben und alles werden. Und so wurde ich Gewürzimporteur, *Sharma & Sons*. Ich benutzte meine Kontakte, um an Aufträge zu kommen, langfristige Lieferverträge, feste Abnehmer, Kundenbindung. Auch da muss man Kuverts verteilen, Rabatte gewähren, Respekt erweisen. Aber irgendwann ist der Punkt erreicht, an dem man das nicht mehr kann und nicht mehr will. Und wenn dann noch einer kommt … Als der Hoofdinspecteur vom Zoll kam, da wollte ich nicht mehr bezahlen. Er bekam kein Geld mehr von mir. Aber ich war bei ihm der Einzige, der es wagte, nicht zu bezahlen. *Deswegen* gab es die Razzia bei mir. *Deswegen* ist Amir jetzt tot, und ich musste ihn töten, weil ich ein böser Mensch bin.«

»Wollen Sie damit sagen, dieser Mann vom Zoll wollte, dass Sie ihn auch schmieren?«, fragte Julika.

»Würden Sie mir glauben, wenn ich Ja sage?«

Van Leeuwen sagte: »Von Mevrouw Halawi wissen wir, dass es Ihrer Firma nicht gut geht. Es geht ihr schlecht. Vielleicht sind Sie ja tatsächlich ein böser Mensch, aber vor allem sind Sie verwirrt – ein sehr verwirrter Mann, Mijnheer Sharma. Ein sehr verängstigter Mann. Ihre Stimme klingt hohl, Ihre Worte überschlagen sich, Sie stammeln, und ihre Augen sind glasig. Warum lügen Sie die ganze Zeit, Mijnheer Sharma?«

»Mirabal ist es, die lügt, über die Firma und über meinen Sohn«, entgegnete der alte Inder scharf. »Ich werde sie verstoßen, aus meiner Zelle heraus werde ich ihr sagen, dass sie gehen soll und dass ich sie nie mehr wiedersehen will!«

Gallo überholte einen VW-Bus, scherte aus und wieder ein und blieb auf dem Johan van Hasseltweg. Dabei sagte er: »Alle lügen also – Mirabal Halawi, Henk Dekker –«

»Wer ist Henk Dekker?«

»Sie wissen genau, wer Henk Dekker ist«, sagte Julika neben ihm. »So heißt der Hoofdinspecteur vom Zoll, der die Durchsuchung Ihres Firmengeländes geleitet hat«, erklärte Julika. »Sie haben behauptet, Sie hätten ihn vorher noch nie gesehen, aber Sie haben ihn sehr genau beschrieben, und wir glauben, dass zumindest ein Teil von dem, was Sie uns eben erzählt haben, wahr ist, nämlich dass jemand Schmiergeld von Ihnen erpressen wollte, vielleicht sogar Hoofdinspecteur Dekker.«

»Ich kenne seinen Namen nicht«, sagte Sharma. »Den hat er nie genannt.«

Gallo fuhr jetzt langsamer, als er die schrottbefallene Baustelle passierte und bei der Raffinerie in die Vogelstraat bog. Die Bäume schoben sich dicht an die schmale Straße heran. Unter den Ästen war es so dunkel, dass Gallo das Licht einschaltete. Am Ende der Straße lag der Kanal, der zum Yachthafen führte, und es wurde wieder heller.

»Wir sind da«, sagte Gallo.

»Wo sind wir?«, fragte Sharma.

»Da, wo Sie Amir Singh getötet haben«, sagte der Commissaris. »Erinnern Sie sich nicht mehr?«

Der Wagen hielt neben dem Maschendrahtzaun, und auf der anderen Straßenseite verlief hinter dichtem Buschwerk der Kanal, an dessen Ufer das Hausboot lag. Sharma blickte aus dem Fenster, auf die Straße und das Boot. »Es war dunkel«, sagte er. »Nachts sieht alles anders aus.«

Van Leeuwen seufzte. Er stieg aus und sah den asphaltierten Weg hinauf und hinunter. Im sanften Abendlicht wirkte die Gegend fast anheimelnd: die aneinandergereiht daliegenden Hausboote, die halb vertrockneten Sträucher, das stehende Wasser, in dem sich die karminroten Schäfchenwolken am Himmel spiegelten. An den Leinen auf den Decks flatterte Wäsche im frischen Seewind. Ein ramponierter Honda bog langsam vom Nieuwendammerdijk auf den Weg und hielt einige Boote weit entfernt. Eine junge Frau mit einem grün geblümten Kleid schob einen Kinderwagen über den Weg, vorbei an dem Schwein und den Hühnern. Drei weiße Jungen in kurzen Hosen kickten sich einen Fußball zu, und in einem Liegestuhl auf dem nächsten Kahn saß ein alter Mann mit einer Lotsenmütze und genoss die letzte Wärme des Tages. *Ein Genrebild,* dachte der Commissaris, Abendstimmung am Kanal, *gemalt von Carel Fabritius. Oder auch:* Uferstraße ohne Pathologe und Staatsanwalt.

»Dann fangen wir eben ohne sie an«, sagte er und öffnete die hintere Tür auf der Fahrerseite, um den alten Inder aussteigen zu lassen. »Geben Sie mir Ihre Hände«, sagte er. Sharma streckte ihm die Arme entgegen, und er holte den Schlüssel aus der Hosentasche und sperrte die Handschellen auf.

»Was machen wir hier?«, fragte Sharma.

»Ich will, dass Sie mir zeigen, wie Sie Amir getötet haben. Und wo.«

»Ich war wie von Sinnen«, sagte Sharma.

Van Leeuwen führte ihn über den Weg, flankiert von Gallo und Brigadier Tambur. An der Mündung des Kanals stob plötzlich ein Möwenschwarm auf, entfaltete sich wie ein weißer Fächer vor dem breiten Wasser des IJ und den ersten Lichtern der Stadt, zu weit entfernt, als dass man das Kreischen der Vögel hören konnte.

»War es hier, Mijnheer Sharma?«, fragte der Commissaris und blieb vor der Gangway des Hausboots stehen. Er konnte die Blutspuren auf dem Asphalt nicht mehr erkennen, aber er wusste, dass er an der richtigen Stelle stand; er sah die Flecken in der Erinnerung.

»Ja«, bestätigte Sharma. »Hier habe ich auf ihn eingestochen. Wie von Sinnen.«

Der Commissaris ging ein paar Schritte auf die Gangway zu, die vom Kai auf das Boot führte. »Oder war es hier?«

»Ja, da auch«, bestätigte Sharma. »Erst hier und dann da. Er ist vor mir weggelaufen, und ich bin ihm nachgerannt und habe weiter auf ihn eingestochen. Ich habe immer weiter auf ihn eingestochen, wie von Sinnen.« Er hob die rechte Hand und ließ sie wieder fallen, hob sie noch einmal und stach wieder zu, von oben nach unten durch die Luft.

»Nehmen Sie meinen Kugelschreiber«, sagte Hoofdinspecteur Gallo und hielt Sharma einen silbernen Metallstift hin. Zögernd griff der Inder nach dem Kugelschreiber, hielt ihn erst mit zwei Fingern und dann mit der ganzen Faust. Nur die Spitze des Stifts ragte hervor.

»Und dann, wie ging es weiter?«, wollte Van Leeuwen wissen. »Wohin rannte er dann?«

»Auf das Boot.«

»Wohin auf dem Boot?«

»Auf das Deck.«

»Und Sie sind ihm wieder nachgelaufen?«

»Ja.«

»Wohin genau auf Deck? Zeigen Sie es mir.« Der Commissaris betrat die Gangway und ging mit schnellen Schritten an Bord. Ungeduldig winkte er Sharma, ihm zu folgen. »Kommen Sie schon!«

»Wird der Besitzer nichts dagegen haben?«, fragte Sharma.

»Er ist nicht da«, sagte Gallo. »Wir haben ihn vorübergehend in einer Pension untergebracht, bis die Ermittlungen abgeschlossen sind.«

Vorsichtig setzte Sharma einen Fuß auf die Gangway, den Kugelschreiber vorgestreckt wie eine Wünschelrute. Mit der anderen Hand strich er sich mehrmals über das kurze, fast weiße Haar. Ohne seinen Turban schien er zu frösteln. Unter ihm leckte das Wasser des Kanals schmatzend an der Bordwand des Bootes. Er blinzelte wieder, geblendet von der untergehenden Sonne, obwohl sie kaum noch Kraft hatte. »Wohin soll ich gehen?«, fragte er.

»Dahin, wo Sie weiter auf Amir eingestochen haben«, sagte der Commissaris. »Wie von Sinnen.«

Sharma rührte sich nicht. Nur sein Blick wanderte schnell über das Deck, von den Topfpflanzen an der Reling zu einem zusammengeklappten Liegestuhl, von dort zu der verschlossenen Tür des Wohnaufbaus und weiter zu der Luke in den Kielraum. Er gab sich einen Ruck und ging zu der Tür des Wohnaufbaus. »Hier«, sagte er. »Er ist vor mir weggelaufen –«

»Rückwärts oder vorwärts?«, fragte Van Leeuwen.

»Vorwärts. Er rannte zu der Tür hier und wollte sie aufreißen, aber sie war abgeschlossen, und dann drehte er sich um und wollte woanders hinlaufen, aber ich war schon bei ihm, und dann habe ich weiter auf ihn eingestochen –«

»Machen Sie es mir vor!«, sagte Van Leeuwen. »Wie haben Sie auf ihn eingestochen? Stellen Sie sich vor, der Kugelschreiber wäre das Messer – haben Sie von oben nach unten gestochen oder von unten nach oben? Vertikal oder horizontal? Von links nach rechts oder von rechts nach links?«

»Beides«, stammelte Sharma, »alles.« Er riss die Hand mit dem Stift hoch und ließ sie niedersausen und riss sie wieder hoch, und dann zuckte sie schräg nach unten, von links nach rechts, und dabei keuchte er, *da, da, da!* Im blauen Dunst des Abends stand er und zerteilte die Luft mit seiner Faust, und der Commissaris versuchte sich vorzustellen, wie Sharma in der Nacht vor beinahe einer Woche hier auf Amir Singh eingestochen hatte, in tiefster Dunkelheit, und er wusste, so war es nicht gewesen, aber das Wissen allein nutzte ihm nichts.

»Wie oft haben Sie zugestochen?«, fragte er scharf. »Wie tief? Wo haben Sie ihn verwundet? An den Händen, am Hals? Im Gesicht? Hat er sich gewehrt? Hat er stark geblutet? Hat er geschrien?«

»Ja! Nein!« Gehetzt blickte Sharma sich um, als suchte jetzt er selbst einen Fluchtweg, über die Gangway, die Bordwand, die Luke in den Decksplanken. »Ja, er hat geschrien und geblutet, überall, aber ich habe nicht aufgehört, ich war wie von Sinnen, und dann ist er wieder weggelaufen, ja, zu der Luke da, da runter!« Er lief zu der Luke und rüttelte an dem Griff, aber sie ließ sich nicht öffnen. »Er hat versucht, die Luke aufzukriegen, aber die war abgesperrt, sie ging nicht auf, und als Amir hier kauerte und an dem Ring riss und zerrte, da habe ich ihn getötet.«

»Wie?«, fragte der Commissaris wieder.

»Wie schon?« Sharma richtete sich auf und beschrieb vor seinem Bauch einen Halbkreis mit der Kugelschreiberspitze in seiner Faust. »Ich habe ihm die Kehle durchgeschnitten.«

»Von vorn oder von hinten?«

»Von hinten.« Sharma wiederholte den halbkreisförmigen Schnitt mit der Kugelschreiberspitze, und diesmal tat er so, als hielte er mit der anderen Hand Amirs Kopf fest.

»Und dann ist er gestorben? Hier auf dem Deck?«

»Ja.«

»Er ist nicht noch einmal zu sich gekommen und die Treppe hinter dieser Luke hinuntergestiegen?«

»Nein.«

»Und Sie waren allein? Niemand war bei Ihnen?«

»Natürlich war ich allein. Es war dunkel, und ich war allein, und er ist hier gestorben, an dieser Stelle.«

»Was haben Sie mit dem Messer gemacht?«

»Das habe ich weggeworfen, ins Wasser.«

Van Leeuwen sagte: »Wie kommt es dann, dass wir Amirs Leiche im Kielraum dieses Boots gefunden haben? Wie wollen Sie mir erklären, dass unser Pathologe behauptet, es müsse sich um zwei Täter gehandelt haben und dass beide die Schnitte von vorn geführt haben und zwar horizontal, keinesfalls von oben nach unten oder von unten nach oben, weil man mit einem Messer wie der Tatwaffe gar nicht zustechen kann? Wie wollen Sie mit einer vogelschnabelförmig gebogenen Klinge, noch dazu mit einer so kurzen wie der eines Zimtschälers, das alles gemacht haben, was mehr nach einem

Märchen aus Tausendundeiner Nacht klingt als nach einem Tathergang?! Wie kommt es, dass nichts von dem sich mit den Befunden unserer Gerichtsmedizin deckt? Wie wollen Sie, ein alter, schwacher Mann, mit einem jungen kräftigen Burschen wie Amir fertig geworden sein, Messer hin oder her? War es nicht eher so, dass Ihr Sohn Shak ihn so zugerichtet hat und dass Sie erst danach hierhergekommen sind, nach Shaks Geständnis? Nachdem er Ihnen den Mord gebeichtet hatte, haben Sie ihm das Messer abgenommen, und mit diesem Messer sind Sie hier aufgetaucht, um zu sehen, ob Amir auch wirklich tot war, ob er nicht vielleicht noch lebte und Shak der Polizei ausliefern konnte, und so war es auch, er lebte noch, und deswegen haben Sie Shaks Werk vollendet, Sie haben Amir als Zweiter die Kehle durchgeschnitten, aber der eigentliche Mörder ist Shak!«

»Nein, so war es nicht! So war es nicht!«

»Wie war es dann?!«

»Ich weiß es nicht mehr!« Sharma schrie plötzlich. Er zitterte am ganzen Leib, und es schien, als wäre etwas in ihm gerissen, und dann riss noch etwas, eine Saite nach der anderen. *»Ich habe es getan, ich, nicht Shak, aber ich weiß nicht mehr, wie! Ich kann mich nicht erinnern. Ich habe es vergessen!«*

»Sie waren ja wie von Sinnen!«, brüllte der Commissaris. »Sie sind ein Lügner, Mijnheer Sharma, ein Lügner und ein Betrüger. Sie stehlen uns unsere Zeit und behindern unsere Ermittlungen. Aber was noch schlimmer ist, Sie sind ein Feigling. *Ich weiß es nicht mehr! Ich kann mich nicht erinnern. Ich habe es vergessen!* Sie wagen es, sich auf eine Erinnerungslücke zu berufen?! *Sie verstecken sich hinter Gedächtnisverlust?! Das ist eine Sünde, Mijnheer! Wissen Sie nicht, was es bedeutet, wenn man sich wirklich nicht mehr erinnern kann, wenn man tatsächlich das Gedächtnis verliert?«*

Abrupt hielt er inne. Seine Schläfen schmerzten, und seine Stirn brannte. Er war wütend, und er schämte sich dieser Wut, beides zugleich. Als er wieder leise sprechen konnte, sagte er: »Ich verstehe, dass Sie Angst um Ihre Familie haben. Ich habe auch Angst, aber deswegen lüge ich nicht, Mijnheer. Ich sage die Wahrheit. Meine

Frau ist …« Er unterbrach sich. »Glauben Sie mir, ich weiß, was Angst ist.«

Er wandte sich ab und ging zur Gangway, wo Hoofdinspecteur Gallo und Brigadier Tambur standen. »Ton, Julika – ihr könnt bezeugen, dass ich mit Mijnheer Sharma einen Lokaltermin durchgeführt habe und dass seine Beschreibung des Tathergangs sich in keinem Punkt mit unseren Ermittlungsergebnissen deckt. Nichts von dem, was er ausgesagt hat, deutet auf ihn als Täter hin. Es gibt keinen Beweis und keine Zeugenaussage, die ihn belastet. Bringt ihn nach Hause zurück, und nehmt Shak fest. Aber achtet darauf, dass die beiden nicht miteinander sprechen können. Steckt ihn in den Arrestblock. Er kriegt keinen Besuch, niemand kümmert sich um ihn, niemand wechselt auch nur ein Sterbenswörtchen mit ihm, die ganze Nacht nicht und morgen auch nicht. Übermorgen Abend ist er so weit, dass er reden will. Und dann bin ich da, um zuzuhören.«

Als er die Planke betrat, um das Boot zu verlassen, rief Sharma hinter ihm: »Wie heißt Ihre Frau, Commissaris?«

Van Leeuwen antwortete nicht und drehte sich auch nicht um.

»Ist sie eine gute Frau? Erzählen Sie ihr von mir!«, rief Sharma.

Jetzt drehte sich Van Leeuwen um. »Das werde ich *nicht* tun«, sagte er.

22

Es war seine Schuld; alles war allein seine Schuld. Erst hatten die Polizisten Mira abgeholt, dann seinen Vater und jetzt seinen Bruder, und er wusste, dass es seine Schuld war, auch wenn alle sagten, er könnte nichts dafür, sogar Shak.

Er saß auf dem Dach der Halle in der Nacht und dachte, dass es vielleicht besser wäre, er wäre tot.

Er war allein, kein Mensch weit und breit, nicht einmal eine Möwe oder ein Fischreiher. Hier konnte er am besten nachdenken, wenn es nötig war, über alle Menschen, die er kannte. Er saß auf dem Dachfirst, ganz hoch oben, und der Wind wehte ihm die Haare in die Stirn. Von hier aus konnte er alles sehen, die Dächer der anderen Hallen und die beleuchteten Schiffe auf dem IJ und die Lichter der Stadt jenseits des Wassers. Er konnte die Züge sehen, die über den Bahndamm und die Brücken fuhren und die Fähren und die Autos auf den Uferstraßen.

Meistens saß er hier mit Shak, aber einmal war er auch mit Amir oben gewesen, nur einmal. Amir war tot, und Pamit dachte, auch das könnte seine Schuld sein. Er hatte keine Erinnerung mehr daran, was in der Nacht passiert war, in der Amir – in der er nicht zurückgekommen war. Es wäre besser gewesen, er hätte hier oben den Halt verloren und wäre zur Dachkante runtergerutscht und dann in die Tiefe gestürzt, zu Tode. Dann hätte niemand Schuld gehabt. Aber er wollte nicht an Amir denken, denn dann wurde er traurig, und alles in ihm geriet durcheinander.

Er drehte sich um. Auf der anderen Seite lagen die Baustelle und der Schrottplatz mit den wilden Hunden, und dahinter konnte man tagsüber noch Bäume und Kanäle erkennen. Davor war nur die Straße, die dicht an der Halle vorbeilief, genau unter dem Fenster zur Feuerleiter. Die Leiter führte zum Dach hinauf, und wenn man sie kippte, konnte man darauf auch zur Straße hinunterklettern; oder man konnte den vorbeifahrenden Autos aufs Verdeck spucken.

Die Baustelle und den Schrottplatz mochte Pamit genauso gern wie die Stadt, fast noch lieber sogar. Er stellte sich vor, dass er den ganzen Müll und das Alteisen wegschaffte, alles bis auf die Planierraupe, und dort dann einen richtigen Palast errichten würde, für Menschen, nicht nur für Gewürze. Er sah ihn vor sich: weiß und groß und prunkvoll, mit schlanken Türmen und geschwungenen Torbögen, mit farbigen Glasfenstern, einer goldenen Dachkuppel und einem künstlichen See. Er sah die Palmen im Garten und die Fische in dem blauen Wasser und Pfauen mit bunten Rädern und rosa Flamingos und sogar einen zahmen Tiger, der unruhig hinter dem eisernen Tor hin und her strich.

Er hatte den Palast in Gedanken bereits entworfen. Er wollte darin mit Shak und seinem Vater und Mira leben; oder vielleicht gab es auch nur einen unterirdischen Tunnel zwischen seinem Zimmer und dem Palast, darüber musste er noch nachdenken.

Wenn nur sein Vater nicht so böse auf Mira wäre, und Mira auf Shak. Pamit legte den Kopf in den Nacken. Es war ein schwindelerregendes Gefühl, als drehe der Himmel sich über ihm, mitsamt dem blassen Mond und den Sternen, die immer mehr wurden, je länger er hinsah. Er schloss die Augen und hielt sich mit beiden Händen fest. Mit Shak hatte er manchmal hier gesessen und leise gesungen, Lieder aus der Heimat, Lieder aus Filmen. Sein Bruder konnte sogar die Worte, nicht nur die Melodie.

Shak war gut zu ihm. Mira war auch gut zu ihm. Und sein Vater. Seitdem das mit Amir passiert war, schienen sie ihn alle noch lieber zu haben. Aber zueinander waren sie böse; sie weinten und schrien sich an.

Er hätte jetzt gern gesungen. Alle Lieder, die er kannte, schwebten in seiner Brust und warteten darauf, ihm auf die Zunge zu steigen, manchmal der Anfang, manchmal etwas aus der Mitte. Bloß, wenn er allein hier oben war, brachte er keinen Ton heraus, nur blöde Laute, die nach nichts klangen. Er spürte, dass die Sohlen seiner Turnschuhe rutschten, und öffnete rasch die Augen. Sein Magen war plötzlich weich und spinnwebhaft geworden.

Er hielt sich mit einer Hand weiter fest, mit der anderen holte er eine zerdrückte Zigarette aus der Tasche seiner schwarzen Hose. Es war eine von den Zigaretten, die Amir sich manchmal gedreht hatte, und wenn man sie rauchte, wurde einem ganz seltsam im Kopf, als würde er immer leichter. Erst musste er husten, aber dann atmete er den Rauch nicht mehr ein, und es ging besser.

Er hörte jemanden schreien, unten im Hof. Es war kein lauter Schrei, mehr so, wie wenn sich jemand dabei die Hände auf den Mund presst. Rasch drückte Pamit die Zigarette aus und sah zu, wie sie die Metallschräge hinunterrollte bis in die Regenrinne. Dann glitt er vom First und rutschte ebenfalls zur Rinne hinunter, vorsichtig, auf Handballen und Turnschuhsohlen. Als er die Dachkante erreicht hatte, legte er sich der Länge nach hin und schob den Kopf über die Regenrinne.

Von seinem Platz aus sah er genau auf den Wohnwagen seines Vaters, dessen Tür offen stand. Der ganze Hof lang im Dunkeln, aber die Fenster des Trailers waren erleuchtet, und aus der Tür fiel etwas Licht, und in dem Licht kniete Mira vornübergebeugt auf dem Asphalt und gab die komischen Schreie von sich. Wenn sie nicht schrie, rief sie: »Bitte … Bitte …! Ich liebe dich … Ich liebe dich doch!«

Jetzt erkannte Pamit seinen Vater in der Tür, Radschivs Schatten fiel auf Mira, und seine Stimme antwortete ihr: »Ich habe dich auch geliebt, ja, ich habe dich geliebt! Aber du hast meinen Sohn verraten, du hast Shak verraten, und deswegen will ich dich hier nicht mehr sehen! Ich will dich nie mehr sehen!«

»Ich gehe nicht«, rief Mira zwischen den komischen Schreien, »ich bleibe hier, ich gehöre zu dir, zu Pamit. Du kannst mich nicht einfach vertreiben!«

»Am Ende wirst du gehen«, sagte sein Vater mit der hellen, harten Stimme, die er immer hatte, wenn er böse war, »du wirst gehen, weil ich es will. Und bis dahin wird es schon so sein, als wärst du nicht mehr hier. Du bist vielleicht da, aber ich werde dich nicht sehen, und ich werde dich nie wieder berühren. Bei deinem Anblick wird mir das Blut in den Adern zu Asche!«

Damit wandte Radschiv Sharma sich ab, verschwand im Inneren des Trailers und schloss die Tür. Mira blieb im Dunkeln auf dem Asphalt knien, vornübergebeugt, bis ihre Stirn fast den Boden berührte. Nur ihre Schreie wurden allmählich leiser, und dann weinte sie nur noch.

Pamit begriff nicht, was da unten geschah. Aber es tat so weh wie das, was damals in der Nacht mit Amir passiert war. Ihm wurde schwindlig, und sein Herz klopfte wieder so laut und schnell, dass er zitterte.

Es war bestimmt seine Schuld.

23

Die Brücke führte in einem weit geschwungenen Betonbogen zwischen den Häusern der Innenstadt von Noord Eiland über das Wasser zum anderen Ufer der Maas. Die beiden dunkelroten Stahlträger der Brücke spreizten sich zu beiden Seiten der Fahrbahnen wie die kantigen Beine eines Riesen ohne Oberkörper. Der Asphalt glitzerte feucht. Die Straßenlampen brannten noch, aber der Himmel wurde langsam heller, erst grau, dann rosa wie Polarlicht, und dann war der Tag da. »Geht einem durch und durch, nicht?«, sagte Hoofdinspecteur Gallo. »So schön, dass es wehtut.«

Van Leeuwen sagte nichts. In kleinen Schlucken trank er den heißen Kaffee aus der Verschlusskappe der Thermoskanne. Er dachte, dass jeder anbrechende Tag einen winzigen Moment vollkommener, überraschter Unschuld zu haben schien, der einem vor Augen führte, wie schön die Welt sein konnte, selbst an einem Ort wie Rotterdam.

Der Zoll hatte seine Büros auf dem Hafengelände, und das Hafengelände war so groß wie eine kleine Stadt. Die Stadt erstreckte sich zu beiden Seiten der Maas, von dort, wo der Fluss in die Nordsee mündete, noch viele Kilometer ins Hinterland hinein. Es war eine Stadt fast ohne Menschen. Sie bestand aus dunkelroten Pipelines, blendend weißen Öltanks und silbernen Raffinerieanlagen; aus schwarzen Lagerhallen, kühn geschwungenen Brücken und in der Sonne gleißenden Bürohochhäusern. Breitbeinig an den Kais aufragende Kräne schwenkten ihre Ausleger von den Laderäumen der Ozeanriesen zu Gabelstaplern, Güterwaggons und Lastwagen. Vollautomatische Rangierloks zogen endlose Tankzüge über ein Gewirr von Weichen durch einen Wald von Signalmasten. Computergesteuerte Gabelstapler rollten mit tonnenschweren Paletten auf dem Hafenasphalt zwischen den Anlegestellen der mächtigen Containerschiffe hin und her. Aus schlanken Schornsteinen stiegen Flammen und Rauch in den blassen Morgenhimmel, der sich wie ein Trampolin für Möwen über dem breiten Flussdelta spannte, und dahinter lag das tiefe, gläserne Blau der See, verschwindend im hellen Dunst.

Es war kurz vor sieben, als der Commissaris und Hoofdinspecteur

Gallo die Hafeneinfahrt passierten. Durch die halb heruntergekurbelten Fenster des VW Golf drang ein Geruch nach Tang, Salz, Rohöl und nassem Stahl, ein scharfer, frischer Geruch. Rechts von ihnen schob sich ein Riesentanker flussaufwärts, begleitet von meterhohen Schwanzwellen und umkreist von kleinen Schleppern, die ihn in seinem dunklen Schatten durch die Untiefen des Hafenbeckens lotsten. Aus rostbefallenen Löchern im Schanzkleid des Tankers sprudelte Bilgewasser in großen Bögen auf die grünliche Gischt unter der Bordwand. Das Brummen der Turbinen übertönte alle anderen Geräusche, und der Kaffee in Van Leeuwens Hand sah plötzlich aus, als hätte er eine Gänsehaut.

»Da vorne ist der Zoll«, sagte Gallo. Er steuerte den Golf auf einen freien Parkplatz vor dem metallisch grünen, vielstöckigen Zollhochhaus. »Und jetzt?«

»Jetzt warten wir«, sagte der Commissaris.

»Hätten wir nicht zu Hause im Bett warten können?«

Van Leeuwen sagte: »Ich will sie ohne Deckung erwischen, unausgeschlafen. Wenn sie noch keine Zeit hatten, ihr Visier runterzuklappen.«

Gallo holte einen Plastikbecher aus dem Handschuhfach, und Van Leeuwen schenkte ihm Kaffee ein. Sie standen so, dass sie alles überblicken konnten: die Lastwagen, die am Zollgebäude vorbeirollten; die wenigen Schauerleute, Baggerfahrer und Zugführer, die der Computer noch nicht arbeitslos gemacht hatte; die Zollbeamten, die ihren Dienst antraten, und die, deren Schicht gerade endete.

Dieser Hafen war eine kleine Stadt, die niemals schlief. Tag und Nacht standen ihre Tore offen für die Ströme des Reichtums aus aller Welt, für die Rohstoffe, die sie am Laufen hielten, und Rotterdam sah zu, wie sie hereinkamen und weiterflossen, und konzentrierte sich mit kalter, aber leidenschaftlicher Inbrunst darauf, an diesen Reichtümern teilzuhaben. Wenn man in so einer Stadt lebte und arbeitete, war es vielleicht ganz selbstverständlich, dass man irgendwann auf seltsame Gedanken kam. Dass man etwas von ihrem Reichtum abhaben wollte. Dass man glaubte, es stünde einem zu.

»Du hast doch gesagt, dass Hoofdinspecteur Dekker eine außerordentliche Erfolgsbilanz vorweisen kann, was die Aufklärung von Zoll- und Steuerstraftaten angeht, richtig?«, sagte der Commissaris nach einer Weile.

»Richtig.«

»Aber das sind nur die Fälle, die zur Anklage gekommen sind«, sagte der Commissaris. »Über die es abgeschlossene Akten gibt. Mich interessiert der Bereich, der zwischen Ermittlung und Anklage liegt. Die Grauzone, der Ermessensspielraum. Also die Fälle, die außergerichtlich beigelegt wurden, wo eine Anzeige vorlag, die aber nicht weiter verfolgt wurde, wo sich ein Vorgang durch die Zahlung eines Bußgelds erledigt hat. Oder Razzien, die zu keinem Ergebnis führten und wo die Verdächtigten auch nie wieder in den Unterlagen auftauchten. Es interessiert mich, welche Beamten an diesen Fällen gearbeitet haben, vor allem, wenn sie ähnlich gelagert waren wie bei den Ermittlungen gegen *Sharma & Sons* – Import-Export-Firmen, ausländische Eigentümer, Großhandelsunternehmen, Strafverfahren wegen Zollvergehen. Wer die Untersuchungen geführt hat und was daraus geworden ist. Welche Namen öfter auftauchen. Außerdem müssen wir herausfinden, wo Dekker in der vergangenen Nacht war. Ob er sich in Amsterdam aufgehalten hat. Ob er auf derselben Fähre gewesen sein könnte wie Carien.«

»Und wo er in der Nacht von Freitag auf Samstag letzte Woche war«, ergänzte Gallo.

»Was er da gemacht hat, weiß ich schon. Er war erst bei Carien Dijkstra und dann auf der Suche nach Amir.« Van Leeuwen schraubte die Thermoskanne zu, plötzlich gereizt. »Wann können wir eigentlich wieder mit Remko rechnen? Wie lange kann so ein dämliches Seminar denn dauern!?«

»Eigentlich müsste er jeden Tag zurückkommen«, sagte Gallo. Er beugte sich vor und beobachtete einen schwarzen Honda, der auf dem Hof des Zollgebäudes einparkte. Ein rothaariger Mann in einer hellen Sommerwindjacke, Jeans und Turnschuhen stieg aus. Er trug eine verspiegelte Sonnenbrille und eine abgewetzte KLM-Flugtasche. Gallo sagte: »Das könnte De Vries sein, wenigstens dem Foto im Computer nach.«

Der Commissaris öffnete die Beifahrertür und stieg aus. Langsam gingen er und Gallo durch den frischen Morgen auf den rothaarigen Mann zu. »Inspecteur De Vries?!«, rief Gallo.

Der Mann blieb stehen. »Ja?«

Gallo sagte: »Hey, ich bin Ton Gallo vom Hoofdbureau van Politie in Amsterdam. Das ist Commissaris Van Leeuwen. Wir haben vor ein paar Tagen mit Ihnen telefoniert, wegen Hoofdinspecteur Dekker. Sie sehen, wir sind nicht wie Ärzte. Wir machen noch Hausbesuche.«

»Hey«, sagte De Vries. Er nahm seine Sonnenbrille ab und sah ihnen entgegen. »Was kann ich für Sie tun?«

»Wie lange arbeiten Sie schon mit Dekker zusammen?«, fragte der Commissaris.

De Vries blinzelte in die grelle Julisonne. »Etwas über zwei Jahre«, antwortete er zurückhaltend.

»Sind Ihnen in dieser Zeit irgendwelche Unregelmäßigkeiten aufgefallen?«

»Was meinen Sie mit Unregelmäßigkeiten?«

»Erpressung«, sagte Gallo, und seine Stimme war so frisch wie der Morgen. »Nötigung, Vorteilsnahme, Bestechlichkeit.«

De Vries grinste, *ein Scherz unter Kollegen* … »Ach so, das. Natürlich, jeden Tag. Meinen Sie, sonst könnten wir uns unsere Cartier-Uhren und Armani-Sakkos leisten?«

Der Commissaris sagte: »Das ist alles andere als ein Witz, Inspecteur De Vries. Haben Sie an der Durchsuchung der Firma *Sharma & Sons* vor einigen Wochen teilgenommen? Kennen Sie den Besitzer, Radschiv Sharma?«

»Ich kenne mindestens ein Dutzend Leute, die Radschiv heißen«, antwortete De Vries und setzte die verspiegelte Sonnenbrille wieder auf. »Und ein weiteres Dutzend Mahmuts, Benjis und Trans. Könnten Sie vielleicht etwas genauer werden?«

»Im Moment deutet alles darauf hin«, sagte der Commissaris, »dass Hoofdinspecteur Dekker und vielleicht auch Sie und noch einige andere Angehörige der *Douane* in Aktivitäten verwickelt sind, die ein Ermittlungsverfahren der Abteilung für Amtsdelikte und vielleicht sogar eine Anklageerhebung durch die Staatsanwaltschaft zur Folge haben könnten. Falls Sie etwas darüber wissen und bereit sind, mit uns zusammenzuarbeiten –«

De Vries' Mund wurde zu einem schmalen Strich, und die Sommersprossen auf seinen Wangen traten stärker hervor. »Sie erwarten von mir, dass ich meine Kollegen verrate?« Der Zollinspecteur schüttelte den Kopf und ging mit schnellen, kurzen Schritten auf den Eingang des Zollgebäudes zu, die Flugtasche über die rechte Schulter geworfen. An der Glastür drehte er sich um. »Haben Sie denn irgendeinen Beweis für Ihre Behauptungen? Der lügt doch, dieser Inder! Die lügen immer – alle! Wissen Sie, wie die Russenmafia das nennt? *Zöllner weichkochen!* Die Inder haben bestimmt auch so einen Ausdruck, genauso wie die Chinesen, die Thailänder oder die Afrikaner. Und genau das machen die gerade mit Ihnen.«

»Überlegen Sie sich die Sache«, sagte Van Leeuwen. »Mein Angebot hat ein Verfallsdatum.«

»Ich habe es mir schon überlegt«, sagte De Vries. »In unseren Kreisen spricht es sich schnell herum, wenn jemand einen von uns auf dem Kieker hat, das sollten Sie doch wissen.«

»Ach, daher weht der Wind«, sagte Gallo. »Und dann ist es wohl auch völlig egal, ob dieser eine Dreck am Stecken hat oder nicht?! Ist Ihnen entfallen, dass Sie mal einen Diensteid abgelegt haben, genau wie alle anderen Beamten der Königin? Wir stehen nämlich auf derselben Seite – wir sollen dem Gesetz zur Geltung verhelfen, nicht es brechen.«

»Eine Krähe hackt der anderen kein Auge aus.«

»Von Krähen verstehen Sie offenbar nicht sehr viel.«

De Vries sagte nichts mehr, als sei er der Unterhaltung plötzlich überdrüssig geworden, und stieß die Glastür auf. Van Leeuwen und Gallo folgten ihm ins Foyer des Gebäudes, aber er beschleunigte seine Schritte und ging zum Fahrstuhl, ohne sich noch einmal umzusehen.

Hoofdinspecteur Henk Dekker saß an seinem Schreibtisch im fünften Stock des Zollgebäudes, und er sah aus, als hätte er die Nacht im Büro verbracht. Er hatte den Gürtel seiner hellblauen Jeans gelockert, die Ärmel des Baumwollhemds waren hochgekrempelt. Unter den Achseln störten dunkle Schweißränder die Makellosigkeit der weißen und roten Nadelstreifen zwischen Hosenbund und Button-down-Kragen. Dekkers Gesicht hatte mehr Falten, als Van Leeuwen von ihrer letzten Begegnung in Erinnerung hatte, und die Augen waren gerötet. Das blonde Haar bedurfte einer Wäsche, nur der Schnurrbart hielt auch einer kritischen Betrachtung stand.

Die Schreibtischlampe brannte, und die Jalousien mit den vertikalen Lamellen waren halb geschlossen. Der Aschenbecher neben dem Telefon verbreitete den schalen Geruch kalter Zigarettenkippen. Ein mit getrockneten Schaumresten verklebtes Bierglas glomm im Licht der Schreibtischlampe. Statt des in Büros dieser Art üblichen zweiten Schreibtischs gab es eine aufgeklappte Campingpritsche mit einer nachlässig zusammengelegten Decke. An einem Haken neben einem weißen Aktenschrank hing auf einem Drahtbügel die frisch geplättete Uniform eines Zolloffiziers der Königin. Auf der anderen Seite des Schranks zeigte eine große Karte die Welt mit den Kontinenten in verschiedenen Farben und mit sämtlichen Meeren. Vor dem großen Fenster entfaltete sich das Hafenpanorama, die nahen und fernen Kräne, die Lagerhallen, die Bürogebäude und Öltanks.

Hoofdinspecteur Dekker starrte auf den Bildschirm eines Notebooks, über den die bunten Röntgenbilder durchleuchteter Containertrucks glitten. Er hob nur kurz den Blick. »Was wollen Sie denn schon wieder? Ich habe nur wenig Zeit.« Ein erhitzter, feuchter Geruch schien von ihm auszugehen wie von einem eben gelöschten Feuer.

»Es besteht da weiter eine kleine Unstimmigkeit in den Aussagen im Mordfall Amir Singh, Hoofdinspecteur«, sagte der Commissaris. »Bezüglich der Anwesenheit von Singh während der Razzia auf dem Gelände von *Sharma & Sons*. Entgegen Ihren Angaben behauptet Radschiv Sharma auch jetzt noch, Singh sei am Morgen der Durchsuchung noch gar nicht bei ihm beschäftigt gewesen, sondern erst am Tag danach aufgetaucht.«

»Na und, dann steht eben Aussage gegen Aussage.« Dekker sah noch immer nicht auf. »Was spielt das denn für eine Rolle, ob er vor oder nach der Razzia bei den Sharmas angefangen hat?«

Der Commissaris sagte: »Wenn er nicht dabei war, als die Razzia durchgeführt wurde, kann sie ihn auch kaum so erschreckt haben, dass er zu Ihnen gekommen wäre, um sich Ihnen als Informant anzubieten. Dann haben *Sie* gelogen und nicht die Sharmas. Und wenn Sie gelogen haben, dann müssen wir uns fragen, warum.«

Dekker seufzte. »Ich habe es nicht nötig zu lügen. Fragen Sie Inspecteur De Vries oder Inspecteur Ten Hart, die werden Ihnen bestätigen, dass dieser Singh auf dem Gelände war.«

Gallo notierte den Namen *Ten Hart* auf einem kleinen Notizblock. Jetzt blickte Dekker doch auf, und seine Augen waren so kalt, als hätte sich die Temperatur in seinem Kopf bei sieben Grad über null eingependelt, während sein Körper weiter die feuchte Hitze produzierte.

»Und wenn wir einen der anderen Beamten fragen, die mit Ihnen die Razzia durchgeführt haben?«, erkundigte Gallo sich.

Das Telefon auf Dekkers Schreibtisch summte, aber er nahm den Hörer nicht ab. Eins der Lämpchen in der Tastatur begann zu blinken.

»Worauf wollen Sie eigentlich hinaus?«, fragte Dekker. »Glauben Sie diesem indischen Gewürzkrämer mehr als mir? Singh konnte der Versuchung, ihm den Stoff zu stehlen, nicht widerstehen – bedauerlich, aber nicht verwunderlich bei seiner Vorgeschichte –, und dafür hat Sharma ihn umgebracht, entweder allein oder mit seinen Söhnen. Sogar sein Mercedes ist am Tatort gesehen worden, was wollen Sie denn noch?«

»Der Wagen ist gesehen worden?«, fragte der Commissaris. »Das ist mir neu. Von wem denn? Bisher haben wir nur von der Spurensicherung einen Hinweis auf einen roten Mercedes Baujahr 2000, Besitzverhältnisse und Verbleib gleichermaßen ungeklärt.«

Dekker zuckte mit den Schultern. »Aber Sharma hatte einen solchen Mercedes, oder nicht?«

»Es geht um Folgendes, Hoofdinspecteur Dekker«, sagte der

Commissaris ruhig. »Wenn Amir Singh sich nicht aus freien Stücken bei Ihnen gemeldet hat, dann haben Sie ihn genötigt oder dazu erpresst, für Sie als Informant zu arbeiten und die Sharmas zu bespitzeln. Und wenn das so ist, haben Sie einen Ihnen bekannten Drogensüchtigen, der nach verbüßter Haftstrafe erfolgreich rehabilitiert war, unter Druck gesetzt, mit dem Resultat, dass er wieder rückfällig geworden ist. Sie haben ihm gedroht, ihn ausweisen zu lassen, wenn er nicht für Sie den Spitzel spielt. Sie haben seine Freundin massiv bedroht, vielleicht sogar geschlagen, damit sie über Ihr Vorgehen Stillschweigen bewahrt. Das alles sind Straftaten, Hoofdinspecteur Dekker, und der Umstand, dass nicht nur Amir, sondern auch Carien Dijkstra jetzt tot ist, gibt ihnen umso mehr Gewicht. Verstehen Sie jetzt, warum ich diesem Punkt so viel Bedeutung beimesse, Hoofdinspecteur Dekker?«

Dekker war blass geworden, und er klappte sein Notebook zu. »Du meine Güte, jetzt schalten Sie mal einen Gang runter, Mijnheer. Sie meinen, ich trage die Verantwortung für seinen Tod?«

»Das will ich herausfinden.«

»Wenn ein Verbrecher einen anderen tötet, ist dann der Polizist schuld, der beide verfolgt?«, fragte der Hoofdinspecteur. Auf einmal sah er verwirrt und verletzt aus, als hätte der Commissaris tief in ihm einen Punkt berührt, an dem er sich einen Rest Unschuld bewahrte.

Dekker sah auf das gleißende Viereck des Fensters, hinter dem ein weiterer Öltanker vorbeigezogen wurde. »Was wissen Sie schon?«, sagte der Hoofdinspecteur bitter. »Wenn Sie da gewesen wären, wo ich war … Wenn Sie gesehen hätten, was ich gesehen habe …« Er verstummte. Dann fragte er: »Sind Sie jemals aus den Niederlanden rausgekommen?«

»Nicht an die Orte, an denen Sie waren«, sagte Van Leeuwen.

Dekker nickte kaum merklich. »Da, wo ich war … Manchmal kommt mitten in der Nacht alles wieder hoch, alles, was ich gesehen habe … wozu Menschen fähig sind, wenn man sie lässt. Es ist nicht so wie in den Nachrichten. Es ist ganz anders, viel schlimmer. Ich wache nachts auf, und es ist, als wäre mein Magen in eine Fuchsfalle geraten, sie schnappt zu, und die Zähne gehen durch und durch …«

»Ich war da«, sagte Gallo. »Ich habe es gesehen.«

Dekker schien Gallo erst jetzt wahrzunehmen. »Wo waren Sie?«

»Sarajevo. Srebrenica.«

»Dann wissen Sie ja, wovon ich rede. Vielleicht. Was die Menschen dort getan haben … Ich will nicht, dass sie hierherkommen und es hier tun …«

»Die Sharmas sind keine Kriegsverbrecher«, sagte der Commissaris. »Es sind Kaufleute.«

Dekkers Blick kehrte zu Van Leeuwen zurück. Auf den Wangen des Hoofdinspecteurs tauchten lauter rote und violette Flecken auf, wie auf einem gefärbten Osterei, wenn man die Schale abpellt. Seine Stimme klang gepresst, als er sagte: »Herrje, Commissaris, wenn ich was Naives sehen will, gehe ich ins Rijksmuseum und schaue mir ein Bild von Grandma Moses an, falls da zufällig eins an der Wand hängen sollte. Was glauben Sie denn, mit wem wir es zu tun haben? Auf Sie wirken dieser Radschiv Sharma und seine Söhne vielleicht wie Sindbad der Seefahrer im Kreise seiner Lieben, aber ich sage Ihnen, das ist keine Familie, das ist eine kriminelle Vereinigung. Solchen Banden wie denen kommt man mit Strafgesetzbuch und Dienstvorschriften nicht mehr bei, schon gar nicht jetzt, wo alle Grenzen sperrangelweit offen stehen. Manche von denen haben in totalitären Staaten ihre Gesellenprüfung abgelegt, in Ländern, in denen noch gefoltert wird. Für die ist unser gefühlsduseliger niederländischer Strafvollzug das reinste Schlaraffenland, Mijnheer. Sie denken, das sind arme, fleißige Einwanderer – kleine Fische, nicht? Sie erstaunen mich. Sie sollten wissen, dass es keine kleinen Fische gibt. Jeder Fisch stinkt, und mit seinem Gestank zieht er Ungeziefer an. Es ist der Gestank von Abfall, von menschlichem Müll. Und wir sammeln ihn ein. Wir trennen ihn. Wir sind die Müllabfuhr. Aber etwas von dem Müll bleibt an uns kleben – der Gestank. Ich kann ihn riechen. Ich rieche ihn sogar in meinen Träumen.«

Ein weiterer Anruf summte im Telefon, und auch diesmal ging

Dekker nicht dran. Das zweite Lämpchen begann unter einer der Wähltasten zu blinken.

»Wir können unseren Rechtsstaat nicht verteidigen, indem wir seine Prinzipien über Bord werfen«, widersprach Gallo. »Wir sind hier schließlich nicht in Amerika.«

»Wir können ihn aber auch nicht beschützen, indem wir ihn der Unterwelt ausliefern«, entgegnete Dekker hitzig. »Vielleicht heiligt der Zweck nicht die Mittel, aber er diktiert sie. Sollen wir uns von Leuten wie diesen Sharmas ins Gesicht lachen lassen? Wenn wir denen nicht mit ihren eigenen Methoden kommen, einschließlich eines V-Manns wie Amir Singh, erfahren wir nie etwas! Wir haben es auf Ihre Art versucht, wir haben sie beobachtet, ihre Papiere kontrolliert, ihre Säcke, Fässer und Kisten geröntgt. Wir haben den Weg ihrer Waren vorwärts und rückwärts verfolgt, und wir sind dem Stoff nachgegangen, soweit uns das möglich war. Wir haben nach Kongruenzen gesucht, nach Berührungspunkten, und selbst wenn es welche gab, konnten wir nichts beweisen, weil wir immer erst anklopfen mussten, bevor wir zuschlagen durften. Was glauben Sie, wie oft und wie lange ich die Damen und Herren in Den Haag bekniet habe, die Scheuklappen abzunehmen und unsere Kompetenzen zu erweitern, aber die haben immer bloß gesagt, *Geduld, Geduld, das muss sorgfältig abgewogen werden, wir brauchen mehr Beweise,* und ich *habe* abgewogen, jahrelang, aber die Beweise konnte ich ihnen so natürlich nicht bringen, sonst wäre ich ja gar nicht erst vor ihnen auf die Knie gefallen! In der Zeit haben die Sharmas und all die anderen einfach weitergemacht, direkt vor unseren Augen, und wir durften zusehen! In diesen ganzen Jahren, in denen die in Den Haag den Daumen nicht aus dem Arsch gekriegt haben, sind *Sharma & Sons & Friends & Neighbours & Company* hier gediehen wie die Schimmelpilze und haben unser Land mit allem überschwemmt, was zu den schmutzigen Segnungen unserer modernen Zivilisation gehört: Koks aus Kolumbien, afghanisches Heroin, Gras aus Jamaika, ganze Containerschiffe voll mit Ecstasy, Zigaretten, sogar Giftgas, was immer Sie sich vorstellen können, und dabei haben sie sich dumm und dämlich verdient. Es tut mir leid, aber nach all den Jahren des

Abwägens und Abwiegens habe ich ein kleines bisschen die Geduld verloren.«

Der Commissaris nickte. Er trat ans Fenster und blickte durch die Lamellen der Jalousie. Er hielt Ausschau nach einem Fischreiher oder irgendeinem anderen Zeichen, aber er sah nur den Hafen, die Kräne, die Schiffe, alles, was Dekker Tag für Tag erblickte. Er drehte sich um und ging zur Tür. Dabei sagte er: »Ich werde mich morgen früh mit Ihrem Vorgesetzten in Verbindung setzen, damit er eine Untersuchung gegen Sie und Ihre Kollegen De Vries und – wie war der Name noch –«

»Ten Hart«, sagte Gallo.

»– Ten Hart einleitet. Übrigens hatten Sie recht, so wie's aussieht, haben die Sharmas tatsächlich Opium ins Land geschmuggelt, aber nicht der Vater, sondern der Sohn. Nur wird man es ihnen dank Ihres Vorgehens nie beweisen können, weil Amir die Ware gestohlen hat, und jetzt ist sie verschwunden oder jedenfalls nicht mehr an einem Ort, wo man sie mit *Sharma & Sons* in Verbindung bringen könnte. Und nachdem sie nun aufgescheucht sind, werden sie auch keine neue Lieferung mehr ins Land bringen …«

Mit Daumen und Zeigefinger rieb Dekker sich die Augen so heftig, als wollte er sie aus ihren Höhlen drücken. »Man hat mir schon gesagt, dass Sie ein sturer Hund sind, aber ich wollte es nicht glauben. Scheint, als hätte ich mich zumindest da geirrt.« Er stand auf, trat nun seinerseits ans Fenster und wandte dem Commissaris den Rücken zu. »Sie wissen nicht, mit wem Sie sich anlegen, Van Leeuwen.« Wieder klingelte das Telefon. Nach einer kurzen Pause, in der keiner etwas sagte, fragte Dekker leise: »Ach, da fällt mir ein – haben Sie eigentlich je daran gedacht, Ihrer Frau das Leiden zu verkürzen? Das ganze Elend? Sie haben doch eine Dienstwaffe.«

Der Commissaris spürte, wie sein Herz sich so plötzlich abkühlte, dass er einen scharfen Hustenreiz verspürte. Er blickte Gallo an, um zu sehen, ob er sich vielleicht verhört hatte, und fand denselben Blick in Gallos Augen.

»*Das da am Fenster*«, sagte Van Leeuwen zu Gallo, »ist Hoofdinspecteur Henk Dekker, wie er gerade den falschen Knopf gedrückt hat.«

Gallo zog andere Saiten auf. »Wo waren Sie gestern Nacht zwischen vierundzwanzig Uhr und ein Uhr morgens, Dekker?«

»Was trinken, mit ein paar Kollegen, hier in Rotterdam«, antwortete Dekker, ohne sich umzudrehen.

»Lassen Sie mich raten«, sagte Gallo. »Die Kollegen waren Inspecteur De Vries und Inspecteur Ten Hart. Sie waren den ganzen Abend bis in die frühen Morgenstunden zusammen, und keiner hat sich länger als fünf Minuten von den anderen entfernt.«

»Genau. Woher wissen Sie das?«

»Was die Sharmas können«, sagte Gallo, »können wir vom Zoll schon lange, oder?«

Dekker sagte nichts mehr. Er stand einfach nur reglos vor dem Fenster mit der Aussicht auf den Hafen, während die drei Lämpchen an seinem Telefon unablässig blinkten, als warteten dort die körperlosen Stimmen der Geister von Amir Singh, Carien Dijkstra und den anderen, nur ihm bekannten Toten darauf, ihn heimzusuchen.

Der Commissaris legte die Hand auf die Türklinke. »Erinnern Sie sich noch, was Sie mir bei unserer letzten Begegnung über den Neigungswinkel der Seele gesagt haben?«, fragte er.

Endlich drehte Dekker sich um. »Ja«, bestätigte er überrascht, »was ist damit?«

»Wenn er zu groß wird, stürzt die Seele ab«, sagte der Commissaris, öffnete die Tür und verließ den Raum.

Sie verließen den Hafen und fuhren durch die Stadt, und als sie auf der Willemsbrug waren, gingen rechts und links unter ihnen die ersten Lichter an. Sie hatten den Nachmittag damit verbracht, Kollegen und Vorgesetzte von Hoofdinspecteur Dekker zu befragen, denn der Commissaris wusste, dass der Zollfahnder davon erfahren würde. »Er soll merken, dass wir es ernst meinen«, sagte Van Leeuwen.

Jetzt steuerte Ton Gallo den Wagen über die hängenden Betonbahnen der Brücke zurück nach Amsterdam. Der Verkehr floss mehrspurig, und im Neonschein der Brückenbeleuchtung glomm der polierte Lack der Autos wie bengalische Feuer. Die Wolken im Westen türmten sich noch lilarot am Abendhimmel, obwohl die Sonne längst untergegangen war. Die glitzernde Stadt lag unter ihnen, geteilt durch das schwarze Wasser.

Seit sie losgefahren waren, hatte Gallo nichts mehr gesagt, und auch Van Leeuwen schwieg, bis sie Rotterdam verlassen hatten. Dann sagte er: »Was hat Bosnien mit euch angestellt ... Was hat dieser Krieg –«

Gallo schüttelte den Kopf. »Egal, was er mit mir oder jemandem wie Dekker angestellt hat – das ist nichts dagegen, was er anderen angetan hätte, wenn wir nicht da gewesen wären. Es ist nicht allein Srebrenica. Oder Mostar. Oder Sarajevo. Der Krieg trifft auf jemanden, und jeder reagiert anders. Jeder verarbeitet es auf seine Weise. So wie ein anderes Unglück auch. Oder wie Glück. Alles trifft einen unvorbereitet und unverdient.« Er setzte zum Überholen an, bremste im letzten Moment aber wieder, um einen Wagen auf der Gegenfahrbahn vorbeizulassen. »Ich bin nicht wie Henk Dekker. Er sieht die Bilder, und ich sehe die Bilder. Er kann nicht schlafen, und ich kann nicht schlafen. Die große Frage ist aber: *Was tut Henk Dekker, wenn er nicht schlafen kann?*«

»Was wissen wir überhaupt von ihm?«, fragte der Commissaris. »Über sein Privatleben? Er wohnt hier in Rotterdam, in einer Mietwohnung, aber ob er da allein lebt, konnte uns keiner sagen. Er ist nicht verheiratet, gut, aber hat er eine Geliebte? Gibt es uneheliche Kinder? Keiner hat schlecht über ihn geredet, aber auch keiner gut.«

»Aber hat er Carien Dijkstra getötet?«, fragte der Commissaris. »Oder Amir Singh?«

»Da fällt mir ein – das Handy ist gefunden worden«, sagte Gallo. »Das von Carien Dijkstra. Die Spezialisten untersuchen es gerade.«

In Amsterdam setzte Gallo Van Leeuwen an der Ecke Elandsgracht und Marnixstraat ab. Als der Commissaris zum *Europarking* ging, um seinen Wagen zu holen, drehte er sich noch einmal um.

Unter einer Straßenlaterne bemerkte er ein kirschrot lackiertes Saab Cabrio. Das schwarze Verdeck des Wagens war geschlossen, sodass er nicht erkennen konnte, wer darin saß. Im Licht der Laterne schimmerte der Lack wie eine offene Wunde. Das Fenster auf der Fahrerseite war heruntergelassen, und ein Arm in einem hellen Windjackenärmel hing entspannt über der Tür. Für einen Moment kam es dem Commissaris so vor, als hätte er denselben Wagen schon vor einer Stunde auf der Willemsbrug gesehen, aber er konnte sich täuschen.

24

Er sah auf den ersten Blick, dass sie Fieber hatte. Sie lag nicht mehr in ihrem eigenen Bett, sondern auf der Krankenstation, und ihre Augen waren geschlossen, sodass er nicht sagen konnte, ob sie schlief oder ob sie wach war. Außer ihrem Bett gab es noch fünf weitere Betten, die alle leer waren. Über dem Kopfende des Betts brannte die Notbeleuchtung, und zu beiden Seiten standen zwei kleine, tröstlich effizient aussehende Apparate zur Kontrolle aller möglichen Körperfunktionen.

Simone lag auf dem Rücken, den Kopf auf ein dickes Kissen gebettet. Das Haar war feucht von Schweiß und klebte ihr an Stirn und Schläfen. Ihr Gesicht war gerötet. Sie atmete schnell, unregelmäßig. Van Leeuwen sah sich nach einem Stuhl um, entdeckte einen Hocker in der Ecke neben dem Fenster und trug ihn zu ihrem Bett. Er zog sein Sakko aus und legte es am Fußende auf das Bettgestell, ehe er sich setzte und seine Hand auf die Hand seiner Frau legte. »Hallo«, sagte er.

Sie reagierte nicht.

»Schläfst du?«, fragte er.

Ihre Hand war kalt; reglos lag sie unter der seinen.

»Ich war heute in Rotterdam«, erzählte er, »um einen Verdächtigen in meinem Mordfall zu befragen. Am Anfang war er nur ein Zeuge, aber jetzt ist er mein Hauptverdächtiger geworden, und weißt du, warum? Weil er ein schlechter Mensch ist, abgrundtief schlecht. Erinnerst du dich noch an Joseph Conrad, den Schriftsteller? An sein Buch *Herz der Finsternis*? Ich komme mir vor, als hätte ich heute diese Reise gemacht, ins Herz der Finsternis.«

Sie drehte den Kopf in seine Richtung, aber ihre Augen blieben geschlossen.

»Deswegen musste ich dich so spät noch sehen«, ergänzte er.

Für einen Moment schien sie den Atem anzuhalten. Ihre Lider flatterten leicht.

»Ich habe deinen Brief gefunden«, sagte er. »In dem Koffer unter dem Bett. Der Koffer, erinnerst du dich?«

Sie öffnete die Augen und sah ihn direkt an, ohne Übergang vom Schlaf zum Wachen. Ihr Blick leuchtete, sie schien zu lächeln. Ganz unvermittelt wirkte sie aufgeregt und glücklich, auf eine unnatürliche Weise, wie ein Kind, das sich einer verlockenden Gefahr aussetzt. Lange, seit über einem Jahr hatte Van Leeuwen sie so nicht mehr gesehen, und da wusste er, dass sie bald sterben würde, auch wenn es ganz und gar nicht danach aussah. Die gesunde Röte ihres Gesichts rührte vom Fieber, und das Lächeln war gar kein Lächeln, sondern etwas, das die Lungenentzündung mit ihrem Mund machte.

Warum dauert das so lange?, hörte er sie mit plötzlicher, überraschender Klarheit fragen.

Damit wir noch etwas zusammenbleiben können, antwortete er und streichelte ihren Handrücken mit dem Daumen.

Sie zog ihre Hand weg und schob sie fast zornig unter die Decke. *Aber ich will nicht mehr*, sagte sie heftig, *ich will nicht mehr. Es dauert so lang.*

Er spürte, wie ihm etwas kalt ins Herz schoss, und er musste sich bemühen, nicht wütend zu werden. Er durfte nicht wütend werden, weil er dazu kein Recht hatte; es war ihr Leben, das zu Ende ging.

Als könnte sie spüren, wie verletzt er war, sagte sie: *Weißt du, ich habe keine Angst – nur davor, nicht mehr mit dir zusammen zu sein. Aber so, wie es jetzt ist, ist es doch kein Zusammensein.*

Sie hat recht, dachte er. Er war es, der Angst hatte; er musste sich selbst trösten. *Ich komme und besuche dich da, wo du hingehst*, sagte er. *Genau wie hier.*

Träum nicht von ungehobenen Schätzen, sagte sie. Sie schloss die Augen, und jetzt erschien es ihm, als hätte sie die Augen die ganze Zeit geschlossen gehabt und auch nichts gesagt, nur schwer und unruhig geatmet. Er hielt noch immer ihre Hand.

Nach ein paar Minuten stand er auf, zog sein Sakko wieder an und ging zur Tür. Dort blieb er noch einen Moment stehen und sah sie an, als könnte sie doch noch die Augen aufschlagen, aber nichts geschah. Schließlich stieß er mit ungeduldiger, zorniger Entschlossenheit die Tür auf. *Du musst jetzt loslassen,* dachte er. *Es gibt eine Zeit zum Festhalten und eine Zeit zum Loslassen. Es gibt auch eine Zeit für Gebete, sogar für Drohungen und Erpressungen, aber dies ist weder der Tag noch die Stunde. Dies ist der Moment zum Loslassen, und du kannst froh sein.*

Wenn es nur nicht so verdammt wehtäte.

Langsam ging er den schwach beleuchteten Korridor vor der Krankenstation entlang. Es kam ihm vor, als marschiere er am Rand eines Abgrunds, der die Erde zwischen ihm und Simone gespalten hatte, auf der Suche nach einem Steg zur anderen Seite, den es nicht mehr gab.

Brigadier Tambur kauerte vor seiner Wohnung auf der obersten Stufe der steilen Treppe. Sie schien eingenickt zu sein, denn ihre Augen waren geschlossen, und ihr Kopf lehnte an der Wand neben der Tür. Die Beine in den dunkelblauen Jeans waren zur Seite gefallen, die Knie angezogen. Sie trug einen bordeauxroten Rollkragenpullover, eine schwarze Lederjacke und hellgrüne Stiefeletten. Die Arme klemmten zwischen den Oberschenkeln. Auf dem Treppenabsatz hinter ihr lag ein Hut mit einer breiten Krempe. Er beugte sich zu ihr hinunter, packte sie an der Schulter und schüttelte sie. »Was machst du denn schon wieder in meinem Treppenhaus?«, fragte er schroff.

»Ich lebe in Treppenhäusern«, antwortete sie schlaftrunken. »Meistens jedenfalls.«

»Ich frage nicht noch einmal«, sagte Van Leeuwen.

»Ich wollte Sie besuchen.«

»Warum?«

»Ich habe Ton Gallo angerufen, weil ich wissen wollte, was euer Abstecher nach Rotterdam gebracht hat. Er hat mir erzählt, dass Sie noch zu Ihrer Frau ins Heim gefahren sind.« Sie rieb sich die Augen und fuhr sich mit den Fingern durchs Haar. »War es schlimm heute?«

»Es ist immer schlimm.«

»Wollen Sie mit mir darüber reden?«

»Nein«, sagte Van Leeuwen und setzte sich zu ihr auf die Stufe. »Sie hat eine Lungenentzündung gekriegt.« Das Etagenlicht ging aus, aber keiner von ihnen stand auf, um es wieder anzuschalten. »Die Krankheit hat jetzt das Endstadium erreicht und das Schluckzentrum im Gehirn angegriffen. Wenn es so weit ist, verschluckt sich der Patient immer wieder, und dabei geraten dann Essenspartikel in die Lunge, manchmal auch Erbrochenes. Das Zeug verstopft kleine Zweige der Lunge, sodass sie beim Atmen nicht mehr durchlüftet werden, und in der Feuchtigkeit entwickelt sich eine Entzündung.«

Es war so dunkel im Treppenhaus, dass er Julika kaum sehen konnte, aber er spürte ihre Nähe und roch ihr Parfum, ein leichter, süßer Duft mit einem Hauch von Zimt. *Seit wann redest du mit anderen über den Zustand deiner Frau?*, fragte er sich. *Seit wann wirst du damit nicht mehr allein fertig?* Aber wenn er über sie sprach, sah er sie noch deutlicher vor sich, als wenn er nur an sie dachte. Seine Gedanken drehten sich oft im Kreis. Wenn er redete, kamen ihm dagegen manchmal neue Gedanken. Gedanken wie dieser: *Ob du sie auch so lieben würdest, wenn sie nicht krank geworden wäre?* Hatte ihre Krankheit ihn vielleicht abhängig gemacht, ihn fester an sie gekettet, als das eheliche Liebe bei einem Mann seines Alter üblicherweise konnte?

»Ist doch egal, warum man jemanden liebt«, sagte Julika.

Aus der Wohnung unter seiner drang leise Klaviermusik. Hatte er etwa laut gedacht? »Wahrscheinlich«, sagte er. »Und jetzt verschwinde, bevor ich dich die Treppe runterwerfe.«

Julika stand auf und griff nach seiner Hand, so sicher, als hätte sie Katzenaugen. »Kommen Sie«, sagte sie.

»Wohin?«

»Ich will Ihnen etwas zeigen. Wie andere Menschen leben.«

»Wenn ich sehen will, wie andere Menschen leben, schaue ich mir ein Gemälde von Goya an.« Van Leeuwen stand ebenfalls auf, entzog ihr seine Hand und holte den Wohnungsschlüssel aus der Hosentasche. »Geh nach Hause, Brigadier Tambur. Ich habe noch zu arbeiten.«

Er war froh über die Dunkelheit, so musste er ihr nicht ins Gesicht sehen. Er hatte Angst vor dem, was er dort vielleicht finden würde. Ohne Licht zu machen, sperrte er die Wohnungstür auf, trat über die Schwelle und schloss die Tür wieder hinter sich. Schon auf der Rückfahrt aus Amsterdam hatte er einen Gedanken gehabt, der ihn seither begleitete. Er knipste die Lampe auf der Telefonkonsole an und ging in sein Arbeitszimmer, wo er den Katalog einer Goya-Ausstellung aus dem Regal zog. Im Inhaltsverzeichnis fand er das Bild, das er gesucht hatte: eine Tapisserie mit dem Titel *Die Tabakzöllner*.

Die Abbildung zeigte eine Handvoll bewaffneter Männer bei einer Rast im felsigen spanischen Hochland, die Hände unter den bunt verzierten Harnischen verborgen, eine Muskete griffbereit gegen einen Felsen gelehnt. Ein strahlend blauer Himmel wölbte sich über der Szene, die trotzdem etwas Zwielichtiges hatte. Einer der Männer, vielleicht der Anführer, stand breitbeinig mit dem Rücken zu einer Schlucht; sein Gesicht spiegelte Selbstgefälligkeit und Überheblichkeit. Ein heller Schnurrbart zierte seine Oberlippe. *Senffarben*, dachte Van Leeuwen überrascht. Dann dachte er: *eine Rast oder ein Hinterhalt*.

Er las, was Goya bei Rechnungstellung an die Tapisseriemanufaktur in Madrid im Januar 1789 dazu geschrieben hatte: *Abgebildet sind insgesamt fünf Männer, Zollaufseher über die Tabakerträge. Zwei bequem sitzende Männer und ein stehender Mann sind in eine Unterhaltung vertieft. In der Entfernung erkennt man an einem Flussufer zwei weitere Zöllner. Zwei der Männer sind mit sämtlichen Waffen ihres Berufsstandes ausgestattet.*

Van Leeuwen blätterte weiter, suchte zusätzliche Erläuterungen.

Der Staat besaß das Tabakmonopol, las er, *und der Preis wurde künstlich hochgehalten. Der Schmuggel aus Portugal und Gibraltar blühte. Der spanische Tabak kam aus Havanna, wurde in Sevilla verarbeitet und von dort verschickt. Immer wieder kam es zu Überfällen auf die Transporte. Berüchtigt war das bergige Grenzgebiet zwischen Andalusien und Kastilien, wo Räuber und Schmuggler nur allzu häufig mit den Tabakzöllnern unter einer Decke steckten.*

Er betrachtete noch einmal das Gesicht des stehenden Zöllners. Abgesehen von dem Schnurrbart hatte es wenig äußere Ähnlichkeit mit Hoofdinspecteur Dekker, aber das, was von seiner Seele durchschien, dafür umso mehr.

Er las weiter: *Auf seinem Karton zeigt Goya Tabakzöllner, deren Anblick wenig Vertrauen erweckt. Ihre Uniformen ähneln der Kleidung der Schmuggler. Auch verstecken einige der Männer die Hände unter ihren kurzen Jacken.*

Um was zu verbergen?, überlegte der Commissaris. *Waffen? Schmiergeld? Geschmuggelten Tabak? Gewürze oder Drogen?* Das war der Gedanke gewesen, der ihn die ganze Zeit nicht losgelassen hatte: Was immer Henk Dekker zu seinem Vorgehen gegen Radschiv Sharma und seine Söhne getrieben hatte, es war nicht nur reine Schikane oder der Übereifer eines Bilderbuchbeamten. Es war auch nicht der Hass von jemandem, der im Krieg gesehen hatte, wozu Menschen fähig sind, und der seine Heimat davor beschützen wollte. Es war anders, dunkler und gefährlicher.

Die Türglocke ertönte. Draußen stand Brigadier Tambur, jetzt aber bei eingeschaltetem Licht, und sagte: »Kommen Sie schon, ich weiß, dass Sie nicht schlafen können.«

25

»Ich bin süchtig nach Riesenrädern«, erklärte Julika. »Ich könnte mich die ganze Zeit davorstellen und so lange hinschauen, bis ich das Gefühl habe, irgendeinen kosmischen Spiralnebel dabei zu beobachten, wie er die Welt aufsaugt.«

»So viel Unsinn habe ich schon lange nicht mehr gehört«, sagte Van Leeuwen.

Sie schlenderten langsam zwischen den wenigen Kermis-Buden über den Dam, und die laue Sommernacht war durchtränkt vom Geruch nach Zuckerwatte, Pommes frites und Oliebollen. Plötzlich trat etwas in Van Leeuwens Herz, das anders war als alles, was er in letzter Zeit gefühlt hatte. Er verspürte eine Sehnsucht nach genau diesem Moment. Er wollte hier sein, genau jetzt. Julika spürte es auch; sie legte den Kopf an seinen Oberarm. Für einen Moment lebte er mit allen Sinnen, all dies konnte er sehen, hören und fühlen, und es lag an ihm, sich nicht dagegen zu wehren. *Du kannst nichts für sie tun,* dachte er. *Du vergisst sie ja nicht, und wenn du etwas tun könntest, würdest du es tun. Sie ist deine Frau, und sie stirbt, das ist alles.*

Inmitten einer bunten Menschenmenge flanierten sie über den Platz. Ein junger Zigeuner führte ein Lama vorbei, auf dessen Rücken ein kleines blondes Mädchen saß, das Gesicht beherrscht von ängstlicher Verzückung. Der Lamaführer lächelte Julika an. Sie lächelte zurück und legte Van Leeuwen den Arm um die Hüfte, und für einen kurzen, überraschenden Augenblick war er stolz.

In einem großen Spiegel am Eingang eines Karussells fand er sein Bild und das der jungen Frau, die seine Tochter sein könnte. Sie trug die schwarze Lederjacke und den Hut mit der breiten Krempe, und ihr Haar schaute unter dem Hut hervor über den hochgeschlagenen Kragen der Lederjacke. Es war ein merkwürdiges Gefühl, sie beide so zu sehen, Julika und ihn und den um seine Hüfte gelegten Arm. Er dachte, dass es nicht richtig war, aber auch, dass ihm die Kraft fehlte, den Arm wegzuschieben.

Hinter ihnen begann ein Leierkastenmann zu spielen, *Roses are flow'ring in Picardy,* so laut, dass es die aus allen Lautsprechern dudelnden Schlager übertönte. Es war ein altes Lied, das er oft mit Simone gehört hatte, und plötzlich schämte er sich. Er trat einen Schritt zur Seite, und Julikas Arm glitt von seiner Hüfte. Alles rings umher versank in der blauen Nacht. Nur das Lied, *Roses of Picardy*, blieb hell in der Luft. Auf dem ganzen Platz flammten Lichter, rot, gelb, blau, grün, orange. Bunte Glühbirnen schmückten die kühn bemalten Fassaden der Attraktionen mit grellen Farben. Das Riesenrad zog einen leuchtenden Kreis vor dem Schloss, hinauf in den schwach geröteten Himmel. »Können wir damit fahren?«, fragte Julika.

»Falls du einen Vater suchst, bin ich der falsche Mann«, sagte der Commissaris.

»Ich weiß.«

»Und für alles andere bin ich auch der falsche«, fügte er hinzu.

»Ich weiß.« Lachend nahm sie ihren Hut ab und setzte ihn Van Leeuwen auf den Kopf, bevor er den Weg zur Kasse des Riesenrads einschlug. Der Commissaris sah sich um. Sein Blick fiel auf einen Mann ein paar Schritte hinter ihm, der sich abrupt abwandte. Der Mann trug eine Baseballkappe, Jeans und eine Lederjacke. Dann war er verschwunden, und Van Leeuwen dachte wieder, dass er sich wahrscheinlich getäuscht hatte.

An der Kasse des Riesenrads löste Julika zwei Eintrittskarten. Auch der Mann, der sie abriss, warf ihr ein Lächeln zu. »Waren das nicht umwerfende Goldzähne?«, fragte sie lachend, als sie die Holzrampe betraten. »Oben und unten, sehr eindrucksvoll. Ich finde, Sie sollten sich auch solche Zähne machen lassen, um Ihre Bedeutung zu unterstreichen. Mit Diamanten drin, die blitzen, wenn Sie lachen.«

»Hast du mich schon mal lachen sehen?«, fragte der Commissaris.

Als das Riesenrad hielt, stieg er mit Julika in die erste freie Kabine. Der Kontrolleur verriegelte die Tür hinter ihnen, sodass sie das Abteil für sich allein hatten. Nach ein paar Minuten erklang eine Glocke. Die Kabine löste sich mit einem sanften Ruck von der Plattform und schwebte in die Höhe. Die Verstrebungen des Stahlturms, der die Achse des Rades trug, glitten vorbei. Die Glühbirnen an den Streben tauchten das Innere der Kabine in wechselnde Farben. Van Leeuwen und Julika saßen einander gegenüber und wurden hochgetragen über die Buden, Zelte und Gerüste.

»Wir verbringen nur etwas Zeit miteinander, mehr nicht«, sagte der Commissaris.

»Ich weiß«, sagte Julika.

Gleich neben ihnen drehte sich ein Kettenkarussell, ein hoher Pilz, verziert mit zinnoberroten Neonleisten, schimmernden Rauten und glitzernden Kreisen. Zwischen den Glühbirnen prangten bunte Gemälde von Gebirgen und Seen, Schlössern und Windmühlen, doch je schneller das Karussell rotierte, desto weniger konnte man sehen, man sah nur vorbeifliegende elektrische Glut, die feuerrote Narben in den Nachthimmel schlug.

»Mir wird schwindlig«, sagte Julika. »Darf ich mich neben Sie setzen?« Sie wechselte auf Van Leeuwens Seite und hakte sich bei ihm unter. Das Getümmel des Kermis lag tief unter ihnen, die Lichter blinkten und flimmerten, und rechter Hand konnte Van Leeuwen die Häuser und Grachten und die Centraal Station sehen und noch weiter über das IJ bis zur anderen Seite der Stadt, in der Amir und Carien gestorben waren.

In vielköpfigen Pulks schoben sich die Besucher zwischen den Schießbuden und Zuckerwatteständen vorwärts. Über ihren Köpfen trieben Luftballons hin und her. Ein Horrorkabinett und ein Autoscooter bildeten Inseln im Hin und Her der Menschenmenge.

Plötzlich wusste Van Leeuwen, dass er dort unten war – Hoofdinspecteur Dekker. Vielleicht auch De Vries und der Dritte, Ten Hart, aber mit Sicherheit Henk Dekker. Er war da und beobachtete ihn und Julika.

Die Kabine erreichte den höchsten Punkt der Umdrehung, und das Rad blieb stehen. Staunend presste Julika ihr Gesicht ans Fenster. Dann sah sie Van Leeuwen an, als überlegte sie, ob sie sagen dürfte, was sie nun sagen wollte. »Ich habe mich noch nie in meinem Leben so geborgen gefühlt wie bei Ihnen«, bekannte sie.

Das Rad setzte sich wieder in Bewegung. Van Leeuwen verspürte ein Beben in der Brust, das nicht nur vom Abwärtsgleiten der Kabine herrührte. *Das kann nicht sein*, dachte er sofort. *Es ist zu spät. Simone ist deine letzte Liebe, darüber bestand Einigkeit.* Julika sagte: »Wenn wir unten sind, möchte ich zum Autoscooter. Aber nur schauen, nicht fahren.«

Inzwischen war es kühl geworden, doch auf den Gesichtern der anderen Besucher lag ein warmer Schimmer. Julika zog Van Leeuwen hinter sich her, begleitet von den Klängen der Kirmesorgeln, der Schlagermusik aus den Lautsprechern und dem Gelärm der Straßenkünstler. Ein Stelzenläufer mit weiß geschminktem Gesicht stolzierte durch die Menge. Ein Feuerschlucker blies Flammenfontänen gegen seine hölzernen Beine. Eine Horde kreischender Kinder stürmte vorbei, bewaffnet mit Lutschern und türkischem Honig. Lärmende Halbstarke torkelten vorbei, Dosenbier in der Hand und Cockneyslang auf der Zunge.

»Warten Sie mal«, sagte Julika, »ich möchte das Karussell anschauen.« Sie blieben stehen und sahen dem Karussell zu und den letzten Kindern auf den lackierten Gipstieren, aufgekratzt vor lauter Müdigkeit. Aus den Lautsprechern dudelte *Penny Lane*, und wieder musste Van Leeuwen an Simone denken, und er dachte, *das musst du aushalten; in Zukunft musst du eine Menge solcher Momente aushalten.*

Vom Autoscooter drang das dumpfe Rumpeln der elektrischen Wagen auf dem Metallboden herüber, das stumpfe Geräusch der zusammenprallenden Karts und der rhythmische Beat längst überholter Popnummern. Winzige Blitze zuckten um die Stromabnehmer der kleinen Gefährte. Die Säulen, auf denen die Überdachung der Fahrfläche ruhte, waren mit gelben, blauen und roten Milchglasscheiben verkleidet und von innen beleuchtet.

Am Rand der Fahrbahn standen Jungen und Mädchen, grinsten und feuerten ihre Freunde an, die zu zweit in den kleinen Scootern saßen und versuchten, Zusammenstöße zu vermeiden oder herbeizuführen. Der Widerschein der Lichter huschte wie kaltes Fieber über ihre jungen Gesichter. Aus den großen Boxen hämmerte die Musik, *House of the Rising Sun, Don't let me be misunderstood, Satisfaction*, all die Platten, die schon *in* gewesen waren, als Van Leeuwen sich zum ersten Mal in einen Autoscooter gewagt hatte. Ab und zu sprang einer vom Personal hinten auf den nächstbesten Wagen, hielt sich mit einer Hand am Stromabnehmer fest und griff mit der anderen ins Lenkrad, wenn sich der Fahrer zu ungeschickt anstellte. Lässig und geschmeidig wechselte der Schausteller von einem Kart zum nächsten, während die Mädchen ihn kichernd beobachteten und die Jungen am Rand des Fahrbodens den Arm um ihre Freundinnen legten.

»Möchtest du wirklich nicht fahren?«, fragte Van Leeuwen.

Julika schüttelte den Kopf. »Dann pass mal auf«, verkündete er. Als der nächste Wagen, besetzt von zwei schrill quietschenden Mädchen, dicht an der Rampe vorbeiglitt, setzte Van Leeuwen mit einem Sprung hinten auf den Hartgummistoßdämpfer. Mit der rechten Hand umklammerte er den Stromabnehmer und ließ sich von dem Zweisitzer in das Getümmel der durcheinanderkurvenden Elektrokarts tragen. In der Mitte des Fahrbodens wechselte er geschickt das Gefährt, fuhr ein Stück mit einem Jungen in Lederjacke und Jeans und sprang dann auf einen dritten, dessen Lenker ihn anschrie: »He, was soll das?!«, aber da war er schon weiter, landete mit dem linken Fuß auf dem vierten und streckte den rechten nach dem fünften aus. Da war er wieder, der alte Angeber, der es selbst in seinem Alter noch nicht lassen konnte, vor einem jungen Ding den großen Max zu markieren. Er lachte, suchte Julika mit den Augen und hob die freie Hand, um ihr zu winken.

Der Mann mit der Baseballkappe und der Sonnenbrille stand schräg hinter Julika, beide Hände in den Taschen seiner Lederjacke. *Dekker,* schoss es Van Leeuwen wieder durch den Kopf. Sein Wagen wurde gerammt und abgedrängt, er verlor Julika aus den Augen. Dann sah er sie wieder. Sie lachte ebenfalls und winkte zurück. Der Mann mit der Baseballkappe war verschwunden.

Ein weiterer Wagen prallte gegen Van Leeuwens Gefährt, und der Stoß war hart und fuhr ihm hinauf bis in den Bauch, aber er lachte nur wie vorher. Die Gesichter der Schaulustigen kreisten um ihn, die kleinen robusten Zweisitzer rumpelten vor und zurück. Die Musik ließ sein Herz schneller schlagen, und er fühlte sich jung und stark und geschmeidig wie ein Akrobat. Dann wurde er wieder gerammt, so heftig, dass ihm der Hut vom Kopf fiel.

Ein schmerzhafter Ruck durchfuhr seinen Nacken, und einen Moment lang packte ihn Zorn. Aber gerade noch rechtzeitig erinnerte er sich daran, dass Julika ihn beobachtete, und er beherrschte sich und passte den richtigen Moment ab, um sich tief hinunterzubeugen und im Vorbeifahren den Hut vom Boden zu klauben. Triumphierend schwenkte er ihn in der Luft, bevor er ihn unter dem Applaus der Umstehenden wieder aufsetzte. Er sprang ab und lief mit wenigen Schritten über den Metallboden und wich all den naseweisen Burschen aus, die ihn mit ihren Stoßstangen erwischen wollten, bis er endlich schwer atmend neben Julika stand. Sie umarmte ihn so stürmisch, dass ihm der Hut zum zweiten Mal vom Kopf rutschte. Van Leeuwen fing ihn im Fall und drückte ihn ihr wieder aufs Haar.

»Ich hab doch gesagt, Sie sind ein toller Mann!«, rief sie.

Der Schausteller, der vor ihm von Wagen zu Wagen gesprungen war, Angeber wie er, näherte sich mit finsterem Gesicht auf einem Kart, den er im Stehen und einhändig lenkte. »He, Sie, das Betreten der Bahn während der Fahrt ist verboten!«

»Sie haben recht«, sagte der Commissaris. »Entschuldigen Sie, bitte, Mijnheer.«

Der Schausteller sah aus, als wollte er sich damit nicht zufriedengeben. Doch dann warf er einen Blick auf Van Leeuwens Gesicht, und auf einmal hatte er es eilig, das andere Ende der Bahn anzusteuern.

»Es ist spät«, sagte der Commissaris zu Julika. »Wenn du die letzte U-Bahn nach Bijlmermeer kriegen willst, musst du dich beeilen. Und such dir das nächste Mal ein anderes Treppenhaus.«

»Sie sind undankbar«, sagte Julika.

Van Leeuwen hatte bereits den Weg zur Straßenbahn eingeschlagen. Er ging langsamer, dann drehte er sich zu ihr um und sah, dass sie sich nicht von der Stelle gerührt hatte. Sie stand nur da, während hinter ihr die Lichter des Jahrmarkts erloschen. »Man hat mir schon alles Mögliche vorgeworfen«, sagte er, »aber das noch nicht!«

Sie würde es verstehen.

»Was haben Sie gesagt?«, rief er.

Sie breitete die Hände aus. »Nichts. Ich habe nichts gesagt.«

26

Das Telefon weckte ihn, kaum dass er eingeschlafen war. Obwohl er die Klingel leise gestellt hatte, drang ihm das Schrillen bis ins Herz. Er dachte, was er seit Kurzem immer dachte, wenn ihn nachts jemand anrief: *Nicht heute Nacht, bitte.* Er tastete nach dem Hörer des Apparats auf dem Tisch neben dem Bett und meldete sich. Eine Männerstimme, die er nicht erkannte, sagte: »Hören Sie auf, Commissaris. Hören Sie auf, sonst passiert etwas.«

Die Stimme hatte einen scharfen Klang, fast so wie die von Radschiv Sharma, wenn er sich aufregte. Van Leeuwen sagte nichts. Er hörte den Anrufer atmen, und er wusste, dass der andere ihn atmen hören konnte, und vielleicht hörte er sogar sein Herz rasen.

»Haben Sie mich verstanden, Commissaris?«, fragte die Stimme, diesmal mit einem leichten fremdländischen Akzent. »Wenn Sie weiterbohren, wird etwas passieren, das Sie nicht wollen.«

Der Commissaris legte auf und wartete darauf, dass das Telefon noch einmal klingelte, aber es blieb stumm. Er warf einen Blick auf seinen Wecker. Es war kurz nach halb vier morgens, und es war das erste Mal, dass jemand versuchte, ihn einzuschüchtern. Er lag im Dunkeln auf dem Rücken und überlegte, was alles passieren konnte an Dingen, die er nicht wollte. Die Liste war nicht sehr lang, und kein Posten darauf war so eindrucksvoll, dass er deswegen seine Ermittlungen eingestellt hätte.

Wenn Sie weiterbohren, wird etwas passieren, das Sie nicht wollen.

Radschiv Sharmas Stimme war unverkennbar, und der Commissaris wusste, dass sie es nicht gewesen war da eben in der Leitung, nicht scharf genug, nicht so alt; sie sollte nicht einmal so klingen. Auch der Akzent war nur ein Geschmacksverstärker. Keine Hintergrundgeräusche, weder der Lärm einer Kneipe noch das ferne Rauschen nächtlichen Straßenverkehrs.

Jemand, ein Mann, der allein irgendwo saß und an ihn dachte und seine Privatnummer wählte, um ihn zu bedrohen. Jemand, der keine Angst hatte, dass der Anruf zu ihm zurückverfolgt wurde.

Der vielleicht sogar wusste, dass er einen Fehler machte, der aber zu wütend war, um sich deswegen Gedanken zu machen. Ein Todfeind, den Van Leeuwen sich absichtslos geschaffen hatte, durch den Lauf, den seine Ermittlungen genommen hatten.

Wer war das?, dachte er, und gleichzeitig wusste er, wer es war. Er hatte ihm in die Augen gesehen. Er war froh, dass er Simone ins Heim gegeben hatte. So ging es bei alldem nur um ihn. Zusammenhangslos dachte er noch: *Sie wird bald sterben, aber nicht heute Nacht.* Traurig und erleichtert zugleich schlief er wieder ein.

Der Hoofdcommissaris wartete auf Van Leeuwen in dessen Büro, wie er es neuerdings immer tat, wenn er etwas auf dem Herzen hatte. Früher hatte er Van Leeuwen in sein eigenes, weit komfortableres Büro bestellt, aber seit er den Commissaris für seinen Freund hielt, legte er großzügig den umgekehrten Weg zurück, selbst wenn es für seinen Besuch keinen erfreulichen Anlass gab. »Wie laufen die Ermittlungen im Fall Carien Dijkstra, Bruno?«, fragte er. »Kommt die Untersuchung voran? Macht ihr Fortschritte?«

»Ich glaube«, sagte Van Leeuwen.

»Und worauf gründet sich dieser Glaube?« Joodenbreest legte seine Uniformmütze auf Van Leeuwens Schreibtisch am Fenster, wandte sich zur Seite und spähte durch die Lamellen der Jalousie nach draußen, als sehnte er sich schon wieder fort, kaum dass er gekommen war.

Van Leeuwen sagte: »Auf einen anonymen Anruf bei mir zu Hause um halb vier heute Nacht. Ein Einschüchterungsversuch.« Er blieb bei der Tür stehen. In kleinen Schlucken trank er Milchkaffee aus einem Plastikbecher in seiner Hand.

»Und hast du einen Verdacht?«, fragte Joodenbreest.

»Ja.«

Joodenbreest seufzte, wohl verärgert über Van Leeuwens Einsilbigkeit. »Du denkst, es hat mit der Untersuchung des Mordes an Carien Dijkstra zu tun?«

»Mit der und mit dem Fall Amir Singh«, sagte der Commissaris, »die beiden hängen zusammen.«

»Was hast du außer einem Verdacht noch? Oder genauer, außer *Verdächtigungen?*«

Van Leeuwen spürte, wie sich sein Zwerchfell spannte. Er konnte Joodenbreests Gesicht nicht erkennen, der Hoofdcommissaris war nur ein schmaler blauer Schatten an der Sonnenblende vor dem hellen Morgenlicht. Aber der frostige Tonfall, der die Musik zu den Worten lieferte, ließ keinen Zweifel daran, dass jemand zum Telefonhörer gegriffen hatte.

»Beziehst du dich auf etwas Bestimmtes, wenn du die Mehrzahl benutzt?«, fragte der Commissaris.

»Weißt du eigentlich, was du tust, Bruno?«, fragte der Hoofdcommissaris zurück. »Ich habe noch nie eine Ermittlung gesehen, die so dilettantisch geführt worden ist. Im Fall Amir Singh setzt du einen Mann auf freien Fuß, der offenbar der Täter ist, zumindest behauptet er das, und der Aktenlage nach könnte es durchaus zutreffen. Und statt der Aufklärung des Mordes an Carien Dijkstra absolute Priorität einzuräumen, fährst du mit Hoofdinspecteur Gallo nach Rotterdam, um die Kollegen vom Zoll mit allen möglichen windigen Anschuldigungen zu konfrontieren, für die es nicht den geringsten Beweis gibt, nichts, was auch nur im Entferntesten Hand und Fuß hat, außer deiner –«

»Intuition«, warf Van Leeuwen ein. Er konnte Joodenbreests Gesicht noch immer nicht erkennen, aber er war sicher, dass die Scheibe hinter der Sonnenblende allmählich mit Eisblumen beschlug.

»Intuition«, wiederholte Joodenbreest, »ist das deine Vorstellung von Polizeiarbeit? Vergiss nicht, die von der Zollfahndung ziehen am selben Strang wie wir. Sie dienen demselben Staat. Denk immer daran, was *JFK* gesagt hat –«

»Wer?«

»John F. Kennedy, der amerikanische Präsident – *Frage nicht, was dein Land für dich tun kann, frage, was du für dein Land tun kannst!*«

»Nie gehört«, sagte Van Leeuwen.

Joodenbreest versteifte sich. Seine ganze Haltung zeigte, wie sehr er es bedauerte, dem Commissaris in einem Augenblick der

Schwäche von seinem behinderten Bruder erzählt zu haben, den er in einem Heim in Rotterdam untergebracht hatte. Er hatte seine verwundbare Stelle gezeigt, in der Annahme, Van Leeuwen sei ein Freund, der ihn nun mit neuen Augen sehen und sein geheimes Wissen niemals gegen ihn verwenden würde. Und obwohl er sich in seinen Hoffnungen getrogen sah, musste er weiter so tun und in seinem Untergebenen den Freund sehen, den er niemals haben würde.

»Ich habe ihn letzte Woche besucht«, sagte Joodenbreest. Er klemmte sich seine Uniformmütze unter die Achsel, bereit, den Raum schnell zu verlassen. »Ich erkenne ihn langsam nicht mehr wieder. Er sagt kein Wort, und wenn er doch redet, ist es wirres Zeug, das ich nicht verstehe. Er sitzt die ganze Zeit in seinem Rollstuhl am Fenster und starrt hinaus, und als ich gehen wollte, sagte er: *Bald wird es frieren. Dann können die Kinder rodeln gehen. Ich will meinen Schlitten. Bring mir meinen Schlitten mit.* Redet Simone auch so einen Unsinn? Dabei hat er gar keinen Schlitten.«

»Er kann meinen haben«, sagte Van Leeuwen. »Es wird dich vielleicht trösten, dass der Hauptverdächtige in dem Mordfall Amir Singh oben in einer Arrestzelle sitzt, wo wir ihn zur Befragung festhalten.«

»Radschiv Sharma? Also doch, habt ihr ihn wieder verhaftet?«

»Sein Sohn Shak. Der Vater hat sich nur selbst beschuldigt, um ihn zu schützen.«

Joodenbreest nickte, und seine Stimme gewann hörbar an Temperatur, als er sagte: »Dann will ich dich nicht länger aufhalten, Bruno. Ich meine, die Ermittlungen in diesem Fall dauern schon viel zu lang. Wo sind eigentlich die anderen alle – Gallo, Inspecteur Vreeling und dieses Punkmädchen, wie war noch sein Name? – Julia Tambur.«

»Julika«, korrigierte Van Leeuwen. »Brigadier Tambur ist schon oben bei dem Verdächtigen, und Ton auch. Remko – Inspecteur Vreeling – müsste heute wiederkommen, er war auf einem Fortbildungsseminar, irgendwas über die dritte Generation des Terrors …«

»Osama bin Ladens Enkel? Wusste gar nicht, dass der was mit Frauen hatte. Ah, jetzt fällt's mir ein – er hat eine Mail geschickt, dass er für einen Monat nach London gehen soll –«

»Osama bin Laden?«

»Nein, Inspecteur Vreeling. Wenn du mal in deine Mails reinschauen würdest, wüsstest du auch Bescheid. Die Engländer waren wohl ziemlich beeindruckt von ihm, und jetzt hatten die da doch diesen Terroranschlag in der U-Bahn mit zig Toten ...«

Van Leeuwen leerte den Plastikbecher, knüllte ihn zusammen und warf ihn in den Papierkorb, wo er mit einem hohlen Geräusch aufschlug. »Ich hole ihn in meine Mannschaft, und er zieht es vor, den Bobbys zu helfen. Ganz schön undankbar.«

Joodenbreest zuckte mit den Schultern. Er trat auf den Gang, steckte dann aber noch einmal den Kopf zur Tür herein und fragte: »Welche Farbe hat denn dein Schlitten?«

Shak Sharma ging auf und ab. Er ging von einem Ende des Raums zum anderen und wieder zurück. Er ging hin und her wie eine Raubkatze im Käfig, geschmeidig und verständnislos. Er sah aus, als hätte er die ganze Nacht nicht geschlafen, und als der Commissaris den Raum betrat, blieb er stehen. Er stand da in seiner schwarzen Hose und dem zerknitterten, verschwitzten weißen Hemd und wirkte jung und trotzig.

»Guten Morgen, Shak«, sagte der Commissaris. »Hast du gut geschlafen?«

Shak antwortete nicht. Er schob die Hände in die Hosentaschen und warf mit einem scharfen Ruck das schwarze Haar aus der Stirn, das ihm gleich wieder zurückfiel. Sein Unterkiefer zitterte kaum merklich. Das Zittern der Hände konnte er verbergen, aber der Unterkiefer verriet ihn, und bald würden die vielen winzig kleinen Muskeln um die Augen dazukommen.

Es war nicht das Verhörzimmer, in dem sie Mirabal befragt hatten. Die Verhörzimmer waren alle besetzt, deswegen hatte der Commissaris Shak in den Raum bringen lassen, in dem üblicherweise die Gegenüberstellungen stattfanden. Er hatte einen Tisch verlangt und zwei Stühle, die bereits gebracht worden waren. Durch einen Spiegel konnte man alles beobachten, was in dem Raum vorging. Hinter dem Spiegel standen Hoofdinspecteur Gallo und Brigadier Tambur.

»Setz dich«, sagte der Commissaris.

»Ich stehe lieber«, sagte Shak.

»Ich auch«, sagte der Commissaris. »Wenn wir so weitermachen, werden wir schnell fertig.«

Shak warf sich wieder das Haar aus der Stirn. Der Commissaris ging zu einer Ecke des Raums, in der auf einem Metallhocker mit Plastikbezug ein Stapel Holzschilder lag. Die Holzschilder hatten dünne Ketten, an denen man sie sich um den Hals hängen konnte. Auf einigen der Schilder standen Zahlen, 1, 2, 3, 4, auf andere waren bunte Bilder gemalt – ein Ball, ein Krokodil, ein Clown.

Der Commissaris sagte: »Mit deinem Vater waren wir auf dem Hausboot, auf dem Amir Singh ermordet wurde. Mit Mirabal waren wir in einem Verhörzimmer, aber zurzeit sind alle Verhörzimmer besetzt. Die Polizei von Amsterdam ist sehr groß, musst du wissen: Es gibt den Hoofdcommissaris ganz oben an der Spitze, dann gibt es mich, und unter mir kommen ein paar Hoofdinspecteure, jede Menge Inspecteure, ein Haufen Brigadiers und eine Unmenge von Hoofdagenten, Agenten, Surveillants und Aspirants, die alle damit beschäftigt sind, Verbrechen zu verhindern oder aufzuklären, und manchmal haben wir eben einfach nicht genug Verhörzimmer, um alle Verdächtigen zu befragen.

In diesem Raum geht es im Allgemeinen so zu: Der Verdächtige wird mit einigen anderen Personen, die ihm alle mehr oder weniger ähnlich sehen, in einer Reihe aufgestellt, und jeder bekommt ein Schild mit einer Zahl umgehängt, das dann vor seiner Brust baumelt. Hinter dem Spiegel da stehen die Zeugen und sagen uns – sodass die Verdächtigen es nicht hören können –, wen von den hier aufgereihten Personen sie wiedererkennen. Sie sagen: *Nummer 3 war es* oder *Nummer 5, aber ich bin mir nicht ganz sicher* oder *Nummer 4, eindeutig Nummer 4, da gibt es gar keinen Zweifel.* Manchmal sind die Zeugen hinter dem Spiegel allerdings Kinder, die noch keine Zahlen lesen können, deswegen kriegen der Verdächtige und die anderen diese Schilder hier umgehängt – einen Ball oder ein Krokodil oder den Clown oder ein Haus –, und wenn das kleine Mädchen oder der kleine Junge den Verdächtigen wiedererkennt, sagt es: *Der Ball.* Oder *das Haus.* Oder *das Krokodil.*«

Der Commissaris nahm das Schild mit dem schlichten grünen Krokodil und hängte es Shak mit einer raschen Bewegung um den Hals. Der Junge blickte zu dem großen Spiegel hinüber.

»Dahinter sind heute keine Zeugen«, sagte Van Leeuwen, »und wir haben auch keine anderen Personen kommen lassen, um dich mit ihnen in eine Reihe zu stellen – den Ball, den Hasen, das Haus und den Clown. Das ist nicht nötig, denn wir wissen ja, dass du es warst, und wir wissen auch, warum du es getan hast. Was wir nicht wissen, ist, was in dieser Nacht im Einzelnen vorgefallen ist, was dich dazu getrieben hat.«

Shak begann wieder, auf und ab zu gehen, schneller diesmal und mit gesenktem Kopf. »Sie wissen nichts«, sagte er.

»Ich sage dir, was ich weiß –« Van Leeuwen begann, ebenfalls hin und her zu gehen. »– und wenn ich fertig bin, sagst du mir, was ich nicht weiß.« Am Ende des Raums machte er kehrt, genau wie Shak am anderen Ende. »Henk Dekker – Hoofdinspecteur Dekker vom Zoll – und die Inspektoren De Vries und Ten Hart sind nicht die vorbildlichen Beamten, die sie zu sein vorgeben. Sie haben euch erpresst, *Sharma & Sons,* aber nicht nur euch, sondern auch noch andere Firmen, die von Nichtniederländern betrieben wurden. Dabei spielte es gar keine Rolle, ob jemand tatsächlich gegen das Gesetz verstoßen hat oder nicht. Um keinen oder nicht noch mehr Ärger zu kriegen, haben die meisten bezahlt, richtig? Das ist unsere Hypothese. Du weißt doch, was eine Hypothese ist?«

Van Leeuwen und Shak begegneten sich auf halber Strecke in der Mitte des Raums, und beide blieben stehen. Shak nickte.

»Aber warum hat Dekker sich so in *Sharma & Sons* verbissen?«, fragte der Commissaris. »Weil er wusste, dass Radschiv Moschus geschmuggelt hat?«

»Das wusste er nicht«, sagte Shak.

»Warum dann?«

»Weil wir nicht bezahlt haben«, stieß Shak hervor. »Alle anderen haben bezahlt, aber wir nicht. Die Sharmas haben nicht bezahlt. *Das Blut soll mir in den Adern zu Asche werden, wenn ich irgendjemandem auch nur noch einen Cent bezahle*, hat mein Vater gesagt. Deswegen wollte Dekker uns fertigmachen, und das hätte er auch getan, weil mein Vater so starrsinnig war, weil sie beide so starrsinnig sind!«

Der Commissaris sah ihn an, er sah in seine Augen, und zum ersten Mal entdeckte er den Schmerz darin, den Schmerz und die Erschöpfung, die tödliche Müdigkeit. »Wer hatte die Idee, nicht mehr Moschus zu schmuggeln, sondern Rohopium?«

Shak schwieg.

»Also du«, sagte Van Leeuwen. »Wer außer dir wusste davon?«

»Niemand«, sagte Shak. »Ich dachte, wenn ich das tue, werde ich genug Geld verdienen, um Dekker bezahlen zu können.«

»Wie lange ging das schon so?«

»Nicht lange«, sagte Shak. »Aber lange genug, dass dieser Dekker es herausfand und seinen Anteil haben wollte.«

»Bloß dass Amir Singh ihm zuvorkam, euch beiden. Dafür musste er sterben. Das war es, was du in der Nacht von Amirs Tod deinem Vater an der Tür seines Wohnwagens gebeichtet hast – den Mord und den Grund dafür, richtig?«

Shaks Lider senkten sich unendlich langsam, und als sie sich wieder hoben, waren seine dunklen Augen leer. »Nein«, sagte er.

Der Commissaris nickte, als hätte er mit dieser Antwort gerechnet. Jedes Verhör hatte einen Fluss, einen Rhythmus, und selbst eine Lüge konnte einen näher an die Wahrheit bringen. Er fragte: »Willst du mir erzählen, wie es zu der Tat gekommen ist?«

Shak zuckte mit den Schultern. »Keine Ahnung.«

»Amir hat den Stoff gefunden und gestohlen«, sagte Van Leeuwen. »Du hast ihn entdeckt und bist ihm nachgefahren. Auf dem Hausboot hast du ihn gestellt. Dort hast du ihn getötet. Das wissen wir von Mevrouw Halawi.«

»Sie lügt.«

»Vielleicht«, räumte der Commissaris ein. »Vorausgesetzt, die halbe Wahrheit ist auch eine Lüge. Bei dem Mord an Mijnheer Singh waren nämlich zwei Täter beteiligt. Wer könnte das wohl gewesen sein – außer dir? Dein Vater? Mirabal?«

Shak presste die Lippen zusammen. Van Leeuwen lenkte den Fluss in einen Nebenarm. »Was ist mit dem Stoff passiert?«, fragte er.

»Ich weiß nicht.«

»Er ist nicht wieder aufgetaucht?«

»Nein.«

»Was hat Dekker daraufhin unternommen?«

»Er ist zu uns gekommen, in die Firma. Er hat meinen Vater bedroht und unseren Wagen gestohlen.«

»Den roten Mercedes?«

»Ja.«

»Wann war das?«

»In der Nacht, als Amir starb –«

»Als du ihn getötet hast.«

Shak biss sich auf die Unterlippe.

Van Leeuwen ignorierte sein Schweigen. »Erzähl mir bitte genau, was sich zugetragen hat.«

Shak ging zu dem Tisch in der Mitte des Raums und ließ sich auf einen der beiden Stühle sinken. »Ich konnte nicht schlafen«, sagte er leise. »Nach allem, was passiert war … Irgendwann gegen Morgen hörte ich zwei Wagen auf der Straße, sie kamen schnell näher und hielten mit quietschenden Reifen vor dem Tor. Ich stand auf und sah aus dem Fenster. Ein Mann sprang aus dem ersten Wagen und fing an, am Tor zu rütteln. Dabei brüllte er: *Sharma! Aufmachen! Macht das Tor auf!* Ich wusste, wem die Stimme gehörte, sie gehörte Henk Dekker. Ich habe ihn erst nicht erkannt, denn er trug eine Baseballkappe und eine Sonnenbrille, obwohl es noch dunkel war. Auch aus dem zweiten Wagen stiegen Männer, die ich aber noch nie gesehen hatte …«

Der Commissaris hörte zu, und während er zuhörte, sah er Hoofdinspecteur Dekker an dem Tor rütteln, und dann sah er vor sich, wie in Radschiv Sharmas Trailer Licht anging. Der Gewürzhändler kam aus seinem Wohnwagen. Er war angezogen, so als hätte er nach Shaks Geständnis nicht mehr einschlafen können; als hätte er darauf gewartet, dass noch etwas geschah. Er trug seinen schwarzen Anzug und ein zitronengelbes Hemd, aber keinen Turban. »Was ist denn?«, rief er aufgebracht. »Was ist denn los?« Langsam ging er auf das Tor zu, trat ins Licht der Scheinwerfer von Dekkers Wagen. Das kurze, glatte Haar auf seinem Kopf glänzte wie Silberspreu. »Wer sind Sie? Was wollen Sie?«

»Erkennst du mich nicht, Sindbad?!«, rief Dekker und verschluckte sich fast an einem Kaugummi, den seine Zähne schnell und heftig bearbeiteten. »Bist du nachtblind? Mach das Tor auf, ich muss mit dir reden, mit dir und deinen Söhnen!«

In diesem Moment ging das Rolltor der Halle einen Spaltbreit auf, und Shak erschien auf dem Hof, ebenfalls angezogen, aber frisch gewaschen, kein Blut an den Händen oder auf der Kleidung. Im Hintergrund der Halle brannte eine Lampe, die ihren schwachen Schein nur gedämpft abgab.

Radschiv sah sich um, sah zu seinem Sohn hinüber, müde und unglücklich – *siehst du, was du angerichtet hast*, schien sein Blick zu sagen –, dann sperrte er das Tor auf, und Henk Dekker stürmte auf das Gelände. Der Hoofdinspecteur wirkte seltsam erregt, wie erfüllt von einer fröhlichen Wut. Leise sagte er: »Weißt du noch, wer ich bin? Ich bin der Mann mit dem großen Herzen, der euch helfen wollte, bessere Menschen zu werden. Der Mann, der zu euch kam, um euch seine Freundschaft zu schenken. Der euch beschützen wollte!«

»Wir brauchen Ihren Schutz nicht«, rief Radschiv Sharma. »Wir sind nicht wie die anderen. Wir sind alteingesessen, wir waren hier, bevor Sie gekommen sind!«

»Irrtum, Mijnheer. Jeder braucht heutzutage Schutz, jeder. Und wer ihn nicht geschenkt will, muss dafür bezahlen. Aber ihr nützt Henk Dekker aus, sein gutes Herz – ihr denkt, es ist so groß, dass ihr am einen Ende herein- und am anderen wieder hinausspazieren könnt, ohne dass er es merkt. Aber ich behalte euch im Auge, denn ihr seid meine Investition.«

Er griff in die Tasche seiner Lederjacke und holte ein Blatt Papier heraus, das er wie ein Taschentuch in der Nachtluft ausschlug. Dabei drehte er sich einmal um die eigene Achse – *schmatz, schmatz, schmatz*, machten seine Kiefer –, entdeckte Shak, entdeckte auch Mirabal, die nun ebenfalls in der Tür des Trailers erschienen war, gekleidet in Jeans und einen schwarzen Männerpullover mit V-Ausschnitt.

»Da seid ihr ja alle!«, rief Dekker, immer noch mit dieser aufgekratzten Fröhlichkeit in Mimik und Stimme. »Alle, die erwachsen und im Vollbesitz ihrer geistigen Kräfte sind, ganz wie es sich gehört bei einer Teilhaberversammlung.« Er tänzelte fast über den Hof, auf das Rolltor zu.

Radschiv folgte ihm langsam, beide Arme ausgestreckt, als trüge er einen Verwundeten vom Schlachtfeld. »Was wollen Sie hier, Mijnheer? Es ist mitten in der Nacht. Sie dürfen nicht hier sein. Ist das schon wieder eine Razzia? Haben Sie einen Durchsuchungsbefehl?«

Dekker machte auf dem Absatz kehrt, ging jetzt mit großen, schnellen Schritten auf Radschiv zu, und als er bei ihm war, versetzte er ihm einen heftigen Stoß mit der flachen Hand gegen die Brust. »Den brauche ich nicht mehr, Mijnheer Sharma. Ich brauche keinen Durchsuchungsbefehl, wenn ich das Gelände meiner eigenen Firma betrete.«

»*Sharma & Sons* gehört Sharma allein!«, rief Radschiv, ohne zurückzuweichen. »Nur mir, niemandem sonst, nicht mal einer Bank!«

»Nicht mehr lange, Sindbad«, erwiderte Dekker, auf einmal fast sanftmütig, schnurrend, wie eine zufriedene Katze, die endlich die Maus in die Enge getrieben hat, »nicht mehr lange! Und weißt du, warum nicht? Weil ich gerade etwas gefunden habe, auf einem Hausboot, etwas, das aussah wie ein Mensch, wie ein toter Mensch, um genau zu sein, obwohl man das kaum noch erkennen konnte, bei all dem Blut. Tja, und da fragte ich mich natürlich, wer kann das sein, allein und tot, aber noch warm, inmitten von all dem frischen Blut – indischem Blut, *Sikh*blut?« Der Kaugummi wanderte zu den Vorderzähnen, zwischen denen er einen Moment lang mit kleinen, schnellen Bissen bearbeitet wurde. »Kann das etwa der junge Mijnheer Singh sein, Amir Singh aus Mumbai oder Delhi? Und dann frage ich mich, wer könnte einen Grund gehabt haben, diesen jungen Mijnheer Singh umzubringen? *Wer, wenn nicht Radschiv Sharma, für den er gearbeitet hat?! Dessen Geheimnissen er auf die Spur gekommen ist –«*

»Woher wissen Sie das?«, rief Sharma, und der Ausdruck in seinen weit aufgerissenen grünen Augen veränderte sich. »Woher wissen Sie, dass dieser Mann für mich gearbeitet hat?«

»Weil ich alles weiß, Sindbad, alles, und deswegen wirst du das hier unterschreiben!« Mit einer einzigen schnellen Bewegung holte Dekker den Kaugummi aus seinem Mund, drückte ihn Sharma auf die Stirn und pappte das Papier in seiner Hand daran fest.

Sharma erstarrte. Sekundenlang war von seinem Gesicht nichts mehr zu sehen, nur das Blatt Papier, das im Nachtwind flatterte. Er stand da im Scheinwerferlicht und im Staub, der über den Hof geweht wurde, aber er war nicht wirklich erstarrt, im Gegenteil, er zitterte vor Zorn. Dann riss er sich das Blatt von der Stirn, wischte den Kaugummi ab und schleuderte beides in den Staub zu seinen Füßen. »Was ist das – ein Geständnis? Ich unterschreibe kein Geständnis! Ich war hier, die ganze Nacht, zusammen mit Mirabal und meinen Söhnen, alle waren hier.«

»Das ist kein Geständnis.« Dekker schüttelte tadelnd den Kopf. »Ein Geständnis brauche ich gar nicht. Das, was du da gerade mit Füßen trittst, ist ein Vertrag, damit werden wir Partner, du und ich! Denn siehst du – nach dem, was ich da vorhin mit angesehen habe, kann ich euch jederzeit hinter Gitter bringen, dich oder einen deiner Söhne, falls mir nicht sowieso die Polizei zuvorkommt. Und wer soll sich dann um deinen Palast hier kümmern? Irgendjemand muss das Schiff doch flotthalten, während ihr sitzt.«

Der Commissaris hob eine Hand, ging zu dem Tisch, an dem Shak saß, und setzte sich ebenfalls. Seine Worte sorgfältig wählend fragte er: »Willst du damit sagen, Dekker kam in dieser Nacht mit einem bereits ausgefertigten Vertrag zu euch, der eine Fusion von

Sharma & Sons mit einer anderen Firma zum Inhalt hatte? Einer Scheinfirma, die Dekker gehörte und vermutlich nicht zu ihm zurückzuverfolgen war? Er glaubte, der Palast der 1000 Gewürze sei Gold wert, und deswegen wollte er *alles* – kein Schmiergeld mehr, *alles?!*«

»Ja, genau.«

»Weißt du, welcher Name auf dem Vertrag stand?« Der Commissaris dachte an die Gesichter hinter dem Spiegel, und er fragte sich, wie sie gerade aussahen. »Wie die Firma hieß, mit der *Sharma & Sons* die Teilhaberschaft eingehen sollte?«

Shak schüttelte den Kopf. »Mein Vater, er hat das Papier aufgehoben und zerrissen, einmal und noch einmal und noch einmal, und die Fetzen hat er in den Wind geworfen. Aber Dekker hat nur gelacht, weil er wusste, dass die Zeit Papa mürbe machen wird. Dass er keine Eile hatte und dass er ihm diese Zeit lassen musste, damit er eine Unterschrift kriegt, bevor die Polizei zu uns kommt und uns mitnimmt. Aber vorher«, Shaks Stimme brach, es klang fast wie ein Schluchzen, »vorher hat er …«

Van Leeuwen sah vor sich, wie Dekker seine Hand jäh ausstreckte und Shaks Vater mit einer Hand im Nacken packte, wie eine Katze, ihn nach unten drückte und ihn neben sich her auf die Halle zuführte. Als sie das halb offene Rolltor erreicht hatten, stieß er ihn vor sich über die Schwelle in das Zwielicht unter dem Hallendach. Er hielt ihn weiter fest und drehte ihn mit sich im Kreis herum, einmal um die eigene Achse, wobei er den Kopf in den Nacken legte und mit der freien Hand auf die hohen Regale mit den Gewürzen deutete. »Sag mir, Sindbad, mein indischer Freund und Geschäftspartner, wie groß ist unser Besitz?«

»Welcher Besitz?«, fragte Radschiv Sharma mit geschlossenen Augen.

»Euer Palast der 1000 Gewürze. *Sharma & Sons*. Von Zaun zu Zaun.«

»Hundert mal fünfzig Meter, ungefähr«, antwortete Radschiv ächzend.

»Hundert mal fünfzig Meter, aha. Und wie hoch?«

»Das verstehe ich nicht, Mijnheer.«

»Wie hoch ist die Halle auf diesem Gelände?«

»Zwölf Meter vielleicht.«

Der Hoofdinspecteur nickte anerkennend. »Zwölf Meter also.« Er rechnete nach. »Das sind fünftausend Quadratmeter zu ebener Erde und noch mal zwölf in die Höhe auf der Hälfte der Fläche … Das macht zusätzliche dreißigtausend Kubikmeter. Und falls du es – falls *ihr alle* es immer noch nicht begriffen habt: Innerhalb dieser dreißigtausend Kubikmeter sowie der restlichen zweitausendfünfhundert Quadratmeter geschieht von heute an, was *ich* sage. Ihr müsst mich nicht mögen, ihr müsst mich auch nicht in euer Nachtgebet einschließen, ihr könnt mich sogar verabscheuen, und wer wollte es euch verdenken; immerhin habt ihr euch das gelobte Land aller Einwanderer aus nah und fern bestimmt ganz anders vorgestellt. Aber: *Gehorchen*, Mijnheer, *gehorchen* müsst ihr leider!«

Radschivs Zähne begannen leise gegeneinanderzuschlagen, nur unterbrochen von einem leisen Stöhnen der Wut. Er blinzelte. Tränen rannen ihm über die Wangen, zwei glänzende Spuren im Licht der Lampe neben dem Hallentor.

»Ich sehe, wir verstehen uns endlich«, sagte Dekker leiser und ließ Radschivs Nacken los. Sein Blick blieb plötzlich an der Treppe zur Balustrade hängen; seine Augen wurden schmal von der Anstrengung, dort oben etwas erkennen zu können. Dann sah er es: Pamit lag mit glitzernden Augen auf dem Metallsteg wie ein kleiner Leopard auf dem Ast eines Eukalyptusbaums. Er starrte Dekker an, regungslos, ausdruckslos.

Den Mann, der seinen Vater zum Weinen gebracht hatte.

Dekker nickte, als gäbe es ein geheimes Einverständnis nur zwischen ihm und dem Jungen. Dann drehte er sich um und verließ mit seinen großen, schnellen Schritten die Halle wieder, in der Radschiv immer noch stand und zitternd zu Boden sah, während er sich den schmerzenden Nacken rieb.

Der Hoofdinspecteur überquerte den Platz vor der Halle und ging zu einem roten Mercedes, der im Schatten von Radschivs Trailer stand. Er holte ein Sturmfeuerzeug aus der Hosentasche, ließ eine große, flackernde Flamme in seiner Faust aufspringen und bewegte sich, nun langsamer, um den Mercedes herum. An der Tür auf der Beifahrerseite blieb er stehen. »Hier, seht mal her!« Er winkte Shak zu sich und deutete auf die Tür. »Ein Kratzer im Lack! Falls die Spurensicherung auch nur einen einzigen winzigen Splitter davon am Tatort findet, seid ihr geliefert – *wenn es mir gefällt!* Solange Mijnheer Sharma sich weigert, unseren kleinen Vertrag zu unterzeichnen, werde ich nämlich diesen Wagen als Pfand mitnehmen. Ach, und *das Messer* – das Messer mit der kurzen Klinge und euren Fingerabdrücken auf dem Griff: der Wagen und die Tatwaffe …« Er steckte das Feuerzeug wieder ein und legte eine Hand auf die Motorhaube, während er in das Innere des Wagens spähte. »Noch warm. Und der Schlüssel steckt. Also dann, *namaste,* wir werden uns schon bald wiedersehen, und dann, da bin ich sicher, werdet ihr unterschreiben.«

Dekker hat das Messer, dachte der Commissaris, *und wenn Shak die Wahrheit sagt, haben wir das Motiv und die Tatwaffe.* Er verließ den Raum und ging in den anderen Raum hinter dem Spiegel. Gallo und Julika behielten den Jungen durch den Spiegel im Auge. Shak rührte sich nicht. Reglos saß er an dem kleinen Tisch, das Schild mit dem Krokodil vor der Brust, und starrte auf etwas, das er nur mit seinem inneren Auge sah. »Glaubst du ihm?«, fragte Gallo.

Der Commissaris sah ebenfalls durch den Spiegel.

»Ich glaube ihm«, sagte Gallo.

»Wenn er behauptet, er hat Amir Singh nicht getötet, glaubst du ihm?«, fragte Julika.

Gallo sagte: »Nein, ich glaube ihm die andere Geschichte, die mit Zollinspektor Dekker.«

»Warum glaubst du ihm die?«

»Weil der Technische Dienst die Nummer des Mobiltelefons herausgefunden hat, von dem die SMS-Drohungen an Carien Dijkstra verschickt wurden«, erklärte der Hoofdinspecteur. »Sie war auf ihrem Handy gespeichert.«

»Und wem gehört die Nummer?«, fragte Van Leeuwen.

»Wer das Handy gerade benutzt, konnte nicht ermittelt werden, aber die Rechnung – und jetzt pass auf! –, die Rechnung wird von der Finanzbehörde in Den Haag bezahlt.«

»Er muss sich sehr sicher gefühlt haben«, sagte der Commissaris. »Gibt es immer noch keine Zeugen, die ihn in der Nacht von Mevrouw Dijkstras Tod auf der Fähre gesehen haben?«

»Bisher hat sich noch niemand gemeldet«, sagte Gallo. »Wir suchen weiter. Aber du kannst sicher sein, dass jemand Dekker über unsere Nachfrage informieren wird.«

»Umso besser.«

»Was wird denn nun mit dem da?«, fragte Julika Tambur und deutete auf den Spiegel. »Shak hat uns alles erzählt, was in der Nacht auf dem Firmengelände passiert ist, aber nichts davon, was sich auf dem Hausboot abgespielt hat.«

Van Leeuwen nickte. »Wir brauchen sein Geständnis. Die Untersuchung der Turnschuhe hat nichts ergeben, und Größe 42 oder 38 haben viele. Alles, was die Mörder in der Nacht von Amirs Tod anhatten, ist sicher längst verbrannt. Wenn Shak weiter felsenfest behauptet, er sei unschuldig, und sein Vater nicht davon abzubringen ist, dass er den Mord auf sich nimmt, dann wandert Radschiv Sharma hinter Gitter.«

»Und für unser Früchtchen hier ist der Weg frei, die Firma so zu führen, wie er es für richtig hält«, sagte Gallo. »Vielleicht einigt er sich sogar mit Dekker und fungiert als Strohmann für dessen dreckige Geschäfte.«

»Wir behalten ihn hier«, sagte der Commissaris. »So lange, bis wir was Neues in der Hand haben. Einen Hebel, mit dem wir einen Stein aus der Mauer brechen können, um sie zum Einsturz zu bringen.«

»Und wo willst du diesen Hebel herkriegen?«, fragte Gallo.

»Von Hoofdinspecteur Dekker.«

»Dann«, sagte Gallo, »wird es höchste Zeit, dass du die hier wieder bei dir trägst, statt sie in deiner Schublade zu verstecken.« Er holte einen gefütterten Umschlag im DIN-A-4-Format aus einer Aktentasche auf dem kleinen Tisch in der Mitte des Raums und hielt ihn Van Leeuwen hin. Das Kuvert war schwer, und es war unverschlossen, und als Van Leeuwen es öffnete, erspähte er den stumpfen schwarzen Glanz seiner 9 mm Luger. Gallo erklärte: »Wenn du dir das nächste Mal wünschst, du hättest sie bei dir, möchte ich, dass du sie tatsächlich bei dir hast.«

Der Commissaris legte das Kuvert zurück auf den Tisch.

»Hast du die Handynummer von Remko da?«

Julika gab Van Leeuwen die Nummer, und er ging zu dem Apparat an der Wand und wählte sie. Inspecteur Vreeling meldete sich nach dem dritten Freizeichen, aber die Verbindung war schlecht. Van Leeuwen versuchte gar nicht erst, sich höflich nach dem Befinden seines Untergebenen zu erkundigen oder ihn über die Natur seiner Arbeit in der Fremde zu befragen. »Remko, hör zu«, rief er, als könnte er die atmosphärischen Störungen mit gesteigerter Lautstärke auflösen. »Du nimmst doch gerade an so einem Euro-Seminar zur Terrorismusfrüherkennung oder wie das heißt teil, nicht? Da habt ihr doch bestimmt lauter riesige Computer und alle möglichen Programme –«

Von fern drang ein zerhacktes »– klar –« an sein Ohr, und er fuhr fort, zu brüllen: »Ich ermittle hier in einem Fall, in den eine Familie Sharma aus Indien verwickelt ist, und jemand vom Zoll wird nicht müde, die Firma *Sharma & Sons* in die Nähe von Terroristen zu rücken –«

»Wie hei – Inder?«

»Radschiv und Shak Sharma! Sieh mal nach, ob es über die irgendwas in euren Computern gibt. Und wenn ihr schon dabei seid, auch über einen Hoofdinspecteur –«

»– verstehe nicht – wer –?«

»Dekker!«, rief Van Leeuwen, aber Vreeling war aus der Leitung verschwunden und mit ihm auch das Rauschen und Knistern, da es die gesamte Leitung nicht mehr gab.

Der Commissaris legte den Hörer auf und wandte sich wieder Gallo und Julika zu. Aber ehe er etwas sagen konnte, vibrierte das Handy in der Brusttasche seines hellgrauen Leinensakkos. Das Handy vibrierte dicht an seinem Herzen, und es war das hellgraue Leinensakko, das er an diesem Tag trug. Obwohl er seit Wochen mit dem Anruf rechnete, traf er ihn in diesem Moment völlig unvorbereitet.

27

Er sah einen Mann, der zu seiner sterbenden Frau fuhr. Er sah, wie der Mann durch die Stadt fuhr – schnell, aber umsichtig –, und dann sah er, wie der Fuß des Mannes auf der Autobahn das Gaspedal ganz durchtrat. Er sah die Hände des Mannes auf dem lederüberzogenen Lenkrad. Er sah sie schalten und die Hupe betätigen und wieder schalten. Er sah die Fahrbahn vor der Kühlerhaube des braunen Alfa; silbergrau flog sie aus der sonnenbeschienenen Unendlichkeit auf ihn zu. Er sah Lastzüge und Tankwagen und Limousinen und Cabrios, denen er sich von hinten näherte, die er überholte, die im Rückspiegel kleiner wurden.

Es kam ihm vor, als wäre sein Leben abrupt aus der Spur gerutscht; es flimmerte an den Rändern, und der Ton hatte sich in ein Rauschen verwandelt. *Vielleicht ist es falscher Alarm,* dachte er. *Sie hat sich bisher immer wieder erholt. Sie hat doch ein Herz wie eine Löwin.*

Bitte, dachte er, *bitte, lass sie nicht sterben. Bitte, lieber Gott, lass sie nicht sterben. Ich tue alles, was du willst, egal, was es ist, nur, lass sie jetzt noch nicht sterben.*

In seinem alten Leben hatte er sich geweigert, zu beten. Aber vielleicht hatte Julika recht; vielleicht sollte er beten. Vielleicht half es. Aber auch in dem neuen, verwackelten Leben spürte er keinen Trost. Er spürte nur die Angst, die unter seinen Lidern brannte, während sie sein Herz umschloss wie eine kalte Schale. Die Schwerkraft war stärker in diesem Leben; sie zog ihn tief in den Wagensitz, lastete auf seinen Schultern und auf den Armen, auf seiner Brust.

Die Mittagshitze stieg wie schimmernder Dunst aus den Poldern. Der Himmel war blass, und die Straßenschilder und Bäume flogen als Farbkleckse vorbei, dann das Meer, das blau aufblitzte und wieder verschwand. Die Höfe und die Kühe auf den Weiden schienen zu zittern, auf und nieder zu rucken. Nichts an dem Land draußen war ihm vertraut.

Er bog von der Autobahn auf die Straße nach *De Bleerinck*. Es gab jetzt weniger Autos, dafür huschten schemenhafte Radfahrer vorbei. Die Sonne stand tiefer am Himmel. Auf den Wiesen grasten Schafherden. Die Blätter der Apfelbäume flirrten blinkend im Wind, und ihre Schatten lagen auf dem hohen Gras. Van Leeuwen fuhr über eine Brücke, und nach einer Kurve tauchte das Heim am Ende der Straße auf. Er steuerte den Alfa auf den Parkplatz und bremste so heftig, dass der Kies gegen die Hausmauer spritzte. Als er aussteigen wollte, gelang es ihm einen endlosen Moment lang nicht, sich zu bewegen, so schwer war er geworden. Aber dann schaffte er es und stieg aus.

Die Luger in dem dunkelgelben Umschlag ließ er auf dem Beifahrersitz zurück.

Er betrat das lichtdurchflutete Foyer, in dem Patienten und Besucher und Klinikpersonal nur Statisten waren. Er ging zwischen ihnen hindurch, ohne ein Gesicht wahrzunehmen. Er bog in den Gang mit den bemalten Wänden, der zur Krankenstation führte. Noch immer war sein Herz in der kalten Schale eingeschlossen, aber sonst spürte er nicht viel.

Vor der Tür zur Krankenstation begegnete ihm eine Pflegerin. Er kannte sie nicht, und sie erkannte ihn erst auch nicht, aber dann schien sie trotzdem zu wissen, wer er war. Ihr Gesicht veränderte sich, und sie sagte: »Sie können da noch nicht hinein, Mijnheer. Sie müssen hier warten.« Er kümmerte sich nicht um das, was sie sagte, sondern ging einfach weiter.

Er drückte auf den Knopf, der die Tür entriegelte. Die Tür öffnete sich, und er ging weiter, bis er an das Glasfenster gelangte, hinter dem seine Frau lag. Das Zimmer war abgedunkelt. Ein Arzt stand neben Simones Bett und horchte ihre Brust mit einem Stethoskop ab. Danach regulierte er etwas an einem der Apparate, an die sie angeschlossen war. Sie sah aus, als ob sie schliefe. Die Schläuche führten in die Venen an ihren Armen, und ihr Gesicht war von einer Sauerstoffmaske bedeckt.

»Sie dürfen hier nicht rein«, sagte der Arzt. Van Leeuwen betrat das Zimmer und schloss die Tür hinter sich.

»Sind Sie ihr Mann?«, fragte der Arzt.

Van Leeuwen sagte nichts. Er trat neben das Bett, und als er nach Simones Hand griff, fühlte er, wie kalt sie war.

»Sie schläft«, sagte der Arzt. »Vielleicht wacht sie noch einmal auf, aber ich glaube es nicht.«

»Gehen Sie, bitte«, sagte Van Leeuwen. Er achtete nicht mehr auf den Arzt, sondern zog den Hocker aus der Ecke ans Bett und setzte sich. Er war jetzt allein mit Simone. Ihre Augen waren geschlossen, und je länger er sie betrachtete, desto stärker hatte er das Gefühl, dass sie bald wieder aufwachen würde. Er sah ihr unbewegtes Gesicht, das Gesicht von jemandem, der schlief. So hatte sie zu Hause neben ihm im Bett gelegen. Sie würde aufwachen und ihn anschauen und sagen: »Hab keine Angst, bald bin ich wieder bei dir. Mein armer Liebling. Hab keine Angst.«

Er sah die Frau, die in den letzten Jahren alles vergessen hatte – wer sie war, in welcher Stadt sie lebte und mit wem. Sie hatte ihr ganzes Leben vergessen, aber er hatte es für sie im Gedächtnis behalten: Er sah das Mädchen, das auf dem Fahrrad aus dem Regen aufgetaucht war, als sie beide Kinder gewesen waren. Er sah die Frau, die er geheiratet hatte und mit der er so viele Jahre glücklich gewesen war. Er sah all diese Menschen, und plötzlich wusste er, dass sie doch nicht wieder aufwachen würde und dass es so am besten war.

Es war am besten, aber es war nicht gut. Man konnte nichts dagegen machen, aber deswegen war es nicht gut. Es war sinnlos und ungerecht, und man konnte nichts dagegen machen.

Die kalte Schale um sein Herz öffnete sich. Der Druck unter seinen Lidern ließ nach, weil er von Tränen herrührte. Er schnappte nach Luft, als aus Kummer Zorn wurde. Es war am besten so, aber es war nicht gut.

Nach einer Weile stand er auf und ging aus dem Raum. Er ging, ohne seine Schritte zu spüren. Vor der Tür stand eine Bank, und er bemerkte, dass der Mann, der dort saß, Doktor Ten Damme war. Der Direktor stand auf und trat einen Schritt vor, die Arme halb ausgestreckt. Einen Moment lang fürchtete Van Leeuwen, Ten Damme wollte ihn an sich drücken, in seiner Strickjacke, die er sogar im Hochsommer trug. Tatsächlich jedoch hatte der Direktor die Arme nur erhoben, um sie in einer Geste vergeblicher Anteilnahme wieder sinken zu lassen.

»Es tut mir leid«, sagte er. »Ich weiß nicht, was ich sagen soll. Das weiß man nie.«

»Dann sagen Sie nichts.« Van Leeuwen ging weiter, durch die Tür und die Eingangshalle, dann war er an der frischen Luft. Es überraschte ihn, dass draußen die Sonne noch schien, dass der Tag weiterging, als wäre nichts geschehen. Er roch das Gras und die Erde und einen bittersüßen Blumenduft, den er nicht einordnen konnte. Das Licht des späten Nachmittags stach ihm in die Augen. Alles um ihn schien deutlicher hervorzutreten, schlicht wie auf einem japanischen Wandteppich – die Apfelbäume, die Zäune auf dem Grasland, die Büsche am Parkplatzrand. Eine Regenwolke, noch fern, am Horizont. Sein Blick war schärfer geworden. So scharf, dass ihn schwindelte. Er stützte sich auf die Kühlerhaube des Alfa und atmete mehrmals tief durch. Hinter ihm knirschten Schritte auf dem Kies. Er sah den Doktor als Spiegelung auf der Windschutzscheibe auftauchen. Es tat ihm leid, dass er Ten Damme so brüsk abgefertigt hatte. »Es war nicht abzusehen«, sagte er, ohne sich umzudrehen. »Am Anfang waren es nur ein paar Namen, die sie vergessen hatte, Namen und Telefonnummern. Wir kamen gar nicht auf die Idee, dass man deswegen einen Arzt aufsuchen sollte. Dass es sich um eine Krankheit handelte. Es war nicht mehr als ein Faden, den man am Ärmel seines Pullovers entdeckt. Aber dann zieht man daran, und der ganze Pullover löst sich auf. Ihr Leben und mein Leben – auf einmal ist nichts mehr davon übrig, nur wegen diesem verdammten Fädchen.«

»Vielleicht ist das ein Trost«, meinte Ten Damme. »Der Apostel Paulus hat gesagt, wenn wir zornig sind auf Gott, dann sind wir ihm am nächsten.«

»Dann war ihm niemand je näher als ich in diesem Moment«, antwortete Van Leeuwen.

Der Direktor vergrub die Hände in den Hosentaschen und neigte den Oberkörper vor, als wollte er Van Leeuwens Haltung nachahmen. Sein Blick fiel ins Innere des Wagens, wo die Luger auf dem Beifahrersitz halb aus dem Umschlag gerutscht war. »Ist das eine Pistole?«, fragte er.

»Meine Dienstwaffe«, erklärte der Commissaris. »Die Vorschrift besagt, dass wir sie immer bei uns tragen sollen, aber ich bewahre sie meistens in der Schreibtischschublade auf. Wollen Sie wissen, warum?«

Ten Damme nickte zögernd.

»Vor ein paar Jahren«, erzählte Van Leeuwen, »ich war damals noch Hoofdinspecteur, arbeitete ich an einem Fall, bei dem es um eine entführte junge Frau ging. Wir kannten den Entführer, konnten ihm die Tat aber nicht beweisen. Wir wussten, dass die junge Frau noch lebte, wir wussten bloß nicht, wo sie gefangen gehalten wurde. Ich ging allein zu dem Mann, den wir für den Entführer hielten. Ich drang in seine Wohnung ein, alles gegen die Dienstvorschriften, die selbst dann noch Geltung haben, wenn ein Menschenleben an einem seidenen Faden hängt. Ich fragte den Mann ein letztes Mal, wo er die entführte Frau versteckt hielt. Er lachte mir nur ins Gesicht. Da habe ich ihn gepackt, gegen die Wand geschmettert und ihm die Mündung meiner Dienstwaffe gegen die Stirn gepresst. Keine Kollegen, keine Zeugen, kein Anwalt, nur er und ich und meine Luger, die ich ihm so fest in die schweißüberströmte Stirn bohrte, dass ich glaubte, den Knochen knirschen zu hören. Erbarmungslos habe ich die Macht ausgenutzt, die mir die Waffe gab, und wir spürten beide, dass ich bereit war, abzudrücken, wenn er nicht redete. Meine ganze Frustration, meine ganze Wut zitterte in der Hand, mit der ich die Pistole hielt, während ich ihm in die Augen starrte und sah, wie sie sich veränderten, wie die nackte Angst sie so weitete, dass ich bis in die Tiefen seiner erbärmlichen Seele schauen konnte. Er machte sich in die Hosen und rückte mit dem Versteck heraus, wo wir die junge Frau finden konnten, und wir fanden sie lebend. Niemand erfuhr, wie ich an die Information gekommen war. Ich wurde ausgezeichnet, belobigt, befördert. Aber noch heute schäme ich mich für das Gefühl, das ich hatte, als ich die Angst des Mannes in seinen Augen sah und wusste, mit einem kleinen Fingerzucken konnte ich sein Leben beenden. Ich schäme mich dafür, weil ich weiß, dass ich es wieder kriegen kann. Deswegen trage ich meine Waffe nie bei mir. Aber jetzt«, Van Leeuwen schlug mit der Hand eine Delle in die Kühlerhaube des Alfa, »jetzt würde ich sie am liebsten aus dem Umschlag nehmen und Ihrem Gott so an die Stirn pressen wie damals dem Entführer. Wenn ich könnte, würde ich es tun, um zu sehen, wie er es mit der Angst kriegt. Wenn ich könnte, würde ich ihm eine Höllenangst einjagen, weil er mir meine Frau wegnimmt!«

Er wandte sich ab und sah auf die Wiesen hinaus, und als er sich wieder umdrehte, war Ten Damme ins Haus zurückgegangen, und er ging ebenfalls zurück. Im Korridor kam ihm dieselbe Pflegerin entgegen, der er vor einer Stunde begegnet war. Jetzt erkannte sie ihn und sagte: »Es tut mir leid.«

»Ist sie tot?«, fragte er.

»Nein. Ihr Zustand ist unverändert.«

Er trat in das Zimmer und setzte sich wieder an Simones Bett. Es wurde allmählich dunkel, aber er machte kein Licht. Er blieb bei ihr, bis er merkte, dass sie jetzt wirklich starb. Sie hatte die Augen nicht noch einmal geöffnet, und er hatte auch nicht mit ihr geredet, um sie nicht zu stören bei dem, was sie vorhatte. *Es ist gar nicht Gott*, dachte er, *sie tut es, weil sie es will.* Er sah, wie ihr Gesicht unter der Sauerstoffmaske sich zusammenzog und dann glatt wurde. Er hielt ihre Hand, und er spürte, wie sie ihn losließ. Das war alles.

Er nahm ihr die Maske ab. Er beugte sich vor und gab ihr einen Kuss auf den Mund. Als er sich wieder aufrichtete, zitterte er. Die Haut schien sich kalt und heftig um seinen Körper zusammenzuziehen; sein Herz hörte auf zu schlagen. Seine Brust war plötzlich so leer, dass ihm das Blut aus dem Kopf stürzte. Er rang nach Atem. Dann setzte sein Herzschlag wieder ein, jetzt rasend schnell, ein Trommeln, das ihm Angst einjagte. *Sim*, dachte er. *Auf Wiedersehen, Sim.*

Jemand betrat das Zimmer, sah ihn und ging leise wieder. Etwas später kam jemand anderer, aber als Van Leeuwen »Raus!« sagte, ging auch der. Es war inzwischen ganz dunkel geworden. *Sim.*

Er wollte gehen, er wusste nur nicht, wie er das schaffen sollte. Er wollte bleiben und wusste, dass es unmöglich war. Alles war unmöglich geworden.

28

In der Nacht hatte es zu regnen begonnen – kein dichter Regen, mehr ein warmes Nieseln, das die Hauswände dunkler färbte und einen feuchten Schimmer auf die Pflastersteine legte.

Van Leeuwen ging eine schlecht beleuchtete Straße hinauf und um eine Ecke in die nächste Straße, über einen Platz und wieder in eine Straße, die er alle früher einmal gekannt hatte, vor langer Zeit, und die ihm jetzt fremd waren. Er hielt den Umschlag mit der Luger unter die linke Achsel geklemmt. Nach einiger Zeit warf er den Umschlag weg und steckte die Pistole in die Hosentasche. Der leichte Regen hörte kurz vor Tagesanbruch auf, ohne dass er darauf achtete. Die Nässe trocknete auf seinem erstarrten Gesicht. Das Geräusch seiner Schritte veränderte sich, und die Stille ringsum wurde dichter.

Er versuchte, nicht nachzudenken, aber fortwährend fielen ihm Zahlen ein, *dreiundvierzig Jahre* und dann *neunundzwanzig Jahre* und die Monate und die Wochen und die Tage. Das war sein Leben bis zu diesem Tag, alles davor zählte nicht. Dreiundvierzig Jahre hatte er Sim geliebt, und neunundzwanzig Jahre waren sie verheiratet gewesen. Auch die Monate, Wochen und Tage bereiteten ihm keine Schwierigkeiten, denn im Kopfrechnen war er immer gut gewesen. Er ging weiter, setzte einen Fuß vor den anderen. Sein Haar wurde nass, und sein Mantel sog die Feuchtigkeit auf. An seinen Schuhen klebten Blätter und Lehm, und wie er selbst waren auch die schwerer als sonst.

Um diese Stunde gab es noch nicht viel Verkehr; nur wenige

Fußgänger waren zu sehen. Ein früher Linienbus kroch die Rozengracht hinauf und schob mit seinen Scheinwerfern den Rest der Nacht vor sich her. Ein Priester auf einem Fahrrad bog um die Ecke zur Prinsengracht. Das erste Licht der aufgehenden Sonne färbte die Kuppel der Westerkerk blassrosa; gestochen scharf hob sie sich von dem grauen Metallhimmel ab. Am Kai standen die Ulmen mit feucht glänzenden Blättern im klaren, windstillen Morgen.

Die Luft roch frisch und kühl und salzig, und Van Leeuwen dachte, dass die Luft so nicht riechen durfte an einem Morgen wie diesem, aber es war gut, dass sie es tat.

Du musst einen Schlussstrich ziehen, dachte er. *Es ist unmöglich, aber du musst es tun. Einen Schlussstrich unter die dreiundvierzig Jahre und die neunundzwanzig Jahre und die Monate und die Wochen und die Tage.* Aber er sah sie neben sich gehen; er sah, wie sie ihn küsste, und er sah, wie sie sich liebten, wie sie tranken und aßen und redeten und sich wieder liebten. *Nicht dran denken*, sagte er sich, und dann dachte er doch, *Sim.*

Das Gefühl, zu ersticken, kehrte zurück, als er die Treppe zur Wohnung hinaufstieg, und es hielt auch noch an, als er die Pistole auf den Küchentisch legte und in den Schränken nach Whisky zu suchen begann. Er zitterte so sehr, dass er eine Minute gebraucht hatte, um den Türschlüssel ins Schloss zu stecken. Er fand eine Flasche Wodka. Er nahm einen Schluck aus der Flasche und noch einen. Das Zittern wurde nicht schwächer. Er zog die Küchenvorhänge zu, um den Sonnenschein auszusperren. Dann nahm er die Pistole wieder vom Tisch und legte sie in die Nachttischschublade. Zurück in der Küche trank er noch einen Schluck, und jetzt ließ das Zittern nach, und er atmete ruhiger.

Es war vorbei. Er hing nicht mehr in der Luft; er wusste, woran er war. Er musste jetzt den Schlussstrich ziehen. Sie war da gewesen, und sie war sein Leben gewesen, und jetzt war sie nicht mehr da, und sie war nicht mehr sein Leben, aber es ging trotzdem weiter. *Es ist ja so,* dachte er. *In den letzten beiden Jahren wusstest du immer, dass es nur eine Frage der Zeit war, bis du sie verlierst. Aber es ist nicht dasselbe. Es zu wissen, es sich sogar vorzustellen ist nicht dasselbe, wie wenn es dann wirklich passiert.* Von Simone im Inneren Abschied zu nehmen war nicht dasselbe, wie an ihrem Bett zu sitzen und darauf zu hoffen, dass sie noch einmal die Augen öffnete, ihn ansah und ihn erkannte. Es war nicht dasselbe, wie zu wissen, dass ihre Augen nun für immer geschlossen blieben und ihre Hände ihn nie mehr halten würden.

Er sah sie vor sich und dachte, *so wird das nichts mit dem Schlussstrich.* Er holte ein Glas aus dem Geschirrschrank über der Spüle und nahm die Eisschale aus dem Tiefkühlfach. Er zog sein Jackett aus und hängte es über die Stuhllehne. Durch die zugezogenen Vorhänge fiel gedämpftes Vormittagslicht, das später den honigfarbenen Ton des Nachmittags annahm. Auf der Straße unter dem Fenster verging der Tag mit dem Lärm von Fahrrädern, Kindern, Autos und den verwehten Bässen der Rockmusik aus dem Café an der Ecke. In der Wohnung aber schien die Zeit stehen zu bleiben. Begleitet vom Kratzen der Taubenfüße auf dem blechernen Fensterbrett, wanderten nur die Schatten durch den Raum. Mehrmals klingelte das Telefon, aber Van Leeuwen nahm den Hörer nicht ab. Dann läutete die Türglocke. Er ließ sie läuten, und nach einiger Zeit verstummte sie.

Er versuchte, nicht zu viel an Sim zu denken. Immer wenn er in seinem Inneren ihren Namen sagte, zog ihm die Angst das Blut aus dem Herzen; die Brust wurde ihm eng. Als das Telefon etwas später wieder klingelte, stand er endlich auf, ging in die Diele und riss den Hörer hoch: »*Was ist denn?!*«

»Julika«, meldete sich Brigadier Tambur mit heller, besorgter Stimme.

»Was willst du?«, fragte er. Er wusste nicht mehr, wie sie aussah; kaum, dass er ihre Stimme erkannte.

»Ich wollte fragen, wie es Ihnen geht.«

»Gut.«

»Ist was passiert? Ist was mit Ihrer Frau? Wenn Sie …«

»Es geht mir gut.«

»Wirklich?«

»Ja, wirklich. Es ging mir nie besser.« Er legte auf und zog das

Telefonkabel aus der Steckdose. Dann begab er sich auf die Suche nach einer neuen Flasche mit etwas zu trinken. Er schaltete in allen Räumen das Licht an, und sein Blick fiel auf das Foto von Simone auf dem Nachttisch.

Er fand noch eine halb volle Flasche Whisky in der Vitrine im Wohnzimmer. Er goss sich ein Glas ein, tat Eis hinzu und trank einen Schluck. Er knipste alle Lampen wieder aus, ging in die Küche zurück, und da tat schon der erste Schluck seine Wirkung. Das Eis war kühl auf seiner Zunge, und als er weitertrank, versuchte er, nicht mehr an sich als verheirateten Mann zu denken, aber das war nicht einfach. Spätabends, als die Straße still lag und auch keine Klaviermusik mehr aus der Wohnung unter ihm drang, hörte er Sims Schritte auf dem Korridor, das Knacken der Dielen unter ihren Füßen, das Rascheln ihres Hausmantels, die leisen Laute, mit denen sie seine Aufmerksamkeit erregen wollte. Er lächelte und sah zur Tür, ohne die Sorge, die ihn früher oft erfüllt hatte. Sie war ja nicht wirklich da.

Allmählich, während er an dem krümelbedeckten Tisch in der Küche saß und trank, wurde in seinem Kopf und seiner Brust jedes Gefühl taub, und diese Taubheit sagte ihm, dass alles bedeutungslos war und dass man froh sein konnte, wenn man auf dieser Erde niemanden mehr hatte, mit dem man sein Los teilen musste. Jetzt gab es nur noch den alltäglichen Lebensschmerz, mit dem er fertig werden würde. Er brauchte sich um niemanden mehr zu sorgen und vor niemandem mehr Angst zu haben, weder vor Menschen noch vor unerwarteten Zufällen. Das Herz war ihm schon gebrochen worden, und er war darüber weggekommen, so wie er anderen wehgetan hatte und darüber weggekommen war. Er wusste, dass er viel ertragen konnte: Niederlagen, Misserfolge, Scham. All das war ihm widerfahren, und er war damit fertig geworden. Er glaubte nicht, dass er Pech anzog oder für Tragödien geschaffen war, denn er hatte ja Liebe und sogar Glück erlebt. Er gehörte nicht zu denen, die immer nur mit dem Schlimmsten rechneten, aber er sagte sich auch nicht, dass schon alles gut werden würde.

Wovor fürchtest du dich dann? Warum sitzt du da wie gelähmt und trinkst? Warum hast du Angst, vom Tisch aufzustehen und aus der Küche zu gehen? Es gibt einen Grund: Ohne Sim bist du dir deiner nicht mehr sicher.

Während er darüber nachdachte, leerte er auch die Flasche Whisky. *Du bist dir deiner nicht mehr sicher, und vielleicht wirst du es nie wieder sein.* Er stand auf und schaltete die Leuchtstoffröhre über der Spüle ein. Das Licht war nicht sehr hell, aber es blendete ihn trotzdem. Er holte ein halbes Ciabatta aus dem Brotkorb und Butter, eine Tomate und abgepackten Mozzarella aus dem Kühlschrank. Er schnitt das Brot der Länge nach durch, bestrich beide Hälften mit Butter und belegte sie mit Mozzarella. Dann schnitt er die Tomate in dünne Scheiben und legte sie auf den Käse. Er nahm ein Holzbrettchen als Unterlage und stellte ein Salzfässchen auf den Tisch.

Er setzte sich und betrachtete das Essen. Er sah sich in der Küche um. Im schwachen Schein der Leuchtstoffröhre betrachtete er sie wie mit neuen Augen: die Wände, die dringend eines Anstrichs bedurften, die Wachstuchvorhänge, die halb vertrocknete Topfpflanze auf der Fensterbank hinter den nicht ganz zugezogenen Vorhängen.

Er griff nach dem Brot, hielt es in der Hand und legte es dann wieder zurück, ohne hineingebissen zu haben.

Du bist dir deiner nicht mehr sicher, und vielleicht wirst du es nie wieder sein.

Er stand auf, um die Topfpflanze zu gießen, ging stattdessen aber ins Schlafzimmer. Er schaltete die Nachttischlampe ein und setzte sich auf die Bettkante. Er betrachtete das Foto von Simone. Sie lächelte; es war ein Foto aus den guten Jahren. Dann zog er die Nachttischschublade auf, nahm die Luger heraus, entsicherte sie, presste sich die Mündung gegen die Schläfe und drückte ab.

29

Radschiv Singh Sharma war ein guter Zeuge. Er sah alles. Er sah jede Einzelheit, und er konnte immer genau beschreiben, was er beobachtet hatte. Er stand am Fenster seines Wohnwagens, und gerade wurde er Zeuge, wie seine Welt unterging. Alles, was er in all den Jahren aufgebaut hatte, brach zusammen, und er konnte nichts anderes tun, als zuzusehen. Deswegen war er ein guter Zeuge.

Es gab drei Menschen, die er mehr liebte als sich selbst, und zwei dieser Menschen hatten ihn verraten: Mirabal, sein Herzenslicht, und Shak, sein erstgeborener Sohn. Auch der Palast der 1000 Gewürze, sein Lebenswerk, für das seine Frau Vharma gestorben war, ging vor seinen Augen unter. Aber das war nur ein Traum gewesen, und wenn es diesen Traum nicht mehr gab, konnte er einen neuen träumen.

Der Hof vor der Lagerhalle lag verlassen im Licht des späten Nachmittags. Keine Sattelschlepper brachten neue Ware; keine geschäftigen Arbeiter luden sie ab; keine Lieferwagen rollten durch das Tor, um Kisten, Tonnen oder Säcke zu Restaurants, Feinkostläden und Großmärkten zu bringen. Radschiv Sharma stand hinter der Chintzgardine am Fenster seines Wohnwagens und sah, dass der Hof leer war, und Trauer umgab ihn wie eine zweite Haut.

Es half nicht, dass Mirabal ihren Koffer gepackt hatte und nun bereit war, zu gehen. Es half nicht, weil er sie immer noch liebte. Sie hatte sich gegen die Familie gestellt, gegen seinen erstgeborenen Sohn, aber trotzdem liebte er sie. Er konnte es ihr nie wieder sagen. Er konnte sie nie wieder berühren. Deswegen hatte sie eingesehen, dass sie gehen musste, obwohl auch sie ihn liebte.

Es half nicht, dass die Polizei Shak wieder freigelassen hatte. Sie hatten ihn so lange festgehalten, wie sie konnten, aber dann hatten sie doch nicht Anklage erhoben, weil die Beweise nicht ausreichten. Es half nichts, weil Shak das Geschäft benutzt hatte, um hinter dem Rücken seines Vaters Drogen zu schmuggeln. Er hatte alles zerstört, weil er nicht fühlte wie ein Sohn. Und doch liebte Radschiv ihn umso schmerzvoller, wie nur ein Vater seinen Sohn lieben konnte.

Am meisten aber liebte er Pamit, der ihn nie verraten hatte und der ihn niemals verraten würde. Er war unschuldig: Vharmas jüngster Sohn, ihr Vermächtnis. Seinetwegen hatte Radschiv Sharma keine Wahl, er musste sich erpressen und demütigen lassen. Er musste kapitulieren, vor einem schäbigen Vertrag, mit dem er seinen Traum einem Fremden verkaufte, nur damit Pamit nichts geschah.

Radschiv war ein guter Zeuge. Er sah, wie Mirabal mit dem Koffer über den Hof ging, die kleinen Schritte, die ihn aufforderten, sie zurückzurufen, bevor sie am Tor war. Die Worte waren längst zu Asche auf seiner Zunge geworden. Er spürte sie, er konnte sie schmecken, aber er konnte sie nicht sagen.

Er sah die Tränen auf Pamits Wangen, die kleinen feuchten Rinnsale, als er aus der Halle lief und »Mira! Mira!« rufend hinter ihr herrannte, und er sah, wie sie stehen blieb. Er konnte ihren Gesichtsausdruck genau beschreiben, den Kummer, die Verzweiflung, die mit dem Verlust des Paradieses einhergingen. Sie ließ den Koffer fallen und schloss Pamit in ihre Arme. Er war inzwischen fast so groß wie sie, und er klammerte sich an sie. *Wie lieb er sie hat,* dachte Radschiv, *und wie lieb er auch Amir hatte.*

Er sah, wie das Taxi von der Straße auf den Hof einbog. Er sah, wie die Beifahrertür aufging und Shak ausstieg und sofort zu Mirabal und Pamit ging, schnell, gar nicht müde, als hätte die Untersuchungshaft ihm nicht das Geringste anhaben können. Pamit ließ Mira los und rannte nun zu seinem großen Bruder, der ihm ruhig die Hand auf den Kopf legte, bis auch Pamit ruhig wurde.

Radschiv sah, wie Pamit sich die Augen mit dem Handrücken wischte und den Rotz wegleckte, der ihm auf die Oberlippe lief. Er sah den jähen Zorn in Shaks Haltung, als er einige Worte mit Mirabal wechselte und sich dann abrupt abwandte, um auf den Wohnwagen zuzugehen. Wenn man ihn gefragt hätte, in einem Verhör, hätte er ausgesagt, dass der Hof jetzt noch leerer wirkte, obwohl all das vor seinen Augen geschah.

Shak riss die Tür auf, stieg in den Wohnwagen und sagte mit diesem zitternden Zorn, der sie alle manchmal überfiel: »Wie kannst du Mira wegschicken? Was tust du, kaum dass ich nicht da bin?! Weißt du nicht, dass sie zur Polizei gehen und alles sagen kann?«

»Das wird sie nicht tun«, sagte Radschiv. »Niemand würde ihr glauben.«

»Der Zollinspektor wird ihr glauben«, sagte Shak.

Radschiv machte sich nicht einmal die Mühe, den Kopf zu schütteln. »Es gibt keine Beweise. Ich trage die Verantwortung für die Familie, und Mirabal wird gehen, das habe ich so entschieden.«

»Du wirst deiner Verantwortung nicht mehr gerecht«, sagte Shak heftig, »weder für die Familie noch für die Firma. Hättest du die Geschäfte besser geführt, wäre es nicht nötig gewesen, auf andere Märkte auszuweichen. Niemand hätte uns schikanieren und erpressen und bestehlen können, niemand wäre aufgetaucht, um uns unsere Firma wegzunehmen, und niemand wäre gestorben. Das ist nicht Verantwortung, sondern Schuld.«

»Wie redest du mit deinem Vater?!«, rief Radschiv scharf, aber Shak fiel ihm ins Wort: »Wie man mit einem schlechten Vater redet! Wie man mit einem Vater redet, der nicht weiß, was gut für ihn und seine Söhne ist! Oder weißt du nicht mehr, was du vor Kurzem zu Pamit gesagt hast?«

»Natürlich weiß ich das noch! Ich habe ihm gesagt, dass wir eine Familie sind und dass wir füreinander sterben, wenn es sein muss.«

»Nein, früher – vorher! Als er sich heimlich den Film über den Sikh-Aufstand angeschaut hatte und dich fragte, ob Sikhs Menschen umbringen dürfen. *Du darfst niemals für Geld töten*, hast du gesagt, weißt du noch? *Du darfst niemals für Geld töten oder für eine Uhr. Du darfst für Geld kämpfen, aber wenn du tötest, muss es aus Leidenschaft oder für deinen Glauben sein. Bloß, nimm nie jemandem das Leben, wenn dein eigenes dadurch nicht besser wird.* Das hast du gesagt.«

»Es stimmt ja auch.«

Shak ballte die Faust und schlug damit gegen den Türrahmen, so plötzlich, als wäre ein Blitz in ihn gefahren. »Du hast es zu einem dreizehnjährigen Jungen gesagt, der geistig zurückgeblieben ist. Nennst du das Verantwortung?«

»Er ist nicht geistig zurückgeblieben«, widersprach Radschiv. »Er ist nur – er ist nicht geistig zurückgeblieben!«

Shak wandte sich ab. »Ich entziehe dir die Verantwortung«, sagte er leise. »Für mich, für Mira und für Pamit, und ich tue es hier und in diesem Augenblick!«

Er ließ die Tür offen stehen, als er den Wagen verließ, und bei seinem Weg über den Hof blickte er nicht mehr zurück, als endete hinter ihm die Welt. Radschiv sah noch, wie alle drei – Shak, Pamit und Mirabal – in die Lagerhalle gingen. Nur Pamit drehte sich noch einmal um, doch schließlich folgte er seinem Bruder und Mira und verschwand mit ihnen im Dunkel der Halle.

Pamit, mein kleiner Pamit, dachte Radschiv, und es war, als drehe sich dieser Name in seinem Herzen wie eine Rasierklinge und füge ihm brennende Schmerzen zu. Nie hatte er irgendjemanden so sehr geliebt, wie er seinen jüngsten Sohn liebte. Nicht Mira, nicht Vharma, auch Shak nicht.

Er ließ seine Tür offen stehen bis in die Nacht hinein. Er hörte Musik aus der Halle, aber niemand rief ihn und niemand brachte ihm Essen. Nach einiger Zeit verließ er den Wohnwagen und setzte sich auf die kleine Treppe. Die Musik hörte auf. Stille kehrte ein, und noch immer kam niemand. Er hob den Kopf und sah hinauf in die Nacht über Amsterdam, sah hinauf zu den Sternen in dem klaren tiefblauen Himmel, so lange, bis sein Kummer ihm vorgaukelte, dass es keine Sterne waren, die dort oben flimmerten, kein Himmel, der sich über der Welt spannte, sondern wandernde Seelen in einem dunklen Strom zwischen Leben, Tod und Wiedergeburt. Sie drehten sich wie in einem Strudel, glitzernd, funkelnd, schlossen sich zusammen und trieben auseinander, formten Figuren, Muster und Bilder.

Radschiv sah sich selbst, eine kleine, trübe Seele, und er sah Shak und Pamit, zwei weitere kleine Punkte, die zu erlöschen drohten. Er sah die große, leuchtende Seele seines Vaters, das Funkeln seiner Mutter und das zarte Flackern seiner Frau, Vharma. Die Seelen von Tausenden und Abertausenden anderen sah er, von Männern, Frauen und Kindern, sogar die von Kühen, von Elefanten, Tigern und Schlangen.

Radschiv sah auch die Straßen, auf denen diese Seelen zu Lebzeiten gewandert waren. Die Kaufhäuser, Bordelle oder Paläste, in denen sie gelebt hatten und gestorben waren und wieder lebten. Er sah Amir. Er sah Shak und Pamit. Er sah Mirabal, aber er sah auch das irisierende Schillern von Henk Dekkers Seele. Er sah sie alle, verbunden durch die Kometenschweife des Geldes, das lebte und starb und wiedergeboren wurde wie sie, hier in dieser Nacht, unter diesem blauen Himmel.

Er brauchte nicht viel Fantasie, um sich vorzustellen, es seien die Sterne über Delhi, der geliebten Stadt, deren Straßen er nie verlassen hatte. Er war wieder arm. Er sah sein Schicksal, aber niemand fragte ihn danach.

30

Zuerst merkte er nicht, dass es Wasser war. Es prasselte auf seinen Hinterkopf und lief ihm über die Stirn ins Gesicht. Es rann ihm über den Nacken in den Hemdkragen und in die Ohren. Er schnappte nach Luft. Er riss die Augen auf und sah, wie das Wasser von seiner Nase und seinem Kinn in die Badewanne troff. Es hörte nicht auf, und er musste husten, und als er mit der Brust gegen den Wannenrand schlug, erkannte er, dass er vor der Wanne kniete. Das Wasser floss kalt um das taube Gefühl in seinem Kopf herum. Obwohl er jetzt merkte, dass es Wasser war, spürte er es nicht wirklich. Er sah zu, wie es über das weiße Porzellan floss, und als er Spuren von Rot darin entdeckte, erinnerte er sich wieder.

Er hatte auf dem Bett gesessen. Er hatte sich die Pistole gegen die Schläfe gepresst. Er hatte abgedrückt, und im selben Moment war gegen die Wohnungstür gehämmert worden, und das Hämmern hatte ihn so erschreckt, dass er zur Diele hingesehen hatte, und er erinnerte sich noch an die schnelle Hitze des Schusses an der Schläfe, und von da an wusste er nichts mehr.

»Ich bin gerade noch rechtzeitig da gewesen«, sagte Julika.

Plötzlich fiel ihm alles wieder ein. Es war ein so jäher Schmerz, dass er ihn fast zerriss. Er klammerte sich an den Wannenrand. *Sim.*

»Ruhig«, sagte Julika und stellte die Dusche ab. »Kommen Sie hoch, ich muss Sie verarzten.« Als das Wasser nicht mehr über seinen Kopf strömte, wurde Van Leeuwen schwindlig. Er spürte nicht, wie er stürzte, nur dass er auf einmal lag. Der Löwenfuß der Badewanne war dicht neben seinem Kopf. Es fiel ihm schwer, die Augen offen zu halten. Das taube Gefühl drückte auf die Lider, und er hoffte, dass er viel Blut verloren hatte. So viel, dass er trotzdem starb.

»Das war sehr dumm von Ihnen«, sagte Julika. Sie beugte sich zu ihm hinunter, verschränkte die Hände in seinem Nacken und zog ihn hoch. Sie kniete sich hin, drehte ihn zur Seite und lehnte ihn mit dem Rücken an die Wanne. »Nicht umkippen«, sagte Julika.

Sie nahm ein Handtuch und trocknete ihm vorsichtig das Gesicht ab, ohne die Wunde über seiner Schläfe zu berühren.

»Sie ist tot«, sagte er.

Julika stand auf, kramte im Badezimmerschrank herum und kauerte sich dann wieder neben ihm nieder. Sie tupfte die Wunde mit Watte ab, bevor sie ein Pflaster darauf klebte. »Das sieht nicht toll aus«, sagte sie. »Gut, dass Sie betrunken waren. Muss aber trotzdem genäht werden.« Ihr Gesicht war so nah an seinem, dass es vor seinen Augen verschwamm.

»Warum hast du mich nicht in Ruhe gelassen?«, fragte er.

»Weil es Ihnen für meinen Geschmack ein bisschen zu gut ging, als ich Sie angerufen habe«, sagte Julika. »Und bevor Sie jetzt fragen, wie ich hereingekommen bin – da, wo ich aufgewachsen bin, lernt man so was gleich nach dem ABC. Keine Sorge, außer mir weiß niemand Bescheid. Wenn Sie so weit sind, dass ein Arzt kommen kann, sagen wir, Sie wären gestürzt.«

»Lass mich allein«, sagte er. »Geh.« Er wollte nachschauen, ob er angezogen war, aber als er sich bewegte, sank sein Oberkörper zur Seite, auf Julikas Oberschenkel. Er sah, dass er eine Hose anhatte und auch ein Hemd, aber der Stoff war nass und schmutzig, und auf der Hose waren dunkle Blutspritzer. Er versuchte aufzustehen, aber es gelang ihm nicht.

»Bitte«, sagte er. »Lass es mich noch mal versuchen.«

»Nein«, sagte sie. »Ich kann Ihnen helfen, wieder nüchtern zu werden, oder ich kann mit Ihnen weitertrinken, aber Sterbehilfe leiste ich nicht.« Sie legte ihm eine Hand in den Nacken und ließ sie dort. »Jetzt helfe Ihnen erst mal, sich auszuziehen, und dann legen Sie sich hin, während ich Ihnen einen Kaffee koche.«

Sein Nacken zitterte unter ihrer Hand, und ihm war noch immer heiß und kalt zugleich. Er wünschte, er wäre tot, dann ginge es ihm besser. Ihre Finger lagen kühl auf seinem Hals. Er versuchte wieder, aufzustehen.

»Ich helfe Ihnen«, sagte sie leise. Sie stellte sich hin, streckte ihm die Hand hin und zog ihn hoch. Schwankend kam er auf die Beine. Sie legte ihm den rechten Arm um die Hüfte, zog seinen linken über ihre Schulter und führte ihn aus dem Bad ins Schlafzimmer. Er dachte, er könnte aus eigener Kraft gehen, aber nach zwei Schritten knickte er in den Knien ein und stützte sich wieder auf Julika.

Der Teppich vor dem Bett war verrutscht, als wäre jemand darüber gestolpert oder hätte etwas Schweres durch den Raum gezogen, und dort, wo der Teppich gelegen hatte, lag jetzt die Pistole auf dem Holzboden. Die gesteppte Überdecke des Betts war mit kleinen Blutspritzern gesprenkelt. Die Vorhänge waren zugezogen, und das Licht, das hereinfiel, spendete kaum Helligkeit.

Julika führte Van Leeuwen zum Bett. Er sank schwer auf die Bettkante und blieb einen Moment lang einfach nur sitzen, ohne sich zu bewegen. Das Hemd war ihm aus der Hose gerutscht. Sein Kinn fiel auf die Brust. Er war noch immer betrunken, und seine Frau war noch immer tot. Er hörte ein seltsames Klirren, schnell und hart, das ihm durch und durch ging. Seine Beine waren zu schwer, um sie vom Boden zu heben, deswegen ließ er sich einfach nach hinten fallen. Aber auch als er auf dem Rücken lag, klirrten seine Zähne weiter.

Julika bückte sich, hob die Luger auf, sicherte sie und steckte sie hinten in ihren Hosenbund. Dann bückte sie sich noch einmal, um Van Leeuwens Beine auf die Matratze zu heben. Sie knöpfte sein Hemd auf und half ihm, es auszuziehen, und danach zog sie die Decke unter ihm hervor und deckte ihn damit zu. »Gleich ist Ihnen wärmer«, sagte sie. »Ich gehe in die Küche und koche Kaffee. Möchten Sie was essen?«

Van Leeuwen antwortete nicht. Er dachte an die Pistole, die hinten in ihrem Hosenbund steckte, und etwas in dem tauben Gefühl in seinem Kopf überlegte, wie er daran kommen konnte. Er zitterte, doch langsam wurde er müde und hörte auf zu zittern. Es lag nicht mehr in seiner Hand; nichts lag in seiner Hand.

Er hatte das Schlafzimmer gefürchtet, seit dem Moment, als er heimgekommen war. Solange Sim noch gelebt hatte, konnte er daran denken, wie sie hier neben ihm gelegen hatte, und sich vorstellen, dass es eines Tages wieder so wäre. Er hatte Angst vor der Nacht gehabt, vor dem fürchterlichen Augenblick, da er sich nach ihr sehnen würde, mit offenen Augen, blind in der Dunkelheit, und nicht glauben konnte, dass sie nicht mehr war. Es nicht glauben konnte, aber doch unwiderruflich erkennen musste, dass es so war. So und nicht anders.

Er hörte Julika in der Küche hantieren. Genau genommen hörte er nicht wirklich Julika, er hörte nur die Geräusche, und wenn er sich darauf zu konzentrieren versuchte, wer sie verursachte, sah er eine Pistole hinten in einem Hosenbund, sonst nichts.

Julika kam zurück. Der Geruch von frisch gebrühtem Kaffee erfüllte den Raum. »Ich bring Ihnen das Mozzarella-Sandwich, das in der Küche war. Ich weiß, dass Sie Ihren Kaffee mit Milch trinken. Die Frage ist, ob Sie den letzten Rest Whisky reinhaben wollen oder nicht.«

»Ja.«

Sie stellte das Tablett auf das Bett und schraubte den Verschluss von der fast leeren Whiskyflasche, die neben dem Brettchen mit dem Brot und der Kaffeetasse auf dem Tablett stand. »Das nennt man dann wohl Irish Coffee«, sagte sie. »Sie kriegen ihn aber erst, wenn Sie das Brot gegessen haben. Sie müssen doch Hunger haben.«

Gib mir die Pistole, dachte er. *Setz dich zu mir, und dreh mir den Rücken zu.* »Ja«, sagte er und richtete sich auf und griff nach dem Brot. Obwohl er *Ja* gesagt hatte, verspürte er nicht den geringsten Hunger. Trotzdem nahm er einen Bissen, kaute ihn und schluckte ihn herunter. Aber das Brot fand den Weg in seinen Magen nicht. Es war, als fiele es auf einen steinharten Muskel, auf dem es unverdaut liegen blieb, und dem zweiten Bissen ging es ebenso. Er spürte, wie ihm wieder übel wurde. Er legte das Brot zurück. »Ich kriege nichts runter.« Stattdessen griff er nach der Tasse und führte sie bedächtig an den Mund. Seine Hand zitterte so sehr, dass er etwas von dem Kaffee verschüttete.

Julika setzte sich auf die Bettkante, nahm ihm die Tasse aus der Hand und hielt sie ihm an die Lippen. Er trank den Kaffee mit dem Whisky in kleinen Schlucken. Er war immer noch müde, aber das taube Gefühl in seinem Kopf war nicht mehr so stark. Scheinbar übergangslos sagte Julika: »Weil Sie gestern und heute nicht im Büro waren, mussten wir Shak Sharma freilassen, ohne Anklage erheben zu können.«

Van Leeuwen ließ sich zurücksinken und starrte an die Decke. Sie würde das Tablett nehmen und auf den Boden stellen, damit er später, wenn er doch noch Hunger bekam, das Brot in Reichweite hatte. Dabei würde sie sich vorbeugen und ihm den Rücken zuwenden, und er konnte die Pistole an sich bringen. Sie tat genau das, aber als er nach der Luger greifen wollte, stellte er fest, dass sie nicht mehr hinten in Julikas Hose steckte. Er war so enttäuscht, dass ihm die Tränen in die Augen stiegen. Sie sah die Tränen und griff nach seiner Hand.

»Ich wollte Ihnen noch sagen«, erklärte sie mit leiser Stimme, »es tut mir leid. Ich weiß, dass ich keine Ahnung habe davon, wie Sie sich jetzt fühlen. Was gerade in Ihnen vorgeht. Dieser Verlust … Ich habe so was ja noch nie erlebt. Es kommt Ihnen bestimmt … bestimmt unerträglich vor. Aber wenn Ihre Frau Sie jetzt sehen könnte … Sie wusste doch, wie sehr Sie sie geliebt haben. Sie müssen es ihr nicht noch beweisen, indem Sie sich jetzt eine Kugel in den Kopf schießen. Wenn Sie sterben, dann stirbt sie noch mal mit Ihnen, und dann für immer.«

Wie selbstverständlich legte sie sich neben ihn. Sie hielt noch immer seine Hand.

Van Leeuwen betrachtete ihr Gesicht im Halbdunkel, wie sie da neben ihm lag und seine Hand hielt und tröstliche Dinge zu sagen versuchte. Es waren aber bloß Worte, die ihrem Mund entströmten wie einem Radio, das man auszuschalten vergessen hatte. Man hörte sie an der Schwelle des Bewusstseins und wünschte, sie sollten endlich verstummen.

»Darf ich Sie etwas fragen?« Julika lag auf der Seite, mit dem Gesicht zu ihm, und hielt seine Hand.

»Wenn es sein muss.«

»Nein, dann nicht. Es muss nicht sein.« Sie ließ seine Hand nicht los, und als sein Blick auf ihrer beider Hände fiel, dachte er staunend, *wie normal das aussieht, ihre Hand und meine Hand.* Die einzige Hand, die er in diesem Bett jemals gehalten hatte, war die seiner Frau gewesen. Und jetzt, sie war noch nicht einmal unter der Erde, lag er hier und hielt die Hand einer anderen.

»Ich weiß nicht, ob du das fragen wolltest«, sagte er mit belegter Stimme, »aber als ich ein junger Mann war, da hätte ich jedes schöne Mädchen auf der Straße oder im Café ansprechen können, und es wäre noch am selben Abend mit mir ins Bett gegangen.« Er klang wie ein Angeber, aber das war egal. Wie alles andere spielte es keine Rolle mehr. »Bloß, dass ich es nicht getan habe.«

Julika sagte nichts, nur ihr Atem veränderte sich kaum merklich.

»Es gibt massenweise billige Frauen, natürlich, aber die haben mich nie interessiert«, fuhr er fort. »Es gibt Frauen, die unzugänglich sind, und das wird mir innerhalb von fünf Minuten klar. Dann gibt es Frauen, die könnte man *morgen* Nacht haben, aber nicht *heute* Nacht. Auch das weiß ich sofort. Es gibt Frauen, die sich aus irgendeinem falschen Grund hergeben und sich deswegen grässlich fühlen am nächsten Morgen. Es gibt Mädchen, die eine Narbe fürs Leben davontragen, nur weil sie einem momentanen menschlichen Impuls nachgeben … Schließlich gibt es da noch die Mädchen, denen alles egal ist …«

»Und welches von diesen Mädchen bin ich?«, fragte Julika.

Van Leeuwen antwortete nicht. Nach einer Weile sagte er: »Es gab immer nur Simone. Ich wollte nie eine andere haben.«

Auch jetzt ließ Julika seine Hand nicht los.

»Sie war so tapfer«, sagte er. »Sie hat gekämpft, und dabei war es verflucht hart für sie. Viel härter als für mich. Und ich kann nicht mal um sie weinen.«

»Dazu ist es vielleicht noch zu früh«, sagte Julika leise.

»Dazu ist es nie zu früh«, sagte er. »Es ist so viel verschwunden mit ihr, so viel, um das ich trauern können müsste, und ich kann's nicht.«

»Das tun Sie doch. Sie trauern doch, Sie sind nur zu durcheinander, um es zu merken.«

Sie lagen nebeneinander auf dem Bett und hielten sich bei der Hand, und die Wohnung war so still, wie er sie noch nie erlebt hatte. Es war nicht still im Haus, und auf der Straße war es auch nicht still, aber die Wohnung hatte alles eigene Leben verloren. Irgendwann sagte Julika: »Wenn Sie wollen, gehe ich jetzt.«

Es war so dunkel geworden, dass Van Leeuwen nur ihre Silhouette sah.

»Nein. Bleib, bitte. Geh jetzt nicht.«

31

Hoofdinspecteur Ton Gallo saß in dem rot-weiß gestreiften Liegestuhl auf dem Vorderdeck der *Riki Tiki Tavi* und dachte über das schwarze Loch nach. Er hatte die Theorie entwickelt, dass sich in jedem Leben irgendwann ein schwarzes Loch auftat, in dem fast alles verschwand, was man bis dahin erfahren und gelernt hatte. Es war auf einmal da und veränderte die gesamte Existenz, und wenn man nicht sehr aufpasste, verlor man erst den Anschluss an das eigene Leben und dann sich selbst darin. Man wurde hineingesaugt und tauchte nicht wieder auf, wie bei den schwarzen Löchern im Weltraum, den implodierten Planeten, deren Sog nichts und niemand widerstehen konnte.

Aber auch wenn man nicht davon verschluckt wurde, blieb es immer da. Man lebte weiter, verrichtete seine Arbeit, ging jeden Abend zu Bett und stand am nächsten Morgen wieder auf, aber ganz vergessen konnte man es nie, man speiste es mit seinem eigenen Herzschlag. Es pulsierte und wartete, und manchmal, wenn man am wenigsten damit rechnete, tat es sich auf, und man stürzte mitten hinein. Es konnte ein Mensch sein, der dieses Loch ins Leben riss – ein Kind, das starb; eine Frau, die einen verließ, oder ein Mann. Eltern, die ihr Kind missbrauchten. Ein plötzlicher Überfall, eine Vergewaltigung, der Einsatz an der Front eines sinnlosen Krieges.

Gallo hatte gehört, dass Simone gestorben war, gestern Abend, und seitdem versuchte er, Bruno anzurufen, und weil Bruno sein Handy ausgeschaltet hatte und auch zu Hause die Leitung tot war, wusste Gallo, dass er tief in dem schwarzen Loch steckte. Der Hoofdinspecteur saß in dem rotweiß gestreiften Liegestuhl auf dem Vorderdeck seines Hausboots, trank Bier aus der Dose und merkte, wie er in sein eigenes Loch hineinzustolpern drohte. Aus dem Wohnraum hinter ihm drang leise Musik, eine Gitarre und eine Rhythmusgruppe, Django Reinhardt spielte *Nuages*. Die Nacht war warm und still und klar. Es gab keine Wolke am Himmel; die *nuages* trieben nur auf der Schallplatte dahin, kleine gezupfte bunte Fetzen, süß wie Zuckerwatte.

Gallo wusste, was das schwarze Loch Polizisten antun konnte. Er dachte jetzt nicht an die, die sich zu Tode tranken oder an Krebs starben. Er dachte an ein jähes, gewaltsames Ende, weil jemand es nicht mehr ertrug, weiterzuleben mit dem Loch dicht vor oder hinter sich. Er dachte an die, die sich erschossen oder erhängten oder aus dem Fenster sprangen. Anwälte wurden Alkoholiker, Ärzte wurden tablettensüchtig, und Manager wurden beides. Polizisten begingen so häufig Selbstmord mit ihrer Dienstwaffe, dass man denken konnte, sie wäre ihnen in erster Linie dazu ausgehändigt worden.

Das Handy klingelte. Es lag neben der Bierdose auf der eisernen Deckplatte unter dem Liegestuhl, und Gallo hob es ans Ohr und meldete sich. »Hallo?«

»Ist dort Hoofdinspecteur Gallo von der Mordkommission?«, fragte eine Stimme, die Gallo nicht kannte. Es war eine junge Stimme, fast die eines Kindes, aber er konnte nicht sagen, ob sie einem Jungen oder einem Mädchen gehörte.

»Ja«, sagte er. »Der bin ich.«

Die Stimme fragte: »Sind Sie mit der Untersuchung des Mordes an dem Inder auf dem Hausboot vor zwei Wochen befasst?« Die Worte waren erstaunlich erwachsen, sie klangen, als hätte jemand sie dem Kind vorgesagt.

»Ja. Mit wem spreche ich?«

»Ist nicht wichtig, wer ich bin. Ich hab ihn gesehen, den, ders getan hat. Ich hab gesehen, wie er von dem Boot gekommen und zu einem Wagen gerannt ist, nachdem er was in den Kanal geworfen hat.«

Gallo setzte sich aufrecht hin. »Kannst du den Täter beschreiben?«

»Es war dunkel. Ich konnte ihn nicht genau sehen. Aber den Wagen kann ich beschreiben – es war ein roter Mercedes.«

»Warum willst du mir deinen Namen nicht sagen?«, fragte Gallo.

»Ich dürfte gar nicht mit Ihnen reden, sagt meine Mutter. Aber ich hab bei der Polizei angerufen, und da haben sie mir erklärt, dass Sie an dem Fall mitarbeiten«, sagte die Stimme. »Sind Sie … Interessiert Sie das, was der Täter weggeworfen hat?«

»Unsere Taucher haben den gesamten Kanal abgesucht und nichts gefunden«, sagte Gallo.

»Sie haben nicht an der richtigen Stelle gesucht.«

Es war spät, und um diese Stunde, in der Dunkelheit, eine Kinderstimme aus dem Handy zu hören kam Gallo so merkwürdig vor, dass sich die Härchen an seinen Armen aufstellten.

»Woher weißt du das?«

»Weil ich an der richtigen Stelle nachgeschaut habe.«

»Woher weiß ich, dass du die Wahrheit sagst und dich nicht nur wichtig machen willst? Sag mir wenigstens, wie alt du bist.«

»Es ist ein Messer«, sagte die Stimme unbeirrt, »mit einer sehr kurzen Klinge, die an der Spitze gebogen ist. Der Täter hat es in den Kanal geworfen, aber es ist nicht im Wasser gelandet, sondern auf einem Vorsprung der Kaimauer.«

Gallo schwieg. Sein Mund war auf einmal sehr trocken.

»Sind Sie noch da?«, fragte die Stimme.

»Ja.« Gallo rieb sich den Unterarm, bis sich die Härchen gelegt hatten. »Bist du ein Junge oder ein Mädchen? Wieso bist du so spät noch auf?«

Die Stimme zögerte. »Ich muss nicht schlafen gehen, wenn ich nicht will. In der Nacht war ich auch nicht im Bett.«

»Warum hast du das Messer mitgenommen?«

»Ich wollte nicht, dass jemand es findet, der nicht weiß, worum es sich handelt.«

»Wo ist es jetzt?«

»Auf der Baustelle.«

»Welcher Baustelle?«

»Beim Kanal. Da habe ich das Messer versteckt.«

»Warum hast du es nicht zur Polizei gebracht?«

»Meine Mutter sagt, Leute wie wir gehen nicht zur Polizei. Die legt uns aufs Kreuz, sagt sie. Aber ich meine, das ist doch nicht richtig, wenn man was über einen Mord weiß und das nicht sagt …«

Das Messer wurde auch für den Mord an Carien Dijkstra benutzt, dachte Gallo. »Wo auf der Baustelle hast du das Messer versteckt? Und *wann?*«

»Im Zaun ist ein Loch«, sagte die Stimme, und jetzt klang sie mehr wie die eines Mädchens als wie die eines Jungen, »und wenn Sie durch das Loch klettern, müssen Sie nach rechts gehen, bis Sie zu der Planierraupe kommen. Am besten, Sie nehmen 'ne Taschenlampe mit und gehen hinter der Raupe weiter, bis Sie zu einem Haufen Schrott kommen, alles verrostet, und da liegt ganz unten ein kaputter Kühlschrank. Da drin habe ich das Messer versteckt, in so 'ner Plastiktüte vom Supermarkt.«

»Warum rufst du uns erst jetzt an?«, fragte Gallo.

Die Verbindung wurde unterbrochen. Gallo blieb noch einen Moment sitzen, das Telefon in der Hand. Sein erster Gedanke war: *Das ist eine Falle.* Deswegen hatten sich die Härchen an seinem Unterarm aufgerichtet, weil er spürte, dass es eine Falle war. Dann dachte er: *Eine Falle, von der man weiß, ist keine Falle mehr.*

Er überlegte weiter und dachte: *Carien Dijkstra ist mit demselben Messer getötet worden wie Amir Singh. Wenn es wirklich in dem Kühlschrank auf dem Schrottplatz ist, dann muss es später hineinge-*

legt worden sein. Das Kind lügt. Jemand benutzt es. Es wurde zu dem Anruf gezwungen oder dafür bezahlt, für den Fall, dass jemand meine Gespräche mitschneidet. Aber ein Hinterhalt ergibt keinen Sinn. Ich bin nicht der einzige Polizist, der an der Aufklärung der Morde arbeitet. Jeder weiß das.

Schließlich dachte er: *Das Messer ist das entscheidende Beweismittel, das uns bisher gefehlt hat. Wenn es doch da ist, muss ich es holen, und zwar sofort.*

Er wählte die Handynummer des Commisaris. Auch diesmal ging niemand ran. Gallo stand auf, steckte das Handy ein und ging in den Wohnraum, um die Musik auszuschalten und seine Pistole zu holen.

Julika Tambur hörte den gedämpften Klingelton ihres Handys und tastete sich im Dunkeln zur Schlafzimmertür, wo ihr Sakko lag. Sie holte das Handy aus der Seitentasche und meldete sich leise. »Ja?«

»Julika, Ton hier.« Gallos Stimme war so laut in der Stille, dass Julika unwillkürlich das Gerät vom Ohr weghielt. »Weißt du, wo der Commissaris ist? Ich versuche schon den ganzen Tag, ihn anzurufen.«

»Er schläft«, sagte Julika.

»Woher weißt du das?«

»Ich bin bei ihm.«

»Du bist in der Wohnung des Commissaris? Was machst du da?«

»Seine Frau ist gestorben.«

»Ich weiß.« Gallo schwieg einen Moment, in dem nur das Geräusch eines laufenden Motors erklang. »Wie geht es ihm?«

»Es geht so«, sagte Julika.

»Was sagst du? Ich bin im Auto unterwegs. Ich verstehe dich nur schlecht.« Ein Rauschen lief durch die Leitung, als führe Gallo unter einer Brücke durch oder in einen Tunnel. »Hör mal, wenn er aufwacht und ansprechbar ist und zuhören kann, dann sag ihm, dass sich jemand gemeldet hat, der in der Nacht, als Amir ermordet wurde, in der Nähe des Hausboots war. Der Anrufer sagt, er hat gesehen, wie der Täter das Messer weggeworfen hat. Er hat es gefunden und versteckt. Ich fahre zu der Stelle, die er mir beschrieben hat. Oder sie.«

»Er oder sie?«, fragte Julika beunruhigt.

»Es war ein Kind …«, sagte Gallo, und dann wurden ein paar Worte von Knistern und Rauschen verschluckt, »… im Tunnel nach Noord …«

»Ein Kind? Wann hat es angerufen?«, fragte Julika. »Ton … Wo ist das Versteck?«

»Auf der ehemaligen Baustelle, da wo der Commissaris den Hund gefunden hat. Es ist in einem …«

Einige Herzschläge lang war die Verbindung ganz tot.

»Ton?! Du kannst da nicht allein hinfahren«, rief Julika. »Ton – *Ton* …?! Das könnte eine Falle sein!«

Für einen kurzen Augenblick kam Ton zurück, ganz klar und deutlich. »Eine Falle, von der man weiß, ist keine Falle mehr, oder?«

»Ton, warte, ich ruf die Bereitschaft an!«

»Nein … nicht nötig … Ich pass schon auf …«

»Ton …«

Sie hörte nichts mehr, kein Verkehrsrauschen im Tunnel, keinen Motorlärm. Nur Stille.

Der Commissaris richtete sich auf, plötzlich wieder nüchtern und bei klarem Verstand. Er war eingenickt, aber das leise Klingeln hatte ihn geweckt. Er hatte Julikas Hälfte des Gesprächs mitgehört, und mehr brauchte er nicht zu erfahren. »Gib mir die Pistole, Brigadier«, sagte er. »Wo ist meine Luger?«

Julika sah ihn an, das Handy noch in der Hand. Es war dunkel im Zimmer, aber er konnte in ihrem Gesicht lesen, ohne dass er es sah. »Ich mache keine Dummheiten«, sagte er. »Jedenfalls nicht heute Nacht.«

Sie nickte und ging in die Küche, während er sich ein frisches Hemd und eine saubere Hose anzog. Er legte sein Schulterhalfter an, und als er es zugeschnallt hatte, kam Julika mit der Luger zurück. Sie drückte sie ihm in die Hand, ohne ihn dabei anzusehen. Er hielt sie einen Moment, fühlte ihr Gewicht. Er ließ das Magazin aus dem Griff springen, um zu überprüfen, wie viele Kugeln noch im Magazin waren. Dann drückte er das Magazin in den Griff zurück, und in diesem Moment, in diesem kurzen Moment, als das metallische Schnappen noch nicht ganz verklungen war, spürte er die Versuchung: *Jetzt, tu es jetzt, egal, was du gesagt hast, ein Schuss, und alles ist für immer vorbei!*

Er hob die Pistole, und jetzt sah Julika ihn an.

Er schob die Luger in das Schulterhalfter, griff nach seinem Sakko und sagte: »Wenn wir Glück haben, ist es noch nicht zu spät.«

Auf der Brücke über den Kanal und die mehrspurige Stadtautobahn hinter dem IJ-Tunnel punktierten stehende und hängende Ampeln die Nacht mit roten, gelben und grünen Löchern. Weißes Licht fiel auf blaue Verkehrsschilder und schwarzen Asphalt, und das war alles, was Noord um diese Zeit zu bieten hatte. Hinter der Brücke fuhr Gallo langsamer. Die Straßenlaternen standen hier weit auseinander, und Straßen und Gehwege waren wie ausgestorben. Vor einer kleinen Kreuzung passierte der Hoofdinspecteur eine erleuchtete Tankstelle. Die Zapfsäulen und der Asphalt vor dem Kassenhaus der Tankstelle waren in grelles rotweißes Licht getaucht. Die verschlungene Neonreklame im Fenster des Kioskbereichs spiegelte sich in einer großen, schillernden Pfütze. Auf der Straßenseite der Zapfsäulen war der Boden übersät mit Zigarettenkippen, Bierdosen und Junkfood-Schachteln. Der Platz hinter der Registrierkasse war leer. Gallo fuhr bei Rot über die Kreuzung.

Als er die Tankstelle hinter sich gelassen hatte, umgab ihn die Dunkelheit wie ein schwarzer Samtvorhang. Er bog in eine schmale Straße, und nach ein paar Metern parkte er den zivilen Einsatzwagen vor dem geschlossenen Tor einer Lagerhalle. Er holte eine Taschenlampe aus dem Handschuhfach, stieg aus und sah sich um. Staub trieb über die leeren Parkplätze. Die Straße, an deren Ende die Baustelle lag, war verwaist. Die meisten Laternen waren kaputt, und auch aus den niedrigen Hütten in den Schrebergärten fiel kein Licht. Durch die Kronen der Bäume fuhr der Wind mit einem dunklen Rauschen.

Gallo ging langsam auf die Baustelle zu, vorbei an einem längst geschlossenen Stehimbiss, der Falafel und Shishkebab anpries. Dahinter lag ein Import-Export-Geschäft mit vergitterten Schaufenstern und Stahljalousien vor den Türen. Im Dunkel hinter den schlierigen Scheiben stapelten sich zusammengefaltete Jeans, Windjacken, Plastiksandalen und Elektrogeräte, trauriger Ramsch, ausgebreitet wie Treibholz. Grellrote Rabattprozente auf vergilbten Pappdeckeln wirkten wie Lockfähnchen für Strandräuber.

Die Luft roch süß und schwer nach Abfall, der in der Nässe der vergangenen Nacht zu faulen begonnen hatte. Auf der anderen Seite der Baustelle ragten kantige Betonwaben in den Nachthimmel. Hinter einigen Fenstern flimmerte der fahle Unterwasserschein eingeschalteter Fernseher. Im Gehen lockerte Gallo die Sig Sauer im Schulterhalfter. Die Taschenlampe hielt er ausgeschaltet in der linken Hand; noch reichte der schwache Schein der wenigen Laternen. Das ganze Gewerbegebiet lag still, und das Schweigen schien etwas Bösartiges zu haben, tückisch und abweisend, als ob alles, was Radschiv, Mira und Shak bei den Vernehmungen ausgesagt hatten, in diesem dunklen Schweigen erst wirklich Gestalt annahm.

An der nächsten Ecke begann die Baustelle. Gallo richtete die Taschenlampe auf den Zaun und konnte die gelbe Planierraupe erkennen. Sprayer hatten die Karosserie mit fremdartigen Schriftzeichen besprüht. Er erreichte den Maschendrahtzaun und ging bis zu der Stelle mit dem Loch. Der Lichtkegel der Taschenlampe geisterte über die Maschen des Zauns, den zerfetzten Rand des Lochs, über verdorrte Grashalme und wucherndes Unkraut. Der Wind strich über das Areal, schliff pfeifend an den Ecken und Kanten der Betonröhren und Schrotthaufen. Der Mond war hinter einer Wolke verschwunden, und die Nacht wirkte jetzt noch schwärzer.

Ein Ast knackte unter Gallos Turnschuhen. *Vorsicht, Landminen,* schoss es ihm durch den Kopf. Dann dachte er: *Du bist nicht mehr in Sarajevo. Du bist in Amsterdam.* Aber plötzlich hatte er dasselbe Gefühl wie damals: die Zerstörung, das Verwüstete, die bösartige Stille.

Der Krieg war vorbei gewesen, damals in Sarajevo, aber noch immer lag die Erinnerung auf allem wie schwarzer Tau. Er stieg aus dem Fluss auf, wehte mit dem Nachtwind durch die Straßen, hing in den Kronen der Zypressen. Die Erinnerung an das endlose Sterben, an die Granaten und Heckenschützen sirrte zwischen den zerschossenen Häuserzeilen. Sie kauerte in den rußgeschwärzten Fensterlöchern der Hochhausskelette und hockte in den ausgebrannten Autokarosserien. Die wenigen Passanten, die trotz der Ausgangssperre unterwegs waren, schienen vor diesen Erinnerungen davonlaufen zu wollen, vor den Geistern der Toten, Christen und Moslems. Abgesehen von dem gelegentlichen Aufheulen eines Automotors hing eine beklemmende Stille über der Stadt.

Gallo spürte, wie etwas mit ihm vorging, als erfülle ein jäher Stoß von weißem Licht sein Gehirn. Er sah mehr und schärfer, fast wie mit einem Infrarotgerät, und sein Gehör maß blitzschnell die Entfernung zu jedem Geräusch.

Du bist nicht mehr in Sarajevo. Du bist in Amsterdam.

Er schob den Zaun mit der Taschenlampe auseinander und kletterte durch das Loch. Der Zaun schepperte leise. Dann hörte Gallo nur noch den Wind und das Rascheln seiner Schritte im Unkraut. Der Lichtkegel der Lampe verfing sich in Gestrüpp, geisterte über Haufen von eingedellten Blechdosen, über ein verbogenes Bettgestell, einen ramponierten Autositz und ausrangierte Küchengeräte. Zwischen zwei Sträuchern hinter der Planierraupe fiel der Lampenstrahl auf den Kühlschrank, von dem das Kind gesprochen hatte. Gallo prägte sich alles ein, alles, was er sah, und jeden Schritt, den er tat. Dann schaltete er die Lampe aus und tastete nach dem Griff der Pistole.

Plötzlich hörte er etwas: das ferne Rauschen der Stadt auf der anderen Seite des IJ; einen Bootsmotor, der lauter wurde, dann wieder leiser; das leise Knirschen seiner Schritte auf der trockenen Erde; den Wind, der über das Gelände strich; das Pochen seines Herzschlags dicht hinter den Rippen; seine Atemstöße, schneller als sonst.

Ein Klirren, ein dumpfer Stoß.

Es klang wie ein Fuß, der gegen einen schweren Metallgegenstand gestoßen war. Ein schwacher Lichtschein leuchtete auf und erlosch wieder. Sekundenkurz sprang ein Schattenmuster aus der Nacht, zackige Konturen, die noch einen Moment auf Gallos Netzhaut blieben, bevor sie zurückfielen in die Dunkelheit.

Er blieb stehen, hielt den Atem an. Lauschte. Die Nerven unter seiner Haut strafften sich, schienen zu glühen. Vorsichtig zog er die Pistole aus dem Schulterhalfter. Ein anderes Geräusch, ein Vorbeistreifen, kaum hörbar. Noch einmal, jetzt weiter entfernt. *Eine Katze,* dachte er. Oder jemand, der ihn beobachtet hatte. Der wissen wollte, ob er gekommen war, und sich fast lautlos entfernte.

Wer bewegt sich so lautlos? Wer kann das?

Ein Auto wurde gestartet, leise sprang der Motor an. Gallo stellte sich vor, wie plötzlich ein Scheinwerfer aufflammte und ihn auf dem Pfad festnagelte. Die Vorstellung war so intensiv, dass er sich schon in grellweißes Licht getaucht fühlte, herausgeholt aus dem Faltenwurf der Nacht, um auf einer Bühne zu sterben, auf der er nie hätte stehen sollen.

Jedenfalls nicht, wenn ich die Dienstvorschrift befolgt hätte.

Er schüttelte seine Lähmung ab und ging vorsichtig weiter, die ausgeschaltete Taschenlampe in Brusthöhe vor sich. In der rechten Hand hielt er die Sig Sauer mit der Mündung nach unten neben dem Oberschenkel.

Nach zwanzig Schritten war er bei dem Kühlschrank. Er blieb wieder stehen, um zu lauschen. Als er nichts Auffälliges hörte, schaltete er die Taschenlampe ein. Kurz ließ er ihren Lichtkegel über die Baustelle huschen und knipste sie dann sofort wieder aus. Der Kühlschrank stand fast genau vor ihm, mit dem Rücken gegen ein Eisengestell gekippt. Die Tür war aus Aluminium, über das der Rost sich ausgebreitet hatte wie Narbengewebe. Der schwache Glanz des Aluminiums glomm noch auf Gallos Netzhaut.

Er spürte, dass er jetzt allein war. Er verstaute die Sig Sauer wieder im Schulterholster. Er kauerte sich vor dem Kühlschrank nieder. Der Boden war hart, wahrscheinlich ein Betonklotz. Gallo probierte den Türgriff des Kühlschranks aus und stellte fest, dass er sich leicht bewegen ließ, als wäre er kürzlich geölt worden. Er knipste die Taschenlampe wieder an. Der Lichtstrahl wurde von der Aluminiumhülle zurückgeworfen und blendete ihn, als er die massive Tür aufzog. Dann fiel das Licht in das Innere des Kühlschranks. Gallo erstarrte, den Türgriff in der Hand.

Er sah kein Messer mit kurzer Klinge und gebogener Spitze. Er sah auch keine blutigen Handschuhe oder Turnschuhe der Größe 38 und 42. Er sah nicht einmal die Schimmelflecken und die Ätzspuren ausgelaufener Kühlflüssigkeit, die sich über die Innenwände des Kühlraums zogen. Er sah etwas anderes. Er sah den Sinn der Falle, die ihm gestellt worden war.

Er blickte auf den Mechanismus des Todes.

32

Der Commissaris schaute immer wieder auf seine Armbanduhr. Die Leuchtstreifen an den Tunnelwänden erfüllten das Innere des Wagens mit einem unruhigen Flackern, das es schwer machte, den Zeigerstand zu erkennen. Er schaute hin, und es war kurz vor halb eins, und als er wieder hinschaute, war es zwanzig nach zwölf. Julika trat das Gaspedal ganz durch. Sie hatte das Blaulicht aufs Dach gestellt, aber die Sirene benötigten sie nicht, denn außer ihrem Einsatzfahrzeug gab es keine anderen Wagen im Tunnel unter dem IJ.

»Das Kind war ein Köder«, sagte der Commissaris. »Es sollte sein Misstrauen dämpfen. Jemand hat es dazu gezwungen oder dafür bezahlt, und es hat funktioniert.«

»Das glaube ich nicht«, sagte Julika. »Er rechnet damit, dass es eine Falle ist.«

»Warum ist er dann allein hingefahren? Warum hat er nicht auf mich oder auf dich gewartet oder jemanden von der Bereitschaft mitgenommen?«

Julika beschleunigte, schaltete und beschleunigte weiter. Die Reifen winselten, als sie eine Kurve zu eng nahm. Das Quietschen des Gummis wurde von der Tunnelröhre zurückgeworfen. Die weißen Streifen an den Wänden flogen auf den Wagen zu wie Leuchtspurgeschosse.

»Warum er Sie oder mich nicht mitgenommen hat?«, rief Julika. »Ist das wirklich eine Frage? Und die Kollegen von der Bereitschaft hat er nicht informiert, weil er sich nicht lächerlich machen wollte – mitten in der Nacht eine Tatwaffe auf einer Baustelle zu suchen, weil ein streunendes Kind ihn angerufen hat … Wie lange sitzen wir jetzt schon an dem Fall? Und haben wir irgendwelche Fortschritte gemacht, was die Beweislage angeht? Wir haben viele einander widersprechende Aussagen und genauso viele Theorien, die uns nicht einen Schritt näher an eine Verhaftung gebracht haben. Im Gegenteil, wir mussten den mutmaßlichen Täter sogar wieder auf freien Fuß setzen!«

Sie bremste ab, blinkte und steuerte den Wagen schlingernd die Ausfahrt hinauf. »Wir stehen alle unter Druck deswegen, unter mörderischem Druck! Und jetzt bietet sich plötzlich die Möglichkeit, an die Tatwaffe zu kommen, aus heiterem Himmel und *nur vielleicht, ganz vielleicht*, aber trotzdem, es ist *die* Chance, endlich den Durchbruch zu erzielen – die Tatwaffe, Fingerabdrücke, das Blut des oder der Opfer! Soll ich Ihnen was sagen?! Wenn *ich* den Anruf heute Nacht gekriegt hätte, *ich* hätte auch nicht gewartet, bis ich irgendjemanden aufgetrieben habe, der mit mir kommt …«

»Bei dir wundert mich das nicht im Geringsten«, brummte der Commissaris. »Aber Ton ist ein erfahrener –«

»Was hätte der Mörder denn davon, wenn er Ton auflauern würde, um ihn zu töten?! Er weiß doch, dass wir –« Das Klingeln ihres Handys schnitt ihr das Wort ab. Sie runzelte die Stirn und sagte: »Können Sie mal drangehen? In meiner Seitentasche, rechts. Vielleicht ist er das.«

Van Leeuwen griff unter dem Sicherheitsgurt hindurch in die Tasche ihrer Denimjacke, holte das Handy heraus und meldete sich: »Apparat Julika Tambur, hallo?«

»Commissaris, sind Sie das?«, rief eine ferne, aber gut gelaunte Stimme ihm ins Ohr.

»Remko?«, fragte der Commissaris überrascht.

»Ja, natürlich. Ich habe Sie schon überall gesucht. Was machen Sie denn mitten in der Nacht an Julikas Handy?«

»Ist das Remko?«, fragte Julika, und tatsächlich, sie lächelte. Sie lächelte, während sie schaltete, Gas gab, bremste und wieder Gas gab. »Konzentrier dich auf die Straße«, sagte Van Leeuwen.

»Na, egal – ich bin da jedenfalls auf etwas gestoßen, das Sie interessieren könnte«, sagte Inspecteur Vreeling, und in seiner dunklen Stimme klang so viel karibische Energie mit, dass nur noch ein paar Steeldrums fehlten, um das *Bacardi Feeling* komplett zu machen. »Ich sitze hier nämlich gerade an einem Computer des MI 6, das ist der britische Auslandsgeheim–«

»Ich weiß, was der MI 6 ist.«

»Sie haben doch nach dieser indischen Firma gefragt – *Sharma & Sons*, oder?«

»Richtig. Und?«

Remko gluckste stolz, und einen Moment lang sah Van Leeuwen den Inspecteur vor sich, wie er allein in einem abgedunkelten Computerraum saß, das anziehende dunkle Gesicht beleuchtet vom Widerschein eines Bildschirms, auf dem er alle Polizeiaktivitäten und alle Geheimoperationen sämtlicher Sicherheitsdienste aufgerufen hatte. »Sie würden sich wundern, was es heutzutage für Methoden gibt, jederzeit alles über jeden herauszufinden. Deswegen war ich ja auf dem Seminar, zu dem der Hoofdcommissaris mich geschickt hat. Wie auch immer, wir arbeiten hier Tag und Nacht an diversen Gefährdungsszenarien, und seit dem Anschlag in der U-Bahn vor ein paar Wochen interessiert uns besonders der Lieblingssprengstoff international operierender Terroristen –«

»Komm zur Sache«, sagte Van Leeuwen. Er hielt sich mit der freien Hand am Türgriff fest, weil der Wagen mit quietschenden Reifen in den Johan van Hasseltweg bog. »Wir sind gleich da.«

Remko sagte: »Ich konzentriere mich also auf die neueste Variante von Semtex: Wer stellt das Zeug her, wer exportiert es, wer importiert es, von wo nach wo verläuft der Weg *and so on*. Und dabei bin ich auf einen Radschiv Sharma in Amsterdam gestoßen, von *Sharma & Sons*, der angeblich vor anderthalb Wochen ein Kilo Semtex H organisiert hat, das ist ein Sprengstoff –«

»Ich weiß, was Semtex ist –«

»Gut, also jedenfalls, ich habe den Weg der Lieferung zurückverfolgt bis auf den Balkan –«

»Auf den Balkan?«

»In den Kosovo, um genau zu sein –«

»Wieso sollte ein Gewürzhändler Sprengstoff aus dem Kosovo einführen?«

»Vielleicht plant er ein Attentat, dazu dient das Zeug doch normalerweise, oder? Ich habe gehört, es gibt auch radikale Sikhs, die Tempel stürmen und Geiseln nehmen. Allerdings ist etwas merkwürdig an der ganzen Geschichte …«

»Was?«

»Ich habe das Gefühl, dass da irgendwas nicht stimmt. Es ist wohl nicht zufällig möglich, dass jemand diesem Radschiv Sharma etwas anhängen oder in die Schuhe schieben will?«

»Wie kommst du darauf?«

»Sieht irgendwie so aus, als wäre da von einem fremden Koch in dem ganzen Datenbrei rumgerührt worden«, sagte Remko. »Als hätte das Zeug erst den einen Weg genommen und plötzlich einen ganz anderen … Und dann der Name des Empfängers, also, normalerweise taucht der nie auf, da gibt es Decknamen über Decknamen und Tarnadressen, falls das Zeug überhaupt unbemerkt die Grenzen passiert, was in den seltensten Fällen klappt –«

»Jemand könnte also eine falsche Spur gelegt haben –«

»– und seine eigene hervorragend verwischt, genau. Den meisten würde vermutlich überhaupt nicht auffallen, dass da einer was reingeschmuggelt hat.«

Plötzlich, während er das Handy noch ans Ohr hielt, weitete sich der Blickwinkel vor Van Leeuwens innerem Auge, und jetzt war es ein richtiges Bild: Alles hatte sich ineinandergefügt wie ein Puzzle, dessen Motiv vorher ein einziges Wirrwarr scheinbar unzusammenhängender Teilchen gewesen war.

Er sah Hoofdinspecteur Henk Dekker in seinem Büro im Hafen von Rotterdam am Fenster mit den heruntergelassenen Jalousien stehen. Dekker wandte ihm den Rücken zu und sagte: *Sie wissen nicht, mit wem Sie sich anlegen, Van Leeuwen.* Und dann, während das Telefon klingelte, hatte der Zollfahnder eine leise Frage nachgeschoben: *Ach, da fällt mir ein – haben Sie eigentlich je daran gedacht, Ihrer Frau das Leiden zu verkürzen? Das ganze Elend? Sie haben doch eine Dienstwaffe.*

Er weiß es, dachte Van Leeuwen, *er weiß, dass Simone gestorben ist. Irgendwie hat er es in Erfahrung gebracht und sich gedacht, dass ich damit nicht fertig werde, dass ich am Ende bin und keinen Gedanken mehr an den Fall verschwende. Dass es keinen besseren Moment gibt als diesen, um die Sache zum Abschluss zu bringen.*

Vielleicht gab es heutzutage ja tatsächlich Waffen und Sprengstoff an jeder Straßenecke zu kaufen, aber zuerst mal musste er die Grenze passieren, und für die Bewachung dieser Grenzen war der Zoll zuständig. Wenn Ton Gallo in die Luft gesprengt wurde, mit Semtex H, und wenn sein Tod auf diese Weise mit den Sharmas in Verbindung gebracht werden musste, konnte nichts und niemand mehr sie schützen, und alle Verdachtsmomente gegen Henk Dekker waren nur noch Schall und Rauch. Aber der Zollfahnder musste schnell handeln – noch in dieser Nacht. Wenn die Sharmas wegen Gallos Tod verhaftet worden waren, blieb der Platz für Radschivs Unterschrift auf dem Teilhabervertrag für immer leer …

Julika trat heftig auf die Bremse. »Da ist Tons Wagen«, sagte sie. Gallos VW Golf stand auf der schlecht beleuchteten Straße neben der Ausfahrt einer Lagerhalle, aber der Hoofdinspecteur war nirgendwo zu sehen. Am Ende der Straße verdichtete sich die Dunkelheit, wo der Bauzaun anfing.

»Danke, Remko. Ich muss jetzt Schluss machen. Du hast uns sehr geholfen. Das kommt in deine Beurteilung.« Der Commissaris unterbrach die Verbindung, warf Julika das Handy in den Schoß und sagte: »Lass mich hier raus. Hat Ton gesagt, wo auf der Baustelle er suchen will?«

Julika schaltete vom Leerlauf in den ersten Gang. »Nein, die Leitung war plötzlich tot. Ich kann noch weiter vorfahren und –«

»Nein, du fährst sofort zu den Sharmas.« Van Leeuwen legte den Sicherheitsgurt ab. »Ich glaube, dass Dekker heute Nacht noch im

Palast der 1000 Gewürze auftaucht oder vielleicht sogar schon da ist, um den großen Fisch an Land zu ziehen, bevor er sich wieder in sein Dickicht aus Tarnexistenzen und Firewalls zurückzieht!«

»Aber ich –«

»Das ist ein Befehl, Brigadier Tambur!« Der Commissaris stieg aus und ging, ohne sich noch einmal umzuschauen, mit schnellen Schritten die Straße entlang, bis er sich nicht mehr im Scheinwerferlicht des zurücksetzenden Dienstwagens befand.

Ton Gallo starrte auf die orangerote Knetmasse im Inneren des Kühlschranks. Er sah den Sprengstoff, aber er sah keine Drähte und auch keinen Zünder. Er wusste, dass es sich um Semtex H handelte, denn der rote Farbstoff – *Sudan* – war ihm oft genug in Bosnien begegnet. Er hielt die Tür in der einen Hand und die Taschenlampe in der anderen und fragte sich, was das, was er sah, zu bedeuten hatte. Dann merkte er, dass seine Hände zitterten, und im selben Moment begriff er, warum.

Es war nicht das Semtex im Innern des Kühlschranks.

Es war das, worauf er kauerte. Das, was er im Dunkeln für einen Stein gehalten hatte.

Es war eine Tretmine, die ihn zerfetzen würde, sobald er seinen Fuß herunternahm. Sie würde explodieren, und die Wucht der Detonation würde ihm die Beine abreißen und das Semtex im Kühlschrank ebenfalls in die Luft jagen.

Er knipste die Taschenlampe aus und legte sie neben sich auf die Erde. *Das hast du davon*, dachte er. Plötzlich war ihm kalt, und er merkte, dass er in Schweiß gebadet war. Seine Hände zitterten nicht mehr, dafür fingen jetzt die Muskeln in seinen Oberschenkeln an zu zittern. *Das hast du davon. Du weißt, wie es weitergehen wird. Das Muskelzittern in den Oberschenkeln wird auf die Waden übergreifen, nicht sofort, aber bald, und etwas später wird aus dem Zittern ein Krampf, und eine Zeit lang wirst du den Krampf aushalten, aber nicht ewig, nicht mal die ganze Nacht, irgendwann wirst du umkippen, und der Sensor in der Mine wird auf den Gewichtsverlust reagieren, und das hast du dann davon.*

Er schloss die Kühlschranktür, obwohl es nichts nützen würde. Wenn die Tretmine hochging, flog das Semtex mit in die Luft. Er wischte sich mit dem Unterarm den Schweiß von der Stirn. Für einen Moment verlor er das Gleichgewicht. Hastig stützte er sich mit beiden Händen auf dem Boden ab.

Das war knapp. Denk nach. Was kannst du tun? Allein kommst du von der Mine nicht runter, aber was kannst du tun? Denk nach, denk nach, denk nach. Was kannst du tun? Weißt du noch, wie ihr es auf dem Balkan gemacht habt, wenn einer auf eine Bodenmine getreten war?

Der Fuß durfte auf keinen Fall weggezogen, das Gewicht nicht verringert werden, nicht mal für den Bruchteil einer Sekunde. Deswegen war es gut, wenn man in Rufweite der Kameraden blieb: Man rief einen, der stark genug war, mit einer Messerklinge den Druck auf die Mine aufrechtzuerhalten, während man selbst einen schweren Stein oder ein Stück Eisen holte. Den Stein oder das Stück Eisen legte man dann auf die Messerklinge, und wenn der Mann mit dem Messer die Klinge zurückzog, geschah nichts, weil die Mine nicht merkte, dass statt des Fußes erst eine Klinge und dann der Stein auf den Sensor drückte.

Die Mine war dumm. Man wickelte einen langen Bindfaden um den Stein, und wenn man in sicherer Entfernung in Deckung gegangen war, zog man den Stein von der Mine. Die Mine sprengte sich selbst in die Luft.

Aber hier gab es keine Kameraden, die ihm helfen konnten. Er war allein. »Hallo!«, rief er, und dann noch einmal: »Hallo?!«

Er hörte den Wind, der durch die Büsche strich, sonst nichts. Er starrte auf die rostige Aluminiumtür des Kühlschranks dicht vor seinem Gesicht, bis er sie nicht mehr sah. Er roch den Modergeruch des nahen Kanals, und er roch die scharfe Mischung aus Schweiß und feuchtem Leder, die von seiner Jacke aufstieg. »Ist jemand hier? Kann mich irgendjemand hören?!«

Keine Antwort. Plötzlich merkte er, wie durstig er war. Seine Zunge klebte am Gaumen, und wenn er schluckte, schmerzte der ganze Hals. Er legte den Kopf in den Nacken. Er suchte den Mond, aber der Himmel hatte sich bezogen.

»Ton!«

Er hielt den Atem an. Er wusste nicht, wie lange er schon reglos auf der Tretmine kauerte. Er wusste nur, dass er zu fantasieren begann; der Wind klang plötzlich wie eine Stimme, die seinen Namen rief.

»Ton Gallo?!«

»Hier!«, rief er. »Ich bin hier!«

»Wo ist hier?«

»Bruno?! Bist du das?«

»Ja!«

»Du musst durch das Loch im Zaun klettern und dich dann hinter der Planierraupe rechts halten«, rief Gallo. »Ich schalte meine Taschenlampe ein, du kannst das Licht sehen!« Er war so erleichtert, dass seine Konzentration nachließ. Er spürte, wie er erneut das Gleichgewicht verlor. Sein Herz begann zu rasen, dann blieb es stehen. In panischer Hast krallte er die Finger in die Erde. Sekundenlang hatte er das Gefühl, zu fallen. Alles drehte sich in ihm. Aber er fiel nicht, nicht ganz. Mühsam richtete er sich wieder auf. Sein Herz schlug weiter.

Er tastete nach der Taschenlampe, schaltete sie ein und hielt sie hoch. »Siehst du mich?!«

»Ich sehe dich!«

Gallo hörte den Zaun scheppern, und etwas später hörte er Schritte, die sich raschelnd auf ihn zubewegten, und noch etwas später hörte er den Commissaris direkt hinter sich. Erschöpft ließ er die Taschenlampe sinken. Der Lichtkegel brach sich im Aluminium der Kühlschranktür. »Was machst du da, Ton?«

»Ich versuche, am Leben zu bleiben.«

»Warum stehst du nicht auf?«

»Ich habe Angst, das Gleichgewicht zu verlieren.«

»Und was passiert, wenn du das Gleichgewicht verlierst?«

»Die Tretmine, auf der ich stehe, geht hoch.«

Der Commissaris schwieg. Dann fragte er: »Wenn ich das Sprengstoffkommando rufe, schaffst du es, durchzuhalten, bis die da sind?«

»Vielleicht.«

»Aber du bist nicht sicher?«

»Nein.«

»Was für Alternativen haben wir?«

»Du musst mir in die Hosentasche greifen und das Schweizer Armeemesser da drin rausholen.«

Der Commissaris kam langsam näher, bis Gallo seine Schuhspitzen im Lichtkreis der Lampe sehen konnte. Gallo streckte eine Hand aus. »Hilf mir hoch.«

Der Commissaris ergriff die Hand, und Gallo stand vorsichtig auf. »Die rechte«, sagte er. Van Leeuwen schob ihm die freie Hand in die Tasche und holte das Messer heraus. Gallo sagte: »Zieh die große Klinge heraus.«

Van Leeuwen ließ seine Hand los und klappte die längste Klinge auf. »Und jetzt?«

»Der Zünder der Mine ist unter meinem rechten Fuß«, sagte Gallo. »Wenn ich den Kontakt damit verliere, explodiert die Mine, und das Semtex in dem Kühlschrank da gleich mit. Du musst die Klinge zwischen meine Schuhsohle und den Zünder schieben – aber vorsichtig, hörst du? Und dann, während ich den Druck von meinem Fuß langsam verringere, musst du denselben Druck mit der Klinge aufrechterhalten.«

»Hast du das in Bosnien gelernt?«

»Ja.«

»Hat es funktioniert?«

»Ich habe es nie ausprobiert. Nimm die Lampe, und schau dir vorher alles genau an.«

Der Commissaris ging neben ihm in die Knie, nahm die Lampe und richtete den Strahl auf Gallos rechten Fuß. Er legte die Lampe wieder hin, bevor er sich vorbeugte und mit der Stirn fast den Boden berührte, als er den Zünder der Mine suchte.

»Kannst du was sehen?«, fragte Gallo.

»Nein.«

»Ich kann ihn spüren. Etwas unterhalb der Zehenballen.«

»Ich habe seit zwei Tagen nicht geschlafen«, sagte der Commissaris. »Ich habe auch nichts gegessen, nur getrunken. Es könnte sein, dass ich zittere.«

»Solange dir nur immer klar ist, dass ich dir mein Leben anvertraue«, sagte Gallo.

Van Leeuwen sagte: »Das hat schon mal jemand getan, und der ist jetzt tot.«

Gallo wusste, wen Van Leeuwen meinte, und er hätte gern etwas gesagt, um seinen Freund zu trösten. Aber er wusste, dass es keine Worte gab, die Bruno Trost spenden konnten, und was für einen Sinn hatte es dann, überhaupt irgendetwas zu sagen.

Er sah hinunter auf seine Füße, wo Van Leeuwen gerade wie in Zeitlupe die Messerklinge unter die Sohle seines rechten Turnschuhs schob, unendlich langsam, vorsichtig, Millimeter für Millimeter, aber ruhig, sicher, keine Spur von Zittern, nur äußerste Konzentration, ein Millimeter und noch einer und der nächste, und Gallo spürte die Klinge durch das dicke Gummi unter seinem Fuß, er spürte es, als gäbe es nichts zwischen ihm und der Klinge, zwischen seiner Haut und seinen Nerven und dem dünnen Metall, das sich dem Druck unter seinen Zehenballen näherte, dort, wo er den Zünder mit seinem Körpergewicht niederdrückte.

Er spürte, wie die Klinge sich dem Zünder näherte, und dann spürte er, wie sie auf den Widerstand stieß, auf die Stelle, an der die Sohle und der Zünder sich gegeneinanderpressten, und er wusste, dass es Van Leeuwen jetzt gelingen musste, die Klinge zwischen das Gummi und den Eisenstift zu schieben, ohne dass der Druck zu stark nachließ, und sobald ihm das gelungen war, musste er den Druck mit den Händen aufrechterhalten, wenn Gallo von der Mine stieg, er musste den Zünder glauben lassen, dass er noch immer von dem Gewicht eines Menschen unten gehalten wurde, während der Mensch längst nicht mehr da war, sondern einen schweren Stein oder einen Brocken Eisen holte, den er stattdessen auf die Klinge legen konnte, auf die Messerklinge und den Zünder, denn dann erst durfte Van Leeuwen sich selbst in Sicherheit bringen. Wenn die Klinge vorher abrutschte oder wenn der Stein nicht schwer genug war oder wenn seine Kraft nachließ oder wenn er den viel zu kleinen Griff des Taschenmessers nicht mehr halten konnte –

»Ich schaffe es nicht«, sagte Van Leeuwen. »Ich komme nicht zwischen den Zünder und die Schuhsohle.«

»Doch, du schaffst es«, sagte Gallo. »Du weißt jetzt, wo der Zündstift ist. Du musst ihn durch das Messer spüren. Du musst zuerst die Spitze dazwischenschieben und dann immer weiter, bis du den Stift mit der ganzen Breite der Klinge unten halten kannst.«

Er blickte auf seine Füße, und er sah Van Leeuwens Gesicht im Schein der Taschenlampe, er sah die Anstrengung und die Hoffnung und den Zweifel, und während er jetzt spürte, wie die Spitze der Klinge sich behutsam vortastete und den winzigen Spalt zwischen Sohle und Zündstift suchte, wie sie ihn suchte und fand und sich langsam hineinschob, da schloss er die Augen und fing an zu beten.

Lieber Gott, bitte, lieber Gott.

33

Hoofdinspecteur Henk Dekker fuhr in dem roten Mercedes Benz Baujahr 2000 durch das behelfsmäßig reparierte Tor der Firma *Sharma & Sons* und hielt in einer Staubwolke vor Radschiv Sharmas Trailer. Er fuhr einfach durch, ohne anzuhalten. Die Stoßstange sprengte die Torflügel auf, und das Krachen riss Radschiv aus seinem unruhigen, kummervollen Schlaf. Er hatte von Unheil geträumt. Jetzt, als er aus dem kleinen Fenster spähte, war es da.

Henk Dekker blieb hinter dem Steuer sitzen. Er saß nur da und rührte sich nicht, und an seiner Haltung konnte Radschiv erkennen, dass er halb verrückt war vor Wut, einer Wut, die er in den Griff zu bekommen versuchte. Radschiv kannte dieses Gefühl: die Hitze in der Brust, die jähe, sinnlose Raserei im Kopf. Die quecksilbrige Leere in den Armen und Beinen, die fast wie Schwäche war. Vielleicht war es auch etwas anders als Wut, aber auf alle Fälle versuchte Dekker, Herr dieses erschreckenden Gefühls zu werden. Dann beugte er sich plötzlich vor und drückte auf die Hupe.

Der laute Akkord der Huptöne zerriss die Stille der Nacht. Dekker stieß die Tür auf, stieg aus und drückte dabei weiter auf die Hupe. Es sah aus, als wäre die Wut zu groß für ihn, überlebensgroß; als könnte er sie nicht in sich behalten. Sie schien um ihn herumzufegen, ihn zu schütteln, während er sich an dem Wagenschlag und an der Hupe festzuhalten versuchte.

Radschiv hatte in seinen Kleidern auf dem gemachten Bett geschlafen, sodass er sofort die Tür des Trailers öffnen und die kleine Treppe hinuntergehen konnte. »Was wollen Sie schon wieder, Mijnheer?«, rief er durch das laute Hupen. »Ich habe Ihnen gesagt, dass wir nicht verkaufen. Sie haben nichts gegen uns in der Hand. Die Polizei hat mich heimgeschickt, und sie hat auch meinen Sohn laufen lassen.«

Dekker hörte auf zu hupen. In der jäh eintretenden Stille schien der Lärm noch einige Sekunden nachzuhallen. »Ach, Radschiv, mein Freund«, sagte Dekker leise, »du irrst dich«, und an dem gefährlichen Schwingen seiner leisen Stimme merkte Radschiv, dass der Hoofdinspecteur seinen Zorn nicht gebändigt hatte, so wie man einen Tiger nicht bändigen konnte. Er hielt ihn nur in Schach, mit der unhörbar knallenden Peitsche tödlicher Entschlossenheit. »Ja, du irrst dich – ihr alle irrt euch!«

Damit zog Dekker den Zündschlüssel aus dem Schloss neben dem Lenkrad und hielt ihn hoch, wobei er ins Licht der immer noch brennenden Scheinwerfer trat, sodass alle ihn sehen konnten: Radschiv und auch Shak, der gerade in Hose und Unterhemd aus dem Rolltor der Lagerhalle trat, gefolgt von Mira, von Pamit. Mira war in ein langes dunkelrotes Männerhemd geschlüpft, hatte aber weder Schuhe noch Hose an. Pamit trug einen hellblauen Schlafanzug, dessen Jacke schief geknöpft war.

Dekker ging um den Wagen herum zum Heck und schob den Schlüssel in das Kofferraumschloss. »Alle irren sich«, sagte er leise, aber deutlich hörbar. »Wenn es um Henk Dekker geht, befindet sich jeder auf seinem eigenen Irrweg, Freund und Feind, weil keiner weiß, was er ist – Feind, Freund? Kein Inspecteur De Vries heute Abend, kein Inspecteur Ten Hart. Keiner hier, der gedacht hat,

Henk Dekker ist mein Freund, Henk Dekker sorgt schon für mich. Nein, Henk Dekker sorgt heute Nacht nur für sich.«

Er öffnete den Deckel, griff in den Kofferraum und holte ein in braunes Zellophan gehülltes Päckchen heraus. Er hielt das Päckchen hoch und sah erst Radschiv an, dann Shak, Mira und Pamit. »Könnt ihr das erkennen? Wisst ihr, was das ist? Shak, Mijnjong, kommt dir das nicht bekannt vor?«

Shak rührte sich nicht. Reglos stand er neben Pamit und Mira im halb offenen Rolltor und starrte auf das Päckchen in der Hand des Zollfahnders. Dekker rief: »Das hast du im Wagen gelassen, nachdem du Amir auf seinem Hausboot besucht hast, vor zwei Wochen, mitten in der Nacht. Deswegen hast du ihn doch umgebracht, nicht? Weil er es dir gestohlen hatte. Du hast es im Wagen gelassen, und ich habe es entdeckt, als ich ihn in derselben Nacht hier beschlagnahmt hatte. Und wie du siehst, ist es immer noch da.«

Er legte das Päckchen zurück und hob stattdessen eine durchsichtige Plastiktüte hoch, die er hin und her schwenkte wie ein Glöckchen. »Und hier, was haben wir hier? Erkennt ihr das auch? Ein Messer – ein Messer zum Zimtschälen, um genau zu sein: kurze Klinge, gekrümmte Spitze, Blut an der Klinge, Fingerabdrücke auf dem Griff. Muss ich erklären, um wessen Blut es sich handelt und um wessen Fingerabdrücke?« Er drehte sich einmal um die eigene Achse, fast als wollte er zu tanzen beginnen, mit einem kalten, engen Lächeln auf den Lippen. »Und muss ich euch erklären, wie ich überhaupt in den Besitz dieses ganz besonderen Messers gelangt bin? Nein, das muss ich nicht, aber ich will es tun. Auch mir ist nämlich die Veränderung aufgefallen, die sich damals plötzlich bei unserem gemeinsamen Freund – Amir Singh aus Mumbai – vollzogen hatte, und deswegen habe ich ihn nicht mehr aus den Augen gelassen. Leider ist es ihm trotzdem gelungen, mir zu entwischen wie eine kleine Ratte, *wiesel, wiesel, wiesel* … Nur dass ich ihn wiedergefunden habe. Und wie? Ganz einfach: Er hat den Fehler gemacht, seine Freundin anzurufen, und als er das tat, konnte ich ihn orten, ihn und den Apparat, von dem aus er angerufen hat. Tja, und als ich zu dem Hausboot kam, auf dem er sich verkrochen hatte, was musste ich da sehen, mitten in der Nacht?«

Er hielt inne, außer Atem, und ließ die Tüte sinken. »Shak, mein kleiner zukünftiger Partner, willst du uns allen sagen, was ich gesehen habe?«

Shak sagte nichts. Er bewegte sich nicht, und er sagte nichts, nur seine Hand ballte sich zu einer zitternden Faust.

»Ich habe«, sprach Dekker leise weiter, »einen jungen Mann gesehen, der von Bord dieses Hausbootes gelaufen kam, blutbespritzt, mit genau diesem kleinen Messer in der Faust. Aber nicht nur mit dem Messer, auch mit dem allseits bekannten Päckchen, und wohin lief er damit? Er lief zu einem roten Mercedes auf der anderen Straßenseite. Dann jedoch blieb er plötzlich stehen und starrte die Waffe in seiner Hand an, als sähe er sie zum ersten Mal. Ja, tatsächlich, als sähe er sie zum ersten Mal. Er drehte um und warf das Messer in den Kanal. Danach stieg er mit dem gestohlenen und wiederbeschafften Rohopium in den Mercedes, gab Gas und fuhr so heftig los, dass die Karosserie an dem Drahtzaun neben der Straße entlangschabte. Und war nun das Messer, wie er wohl hoffte, für alle Zeiten im Wasser des Kanals versunken? Mitnichten. Es war auf einem Vorsprung der Kaimauer gelandet und dort wider alle Wahrscheinlichkeit auch liegen geblieben – blutverschmiert und voller Fingerabdrücke. Und es war auch nicht besonders schwer, es dort sicherzustellen, bevor die Polizei am Tatort auftauchte. So viel zu diesem schönen Mordinstrument hier.«

Mit dem müden Schwung eines gelangweilten Magiers legte er auch die durchsichtige Tüte zurück in den Kofferraum. Noch immer regte sich niemand außer ihm, weder Radschiv noch Shak oder Mira. Nur Pamit fing an, unruhig von einem Fuß auf den anderen zu treten, und dabei gab er leise, verstörte Laute von sich, die tief aus seiner Kehle aufzusteigen schienen.

Jetzt tauchte Dekkers rechte Hand mit einem weiteren Paket unter dem Deckel hervor, kleiner als das erste, aber ebenfalls in Zellophan gehüllt. »Womit wir zu diesem schönen Stück hier kämen«, sagte er. »Das hat keiner von euch bisher gesehen, dabei entscheidet es über euer Schicksal. Mehr als die Mordwaffe. Mehr als das geschmuggelte Rauschgift. Sogar mehr als dieser schöne rote Mercedes hier, der genau zu den kleinen roten Lacksplittern passt, die am Tatort gefunden wurden. *Was kann das sein, was so wichtig ist, dass es über unser Schicksal entscheidet, obwohl wir es noch nie gesehen haben?*, fragt ihr euch jetzt natürlich. Was kann es sein, dass es uns, wenn die Polizei es neben dem Messer und dem Rohopium im Kofferraum des angeblich gestohlenen Tatfahrzeugs findet, nicht nur ganz unzweifelhaft mit den Morden an Amir Singh und seiner Freundin Carien Dijkstra in Verbindung bringt, sondern auch –«

»Wer ist diese Carien Dijkstra?«, rief Shak empört. »Ich kenne keine Carien Dijkstra!«

»Carien Dijkstra«, erklärte Dekker geduldig, »ist eine junge Frau, die sterben musste, weil sie mein Gesicht gesehen hat. Weil sie wusste, dass ich es war, der Amir zu euch geschickt hat; weil sie meinen ganzen Plan in Gefahr bringen konnte. Aber getötet wurde sie mit demselben Messer wie Amir, offenbar von demselben Täter, der auch – und das ist schlimmer als alles andere –«, er hob das kleine Paket und ließ es wieder sinken, »für den Tod eines hohen Polizeibeamten verantwortlich ist. Es handelt sich, meine lieben indischen Freunde, um Sprengstoff, genau gesagt, um Semtex H, mit dem –«

Zuerst kam der Luftstoß. Es war ein Luftstoß ohne Wind. Er fuhr aus der Nacht heran, trocken und mit einem Geruch von Schwefel, und er wirbelte Staub über den Hof und zerrte an den Kleidern und nahm einen Moment lang jedem den Atem. Dann folgte das Krachen einer Detonation, flacher und metallischer als ein Gewitterdonner. Mit einer winzigen Verzögerung schoss in der Ferne eine Stichflamme in den Himmel, da, wo der Schrottplatz lag. Alle sahen zu der Flamme hin, zu dem plötzlichen weißen Licht, das aufstieg und wieder in sich zusammenfiel, als das Krachen längst verklungen war und nur das Scheppern und Klirren herabregnenden Eisens noch einige Herzschläge lang nachbebte.

»– Sprengstoff, mit dem«, nahm Dekker ungerührt den Faden wieder auf, »soeben ein Polizeioffizier mit Namen Anton Gallo umgebracht worden ist, von Terroristen, die nicht nur Gewürze und Rauschgift in unser Land gebracht haben, sondern auch Mord und Totschlag. Die geglaubt haben, *die tatsächlich geglaubt haben*, einen Polizisten, der ihnen auf die Spur gekommen war, mit diesem Sprengstoff hier zu töten sei die Lösung für ihre Probleme! Dumm, nicht wahr? Und damit kommen wir auch schon zum Ende unserer kleinen Vorstellung, denn nun haben wir alles das hier«, er deutete auf den Kofferraum, »und dann noch das hier«, er legte das Semtexpäckchen zu den anderen Beweisen, »und jeden Moment wird die Polizei hier erscheinen. Tja, und ich – Hoofdinspecteur Henk Dekker, Zollbeamter ihrer Majestät – kann den eifrigen Beamten zeigen, wo sie alle Beweise finden, die sie brauchen. Hört ihr mir überhaupt zu?«

Radschiv Sharma, Mira, Shak und Pamit starrten noch immer auf die Stelle über den Dächern, wo die Explosionsflamme in den Himmel geschossen war. Nur zögernd lösten sie ihre Blicke vom Horizont. Dekker schlug den Kofferraumdeckel zu. »Alle diese Beweise werde ich der Polizei gern und umgehend zeigen«, wiederholte er, diesmal der Aufmerksamkeit seines Publikums sicher, »es sei denn, ihr unterzeichnet das kleine Stück Papier, über das wir ja schon gesprochen haben.«

Er steckte den Zündschlüssel in die Seitentasche seiner dunklen Armeejacke, während er aus der Innentasche ein zusammengefaltetes Blatt Papier zog. Damit wedelte er wie mit einem Fächer vor seinem Gesicht, während er langsam auf Radschiv Sharma zuging. »Alles, was ich will«, erklärte er, »sind einundfünfzig Prozent von *Sharma & Sons* und eine Handlungsvollmacht für den bald sehr wahrscheinlichen Fall, dass keiner von euch mehr geschäftsfähig ist.« Er hob die Stimme. »*Radschiv Sharma als allein handlungsberechtigter Inhaber der Firma* Sharma & Sons *sowie allen genannten und nicht genannten Tochterfirmen überträgt der* Target Real Estate Corporation *mit Sitz auf den Cayman Islands –«*

»Nein«, unterbrach Radschiv ihn mit der hellen, scharfen Stimme, die seinen Zorn verriet, »das unterschreibe ich nicht! Ich unterschreibe nichts! Wenn ich unterschreibe, werden Sie uns erst recht der Polizei ausliefern, das weiß ich, ich kenne Sie!« Er wandte sich abrupt ab und ging mit entschlossenen Schritten auf die Lagerhalle zu. »*Stattdessen* … Wissen Sie, was ich *stattdessen* tue!? Was ich tue, bevor ich Ihnen auch nur eine Unze, ein einziges Gramm von meinen Waren oder einen Quadratmillimeter meines Grund und Bodens überlasse?!«

Seine Schritte waren entschlossen und wütend, sodass Shak und Mira zur Seite wichen, als er bei ihnen war und das Tor weiter aufschob. Er stürmte in die Halle. Erfüllt von einer kalten, flimmernden Kraft, die ihm aus der Brust in die Arme strömte, ging er zu den Regalen und begann einen Gewürzbehälter nach dem anderen aus den Fächern zu reißen. »*Das werde ich tun*«, schrie er, »*und das! Und das! Und das!*«, und dabei trat er Säcke um, warf Gläser zu Boden, brach Kästen und Kartons auf. Wie ein Derwisch taumelte er an den Regalen entlang, während der nur schwach erhellte Raum sich mit dem Duft von Zimt, Koriander und Anis füllte und Wolken von farbigen Pulvern und winzigen Körnern in die Luft über seinem Kopf stiegen. »*Und das, und das, und das!*«

Dann blieb er stehen, eingehüllt in den bunten Staub zerstoßener Gewürze. Schwer atmend stand er da und starrte Hoofdinspecteur Dekker an, der ihm staunend in die Halle gefolgt war und nun ebenfalls stehen blieb und den träge zu Boden rieselnden Staubvorhang betrachtete, die Schichten von Körnern, Blättchen, Borken, Sämlingen und verspritzten Saucen zu Radschivs Füßen. Er sagte etwas, aber Radschiv konnte ihn nicht hören. Das Blut raste in seinen Adern. Sein Herz hämmerte wild bis in die Ohren hinauf. Nur allmählich wurde er wieder ruhiger, und die Stärke wich aus seinen Armen, die sich nun schwächer und kraftloser anfühlten als zuvor.

»Das war sehr eindrucksvoll.« Die Stimme des Hoofdinspecteurs schien heranzuwogen und wieder abzuschwellen wie eine Welle, die kam und ging. »Und ich weiß, dass du keine Angst davor hast, ins Gefängnis zu wandern. Aber was ist mit deiner Familie? Deinen Söhnen? Es sind Shaks Fingerabdrücke auf dem Griff des Messers. Weil Carien Dijkstras Mörder nämlich Handschuhe getragen hat, um diese Abdrücke nicht unbrauchbar zu machen … Hängst du denn wirklich so sehr an all dem hier, Radschiv, so sehr, dass du deinen erstgeborenen Sohn lebenslang hinter Gittern sehen willst, nur um nicht mit mir teilen zu müssen? Du kannst nicht alles verschütten, ausgießen oder umkippen – am Ende kriege ich doch, was ich will!«

»Ich unterschreibe nicht«, sagte Radschiv leise, aber entschlossen.

»Vielleicht bedeutet Shak dir nicht genug«, sagte Dekker mit einem nachdenklichen Blick auf das zusammengefaltete Blatt in seiner Hand, »vielleicht macht es dir gar nichts aus, wenn er ins Gefängnis muss. Aber wie sieht es denn mit dem hier aus?« Er drehte sich um, ging schnell zu Pamit und packte den Jungen am Genick, so wie er vor einigen Tagen Radschiv am Genick gepackt hatte. »Wie sieht es denn aus, wenn wir statt über Shak über den kleinen Pamit sprechen? Wenn seine Abdrücke auf dem Messergriff gefunden werden? Wenn er dir weggenommen wird vom Jugendstrafvollzug?«

Pamit kreischte auf, hoch und schrill. Sein Gesicht verzerrte sich zu einer Grimasse. Er trat Dekker gegen das Schienbein und versuchte, nach ihm zu schlagen, ihn mit Krallenfingern zu kratzen. Dekker lachte und drückte zu, bis Pamit schlaff wurde unter seinem schmerzenden Griff und sich nicht mehr wehrte. Die Augen des Jungen waren zu Schlitzen verengt, der Mund stand halb offen, Speichel tropfte heraus. Der Kopf war zur Seite gesunken und berührte fast die linke Schulter.

Radschiv spürte, wie sein Herz sich zusammenzog, als hätte jemand Essigsäure darauf geträufelt. Heiße Tränen schossen ihm in die Augen. »Nicht – lassen Sie den Jungen, los!«

»Komm, Jochie«, sagte der Zollfahnder und führte Pamit langsam neben sich her aus der Halle, über den Hof und zu dem roten Mercedes, in dessen Kofferraum das Plastiktütchen mit der Tatwaffe lag.

»Nein, nicht!«, rief Radschiv noch einmal. »Lassen Sie ihn los, ich unterschreibe. Ich unterschreibe ja!« Hilflos breitete er die Hände aus, die leicht zitterten. Kaum hörbar wiederholte er: »Ich unterschreibe, was Sie wollen.«

Dekker blieb stehen. Er nickte bedächtig und ließ Pamit so unvermittelt los, dass der Junge zu Boden stürzte wie eine Marionette, der man die Fäden durchtrennt hatte. Dann kehrte er um und ging zurück zur Halle. Im Gehen entfaltete er das Blatt in seiner Hand mit einem heftigen Schlag. Aus der Innenseite seiner Armeejacke holte er einen Kugelschreiber. »Es tut immer wieder gut, die Stimme der Vernunft zu hören, mag sie auch noch so leise rufen.«

In der Halle breitete er den auseinandergefalteten Vertrag auf den Schreibtisch, legte einen Kugelschreiber daneben und winkte Sharma an den Tisch. Er deutete auf eine gepunktete Linie. »Hier und hier und dann da noch mal.«

Radschiv sah ihn nicht an. Er suchte den Blick seines Sohnes und den von Mira, und als beide seinen Augen auswichen, nickte er müde, griff nach dem Kugelschreiber und unterschrieb an den Stellen, die Dekker ihm gezeigt hatte.

Als Sharma fertig war, nahm der Zollfahnder ihm den Vertrag weg, um die Unterschrift zu prüfen. Mit einem zufriedenen Lächeln faltete er ihn zusammen und sagte: »Jetzt sind wir Partner, Radschiv – du, deine Söhne und ich. Und niemand weiß davon; niemand weiß, wer der Eigentümer der *Target Real Estate Corporation* wirklich ist. Aber falls irgendjemand diesen Vertrag in die Hände bekommen sollte, also, ich finde, man könnte leicht den Eindruck gewinnen, dass du dich klammheimlich aus dem Staub machen willst. Verkaufst die Mehrheit der Anteile deiner Firma an ein obskures Landerschließungsunternehmen auf den Caymans … Das sieht ja fast wie ein Schuldeingeständnis aus, oder nicht?«

Radschiv schüttelte nur schwach den Kopf, wie ein Mann, der den Kampf aufgab, weil er einsehen musste, dass er ihn endgültig verloren hatte. »Warum?«, fragte er. »Warum tun Sie das?«

»Warum?«, wiederholte Dekker, nun wieder so leise, dass er kaum zu verstehen war. »Warum ich das tue? Willst du das wirklich wissen? Du bist immerhin der Erste, der mir diese Frage stellt. Also dann, hier ist die Antwort. Und die Antwort lautet: Ich liebe dieses Land. Ich liebe die Niederlande. Es gab mal eine Zeit, stell dir vor, da war es mir egal. Ich wurde hier geboren, ich wuchs auf und lebte gut, und alles war ganz selbstverständlich. Dann musste ich eines Tages weg. Ich war bei der Armee, und wir wurden auf den Balkan geschickt, und da habe ich Dinge gesehen, Dinge, die Menschen taten. Barbarische Dinge. Nein, keine Menschen – Barbaren taten sie. Denn plötzlich kannte ich den Unterschied zwischen Menschen und Barbaren, den ich früher nicht gekannt hatte, weil ich keine Barbaren kannte. In den Niederlanden gab es keine Barbaren. Gräuel, Massaker, all das gab es in den Niederlanden nicht, weil es nämlich keine Barbaren in den Niederlanden gab. Und dafür begann ich, mein Land zu lieben, dafür, dass man dort geboren werden und heranwachsen und leben konnte, ohne Angst haben zu müssen. Dafür, dass einem das gute Leben selbstverständlich werden konnte, weil Gräuel und Massaker und Massengräber niemals selbstverständlich sein können. Deswegen bin ich nach dem Dienst bei den Friedenstruppen zum Zoll gegangen, um die Grenzen dieses friedlichen, etwas langweiligen Landes vor den Barbaren zu beschützen. Doch jetzt, wo mir die Augen geöffnet worden waren, sah ich auf einmal, dass die Barbaren schon da waren. Sie waren da und machten ihre Geschäfte in unserem Land, und diese Geschäfte waren schmutzig. Sie kamen aus Afrika, aus der Karibik, aus Indien. Sie kamen hierher und wurden reich, während ich und viele andere, die hier geboren und aufgewachsen wurden, arm blieben. Sie errichteten ihre kleinen Staaten in unserem Staat, Barbarenstaaten, in denen sie fremde Sprachen sprachen und zu fremden Göttern beteten, aber von unserem Geld lebten, von unserer Toleranz und mit unseren Frauen. Und nun zu deiner Frage: Ich will, dass sie wieder gehen. Ich will, dass ihr alle wieder geht. Ihr sollt gehen und alles mitnehmen, was ihr hierher gebracht habt, alles, was ihr auch auf den Balkan gebracht habt, eure Grausamkeit, eure Intoleranz, eure fremden Götter. Ich will euch dabei helfen. Aber vorher nehme ich euch das weg, was ihr den Menschen hier gestohlen habt, den Kindern, den Frauen und allen, die nicht wissen, warum und wie sie ihr Land lieben sollen. Denn ich weiß es, und ich will, dass es wieder so wird, wie es einmal war.«

34

Julika Tambur stand am Straßenrand neben ihrem Wagen und hielt sich an der offenen Fahrertür fest, während sie sich auf den warmen Asphalt erbrach. Sie zitterte am ganzen Leib. Immer wieder krampfte ihr Magen sich zusammen. Sie keuchte und schnappte nach Luft, und als sie schon hoffte, es wäre vorbei, schoss eine neue Welle der Übelkeit in ihr hoch. Endlich richtete sie sich wieder auf. Sie wischte sich den Mund ab und blinzelte das Wasser aus den Augen.

Einen Moment lang erschien ihr alles neu und unvertraut: die verlassene Straße, beleuchtet von einer trüben Laterne und von den Scheinwerfern des Einsatzwagens. Die dunklen Gewerbeflächen zu beiden Seiten der Straße. Ein milchiger Lichtschein hinter den Wolken, wo der Mond sich verbarg. Und hinter ihr, weit entfernt, die matten Lichter der Stadt, die in der diesigen Luft flackerten.

Sie war schon fast beim Palast der 1000 Gewürze gewesen, als sie die Explosion gehört hatte. Staub war durch das offene Seitenfenster in den Wagen gedrückt worden, und dann hatte sie im Rückspiegel die Feuerlanze in den Himmel schießen sehen, und das Einzige, was sie gedacht hatte, war *Bruno*. Plötzlich hatte sie Angst, die Kontrolle über das Fahrzeug zu verlieren, und sie musste anhalten. *Etwas ist schiefgelaufen*, dachte sie, *etwas mit dem Sprengstoff.* Gleich darauf wurde ihr übel, und sie schaffte es gerade noch aus dem Wagen, bevor sie sich übergeben musste.

Etwas ist schiefgelaufen, da hinten auf dem Schrottplatz. Da, wo ich Bruno abgesetzt habe. Was soll ich tun? Umkehren und nachsehen? Weiterfahren, wie mein Befehl lautet?

Sie stieg wieder in den Wagen. Ihre Hände umklammerten das Lenkrad. *Was soll ich tun? Was würde Bruno tun? Vielleicht ist er schon tot, in Stücke gerissen von einem heimtückischen Sprengsatz. Oder Ton. Aber wenn es Ton erwischt hat, und Bruno ist nichts passiert, und ich kehre um, statt bei den Sharmas zu sein, wenn Henk Dekker bei ihnen auftaucht, was ist dann?*

Sie kuppelte, legte den Gang ein und fuhr los.

Niemand achtete auf den Jungen. Der Junge hatte auf dem Hof gelegen, aber auf einmal war er fort, ohne dass jemand gesehen hatte, wie er aufgestanden war. Die Stelle, an der er gelegen hatte, war leer, und auch das fiel niemandem auf. Nicht einmal, als der Junge in der offenen Tür von Radschivs Wohnwagen erschien, nahm jemand ihn wahr, genauso wenig wie das winzige Messer in seiner rechten Hand.

Und zuerst sah es so aus, als achtete auch niemand auf den Einsatzwagen, der leise, mit ausgeschalteten Scheinwerfern, auf der Straße neben dem Firmengelände heranrollte und kurz vor dem Tor am Seitenstreifen hielt. Doch als Brigadier Julika Tambur aus dem Wagen stieg, um durch das aufgesprengte Tor auf den Platz vor der Lagerhalle zu treten, geschahen zwei Dinge fast gleichzeitig.

Pamit ging langsam über den Hof auf die Halle zu. Sein Gesicht war schmutzig, und seine Lippen zitterten, aber die Hand mit dem Messer zitterte nicht, und als er das Tor zur Halle erreicht hatte, ging er einfach weiter, auf Henk Dekker zu, und stieß ihm die kurze Klinge in den Rücken. Er stieß zu, zog sie heraus und stieß noch einmal zu. »*Da*«, sagte er, oder etwas, das so ähnlich klang.

Der Hoofdinspecteur griff schnell hinter sich, als verspürte er einen jähen Juckreiz. Sonst bewegte er sich nicht. Er fand die Stelle, wo die Klinge ihn getroffen hatte, dicht bei der rechten Niere. Er straffte sich, senkte den Kopf und betrachtete das Blut an seinen Fingerspitzen. Dann drehte er sich um, denn der Junge, der die ganze Zeit nichts gesagt hatte, redete plötzlich. Er redete mit einer kehligen, misstönenden, wutbebenden Stimme, und während er redete und während aus dem Reden allmählich ein Schreien wurde, trat er von einem Bein auf das andere, und das Messer in seiner Hand fuhr vor und zurück und auf und nieder, als hätte es ein eigenes Leben.

Die Worte stürzten unverständlich aus dem Mund des Jungen, sprudelten hervor wie ein Wasserfall, und das Einzige, was Julika verstand, waren zwei immer wiederkehrende Worte, *Amir* und *Shak*. Ihr Herzschlag raste, und ihre Kehle schmerzte bei jedem Schlucken. Ihr Magen schien an Spinnweben dicht unter ihrem Zwerchfell zu hängen.

Da geschah das Zweite, etwas, das direkt mit ihr zu tun hatte: Sie spürte einen heftigen Druck rechts von der Wirbelsäule, ein wenig unterhalb des Schulterblatts, und eine Männerstimme sagte: »Sie sollten sich nicht umdrehen.« Eine Hand griff nach der Dienstwaffe an ihrem Koppel, löste die Halteschlaufe und zog die Pistole aus der Halfter.

Dann sagte die Stimme: »Jetzt gehen Sie los, langsam und leise.« Sie gehorchte. Der Mann, der sie mit seiner eigenen Waffe bedrohte, blieb dicht hinter ihr. Sie ging durch das Tor und auf den Hof.

Kurz vor der Toreinfahrt von *Sharma & Sons* erblickte der Commissaris den verlassenen Dienstwagen im Licht der Scheinwerfer und sagte: »Halt mal an, Ton.« Hoofdinspecteur Gallo hielt an der Einfahrt. Van Leeuwen stieg aus. Er konnte den Hof sehen und den roten Mercedes vor der Lagerhalle und außerdem mehrere Menschen, aber vor allem sah er Julika Tambur und einen Mann in Lederjacke und Jeans, der sie auf den Hof dirigierte. Noch ehe er erkannte, was der Mann in der Hand hielt, sagte er: »Scheinwerfer aus!«

In diesem Moment drehte der Mann sich um, und es war, als gäbe es im ersterbenden Licht nichts zwischen ihnen, nur ihre Blicke, mit denen sie sich erkannten. Der Mann hob einen Arm mit einer Pistole und richtete sie auf Van Leeuwen und Gallo, während er mit der Pistole in der anderen Hand weiter auf Julikas Rücken zielte. »Mijnheer van Leeuwen, lassen Sie Ihre Dienstwaffe stecken – Sie auch, Hoofdinspecteur Gallo –, oder nein, werfen Sie sie weg, und kommen Sie her. Die Vorstellung hat gerade erst angefangen, und wenn Sie tun, was ich sage, erleben Sie alle auch das Ende!«

Van Leeuwen nickte Gallo zu, und beide gehorchten, und dann ließen sie zu, dass Zollinspecteur De Vries sie alle drei mit den Pistolen vor sich her über den Hof trieb. Sie hatten keine Wahl, und der Commissaris wusste auch nicht, ob er nach allem überhaupt noch eine Wahl haben wollte. Er suchte nach seinem alten Zorn in sich. Aber stattdessen fiel sein Blick auf Julikas Gesicht, und da sah er, dass ihre Augen feucht waren, feucht und glänzend. Trotz der Pistolen, trotz allem, was um sie herum geschah, zitterte ein Lächeln auf ihren Lippen, und der Commissaris begriff, dass sie gedacht hatte, er sei tot.

Im Dunkel außerhalb der Scheinwerferkegel des Mercedes näherten sie sich Mira, die Pamit genauso gebannt lauschte wie Shak und Radschiv.

»Was sagt er?«, fragte De Vries.

Van Leeuwen hatte das Gefühl, etwas zu erleben, das es nicht geben durfte. Etwas geschah mit ihnen allen hier, etwas Unerhörtes, für das es keine Regel gab. Aber es hatte nichts mit ihm zu tun, sondern mit Dekker und dem Jungen. »Was sagt Pamit?«, fragte er Mira.

Mirabal antwortete nicht. Pamit liefen jetzt Tränen über die Wangen, vermischten sich mit dem Schmutz und rannen ihm in die Mundwinkel und über das Kinn. »Was sagt er denn?«, fragte der Commissaris noch einmal.

»Amir hat Shak wehgetan«, antwortete Mira endlich, ohne ihn anzuschauen. »Er hat etwas genommen, das ihm nicht gehörte, und als Shak ihn daran hindern wollte, haben sie sich geprügelt, und Amir hat Shak zu Boden geschlagen. Danach ist Amir weggelaufen. Shak hat sich nicht mehr gerührt, und da hat Pamit gedacht, er wäre tot. Er hat das Messer da liegen sehen und hat es genommen und ist Amir nachgerannt.«

Es gab also doch ein Messer hier, dachte Van Leeuwen, *natürlich gab es eins.*

Pamit redete weiter und fuchtelte dabei immer heftiger mit der Klinge in seiner Hand herum.

»Was sagt er?!«

»Als er aus der Halle kam, war Amir schon weg«, übersetzte Mira stockend. »Aber er wusste, wo er suchen musste, denn er war Amir schon vorher einmal nachgeschlichen, weil er wissen wollte, wohin sein Freund ging, wenn er nicht mehr bei ihm war. Er wusste von dem Hausboot, wo Amir sich versteckte, und da rannte er hin. Als er ankam, sah er Amir über das Deck laufen und im Boot verschwinden und ist ihm nach. In der Kombüse hat er ihn dann eingeholt.

Er wollte mit ihm reden. Er wollte nur mit ihm reden, weil er nicht verstanden hat, warum Amir auf einmal so war. Aber Amir hat ihn weggestoßen. Er hat ihn angeschrien und verhöhnt und gesagt, dass sie nie Freunde gewesen sind und dass sein Bruder und sein Vater Verbrecher wären, und da hat er zugestochen. Er hat rotgesehen und ist auf Amir losgegangen, mit dem Messer, und er hat ihn in die Brust gestochen und ins Gesicht und in die Hände, kreuz und quer. Er wusste gar nicht, was mit ihm passierte. Erst als Amir in die Knie ging und alles voller Blut war, wachte er auf. Er dachte, dass Amir sterben würde und dass er schuld war, dass alles seine Schuld war, und da ist er weggerannt.«

Henk Dekker starrte Pamit an, die kleine zitternde Gestalt im Licht der Scheinwerfer, mitgerissen und geschüttelt vom Strom der eigenen Worte. Er konnte die Augen nicht von dem Jungen lösen. Er konnte nicht wegschauen, zu Van Leeuwen oder Gallo oder Julika oder De Vries, obwohl er gemerkt haben musste, dass sie da waren.

»Er ist weggelaufen«, fuhr Mira fort zu übersetzen, »runter vom Boot, noch immer mit dem Messer in der Hand. Da sah er einen Wagen auf dem Weg, den roten Wagen, der seinem Vater gehörte, aber sein Vater saß gar nicht drin. Es war Shak, dem es wieder gut ging. Er wäre beinahe vorbeigefahren, obwohl Pamit ihm einmal erzählt hatte, wo Amir wohnte, weil er Shak alles erzählte. Dann entdeckte Shak Pamit doch und trat auf die Bremse, und als er noch im Wagen saß und seinen kleinen Bruder mit dem ganzen Blut an den Händen und auf dem Hemd sah, tauchte auf einmal Amir hinter ihm an Deck auf. Er taumelte auf den Steg zum Ufer, kam schwankend immer näher, und bei jedem Schritt tropfte das Blut auf die Planken und den Steg und den Boden.«

Miras Stimme brach, und sie schlug eine Hand vor den Mund, als wollte sie all die Worte, die nicht ihre waren, wieder verschlucken.

»Weiter.« Van Leeuwen wusste, solange Pamit redete und solange Mira übersetzte, was er sagte, würde nichts geschehen.

»Shak begriff schnell, was geschehen war, er begriff es sofort, und er sprang aus dem Wagen und nahm Pamit das Messer weg und befahl ihm, zu warten, *hier beim Wagen!* Pamit bekam noch mehr Angst, denn so hatte er seinen großen Bruder noch nie gesehen, und er hatte auch Angst, als er sah, wie Shak jetzt selbst mit dem Messer auf Amir losging, wie er ihn vor sich hertrieb, zurück auf das Boot, bis er alle beide nicht mehr sehen konnte, und die ganze Zeit wusste er, dass es seine Schuld war, alles war seine Schuld, deswegen wollte er sich nur noch verkriechen, irgendwo verstecken, und er kletterte in den Mercedes, kroch hinter die Vordersitze und rollte sich zusammen, weil er nichts mehr hören und sehen wollte.«

So also war es, dachte Van Leeuwen. *Zwei Mörder – einer, der nicht wusste, was er tat, und einer, der genau wusste, was er tun musste, um den anderen zu beschützen. Shak verfolgte den sterbenden Amir bis in den Bauch des Bootes und tötete ihn endgültig, um sicherzugehen, dass er niemandem je von Pamits Tat erzählen konnte. Er durchsuchte das Boot und fand das gestohlene Rauschgift. Er flüchtete ans Ufer und verstaute das Opium im Kofferraum des Mercedes, bevor er in nackter Panik hinter das Lenkrad rutschte und so heftig Gas gab, dass der Wagen ausbrach und mit dem Heck den Drahtzaun am Straßenrand streifte. Auf dem Firmengelände von* Sharma & Sons *trug er den verstört wimmernden Pamit in sein Zimmer, zog ihn aus, wusch ihn und schaffte seine Kleider weg. Danach wechselte er seine eigenen Kleider, wusch sich ebenfalls und weckte seinen Vater, um ihm zu sagen, was geschehen war. Aber nicht die ganze Wahrheit. Pamit kam in diesem Bericht nicht vor, nur Amir und Shak, ein Messer und das Opium.*

»Wussten Sie es?«, fragte der Commissaris und sah Mira an. »Wussten Sie Bescheid?«

Mira ließ die Hand sinken. »Nicht von Anfang an, aber irgendwann wusste ich es. Pamit war wie ein kleiner Kessel, der zu explodieren drohte. Er musste mit jemandem reden.«

»Und er hat mit Ihnen geredet«, sagte Van Leeuwen. *Und Sie haben auch geschwiegen*, dachte er, *aus Liebe*. Sein Blick suchte Radschiv Sharma, aber er fand ihn nicht mehr. Er fand einen Mann, der kaum noch Ähnlichkeit hatte mit dem stolzen Firmenbesitzer, den sie bei ihrem ersten Besuch im Palast der 1000 Gewürze angetroffen hatten. *Er hat es nicht gewusst,* schoss es ihm durch den Kopf, *er hat es vielleicht geahnt, aber er hat es nicht gewusst. Niemand hat es ihm gesagt, bis jetzt.*

Radschiv Sharma war kleiner geworden. Zerbrechlicher. Mit beiden Armen hielt er sich an sich selbst fest. Er umklammerte seinen Oberkörper, während die Beine unter ihm nachgaben und einknickten. Im letzten Moment, ehe er zu Boden sank, richtete er sich wieder auf, und diese Anstrengung erforderte seine ganze Konzentration. Es gab nichts Wichtigeres für ihn in diesem Moment, als aufrecht stehen zu bleiben, egal, wie oft seine Knie einknicken wollten.

Plötzlich wusste Van Leeuwen, was Sharma gerade dachte: *Es ist meine Schuld. Nicht die von Shak oder Amir und schon gar nicht die von Pamit – es ist* meine *Schuld! Ich habe als Erster den Weg der Tugend verlassen.* Ich *habe mit dem Schmuggeln angefangen, nicht Shak. Ich – nicht Shak – habe dem Bösen die Tür geöffnet, und Henk Dekker ist eingetreten. Ich – nicht Shak – habe meine Familie zerstört, meine Firma, mein Lebenswerk.*

Van Leeuwen wusste, dass er das dachte, weil er es seinem Gesicht ansah und weil er sich daran erinnerte, wie Mira bei ihrem Verhör von der Nacht erzählt hatte, in der sie von Shaks Klopfen an Radschivs Wohnwagentür wach geworden war.

Henk Dekker sagte die ganze Zeit kein einziges Wort. Fast staunend betrachtete er den Jungen, der da vor ihm stand, mit dem Messer herumfuchtelte und in einer fremden, unverständlichen Sprache auf ihn einschrie. Es schien fast, als wollte er Pamit Zeit geben, sich all das von der Seele zu reden, was ihn seit zwei Wochen quälte, bevor er entschied, wie er sich nun verhalten sollte. Den unterschriebenen Vertrag in der einen Hand, die andere Hand verschmiert mit seinem eigenen Blut, beugte er sich schließlich bedächtig vor und sagte: »Es ist genug, hörst du? Es ist genug.«

In der Ferne ertönte die Sirene eines Polizeiwagens. Erst jetzt verstummte Pamit und drehte den Kopf, als könnte er dann besser hören. Mit halb offenem Mund lauschte er, während der Klang der Sirene rasch lauter wurde.

Ein Lächeln trat auf Dekkers Züge, aber es war ein Lächeln der Erschöpfung. »Was für ein Durcheinander!«, sagte er. Er bemerkte den Commissaris in der Dunkelheit, dann Julika, Gallo und De Vries. »Ich dachte, ihr wärt tot«, sagte er, »oder wenigstens einer von euch«, und es wurde nicht ganz klar, wen genau er meinte. »De Vries, was machst du hier? Ich habe dir doch gesagt –«

»Ich habe dir nicht geglaubt«, sagte De Vries.

»Geben Sie mir die Pistolen«, sagte Gallo zu De Vries. »So können Sie wenigstens das bisschen Haut retten, das Ihnen noch geblieben ist. Wir haben Verstärkung angefordert.«

Henk Dekker wandte seine Aufmerksamkeit wieder den Sharmas zu. »Seht ihr«, sagte er, als könnte er mit bloßen Worten eine andere Wirklichkeit herstellen, »da kommen sie schon. Sie kommen, um euch zu holen.«

Plötzlich sprang Pamit vor, riss Dekker den zusammengefalteten Vertrag aus der Hand und stürmte an ihm vorbei in die Halle.

Trotz der Stichwunde in seinem Rücken brauchte Dekker nur wenige Sekunden, um seine Dienstpistole aus dem Gürtelholster zu reißen. Der Lauf der Waffe folgte Pamit, und dann schoss er. Er rief nicht *Stehen bleiben!*, auch nicht *Halt oder ich schieße!* Er schoss sofort.

Ehe Van Leeuwen reagieren konnte, presste De Vries ihm die Mündung in den Rücken. »Nicht, Commissaris! Bitte!«

Van Leeuwen sah Pamit davonrennen, und er kam ihm vor wie von einem Zauber umgeben. Mit eingezogenem Kopf und vorgewölbten Schultern rannte er im Zickzack auf die Eisentreppe der Balustrade zu. Geschmeidig wich er Fässern und Kisten aus, kletterte über Säcke, stieß Türme aus Glasgefäßen und Dosen beiseite und war immer schneller als die Kugeln, die hinter ihm einschlugen. Am Ende des Regals erschien er wieder im Halbdunkel der Halle und hetzte die Treppe hinauf. Die Stufen erbebten unter seinen Schritten, und seine hellblaue Schlafanzugjacke bauschte sich im Luftzug, sodass es aussah, als verwandelten sich seine Schulterblätter in Flügel.

»Lassen Sie die Waffe fallen, Dekker!«, brüllte Van Leeuwen. Er spürte, wie ihm wieder das Adrenalin ins Blut schoss, und seine Haut glühte. Einen Moment lang drehte sich der ganze Hof um ihn, als Dekker zu ihm herumfuhr und nicht mehr zu wissen schien, wer er war, denn er richtete die Pistole auf ihn und drückte ab, ohne Pause, ohne Zögern. Das Klicken des Hammers auf der leeren Kammer klang so laut, dass er nichts anderes hörte.

Alles geschah so schnell.

Dekker ließ das Magazin aus dem Pistolengriff springen, schob es in die linke Jackentasche und holte aus der rechten ein neues. Das war der Augenblick, in dem Shak ihn ansprang wie ein Tiger. Mit einem einzigen Satz war er bei Dekker und rannte ihn um, und Dekker stürzte, aber noch im Fallen stieß er das neue Magazin in den Pistolengriff, und als er auf dem Boden lag und Shak sich auf ihn stürzen wollte, schoss er Shak in die Brust.

Es war, als wäre Dekker nie verwundet worden. Er stand auf und ließ Shak liegen und ging mit großen Schritten auf die Eisentreppe der Balustrade zu. Der Rücken seiner Jacke war rot von Blut, aber trotzdem schien er nichts zu spüren, keinen Schmerz, keine Schwäche.

Alles geschah so schnell.

Shak krümmte sich mit verzerrtem Gesicht auf dem Boden, und Pamit erreichte die Balustrade, und die Sirene kam näher, und Mira lief zu Shak, und auf einmal erwachte auch Radschiv aus seiner Erstarrung und lief los. Er lief zu der Stelle, an der die ausgeworfenen Patronenhülsen lagen. Dort bückte er sich und hob etwas auf, das Dekker aus der Jackentasche gefallen war, als er das zweite Magazin hervorgeholt hatte, und während der Zollfahnder langsam die Treppe zur Balustrade hinaufstieg und Pamit auf das kleine Fenster in der Rückwand der Halle zurannte und Mira sich um den verletzten Shak kümmerte, lief Radschiv mit dem *Etwas* in der Hand aus der Halle zu dem roten Mercedes, dessen Scheinwerfer den Hof in schimmerndes Licht tauchten.

Alles geschah so schnell.

Die Sirene kam immer näher, und Dekker stieg noch immer zur Balustrade hinauf, und Pamit verharrte auf halber Strecke zwischen der Treppe und dem Fenster zur Feuerleiter, und sein Blick flog hin und her, und er hatte noch immer den Vertrag in der Faust, und Radschiv erreichte den Mercedes und versuchte, den Kofferraum zu öffnen, aber es gelang ihm nicht sofort, und weil die Sirene näher und näher kam, sprang Radschiv in den Wagen und ließ den Motor an und legte den Rückwärtsgang ein.

Alles geschah so schnell.

Dekker schoss, bevor er die oberste Stufe erreicht hatte. Die Kugel traf das Geländer und prallte klirrend ab. Pamit duckte sich, dann lief er gehetzt auf das kleine Fenster zu. Im Laufen steckte er den Vertrag in den Mund, hielt ihn mit den Zähnen fest, um die Hände frei zu haben. Er musste das Fenster erreichen. Er musste.

Radschiv trat das Gaspedal voll durch, erst im Rückwärtsgang und dann im ersten Vorwärtsgang. Er riss den Wagen herum. Die Reifen drehten durch, und Staub und kleine Steinchen prasselten gegen die Karosserie. Er schaltete wieder. Auf der Straße vor dem Tor flackerte jetzt schon der blaue Schein, den die Polizeiwagen vorauswarfen, aber Radschiv musste vor ihnen am Tor sein, und wenn er in die andere Richtung fuhr, konnte er den Wagen wegbringen, er konnte ihn verschwinden lassen, bevor die Polizisten den Kofferraum öffneten und die Beweise fanden und niemand ihm glaubte, wenn er sagte, dass er allein an allem schuld war.

Alles geschah so schnell.

Pamit hatte das Fenster erreicht und schwang ein Bein über den Sims, hinaus in die Dunkelheit. Dekker blieb kurz stehen. Es waren nur noch drei Stufen bis zur Balustrade, trotzdem blieb er stehen. Mit einer Hand klammerte er sich an das Geländer, mit der anderen hob er die Pistole. Sie schien jetzt sehr schwer zu sein.

Shak stemmte sich hoch, gestützt von Mira, und rief etwas auf Hindi und deutete aufs Dach.

Pamit sah zu ihm hinunter. Er schien auf dem Fenstersims zu schweben, mit der im Wind flatternden Schlafanzugjacke, den Vertrag noch immer zwischen den Zähnen. Einen Moment lang kümmerte er sich nicht um Dekker, und in diesem Moment drückte Dekker ab. Die Kugel schlug Mörtelsplitter aus der Wand neben dem Fenster, und Pamit zog hastig das zweite Bein über den Sims, und nur sein Gesicht mit dem Papier im Mund schwebte noch eine oder zwei Sekunden vor dem Hintergrund des Nachthimmels. Dann stieß er einen überraschten Schrei aus, als er das Gleichgewicht verlor, und der Wind riss ihm das Papier von den Lippen, als er fiel.

Radschiv hielt die Augen auf die Straße gerichtet, auf die Straße und auf das flackernde blaue Licht im Rückspiegel, als er an der Halle vorbeiraste. Er sah nicht nach oben zur Feuerleiter oder zu dem kleinen Fenster in der Hallenwand, und er hörte nichts als die Sirene des näher kommenden Polizeiwagens, und deswegen bemerkte er die herunterstürzende Gestalt zu spät, erst als sie vor dem Wagen auf den Asphalt schlug. Er bremste so scharf, dass er mit dem Kopf gegen die Windschutzscheibe prallte, aber nicht scharf genug, denn es gab einen zweiten Aufprall, und der Körper auf der Fahrbahn wurde noch einmal hochgeschleudert, bevor er reglos im Licht der Scheinwerfer liegen blieb. Es war ein schmaler Körper in einem hellblauen Schlafanzug, wie Pamit ihn trug.

Langsam zog Radschiv die Handbremse an, stieg aus und ging mit schleppenden Schritten um den Wagen herum.

Alles blieb stehen.

Das Magnetlicht auf dem Dach tauchte die Straße in rhythmisches Blau. Der Commissaris kümmerte sich nicht mehr um De Vries und dessen Pistole, und De Vries kümmerte sich auch nicht mehr um ihn, und Van Leeuwen ging auf den Mercedes zu, der mit offener Tür in der Mitte der Fahrbahn stand. Eins der Rücklichter war kaputt, der Motor lief leise. Es gab noch ein anderes Geräusch, einen lang gezogenen kreischenden Laut irgendwo vor dem stehenden Wagen.

Mit jedem Schritt wurde ihm kälter, und als der lang gezogene Laut anschwoll, klang es wie Metall, das zu Schrott zusammengepresst wurde, nur dass er aus der Kehle eines Menschen drang. Er ging an dem Mercedes vorbei. Davor, auf der Straße, kniete Radschiv Sharma. Er presste etwas an sich, das einer großen Puppe in einem hellblauen Schlafanzug ähnelte. Der Kopf der Puppe ruhte an seiner Schulter und bewegte sich mit ihm auf und ab, denn er beugte sich immer wieder vor und kam wieder hoch, beugte sich vor und kam wieder hoch, und dabei schrie er und rang um Luft, schrie und schrie und schnappte keuchend nach Luft, bevor er wieder schrie.

Der Commissaris sah nach oben. Aus dem erleuchteten Fenster in der Hallenwand lehnte sich Hoofdinspecteur Dekker, der stumm zu ihnen herunterschaute. Van Leeuwen hatte das Gefühl, am Rand eines schwarzen Lochs zu stehen, das ihn verschlang und ins Nichts hinaussog, wenn er sich nicht schnell entfernte. Er drehte sich um, blickte zurück auf den Hof, wo Gallo und Julika gerade dem wie betäubt wirkenden De Vries seine Pistolen abnahmen.

Die beiden uniformierten Agenten, die er und Gallo unterwegs zur Verstärkung gerufen hatten, standen neben dem Streifenwagen. »Was ist?«, fragte einer von ihnen verwirrt.

»Ruf den Notarzt«, sagte er.

Radschiv hörte auf zu schreien, wie ein Kind, das plötzlich innehält, um dann umso lauter weiterzuschreien.

»Commissaris?!« Vom Hof erklang Julikas Stimme. Gleich darauf erschien sie selbst in der Toreinfahrt, und als sie in den Lichtkreis der Scheinwerfer trat, sagte sie: »Du lebst – ihr lebt –«

Ob ich will oder nicht, dachte der Commissaris. Er deutete auf die Lagerhalle, das kleine Fenster und den Mercedes, vor dem Radschiv Sharma mit seinem toten Sohn in den Armen kniete. »Über das alles hier will ich einen Bericht, gleich morgen früh!«, sagte er ruppig.

»Natürlich, Mijnheer.« Julikas Gesicht verschloss sich. »Wir haben eine Explosion gehört, dahinten auf dem Schrottplatz. Ich dachte schon … Ich hatte Angst, Sie wären … ihr wärt …«

»Wir haben eine Mine gefunden«, erklärte der Commissaris. »Wir haben sie hochgehen lassen, damit nicht eins der Kinder beim Spielen drauftritt.«

Radschiv gab einen erstickten Laut unendlichen Schmerzes von sich, aber er schrie nicht mehr. Julika machte einen Schritt in Sharmas Richtung. Van Leeuwen hielt sie am Arm fest. »Lass ihn …«

»Der Notarzt ist unterwegs«, rief einer der beiden Streifenbeamten.

Der Commissaris ging zur Toreinfahrt. Er sah Shak an der Schwelle der Halle kauern, und als er nah genug war, bemerkte er auch Hoofdinspecteur Dekker, der ihm mit unsicheren Schritten entgegenkam. Dekker hatte eine Pistole in der rechten Hand. Van Leeuwen sagte: »Lassen Sie die Waffe fallen, Dekker.«

»Gut, dass Sie da sind, Commissaris«, sagte Dekker heiser. Er wirkte gefasst, ruhig, als wäre er eben erst zu ihnen gestoßen. »Ich habe die Beweise, die Sie gesucht haben. Sie bringen Radschiv Sharma und seine Söhne eindeutig mit den Morden an Amir Singh und Carien Dijkstra in Verbindung. Außerdem haben sie einen Sprengstoffanschlag geplant –«

»Sie sollen die Waffe fallen lassen«, wiederholte der Commissaris, zog seine Luger und richtete sie auf Dekker, der immer stärker zu schwanken begann.

»Wir stehen doch auf derselben Seite«, sagte Dekker.

Van Leeuwen schüttelte den Kopf. »Auf der Seite, auf der Sie stehen, sind Sie allein. Sie haben zu viele Fehler gemacht. Aber Ihr größter Fehler war, dass Sie aufgehört haben, ein Mensch zu sein.«

Der Zollfahnder blinzelte erschöpft. Die Pistole entglitt seinen Fingern und fiel zu Boden. Er schüttelte den Kopf, als könnte er nicht verstehen, warum er so behandelt wurde. Mit einer Hand griff er hinter sich, und als er sie wieder vorzog, waren die Finger voller Blut. Anklagend hielt er sie dem Commissaris entgegen. »Sie«, sagte er, und seine Stimme wurde schwächer, »wenn Sie sich nicht eingemischt hätten … alles wäre glattgegangen … alles wäre so gelaufen, wie ich es geplant hatte … wie es die ganze Zeit lief … wenn Sie nicht gekommen wären und mit Ihren Ermittlungen alles durcheinandergebracht hätten …«

»Ich weiß«, sagte Van Leeuwen. »So ist es immer.« Er winkte Gallo und Julika. »Verhaftet ihn.«

»Er wird die nächste Viertelstunde wahrscheinlich nicht überleben«, sagte Gallo leise.

»Verhaftet ihn trotzdem.«

Gallo löste die Handschellen von seinem Gürtel und legte sie Dekker an. Der Kopf des Zollfahnders fiel nach vorn, und als er ihn wieder heben wollte, hatte er nicht mehr die Kraft dazu. Gallo hielt ihn am rechten Oberarm fest. »Hoofdinspecteur Henk Dekker, Sie sind verhaftet wegen des Mordes an Carien Dijkstra, außerdem wegen Erpressung, Nötigung und Anstiftung zu einer Straftat«, sagte er. »Hilf mir, ihn hinzulegen, Julika. Und hol den Erste-Hilfe-Kasten aus dem Wagen.«

Sie legten Dekker vorsichtig auf den Rücken. Er sah zu ihnen auf, von einem zum anderen. »Das war einmal ein gutes Land«, sagte er. Sein Kopf kippte zur Seite, und etwas Blut lief ihm aus dem Mund. Der Blick seiner Augen wurde starr. Gallo legte ihm zwei Finger an die Halsschlagader.

»Ist er tot?«, fragte Julika.

»Ja«, sagte Gallo.

Radschiv Sharma ging an ihnen vorbei, als wären sie gar nicht vorhanden. Zuerst sah keiner von ihnen genau, was er in seinen Armen an sich presste. Eben hatte er noch über seinem toten Sohn gekniet, aber jetzt war es nicht Pamit. Es war nur ein großer schwarzer Behälter aus Plastik. Mira rief: »Nicht, Radschiv!« Dann lief sie hinter ihm her und rief: »Shak, er hat das Benzin aus dem Wohnwagen geholt.«

Shak konnte Sharma nicht aufhalten. Auch Mira konnte ihn nicht mehr aufhalten. Er war bereits in der Halle und schraubte den Deckel von dem Kanister und schüttete den Inhalt in großen, schwungvollen Spritzern auf die Regale mit den Gewürzen, auf Säcke, Fässer, Kisten und Körbe und zuletzt auf seinen Schreibtisch. Ein durchdringender Benzingeruch breitete sich aus. Bei jedem Spritzer stieß Sharma einen scharfen Schrei aus, hell und metallisch, als wäre er eine große, wahnsinnig gewordene Möwe. Dann warf er den Kanister hinterher, holte ein Feuerzeug aus der Hosentasche und entzündete eine Flamme, die ihm wie von selbst aus der Hand zu springen schien.

Geblendet von den in der halb dunklen Halle hochschlagenden Flammen wich er einige Schritte zurück. Rasch folgten die Flammen den verschütteten Benzinbächen, züngelten weiß und blau über den Steinboden, kletterten an den Regalen hoch und leckten an Gläsern, Kisten und Dosen. Knisternd und fauchend sprangen sie von Fach zu Fach, schmolzen Gummi, verbrannten Zellophan, entzündeten Öl, hüllten Körner, Halme und Pulver in rotes Feuer. Die ganze Halle schien auf einmal Hitze zu atmen und zu pulsieren wie ein dunkler Körper, der sich von innen selbst verzehrte. Unter dem Dach sammelte sich dichter Rauch. Ein Glas explodierte, dann eine Dose, dann das nächste Glas, und schließlich begann alles, was flüssig war, zu kochen und zu explodieren wie Knallkörper an einer Schnur.

Sharma wich nicht weiter zurück. Die Luft schien zu beben, schien sich mit einem zischenden Druck aufzupumpen, während um ihn herum Holz und Metall ächzten und krachten. Ein unerträglicher Gluthauch wehte durch die Halle, schlug ihm ins Gesicht. Die Flammen loderten an den Wänden hoch, und alles, was bunt gewesen war, wurde schwarz. Asche wirbelte zur Balustrade hinauf.

Der Commissaris stand wie gelähmt vor der Halle. Er roch das Feuer und blickte in die Flammen und spürte, wie Schockwellen durch seine Brust rasten. Es war nicht Sharma, dessen schwarze Silhouette er in der brennenden Luft sah.

Es war ein kleiner Junge von zehn Jahren auf einem Fenstersims über einer Gracht. Der Junge stand auf dem Sims des Fensters vor dem Hintergrund eines brennenden Zimmers in einem brennenden Haus, und Van Leeuwen wusste, er bräuchte bloß nach ihm zu greifen und ihn festzuhalten. Aber der Junge fiel, bevor er ihn zu fassen bekam. Er hatte nur die Kapuze erwischt, die Kapuze seiner Jacke, und trotzdem hätte er ihn halten können, eine Ewigkeit hätte er ihn halten können, und die Ewigkeit dauerte genau zwei Minuten, bis die Kapuze abriss und der Junge in den Tod stürzte.

Er träumte jetzt nachts nicht mehr von dem Jungen, nur sein Herzschlag verlangsamte sich immer noch, wenn er ein Feuer sah oder ein Haus, das gebrannt hatte. Es verlangsamte sich, bis er das

Gefühl hatte, im Wachkoma zu liegen. Er konnte sehen, und er konnte hören, aber er war unfähig, sich zu bewegen.

Er hörte Mira schreien. »Radschiv!« Und Shak schrie: »Papa!«, und irgendwo schrien auch Julika und Gallo. Er sah Julika, die an ihm vorbei in die Halle stürmte, und er dachte noch, *nein, ich kann nicht,* als er schon lief. Er stieß Julika beiseite und stürzte an ihr vorbei in die lodernde Glut. Die Hitze stach ihm in die Augen und versengte seine Wimpern, und er hatte das Gefühl, dass die Haut auf seiner Stirn Blasen warf. Dann war er bei Sharma und packte ihn und zog ihn weg von den rasenden Flammen auf den Hof hinaus.

Sharma stieß Van Leeuwen weg und schlug die Hände vors Gesicht. »Warum haben Sie das getan?!«, protestierte er ächzend, *»warum, warum, warum?!* Mein Sohn Pamit ist tot – ich habe ihn getötet! Meinen Sohn Shak, sie werden ihn mir auch nehmen! Sie werden ihn ins Gefängnis stecken! Die Mutter meiner Söhne ist tot! Ich habe nichts mehr, niemand. Ich habe keine Familie! Wenn ich nicht sterben darf, was soll ich denn dann machen? *Was soll ich jetzt machen!?«*

»Fragen Sie mich nicht«, antwortete Van Leeuwen leise. »Nicht mich.«

35

Der Commissaris begrub seine Frau am Nachmittag des folgenden Mittwochs um 16 Uhr 30. Es war ein schöner Tag, nicht zu heiß, und der Wind wehte stetig vom Ijsselmeer landeinwärts. Der Friedhof lag am Ufer der Amstel, etwas außerhalb der Stadt, aber leicht zu erreichen. Es war ein schöner Friedhof, so schön, wie ein Friedhof nur sein konnte. Es gab hohe alte Bäume und verschlungene Pfade zwischen Hecken und Büschen. Van Leeuwen wusste, dass Simone es hier gut haben würde. Er hatte niemandem von der Beerdigung erzählt; Simones Eltern waren tot, und Geschwister hatte sie nicht gehabt. Als die Bestatter den Sarg in die Erde hinabgelassen hatten, schickte er sie weg, und dann war er allein mit ihr im späten Nachmittagslicht. Er überlegte, was er ihr noch sagen könnte, aber alles, was ihm einfiel, konnte er ihr auch ein andermal sagen. Es war einfach nur so, dass er nicht weggehen wollte.

Vom Fluss, wo das Boot lag, hörte er die Wellen am Ufer vorbeistreifen, und manchmal sprang ein Fisch und fiel zurück ins Wasser. Er hörte die Vögel auf den Ästen zwitschern und sah ein Eichhörnchen den Stamm eines Ahornbaumes hinauflaufen. Das Laub der Bäume zeigte schon erste Spuren des nicht mehr fernen Herbstes, etwas Zimtrot, eine Spur von Ocker. Mücken tanzten in flirrenden Schwärmen über dem Waldboden. Fahle Sonnenstrahlen verfingen sich in den Zweigen, die ihre Schatten auf das offene Grab warfen. Es war ein schöner Tag, und der Wind, der landeinwärts wehte, rauschte leise in den Kronen der Bäume über Simones Grab.

Van Leeuwen wünschte sich, es wäre anders gekommen; das war alles, was er sich wünschte. Er griff nach der Schaufel, die ihm die Bestatter dagelassen hatten. Er ließ eine Schaufel voll Erde auf den Sarg fallen, dann eine zweite und eine dritte. Danach hörte er auf, mitzuzählen. Er vergrub den einzigen Schatz, den er jemals besessen hatte. Als er fertig war, trat er die Erde fest, zog sein Jackett wieder an und ging mit der Schaufel in der Hand zu dem Boot, mit dem sie gekommen waren.

Es wird nicht immer so schlimm sein wie heute oder gestern, dachte er. *Am Anfang ist es immer besonders schlimm, aber so wird es nicht bleiben. Es tut nur so weh, weil die ganze Operation mitten in deinem Herzen stattfindet und weil man dir seit zwei Jahren jeden Tag etwas mehr herausgenommen hat.*

Aber irgendwann, das wusste er schon, würde es nicht mehr so schlimm sein, auch wenn er sich das jetzt nicht vorstellen konnte. Als er mit dem Boot zurück in die Stadt fuhr, fragte er sich, was er tun konnte, um allein durch die Nacht zu kommen. Er wollte nicht zu Ton gehen, und er wollte auch sonst niemanden sehen. Es erschien ihm nicht richtig, heute Nacht Gesellschaft zu haben. In den letzten Nächten war er bei Sim gewesen, in dem schmucklosen, kühlen Raum, in dem sie vor der Beerdigung gelegen hatte. Jedes

Mal, wenn er nach Hause gegangen war, hatte er sich gesagt, dass er sie morgen wieder besuchen würde. Aber da, wo sie jetzt war, konnte er sie nicht besuchen.

Er hatte Angst vor seiner Wohnung, vor der Treppe, vor dem Öffnen der Tür. Er hatte Angst vor den leeren Zimmern, in denen ihn nur Echos erwarteten. Sie waren in dem einen Raum, und wenn er in einen anderen ging, folgten sie ihm. Er hatte Angst davor, was er in den Zimmern suchen und niemals wieder finden würde.

Als die Dunkelheit hereinbrach, stand er auf dem Dach des *Europarking* am Mauergeländer und sah hinunter auf die Stadt, auf die dunklen Grachten, die Neonströme an den Fassaden der Häuser und das leuchtende Blut in den großen Verkehrsadern, die den Stadtkern umpulsten. Sim hatte Amsterdam geliebt, vom ersten Tag an, jeden Tag, bis zum letzten. Am Abend ihrer Abreise ins Heim waren sie noch einmal zusammen hier oben gewesen, um Abschied zu nehmen von dem Ort, an den er sie vor dreißig Jahren gebracht hatte; wo sie seine Frau geworden war. Beide liebten sie diese Stadt.

Als er hierhergekommen war, klebte ihm noch der Lehm der Äcker an den Schuhen. In den ersten Nächten hatte er immer nach den Sternen Ausschau gehalten, die er von zu Hause kannte, aber der Himmel über Amsterdam war so hell erleuchtet von den Lichtern in den Straßen, dass er nur wenige Sterne wiederfand. Er dachte, dass er sich in Acht nehmen musste vor einer Stadt, in der sogar die Sterne verloren gingen; in der nur die stärksten Sterne zu sehen waren, und selbst die bloß schwach. Mit der Zeit lernte er zu warten, bis gegen Morgen auch die schwächeren Sterne wieder auftauchten; er lernte, dass man sich verirren konnte, wenn alle Lichter hell leuchteten wie Neon, und dass man manchmal nur einen einzigen Stern brauchte, um sich wiederzufinden.

Dann verliebte er sich in Amsterdam, nicht ganz so schnell wie Sim, aber bald danach. Sim war von Anfang an ihr eigener heller Stern gewesen. Sie war nicht verloren gegangen, hatte sich nicht verirrt, kannte keine Angst, damals noch nicht. Sie hatte ihm von ihrem Mut abgegeben, so viel, wie er brauchte, um seine Arbeit tun zu können. Manchmal war *er* es gewesen, der Angst bekommen hatte, wenn wieder ein Mädchen vergewaltigt und ermordet in einer Blutlache aufgefunden wurde; wenn der nächste Junge mit einer Spritze im Arm zusammengekrümmt auf dem Boden eines schäbigen Zimmers lag. Wenn eins der müden Herzen zu schlagen aufgehört hatte.

An solchen Tagen war er am Abend nach Hause gekommen und hatte ihr davon erzählt, und sie hatte zugehört und ihn gehalten, bis er nicht mehr reden musste. Am nächsten Morgen ging er los und spürte den Mörder des Mädchens auf und legte dem Dealer des Jungen das Handwerk, damit die Stadt schön blieb. Die Stadt, die sie liebten, weil es ihr Amsterdam war.

Deswegen war jedes tote Mädchen seine Tochter; jeder ermordete Junge war sein Sohn. Nur heute Nacht nicht. Heute Nacht hatte er eine Frau, die tot war. Er hörte eine Sirene, die weit unter ihm an- und abschwoll, und diesmal betraf es ihn nicht. Er sah einen Polizeihubschrauber, der ganz weit hinten am Ende der Lichter über der Centraal Station kreiste, wo vielleicht gerade ein Verbrechen begangen worden war, aber auch das hatte keine Bedeutung. Er war hier mit seiner toten Frau. Auf seinem Gesicht spürte er den warmen Wind, der immer noch stetig vom Ijsselmeer landeinwärts wehte. Er dachte daran, wie kalt derselbe Wind im Januar gewesen war, dachte an das dichte Schneetreiben, als Sim zum letzten Mal hier neben ihm gestanden hatte. Wie die Angst für einen Moment von ihr abgefallen war, weil sie sich plötzlich erinnern konnte, daran, was diese Stadt da unten einmal für sie gewesen war, für sie beide: eine Schatztruhe.

Man kam hierher voller Träume und voller Hoffnungen, auf der Suche nach dem Zauber, der aus den Träumen Wirklichkeit werden ließ. Manchmal ließ die Schatztruhe sich nicht sofort öffnen, gab ihren Zauber nicht jedem preis. Dann konzentrierte man die Hoffnung darauf, zu überleben, bis es so weit war, bis man die Truhe fand oder den passenden Schlüssel. Und manchmal besorgte man sich andere Träume, für die man mit Geld oder sogar mit seinem Leben bezahlte.

Denn Amsterdam hatte zwei Gesichter, die man beide lieben musste. Tagsüber war es ein verspieltes, buntes Puppenhaus in einem Tulpenpark, durch den echte Menschen gingen, stets bereit zu einem schnellen Lächeln, einem schnellen Geschäft. Nachts verwandelte das Puppenhaus sich in eine wahnwitzige, kreischende Drehorgel, bekränzt mit bunten Glühbirnen, die immer wieder dasselbe Lied spielte und dabei mit flackernden Lichtern im Kreis herum rollte. Nachts schien die Schatztruhe näher, der passende Schlüssel schneller gefunden.

Aber es waren die Träume, mit denen die Stadt ihre beiden Gesichter schminkte. Und selbst wenn es die Truhe gar nicht gab, lag doch ein Zauber über den Grachten und Brücken, den kleinen Plätzen und Cafés, den Märkten, Kirchen und Parks, und zu jeder Stunde wehte mit dem Wind leise das Lied der Drehorgel durch die raschelnden Blätter der Ulmen. Für manche war Amsterdam das Ende, aber für die meisten war es ein neuer Anfang.

Im Süden, wo die ganze Nacht hindurch Schweißbrenner flackerten und Dampframmen stampften, zuckte jetzt ein Blitz vom Himmel. Der Wind roch plötzlich frisch, nach Salz und Regen und einer Spur von Ozon. Van Leeuwen merkte, wie etwas von seinem Herzen genommen wurde. Er hatte viel verloren, aber nicht alles. Er brauchte auch nicht in seine Wohnung zu fahren.

Als er sich umdrehte, stellte er fest, dass sein Alfa inzwischen fast allein auf dem Parkdeck stand. Er öffnete die Fahrertür, setzte sich halb auf den Fahrersitz und schaltete den Radiorekorder an. Er legte eine Kassette ein, die bei Simones Sachen aus dem Heim gewesen war. Es war eine alte Kassette mit alten Liedern, alles, was sie früher gern gehört hatten, als sie selbst noch nicht alt gewesen waren. Er drückte den *Play*-Knopf. Aus den Lautsprecherboxen drang die helle, traurige Stimme von James Taylor und sang von *Fire and Rain* und von sonnigen Tagen, die nie zu enden schienen.

Van Leeuwen blieb in der offenen Tür sitzen und hörte dem Lied zu und betrachtete das Gewitter über der Stadt.

»Das ist ein schönes Lied«, sagte eine Stimme neben dem Wagen.

Der Commissaris blickte auf. »Was machst du denn hier?«, fragte er.

»Ich habe mir gedacht – ich habe mir überlegt, wo ich Sie wohl finden kann«, sagte Julika.

»Hast du schon mal von Menschen gehört, die allein sein wollen?«, fragte er.

»Gehört schon«, sagte sie. »Aber ich habe Sie nicht gesucht, um allein zu bleiben.«

Sie ging am Wagen vorbei zur Brüstung. Van Leeuwen wartete, bis auch das nächste Lied zu Ende war, dann stieg er aus und trat neben Julika an die Brüstung, und eine Zeit lang sahen sie gemeinsam auf die ungehobenen Schätze der Stadt hinunter. Denn so war es: Es gab noch ungehobene Schätze.

Du mußt wissen ich liebe eine Frau die fortgegangen ist
vielleicht ins Land der Toten;
aber nicht deshalb erscheine ich so verlassen
ich mühe mich weiterzuleben mit einer Flamme
weil sie sich niemals verändert

Giorgios Seferis

Nachbemerkung

Commissaris Bruno van Leeuwen ist eine erfundene Figur. Die Polizei von Amsterdam-Amstelland aber gibt es natürlich wirklich, und das Hoofdbureau van Politie befindet sich auch in Wirklichkeit in der Elandsgracht 117 in Amsterdam. Dort arbeiten Jaap de Ward und Remco Gerritsen, zwei verdiente Beamte dieser Polizeitruppe, denen ich wesentliche Einblicke in die Arbeit der Kriminalpolizei von Amsterdam-Amstelland verdanke. Manchmal musste ich mich bei der Schilderung trotzdem gewisser künstlerischer Freiheiten bedienen, die sie mir verzeihen mögen. Alle Fehler, die sich daher vielleicht im vorliegenden Roman finden lassen, gehen also allein auf meine Rechnung.

Auch diesmal hat Monika Peetz mir wieder geholfen, bei der Schilderung des Amsterdamer Lebens die notwendige Genauigkeit an den Tag zu legen.

Viel Wissenswertes über Welt und Wesen der Gewürze, ihre Geschichte und Verbreitung konnte ich dem Band *Dumonts kleines Gewürzlexikon*, erschienen in der Edition Dörfler im Nebel Verlag, Eggolsheim, entnehmen.

Ein Teil des kurzen Monologs Bruno van Leeuwens über die Frauen in seiner Jugend auf Seite 294 entstammt in leicht veränderter Form einem Brief des Schriftstellers Raymond Chandler, geschrieben nach dem Tod seiner Frau Cissy.

Claus Cornelius Fischer

»Dieser Krimi von Arnaldur Indriðason ist wieder ein mörderischer Spaß. Außerdem kenntnisreich und überraschend!«

HR

Arnaldur Indriðason
KÄLTEZONE
Island Krimi
416 Seiten
ISBN 978-3-404-15728-0

In einem See südlich von Reykjavík wird ein Toter entdeckt. Der Wasserspiegel hatte sich nach einem Erdbeben drastisch gesenkt und ein menschliches Skelett sichtbar werden lassen, das an ein russisches Sendegerät angekettet ist. Ein natürlicher Tod ist ausgeschlossen. Hat man sich hier eines Spions entledigt? Erlendur, Elínborg und Sigurður Óli von der Kripo Reykjavík werden mit der Lösung des Falls beauftragt. Ihre Nachforschungen führen sie in das Leipzig der Nachkriegsjahre, wo eine tragische Geschichte um Liebe, Verlust und berechnender Grausamkeit ihren Anfang nahm ...

Kommissar Erlendur Sveinsson ermittelt in seinem sechsten Fall.

Bastei Lübbe Taschenbuch

»Ganz einfach: DAS GESICHT DER SCHULD ist der beste Polizeikrimi, den ich dieses Jahr gelesen habe.« HARLAN COBEN

Graham Hurley
DAS GESICHT DER SCHULD
Roman
464 Seiten
ISBN 978-3-404-15971-0

Ein regnerischer Sommertag in Portsmouth. In einem Hotelzimmer findet die Polizei Blutspuren – der Bewohner, ein berühmter Gynäkologe, wird vermisst. Von dem Mann fehlt jede Spur. Als DC Winter herausfindet, dass er seinem Ruf als Arzt alles andere als Ehre gemacht hat, beginnt eine atemlose Jagd nach dem Verschwundenen – oder seiner Leiche. Hat sich womöglich eine seiner Patientinnen an dem skrupellosen Arzt gerächt?

Bastei Lübbe Taschenbuch